唯有爱让我们相遇

WEI YOU AI/
RANG WO MEN XIANG YU

江晴初 著

北京联合出版公司
Beijing United Publishing Co.,Ltd.

图书在版编目（CIP）数据

唯有爱，让我们相遇 / 江晴初著 . —北京：北京联合出版公司，2014.9
（2023.3 重印）

ISBN 978-7-5502-3580-9

Ⅰ.①唯…　Ⅱ.①江…　Ⅲ.①长篇小说—中国—当代
Ⅳ.① I247.5

中国版本图书馆 CIP 数据核字 (2014) 第 210410 号

唯有爱，让我们相遇

作　　者：江晴初
出 品 人：赵红仕
责任编辑：喻　静
封面设计：吴黛君

北京联合出版公司出版
（北京市西城区德外大街83号楼9层 100088）
北京新华先锋出版科技有限公司发行
大厂回族自治县德诚印务有限公司印刷　新华书店经销
字数195千字　787毫米×1092毫米　1/16　18印张
2014年11月第1版　2023年3月第2次印刷
ISBN 978-7-5502-3580-9
定价：49.00元

"你是来带我走的吗？"一片本寂里她问那个影子。

透明的女孩轻轻地笑了，这笑消散在空气里，又像一张蛛网。女孩像一片蛛网一样贴住她，又轻又凉。女孩用又轻又凉的语调对她说："还不到时候，还不到我带你走的时候。"

意识的最深处她看到自己，四周黝黯，长草没了膝，方圆内有一点月光，很快又淡了。这一切之内却有一个白色的小影子，那就是她，她不过十四岁，却已经一心悲怆，两眼仇恨。

十四岁的她在那个水蓝街狂欢的傍晚，当火烧云将漫天都点成一把火炬，她已成了一支离弦之箭。她是一条宿命的人鱼，奔走在命运的绝途中。

作者自序

《唯有爱，让我们相遇》（原名《猫有一双粉拳头》），这一次的故事跟以往略有不同，在心里搁了很久。看着它们一天天地进行自我分裂和演变，我的心态在这个过程里也有了很大的转变。

大概每一个作者都会免不了拿自己开刀，试着把某一段抑郁的低气压，转化成一场瓢泼大雨，换来一个海晏河清。但人人又都会下意识地去躲避，在关键处偷换概念。

如果我写到获得的幸福甜蜜，不用怀疑，我一定至少获得过它的反面——关于那怎么用力也挽回不了的曾经。

因为有一种深而无奈的执着是：人生没有你会不同。而这一次我想看看，是否可以这样：不同，但变更好。

2014年9月2日

目录 Contents

目录
Contents

Chapter 1 / 我遇见你
不可能没有意义

小七 14 岁的时候第一次来红。她吃惊又羞耻，血淋淋全落在她爸眼里。

屋梁上吊下一根绳子，绳子另一端绑在她的腰上，她像个悬空的粽子，闷头闷脑的，胳膊被反扭在背后。她不觉得有多痛，腿以下都麻了。她努力抬起头，将眼神从那蓬茅草样的头发里斜上去。她知道她老子受不了她这副样子，果然她老子又将绳子狠命一抽，说："老子问你，你怎么不哭？！"

脊柱像炸出一团火，她的背心湿了。

"老子王八蛋才哭。王八蛋才如你的愿。"她拿出一样的狠劲跟她老子回嘴。力气不够，牙咬得咯咯作响。

"老子丧了德才生出你这个丧蛋坯子！你生出来没淹死，浪费我十几年的米，反过来害了我儿子！你怎么还不死？"

汗糊住了眼睛，她忽然骂出来一句："你怎么还不死？！我妈还大着肚子，我弟弟眼看要病死你不管，你只记得你跟那个野女人的小野崽子？他死了活该！"

她豁出来这一句，随即眼前一片黑，知道这下怎样也逃不了了，她老子一定抽死她。果然罗宇良愣了，他两条浓重的眉毛渐渐竖成一个倒着的八字，他咽了口吐沫，双手将绳子抽紧了。

"讲得好。今天是你自己找死。弄死了你，老子还要白赔你一床席子。"

小七的身子早麻了，她感觉自己的身子被一股力牵来荡去，脑子里却空了，远远的有使劲推开栅门的"哔哔剥剥"声，一下两下，她迷迷糊糊地想，妈来了。

她垂着头，睁开肿胀的眼，却看到一滴浓稠的液体落了下来，落在她爸的鞋面上，立刻消失了。接着是另一滴，"扑"的一声，脚下有一捆用来烧灶的草叶，不声不响地接纳了去。

像找寻一丝不明来由的风或一只忽然撞进灶台下的耗子，罗宇良抬起头，左看右看，终于聚焦在小七身上。他似乎才注意到——他 14 岁的女儿悬在空中，一大块臀和裆部迎着门外的光线。在那个奇特的交接处，一块红色的血渍正逐渐洇散，缓慢笨重地，似乎凝聚良久。

罗宇良皱着眉，歪着头，沉思着，直到大肚子的女人扑上来夺他手里的绳子。他一挥手就轻易地把她掀开，然后他啐了一口，一手脱了鞋子，立刻塞进了灶里。

"晦气。"他摔门走了。

"妈……"小七说。

挺着大肚子的妈妈上来解绑着小七的绳子，她双手哆嗦，这皮绳浸过油，她又是拽又是咬，指甲发青，好容易解开个疙瘩，下面的仍是解不了。

小七说："妈，我腰里有把刀，用那个。"

她妈惶恐地瞟她一眼，小七被汗珠和血珠弄得稀脏的一张脸，乱发虬结，侧向窗外投进的一点光线，逆光里这张脸也酷似一柄刀。她腰间果然紧紧地别着一把硬东西，妈妈慢慢抽出来，也顾不上问刀是哪儿来的，小七从会走路起身上就常揣着各种奇怪的东西。

这刀居然一点不钝，割起绳子"嗖嗖"的。她一边小声告诫："你快走吧，去你外婆那里住几天，他儿子……正在高烧，据说危险得很，万一有个好歹，他哪里饶得过你？"忽然她一眼看见小七裤子上的异样，愣住了。

"小七，你……成大女孩了……"妈妈的声音颤抖了，小七从出生到现在，没扎过辫子，没穿过裙子，没人记得她是女孩，她居然瞒住这一大家子的眼发了育。

"你歇歇，我去给你拿身衣服。"妈妈匆匆地走出去，脚步跌跌撞撞。

小七抱着蜷缩的身子便藏进里间。也可以说，她简直是想藏进灶里的。灶里的火燃着，她眼里也闪过一道火光。深深的耻辱和愤怒使她浑身打战。她手里还握着那把刀，刀身狭窄，有一层暗色的锈。她的手腕不比刀锋宽多少，手臂上累累伤痕。地上有块石头，她拿刀凑上去磨了一阵，刀锋慢慢现出光来。

是一刀切进咽喉，还是割下舌头？或者割掉他的睾丸，让他再做不成孽？那个叫罗宇良的男人，人们要她叫他父亲，但她不知从哪一年、哪一天起，便开始盘算着该从哪里下手给他一刀。

她在逃去外婆家的路上还想着这事。她知道她那个同父异母的小崽子发了伤寒凶多吉少，她知道一家子人都认为是她在看护中刻意让他呛了凉水。就算是她又怎么样？罗宇良让她上不成学，只为了来服侍这个他与外面野女人私通生下的小野种，而她自己的亲弟弟病了好久全家都不关心，难道这个就不是罗家的儿子？

春天的杨花纷纷落下来，处处是冲鼻的粪料气，小七的鼻腔里还有淡淡的血腥味，这个春天艳丽凶残，她出逃的这条路坑坑洼洼，她妈妈与弟弟还在姓罗的家里，她搭救不了……这一切都让她怀恨。

杨花絮絮地、无休止地落在她的头上和身上，她身子里流着令她可耻的血，头被太阳烤得发昏，她抬起头，太阳是一只灼白的大鸟，向四面八方长出羽翼，它缓慢地飞着，覆盖了天地……

小七觉得身子很轻很轻，她脚一虚坐了下去，邻近的树上搭着一个风筝，晃悠悠地欲掉不掉，风筝是一只画了翅膀的动物，有着鸽子的脑袋和人的身体。

小七想，是镇上的人放丢了的，她往山下看，山道蜿蜒着通向一条街，那是镇上最大最长的水篮街，像从湖上伸出的一条长带子，长带子上有很多固定不动的方方块块，是一间挨着一间的店铺和房屋，其中又蠕动着很多行走的小点，那是看不清的行人。

小七鄙夷地将风筝踩了一脚又踢走了，她脑子里随意地构想着一张脸——那个风筝的主人——正从那些蠕动行走的人群中，努力而失望地仰起脑袋。

这个想象使她一阵舒服，她是个不愿意看到别人快乐的女孩。

仰着头的女孩叫谷雨，从风筝脱线那一刻，她追着跑了一阵，就停住不动了。

如果在街上看到这么个气喘吁吁奔跑的女孩，人们会多看一眼，谷雨鲜艳的腮帮和娇嫩的手脚，使她在人群中很好区分。

风筝早没了影。她眼睛酸胀得要流泪，只好丧气地垂下头，太阳把她的影子送到脚下，她一步踩上去，踩不实，影子又悠悠跑到了身后。她想，人是多么奇怪的东西，连自己的影子也背叛自己。这样想着她就叹口气，显出早熟的悲哀。

她在街上走过，书包心不在焉地拖在胯下，一步一步拍打着她。她一间间看着卖零食、书本、明星画片的铺子，不急着回家，但也不停下脚步。她心不在焉的神气吸引着路人，因为这么个小美人，脸上却没有一般美丽女孩的矜持，她看起来失落并且冷漠。

这时她身边又出现了另一个女孩，在外人的眼里她们是一模一样的，一样的身高五官，一样的鹅黄褂子粉蓝裙子，一样美人鱼的小书包。

但人们会立刻发现她们的不同，新出现的女孩，虽是与谷雨酷肖的脸，但她无疑更美丽更精致。她的头发更乌亮，皮肤更白皙，眼中的神采也更浓，谷雨俊俏的五官，无一不在新出现的女孩那里精益求精，更上了一层楼。并且，你在谷雨身上看到的茫然，在这个新出现的女孩身上，却成了一种完全的笃定。

她看着谷雨，不急着开口，完全调匀了呼吸才说："没人跟你抢，你跑什么？风筝呢？放丢了？"

谷雨瞪了她一眼，人们会惊异十来岁的女孩居然会有这样凶狠的眼神。谷雨狠狠地说："谁稀罕那么个破风筝，我早就不想要了！"她说完掉头就走。

新女孩对着她的背影"哧"了一声，也不管她，完全拿捏得住的样子，自己去旁边的铺子挑糖面人。她挑糖人的样子也是笃定的，完全不容易被诓，她说："我要这个，戴花冠的花仙子。花仙子的裙子换一种颜色，不要这种桃红，要那种粉红。没有？那你现给我做一个。"

现在可以大体看出来了，是的，她们是一对孪生姐妹，是可以分辨得出的孪生姐妹。她们的差别看似细微但却巨大，但如果观察得再仔细一点，会发现幼年的谷雨眼中深酿的恨意。

谷雨恨着自己的孪生姐姐樱桃。

在她们头顶的杨庄，在野女孩小七不过四岁，第一次因偷了家里扎蔑条编篮子的钱去换玻璃弹子而被父亲捆起来鞭打的那年，谷雨与姐姐樱桃同时出生在这个叫水篮街的小镇上。

两姐妹的父亲是镇上的中学老师，在暮春的时候两个千金双双到来，他便给她们起了这两个诗意又娇艳的名字——樱桃、谷雨。

说同时也不是同时，樱桃比谷雨早出生 20 分钟。这 20 分钟谷雨相信姐姐是用来挑选。樱桃像个捷足先登的优胜者，先下手为强，将枝头所有妍媚的果子，闪亮的花朵都收进囊中。

是的，樱桃毫不客气，她趁着谷雨还在子宫里沉睡乍醒，快手快脚，挑选了溪水洗刷过一般洁净的皮肤，挑选了两弯远山长眉，选了剔透夺目的琥珀眼睛，选了绸缎般的长发，最后，还选了一张千伶百俐的好口齿。

两姐妹三岁开始学认字。樱桃总是快一步，她一口气能认出几十个方块字时，谷雨刚能辨认出自己的名字；到了樱桃会背百家姓的时候，谷雨仍然只能认名字。但谷雨并不气馁，旁人夸她们俩，总是说，樱桃好灵啊！轮到她，人家就说，谷雨好憨啊！但谷雨相信自己和姐姐同样可爱同样讨人喜。

樱桃和谷雨四岁时上了镇上最大的一所幼儿园，所有人都跑出来看这对瓷娃娃，大家议论哪里像哪里不像。有人说，姐姐眼睛大一些，个头也稍高一些。有人说，姐姐会笑哎，下巴也尖些，是标准的瓜子脸呢！

后来大家不用费什么神就学会了区分她们，因为谷雨总是失踪，老师要找的时候就说，找那个矮一点、圆一点、不会说话的妹妹！而这样的问题在樱桃那里不会有，樱桃一上午乖巧地坐在小木椅上，老师说手要放在膝盖上，她便一动不动地保持着那个姿势，一双小脚也并得拢拢的，谷雨则在连续两次尿湿了裤子后被妈妈直接拎回家。

谷雨现在知道自己没有姐姐乖，姐姐常被老师叫上讲台，清清楚楚背上十几首唐诗，带回的小红花和星星够贴一面墙。老师若要请小助手，总是第一个叫樱桃。谷雨坐在一堆挖着鼻孔，背后塞着汗毛巾的小孩堆里看着，心想：长不了的，等到她自己长大，只要再长大一点，这些都会是她的。

但那一天始终没有来。

姐妹俩 7 岁时上了小学，又一起被选去少年宫学舞蹈，樱桃的身子柔软无比，老师刚挽住她的腰，她已经自己向后倒过去，老师松了手，看樱桃把自己颤巍巍地弯成一座拱桥，脚背绷直撑住地，一声不吭，把老师喜得直叫人来围观。

轮到谷雨，腰才下了一半她就喊痛，老师说坚持！坚持！再下一点！谷雨忽然身子一歪，倒在老师手腕上，顺势将老师胳膊咬了一口。

老师是个刚从师范毕业的年轻姑娘，痛叫一声便松了手，将谷雨一丢丢在地上。老师说："这一家的双胞胎简直是天壤之别！"

樱桃仍是安安静静地坐在小椅子上，一边握着小瓷缸子一口口慢慢地喝水，姿势像大姑娘一样娴雅，一边看着谷雨受罪。樱桃觉得真是丢脸，有这么个没出息的妹妹。

老师给自己的胳膊涂了药水，再来找谷雨时，谷雨早不见了。

谷雨在逃出学校的路上还一直在抽泣，她想她再也不要和姐姐一起上学，一起上街，睡同一张床，见同一批人。

她看着脚上浅紫色的小花鞋，边沿蹭了一圈黄泥，白袜子也染了一瓣灰，她满心丧气。

鞋子是妈妈买给她们上小学的礼物，她的鞋子原是橘黄色，她嫌难看，说像屎堆，拼死赖活地跟姐姐换了过来，没想到两天就脏了。原本雅致的花朵现在像腐烂的葡萄，被她说成颜色像屎的小黄鞋却在樱桃那里发扬光大，鲜亮亮的小太阳一般，人见人夸说好看。

这个发现使谷雨对成长感到绝望，她的心里游进一丝可怕的领悟：无论长到多大，樱桃永远在她的头上，并且一直在。

她上桥，下桥，踢起很多尘土。她一直沿着河道走，一直走到深处的一片小树林。这里是爸爸妈妈禁止她们去玩的地方，也是很多秘密的发源地，不少人把不用的旧家具扔在这里，还有人在此发现过死婴，或者在厚厚的落叶下挖出被蛀坏的木盒，盒子里有泛霉的陈年照片。

她愈走愈深，树林的腹地光线阴暗，腐烂的树叶带一点酸酸的辛辣，被踩出深沉的碎裂声，这时她看见一个陌生女孩蹲在树下。女孩比她大几岁，一头杂乱的短发，穿着看不出是什么颜色的布衫，裤子也是别别扭扭，手里捏一支不知是竹棒还是铁棍，在土里划过来划过去。

野女孩抬起头，脸上一团脏兮兮，眼睛却相当厉害，她盯着几步之外的谷雨，问："你看什么？"

野女孩的嗓子跟眼睛一样厉害，谷雨被这双眼睛戳得心里毛毛的，脸上的泪珠却干了。她捏着自己的小书包，犹犹豫豫地上前，看清野女孩手里是一把铲子，正掘着树下的泥土，泥土有规则地翻向一边。谷雨看见地上搁着一样黑乎乎的东西，是一只死公鸡。公鸡的头耷拉在一边，尖嘴僵硬地抵着地面，女孩毫不含糊地握住那把硬簇簇的翅羽将它丢到刚挖出的坑里。

"你为什么要埋它？"谷雨问。

"它该死。"野女孩头也不抬。

"为什么该死？"

"它天不亮就叫，它一叫我就得起床烧水。"

"可是所有的公鸡都在早上叫。"

"它最可恶，它是罗宇良的鸡。"

"谁是罗宇良？"

"是我下一个要埋的人。"野女孩直直地说。她在身上掏了一下，伸出手时多了一把刀子，"这个给你，小心些，弄坏了我就先埋了你。"她口气平平地，却像是真做得出来的样子。

谷雨不知为什么忘了害怕，她也蹲下，学着女孩的样子，小心地用刀子撅着松散的泥土。野女孩用铲子将坑口又挖得大了些，看了谷雨一眼，忽然问："你怎么是一个人，你姐姐呢？"

谷雨问她怎么知道她有个姐姐，野女孩说她在路上见过她们姐妹几次，两人一模一样，就记住了。

"你姐姐不是周末还去吹长笛嘛，我看到过她。"

谷雨咬住嘴唇不答话，她想樱桃真是阴魂不散，连这么个陌生人也对樱桃印象深刻。

这时野女孩做了一件奇异的事，她接过谷雨手上的刀子，在袖子上揩一揩，将自己的手指凑近刀尖，飞快地一划。谷雨抽了口气，眼见着从女孩指尖流出的暗红的血已经滴到坑里去。

谷雨问她："这是干吗？"

女孩将滴血的手指在公鸡的头尾部飞快地一点一点，说这叫血咒，是她跟外婆学来的。"外婆已经用这个办法咒了几个人，我看到过几次了。"

"你要这样去咒罗宇良吗？"谷雨问。

女孩不答话，谷雨感到她哆嗦了一下。女孩黯淡的眼睛忽然像白银一样亮起来，"如果你恨谁，特别想那个人死掉，你就像我这样，把血咒下给公鸡，它喝了你的血，就会替你做事。"

谷雨哆嗦了一下，死去的公鸡，指爪蜷缩着贴近地面，冠子暗紫，谷雨忽然看到那暗紫冠子下的眼睛是睁开的，溜圆凶残，紧紧地盯着她。

她吓得站起身，退了几步，转身就跑，衣角钩住身边的树杈，身后是野女孩模糊的笑声。"胆小鬼。"女孩似乎在说。谷雨听而不闻，更不敢回头，她扯着一截枝枝叶叶跑回家。

初夏的一天，放学路上谷雨和樱桃一起看到了那个野女孩。她仍是那么稀脏的样子，蹲在一家挂了帘子的铺子前，一手夹了根烟，这样一个公然在路边以这种无耻的姿态抽烟的小女孩是罕见的。

但细看，那并不是烟，只是拿了纸卷成的一个细卷。她用两根细细的手指夹紧了抵在唇上，眼里黑洞一样，看着穿同样上衣和裙子的樱桃姐妹俩一前一后地过来。

谷雨走在前面，气冲冲的步子一高一低。她似乎总是这样，气喘吁吁，眼斜向天。樱桃正喘着气拉住谷雨的书包带子。

"你疯了！老师以为你疯了！"

"放手。"谷雨睃也不睃她姐姐。

谷雨浑身正被一团火点着，学校里老师新选了樱桃做班长，理由是樱桃的几门测试毫无纰漏，并且卷面整洁。

之前谷雨好好用了几天工夫，给花仙子拼裙子的时间全拿来削铅笔，一枚枚锋利笔尖寒光凛冽，在纸面上刷刷而过清晰得像列队的士兵。谷雨从没这样认真过，但老师仍是把桂冠轻轻放在了樱桃的头上。

做了班长的樱桃还是那样淡然，安安静静、胸有成竹。她之前还明明看了谷雨两道试题的答案呢，这样重的心机！谷雨简直怒不可遏。

樱桃放开手，微微下撇的狭长眼线露出不耐和轻视。"以为我稀罕碰你？小怪物。"樱桃实在瞧不上这个读书不成，脾气却乖戾的妹妹。

"你不要碰我。"谷雨眼里露出真正的愤恨。

"丢人现眼。"樱桃毫不示弱，"你再去告密啊，看有没有人信你。"

陌生女在这时吭哧地笑起来，她的笑声很奇怪，低低的喉音，只在嗓子里打着来回，像砂纸摩擦。

姐妹俩一起住了口，谷雨瞬间被两种矛盾的情绪抓住，她本能地抬起一条腿，却又赶紧顿住。

路过的人正纷纷向这边侧目，谷雨觉得她不能被人发现她跟这么个野女孩认识。这时却见一个中年男人忽然出现在野女孩身后，他一伸手便抓起她的背，野女孩的背脊弓起来被他粗大的手拎着，完全就是一只嶙峋的野猫。

"小七！要你把着风，你蹲在这里玩？棋牌室刚被抄了，老子赢的钱找谁要？贱种！"

他用另一只巴掌挥在野女孩小七头上。野女孩小七向外跌出去，趔趄两步又站住了，她抬头看向那只巴掌。谷雨觉得自己从来没有看过这么冷的眼神。中年汉子又在女孩背上搡了一把，推着走了。

两姐妹一声不响地站在路边，看着那野女孩和中年男人从她们跟前过去。野女孩小七走过她们眼前，忽然向她们瞟了一眼。谷雨觉得那是奇怪的，满含内容的一眼。

谷雨这天夜里辗转反侧，想着白天的事。她觉得肚子有些疼，便捂着小腹起床，蹑手蹑脚不惊动身边的樱桃。

樱桃在小床另一头轻轻呓语一声，似乎有轻微不满。谷雨想她还有什么牢骚？什么都是她的。

两姐妹原先一头睡，后来樱桃说谷雨夜里总会咯咯笑吓得她做噩梦，于是妈妈让她们各睡一头。樱桃占了靠着书桌的那一头，有粉色的小床灯，灯下挂着明星卡片，樱桃说这样她可以临睡前就着灯光看几分钟英语。樱桃的英文朗诵在市里得过奖，所以这个要求完全理所当然。而谷雨不声不响地睡到靠门那一头去，谁推门进来，都先有一阵风袭到她头上。

谷雨轻轻踏出家门，她不知道自己想干什么，月光溶溶从房顶上流淌到地上，树枝轻轻摇动，一切都很亮很亮。

谷雨沿着被月光照亮的小路往前去，心里充满了忧伤，满满的忧伤使月光更加皎洁，她没有疲倦也没有恐惧。一条浅浅的河细细流过，像一块柔软泛皱的绸布。

小路尽头便是那一片小树林，一切静得只有草虫的呢喃。谷雨在河边蹲下来，看着浅浅的河水里，月亮碎碎地浮游着又被风吹荡出一些光点，像樱桃头发上镶钻的新发卡。谷雨朝河里狠狠丢了一块石头。

这时她看见了那个野女孩小七。小七靠着树坐着，看着波光粼粼的河面，她仿佛坐在河的尽头，头上点着冷汪汪的月亮。谷雨感到自己毫不吃惊，难道她早就知道小七在这里吗？

"你找我干什么？"小七问她。

"我没找你。"谷雨向旁边挪了两步，瞅了瞅，小七这回手上没有工具。谷雨问："你埋掉的公鸡呢？"

"还在这里。"小七的下巴努一努身后，"安生着呢。"

"你要它帮你做什么事？"谷雨问她。

小七不说话，抬起头看着月亮，她的脸露在月光里，难得的干净，头发被风吹向脑后，这浑身敝旧的女孩竟有着相当漂亮的额头，还有很挺直的鼻子，但由于眼睛过分明亮，脸上别的地方便黯淡起来。她用刀锋一样亮的眼睛仔仔细细打量一回谷雨，然后问："你想跟我学血咒吗？你恨谁？"

"我谁也不恨。"

"你恨你姐姐，你们老吵架。"野女孩小七恶毒地说，笑容像针尖一样。

谷雨转身跑了。

樱桃的床头灯亮着，她捏着一本漫画，靠在枕头上看着这个让人头痛的妹妹，"你去哪儿了？出了什么事？"

谷雨的脸憋成草莓色，手脸都弄脏了，她不出声地去洗，然后上床继续睡。她非常疲惫，又非常害怕，这一切的混杂之下，是她的心脏兴奋地跳动，怦怦跳着击打着胸腔。

谷雨从此心里有了一个秘密，这个秘密很不光彩，就像那片小孩子都不敢去的小树林一样，充满了魔性的吸引力。

小树林里有一个野女孩，小树林便成了一片被诅咒的恶魔森林，它经由一个诅咒而生，经过魔法棒，经过很多爬虫，蜥蜴、蜈蚣……但最终会到达那一片魔法城堡。城堡里困着的公主便是谷雨。

　　但施展魔法的野女孩小七算是朋友还是敌人呢？她又弄不懂了。她们已经讲过几次话，小七并没有嘱咐过她不能泄露两人的秘密。小七完全没把这当一回事，但谷雨心里被一股不可遏制的幻想膨胀着，她简直连上课、走路、吃饭睡觉都在想着那片魔法树林和那个野女孩。

　　野女孩小七有一次对她说："你真好笑。"她的意思是说，看到谷雨书包里装的那些童话卡片、图书文具，无一例外的是各种公主和花朵，小七明显瞧不上那些。但谷雨带来的糖果和玩具小七无一例外统统都拿走，小七对各种图书尤其感兴趣，拿走了还要问谷雨："还有没有？"

　　谷雨心里有点害怕，不是怕小七欲求不满一直找她要东西，她是怕自己在小七的心里越来越没有分量。若没有了那些漂亮的小玩意儿傍身，她拿什么入小七的眼呢？

　　学校里有一些高年级的学生欺负低年级的孩子，放学的路上，几个大孩子会堵住路，把那些紧张兮兮的小孩拖上两个小时才让他们回家。小七从不这样干，小七偶尔出现，都是自己急匆匆，像一身大事一样。谷雨很怕有一天小七会消失不见。

　　她不知道为何小七对她来说会有这么魔力般的吸引力，后来她找到了原因，每当她在樱桃那里受了挫——这种时候是很多的——她便很想去找小七。跟小七一起待一会儿，看小七忙忙碌碌，或者在河边一坐一个傍晚，谷雨没有很多时间去这样消耗，她要按时回家，还要避过樱桃，但她觉得只稍微放一会儿风心里也是舒畅的。

　　小七偶尔听她说一说樱桃在学校里的事，露出轻蔑的表情。那双黑洞洞的眼里流出的一点笑意，都让谷雨觉得，这真不是事儿，哪值得翻来覆去地说。

　　小七从不说自己的事情，而谷雨也不问。她觉得小七就是一个小女巫。女巫和仙女一样，都是来无影去无踪的，都有很多秘密。想想看，她能跟一个小女巫做了朋友，这点可是樱桃不会有的。光是这样想想她就能乐上好几天。

　　虽然小七每次出现，基本都不在做什么好事。有次谷雨亲眼看到她在一家杂货店里，若无其事地把两包薯片塞进衣服里，她觉得震惊。这种小偷的鬼祟举动也会由风一样的小七做出来，她瞬间觉得心里的一个梦破灭了。

　　但小七却来找她，把一个布包递给她，说，帮我保管几天。她打开来看看，里面是几盒药，上面的字似懂非懂，都是西药。

她问这是要干什么，小七说给我弟弟，他身体不好。罗宇良不带他去看病。这是小七第一次说起自己的家人，小七又说，我要去外婆家住几天，回来再到你这里拿。

谷雨觉得心里又泛起一阵热潮，因为被信任，这种共同承担一份罪恶的感觉也刺激无比，她简直自豪起来。

谷雨把那个装了药的布包藏在柜子顶里面，过几天不放心，又掏出来放床底下；再过几天，又回到柜子里。她把这个秘密东藏西藏，生怕自己连这点小事也做不好。但小七却一直没有再来找她。她有时候又恍惚，到底有没有过小七这个人呢？不会是她幻想出来的吧？

然而她的幻想却真的严重到真假不分的地步。

父母带她去看过一次医生，因为大人们都发现，谷雨对姐姐樱桃的关注远超过对她自己。好比每次父母给两姐妹买了礼物，她总是先问，樱桃的是什么？出去郊游，她也要先看看樱桃坐在哪个位置。在学校里，樱桃参加的活动，交的朋友，无一不是谷雨锁定的目标。总之，她关心姐姐超过自己。

老师对谷雨的父母说，双胞胎孩子，基本都有一点这种现象，其实只要不是独生子，同一家庭的孩子们都会对父母的偏爱，物质的均分有所介意，只是在谷雨这里表现得格外强烈。

医生则告诉他们，多让谷雨去户外活动，多跟她谈心。

而樱桃那边依旧风光无限，一切皆优，对这些事似乎并不关心。

至于那个神秘的野女孩小七真的像被某个符咒收走了似的，从此消失。

逐渐地，谷雨也没有再去过那片小树林。谷雨成了一个沉默的孩子，除了不愿意跟父母谈心，其他也一切正常。

但是，没人知道她心里的悲伤像魔道上的荆棘丛一样疯长，无人为她砍伐，她便永远到不了那仙乐飘飘的古堡。小七是暂时的，樱桃却是永恒的。

从父母到同学到所有认识的人，谷雨的心里想的最多的是樱桃。

她们已经是初中生，各自的名字都算得上响亮，但她被大家叫得最多的仍是"樱桃的妹妹"。上学时男生的纸条，老师的赞赏，全在姐姐身上。各种代表、上台发言，也总是属于樱桃。

谷雨并非不出色，但总是第二个被想到。大家都夸樱桃和谷雨这对孪生姐妹花。但谷雨知道那花是樱桃，她自己不过是下面托着花的萼，连绿叶都算不上。大家都说两姐妹长得相像，但谷雨知道她和樱桃是一眼就能分辨出来的。

同样的一双灵动大眼，樱桃的眼线略微下撇，像默片时代女明星刻意画成的样子，天生三分哀怨，我见犹怜。谷雨的眼角也有点下撇，却无故地多撇了两分，兼之又黑又大，轻轻松松便得了个"熊猫"的绰号。

樱桃的额上有一个精巧的花瓣尖儿，位置尺度与唐侍女图不差分毫，妈妈从不舍得让她留前刘海儿，怕埋没了那个精巧绝伦的美人尖。谷雨的前额也有一个正中的发尖，偏偏不幸向后移了半寸，暴露出一个锃亮的大脑门，新来的历史老师一见她便指着乐，说她是清朝瓢儿头。谷雨从此不肯梳背儿头。

这样的一对少女并肩在路上走，从后面看，都是窈窕的。但谷雨的肩总是略佝着，长期气冲冲的步子使她浑身别着股紧张。樱桃就不疾不徐，袅袅娜娜的像一棵樱桃树。所以只要大家多看一眼，便也就很容易区分了。

后来谷雨不再跟樱桃一起上学放学。她们是这样地相似，但细节的差异造成了整体的迥然，成了她的耻辱。她们时时被叫错，再被立刻更正，那飞快的速度，别人辨认出后抱歉的一笑，便让她羞耻到想死。

总之谷雨清楚，姐姐是整块绸缎正中裁就的，自己不过是边角料拼接的；姐姐是清清爽爽临水的一枝杜鹃，自己则是水中不停晃动的浮影。

到了她们13岁，都是开始抽条的时候了，谷雨的忍耐已经到了极限。

导火线是一个叫陆明的男生，人高马大，一口纯正的普通话能将任何课文念成抒情诗歌。课堂上他捧着课本琅琅地读，女生们都会装作东张西望地回头，偷偷看一眼他。

但陆明的重要性不仅仅在课堂上，同时也在一切万众瞩目的场合——操场上的棋手、航模比赛的冠军、百米赛跑上健步如飞总是把一根红线缠在胸上的，都是他。并且，每当有外地检查团来学校考察，陆明也总出现在最显眼的位置。他在一群人中间是那么地夺目，按照电视上那些说书的来形容，是鼻直口方，漆眉星目。

但找陆明做模特的美术教师则认为：他长得像漫画中的美少年。

女生们嗤嗤地笑，彼此说着我才不喜欢陆明。她们挑出陆明各种各样的毛病以此来证明自己。比如她们会说陆明下巴太尖，头发太长。另外，陆明太爱出风头，这也是被她们诟病的。

是的，这个人风头是太盛了，他简直无所不能。除了上面那些，他还弹钢琴，吹长笛，会出整墙的板报，还会偶尔将一个女孩子带在自己的自行车后送她回家。

镇上的大部分孩子都是走路上学，只有陆明骑着一辆自行车，远远地呼啸而来。当他车后座上带着女生的时候，大家都说："好不要脸哟！"然后看着那对不要脸的人在车上呼啸远去。

谷雨心里怀着秘密的热望，她膨胀到茶饭不思，她像别的女孩一样偷偷写纸条，与别人不同，她将纸条折叠夹在陆明的车后垫上。如果够幸运，他弯腰开锁便可以看到。

总算，她是幸运的，有一次陆明从后头飞车过来时，忽然往她手里塞了张纸条，又飞快地骑走了，整个过程一句话也没有。

她灵魂出窍般地站在原处，手上像握着滚烫的煤球，被害怕和期待抵得透不过气。上课时她将那张约会的纸条夹在书里，一遍遍地偷偷看，独自傻傻发笑。樱桃对她奇怪地打量，她也破天荒地不跟樱桃计较。

放学时她站在树下等待，陆明远远过来，骑着那辆脚踏车。看到她，他有一些尴尬，几乎不想下车，想了想还是过来对她说："真对不起，认错了人。"然后便一阵烟地骑走了。

她愣愣地看着那股烟里带出的草叶漫漫翻飞。

几天后陆明的车后座上出现了樱桃。樱桃穿着小圆领的方格连衣裙，端端正正地侧身坐着，怀里抱着要去少年宫学习的长笛，两只小脚交叠在一起，随着车身节奏一上一下，娴雅又舒展。有时候车一颠，樱桃便扶住车架，但谷雨认为樱桃是抱住了陆明的腰，那样地不知害臊。

谷雨往家走的时候几乎不看路，她胸口胀得难受，嗓子哽得说不了话。一辆货车从后头过来，呛起的烟尘漫住了路面，她抬起脸，一片漫漫的黄土中像看到了异国。可不可以就这样一直走到远处去，走到没有樱桃的地方去呢？

她在被子里缩成一团，渐渐地她的眼泪流了出来，越来越多，排山倒海一样。另一方面她又异常冷静，她像站在一个遥远的山头，冷漠地看着这个在尘埃里打滚的自己，心里有一点鄙薄，又有一点奇怪，为什么会这样流泪呢？她本以为她早已习惯了不公平。

童话里的心碎再一次向她游来，她不就是那条无辜的，始终缄口的美人鱼吗？上天让她的王子降临在眼前，再让她眼睁睁看着他离去。王子只会惑于表象，他知不知道她的心意呢？怯懦让她只有远远地看着并将一直这样下去。

她掀掉被子拿起床前的镜子，哭肿了的脸，显得更圆。她跟樱桃确实是相像的，皮肤细腻得找不到毛孔，如蜜桃一样，难道不是美的？但这美遇上樱桃，不但不出色，甚至失去了唯一性。

她毫不怀疑樱桃的自私，樱桃霸道、阴险，樱桃占尽先机，只将废弃的边角留给她。作为姐姐，怎么就不能让让她呢？

下午有记者来采访拍摄学校的先进绿化工程，老师特意将她们姐妹俩推出去。光鲜夺目的一对姐妹花，吸引着众人的镜头。

樱桃落落大方，面对话筒应答如流。谷雨整个过程都没精打采，几乎没开过口。这是她少有的不想跟姐姐争的时候。经历了死一样的挣扎，她活出来一种万念俱灰般的轻松。她的眼光飘向远处，阳光轻盈地在树顶踮足起舞，风声柔和得像叹息，似乎有陆明的车铃声……

樱桃悄悄地掐她、瞪她，提醒她摄像机就在眼前，她还是形同梦游。

等照片在报纸上登出来，只有樱桃一人。虽然老师认为一对美丽的姐妹花能相得益彰，记者依然觉得樱桃一人的光彩已经足够。

谷雨心里漠漠的，瞥了一眼就放下。姐妹俩有一个就够了。她怎么争得过樱桃？樱桃不过早出生 20 分钟，却由此改变了命运。

樱桃回来了，容光焕发一路哼着歌曲，樱桃神秘地对她说："告诉你一件事，学校要排节目去市里参加文艺汇演，我们都有份。"

谷雨不吭声，她想，樱桃何必对她说这个，姐妹俩有一个就够了。

櫻桃又说："学校里要排舞台剧，你猜是什么？"她凑近谷雨耳边神秘地说，"《海的女儿》。"

谷雨的心大大地一晃荡，接着狂跳起来。这是她从小到大唯一喜欢的故事，唯一感同身受的梦。她涨红了脸，血管也突突地跳着，她想说什么，然而看到櫻桃眼中的闪亮，她突然感到一阵不祥。

夜里她辗转不宁，一条银白的人鱼向她游来，弯弯曲曲却是游不到近前。她看到自己蹲在树下掘着坑，她的手上有一只死公鸡。有一个声音一遍遍地在说，姐妹俩有一个就够了。

她一身冷汗地醒了，下了床走到窗边，风把河边的蛙声和蝉声一起送过来，附近的草丛里有一点明明灭灭。她想起顺着这条路一直走到光线射不到的地方，就是那片她已很久不涉足的小树林。她想她有很久很久没有见过那个陌生的野女孩小七了，她忽然打了个寒噤。

两姐妹都是人鱼公主的候选人，但这一次谷雨决定不放弃，她将词儿背得溜熟。无论如何，这个神奇浪漫的童话是她最大的幻想，美丽而不幸的人鱼是她最大的慰藉。櫻桃那样娇贵成性的公主怎么能体会人鱼的悲伤？

镇上几所学校里挑出的最美的女孩们被聚集在一起，老师让十几个候选的女孩各自表演一段。

女孩们有的唱歌有的跳舞，轮到谷雨的时候，她完整地背出了童话原著。她背得那么认真，几乎一字不错。

她念着那矢车菊一般蓝的大海深处，念着人鱼夜夜守着一座王子的石膏像，她念到海上的狂风暴雨，当人鱼被割去舌头，她流下眼泪，在海面升起泡沫的时候，谷雨几乎泣不成声了。多么纯洁，多么美好，又是多么无奈，多么悲怆，她仿佛看到细金粉的阳光中，櫻桃坐在陆明的车后，自行车"丁零零"地打着铃，而她自己则正在海面上化成细细的泡沫……

谷雨背得大汗淋漓，她所有的梦，所有的委屈和早熟都在这里面了。她念完了，现场一片掌声。

然后轮到櫻桃。櫻桃也在台下，和众人一起认真地听着，为谷雨鼓掌。但櫻桃并不出声，櫻桃表现自己时从不用力。

樱桃这一天穿着一件白裙子，红色的腰带束着腰身，头发上有一只同样的小红蝴蝶结，她安分地选一个墙角静静地等待，等那惊艳的眼光落到自己身上。樱桃心里有数，从没有例外。

老师叫到樱桃，樱桃安静地站起，走到场中央，一言不发地将双手举到头顶，踮起脚尖——就像复活的人鱼原形那样，无声地舞了一段。

樱桃这几年的芭蕾没有白练，她的手臂柔软如水波，脸容忧戚而平静，甚至还有一点甜蜜，带着视死如生的安详。她缓慢地转着圈，缓慢地匍匐，长发流了一脸……这样的舞属于奉献，将殇痛当作醇酒，毫无怨言。

现场也同样鸦雀无声，几个老师好生为难地商量了一番，才说："小人鱼是被割去了舌头的，她不会说话，而樱桃有无声的表达。谷雨呢，也很好，让你演海王的其他女儿好不好？要不……"老师回头找谷雨，继续说，"要不你演海女巫？海女巫的戏份多，你对故事这么熟悉，一定没问题的。"

谷雨已经不见了。

风声渐渐成了尖利的哨子，山道渐渐变得狭窄，眼前杂树林立，谷雨用手扒开枝条。她想她再也不要回去了，她不能再看到樱桃，樱桃是一面镜子的背面，挡住她所有的光线。

她走在山上，视线里逐渐出现了人家。每户房前屋后各自分出平平的菜地，种着青菜和韭菜，藤上挂着黄色的丝瓜花。谷雨茫然地随看随走，她知道这里是杨庄，她随妈妈来过两次，独自一人却是没有方向。但是，要方向做什么？没有方向最好，让谁也找不着她。

这时一阵喧闹声传来，是挺大的一户人家，门口有一堆人，有个年轻男人躺在一张门板上，被七手八脚从里面抬出来。那人浑身是血，嘴里乱七八糟地混叫混骂，不堪入耳。谷雨嫌恶地闪身在一边。

她看到那人一条腿搭在担架边缘，血淋淋的，谷雨想他也许给狗咬了。人堆里有一个年幼的男孩忽然挤出去说："你们怎么就知道是我姐姐干的？"

"你姐姐是个死不掉的野种！她往老子腿上砍！"那年轻男人回头来吼，他的一只胳膊撑着门板，欠起身来骂，血一滴滴地从他戳出去的指头上滴下来，"她有种别躲，等老子搜出来，把她剁八块！老子腿好不了，连你一块儿剁了！"

那男孩向后退一步，一声也不吭了。

没什么看的了，谷雨转身又走。人越堵越多，旁边的树林里几只鸡在一伸一缩地踱步，她猫身进去。没走两步，身后出现飒飒风声，冷不防一只手便捉了她过去，接着一只巴掌捂住了她未出口的尖叫。

"别吱声！叫一下我杀了你！"

那只巴掌又冷又硬，手臂箍得紧紧的，谷雨想点一下头也不行。她心里并不慌，甚至一瞬间充满了热切，那股野生生的气息是不陌生的，小七的脸已出现在她的面前。

几年过去，小七的脸又背着光，但谷雨仍一下认出她来。那总是在乱发、尘土和光线暗处的脸，现在更是可怖，一张脸几乎扭曲，一些血迹和泥点凝结在上面。谷雨紧紧地盯着小七，希望小七也能认出她。小七果然也认了出来，放下手，打量她片刻，才说："你来干吗？"

没有一点久别重逢的喜悦，似乎她俩仍是陌生人。

谷雨有一点语塞，她顾不上计较，她有满肚子的话，却不知道从哪一句讲起。但小七看起来并不想听她说，小七浑身的衣服都没个样子，原本就不合身，现在更是破成了一条一条。小七的脸上分明有惊慌和愤怒，混合起来便是一副凶相。

谷雨说："你的药还在我家。"

"我不要了，你扔了吧。"小七的眼睛四处梭巡着，像有任何风吹草动她都会立刻跳起来跑掉，"你来这里干吗？"小七的眼睛高高低低地走了一圈又回到她脸上。

谷雨反问："那是你家？"

"那不是我家，我早就不住那里了。"小七的脸上出现一点狰狞。她极力将衣服往下拉，脖子上有两道血痕。她又盯了谷雨两眼，"你回去吧。"

谷雨想问，那你回来干吗？话出口却变成了："你身上是谁的血？"她已经完全忘了自己的满心屈辱，对小七的好奇和关切压过了一切。

小七冷笑一声，她双目充血，看起来很狰狞，嗓子也嘶哑，她也会痛哭吗？谷雨才发现她手上依旧拿着那把从不离身的刀，刀身上有几道暗褐色的痕迹。

"你砍了个人，他的腿上全是血，我刚看到了。"谷雨直戳戳地又说，她奇怪自己心里居然木木的。

小七又冷笑一声。小七的冷漠和狰狞都是假装的，实际上小七浑身颤抖，她竭力地撑着身体在掩饰。发现了这一点的谷雨感到一阵失望。

这时有轻轻的脚步声踮着过来，是那个细瘦的男孩。他猫着腰走来，一边东张西望，身体很单薄，走起来一副病歪歪的样子。小七立刻转过身迎上去，一边对谷雨说："你走吧，老实点，别对人说见过我。"

谷雨下山时天已经黑了，她发现全家人都出动了在找她。

辅导老师打电话跟她家里说她半途跑了，樱桃也说找不到她。本来谷雨从小就会开溜，也不是稀罕事了。但大家都说谷雨走的时候脸都青了，一副要出事的样子，爸爸妈妈便满街地找，看到她才松了口气。

妈妈温和地责备她，谷雨只是自己洗澡换衣服，她心里充满了一种说不清的感觉，有点堵，有点酸，还有点魂不守舍。

樱桃把一套干净的套衫拿给她，却不走开，在原地看了她一会儿，说："你要是真的喜欢，我不演了，让给你。"

谷雨将换下的衣服一下掷到水盆里去。谁要她这样假惺惺的？她这样地高高在上，算是在施舍吗？占了风头再来示好，摆明了自己依然是不如她，只在她慈悲心发作时才收到她指缝间撒下的一点好处。谷雨不是小女孩了，谷雨才不吃这嗟来的一套。

樱桃见她不答话，不知道自己又得罪了她，还说："我明天帮你跟老师说吧，我正好还要参加长笛比赛，我也没空啊！"

"呼啦"一声，谷雨忽然扑了过去，樱桃还没反应过来，谷雨的手已经掐上她的脖子，谷雨狠狠压低的声音迫在她的耳边，那是樱桃从没听过的陌生嗓子："不许再提这件事！你该干吗干吗，少跟我假惺惺！"

樱桃愣住了，这个谷雨是个陌生人。

"你鬼附了身吗？！"樱桃骂。

谷雨也愣住了，愣了半晌，松开手走了。她想樱桃说得没错，她是鬼附身了。那个鬼叫小七。

第二天谷雨去学校，又是好端端的样子了。老师问她是不是不喜欢海女巫？她说她就演海女巫，她说海女巫是个很有趣的角色，有魔法，很神奇，她愿意演。

老师松了口气，夸她懂事。而谷雨在心里冷笑，这个暗自冷笑的行为从此就进驻了她的心里，成为了长久的习惯。谷雨想，人们都多么愚蠢，多么可悲。

好吧，如果她不是人鱼，她宁可成为人鱼的仇敌，成为那个毁灭者。

接下来的日子，谷雨谨慎而安静，小七的重新出现，对她的意义并不像想象的那么大。她已经长大，知道小七不是一个童话里的女巫，小七有恐惧，有令她东躲西藏的事情，自身难保。而谷雨的战争，依然在沉默地持续……

她认真地参加排练，把自己的角色揣摩得很好。

樱桃对着镜子练身段，背台词，谷雨也跟她对词，樱桃不明白谷雨为什么变得这样好说话。从那一次发作以后，樱桃对谷雨就有点顾忌，樱桃从不明白这个古怪的妹妹，不明白到底这世界哪里让她不满意。

谷雨开始在夜里惊厥，她时常出冷汗，呓语，忽然在痉挛中醒来。樱桃被她吓醒，摇摇她，她便继续睡自己的。除此之外她一切正常。

她变得懂事，像是突然就长大了，在父母和老师的安排下柔顺乖巧，不闹别扭，循规蹈矩。偶尔在学校遇到陆明，她客气地一笑，陆明要是问她一些排练的事，她便简单说一些，说完便走。

就这样，一直到了那个水篮街上，人们永生难忘的秋天。

现在去问水篮街的人们那个秋天里发生了什么，没有人会详细说明。他们不停地打岔，讳莫如深，以混淆过那个心上共同的口子。但其实所有人都记得那个秋天的夜晚发生的惨剧。一次无故的失踪，一场突然的大火，阴差阳错，他们失去了水篮街最美的女孩儿。

在水篮街中学师生的回忆里，那个秋天像每一个秋天一样饱满平静，阳光充裕透明，无拘无束地流满街面，樱桃和谷雨两姐妹并肩走过，引人回眸。她们身上除了书包外，还提着一个袋子，里面是她们的演出服，樱桃是一件银白色的长长拖裾的鱼尾裙，谷雨的是一件黑色的，打了很多结绊，垂满细长布条的女巫斗篷。

　　樱桃和谷雨的服装每天都带回家自己保管，各拿一个衣架挂起来，两件长衣分别在风中飘曳。谷雨常会停下手中的活，抬起头，长时间地凝望着。人鱼公主的裙子下摆镶着亮片，用细珠子圈成弧形，象征着一片片鱼鳞，那件裙子轻若无物，像马上要化在风里一样。小人鱼会穿着这样的裙子，为王子摆动单薄的胯骨，站在刀尖上起舞和微笑。

　　而她的斗篷是一片比夜还深的黑色，那样的黑暗。因代表着女巫，所以上面有很多拖拖拽拽的，乞丐般的布条，颜色也不是纯黑，带着深灰，像蛤蟆的背部……巫婆的心里也有爱吗？在那磕磕绊绊的布条下面，藏着多么深的心事？她的爱会经过多少磨难，多少痛，才会由银白变成暗黑？谷雨忽然有点喜欢起这个角色来，生平第一次，她理解起一个女巫。

　　一直到，那个出事的中午。

　　后来人们一遍遍地分析、回溯、细究，认为如果不是一系列的意外与巧合，也许不会使事情这样毫无转圜的余地，演变到那个再无退路的绝处。

　　原定的演出，忽然提前了两天。而樱桃的演出服突然出了问题，拉链坏掉，有两处的亮片脱线，一副裙裾无故地松开来，只好火速送去修改。原本是一个老师顺路去裁缝铺取来，那老师的儿子忽然牙痛，老师便顺手拉出一个学生去取。

　　老师拉出的学生就是谷雨。

　　谷雨本来下午有一堂航模兴趣班，谷雨什么都不行，但对航模特别有兴趣，她在水池边摆弄着模型摆弄了一整个中午。后来她匆匆出来准备去随便买个午饭，却正巧被老师看见。

　　就这样她被临时抓来点了兵。

　　谷雨是满心的不愿意，她已经竭尽所能地避开樱桃的排练了，除了她自己躲不过的和樱桃的那一场戏，其余时间宁可一连几个小时的在河边发呆。她已经决定，她那海女巫的戏段一结束就走，这样就可以避开樱桃的压轴。

　　在后场排练的一群男孩女孩抹着红彤彤的脸蛋，正在最后练习集体舞的队形走步，大家都看到谷雨抱着一裹白花花的衣服进了后面的植物教室。植物教室是间单独的平房，墙壁上挂满标本，很空，平时就给她们排练。

天空像泼洒了颜料瓶，色彩混杂地变幻着，红得要滴下来。集体舞的大喇叭鼓点拼命敲着大家的耳膜，盖住空气里其余的声音。

二十分钟后所有人都看到谷雨狂怒地冲出。

一头汗练习走步的男孩女孩惊骇地看着谷雨刷白的脸，她怒得发抖的步子。没有人出声，谷雨从他们身边冲过去。只有一个男孩与谷雨一起玩航模，平时还能说上几句，他追过去问谷雨和姐姐出了什么事。

男孩事后的回忆里说，谷雨脸色煞白，甩开他的手。

"她不是我姐姐，她是我的仇人。"男孩复述谷雨的话，口气里对恨意的模仿只在表面，还是使人不寒而栗。

大家还记得樱桃打开了门，樱桃手上提着一件白闪闪的纱裙，缝着一片一片的亮箔和细珠子，樱桃脸色也白了，"怪物。"她说。冷笑使樱桃一向明亮的小脸一阵阴沉。

大家都不说话了，天空已经转暗，大家心中被一股莫名的兴奋蒸腾着。最后的暮色已经消失，天空铺开一层匀净的蓝，月亮使它晶亮生辉，圆圆的篝火堆已经堆起，即刻就要点燃。

一直到列队升旗的时候谷雨才出现，她脸色平静了一些，但还是有些恍惚。樱桃和她站在同一排，两人都别过脸不看对方，身体也小心地控制着，不与对方擦到。

樱桃的表演在这个晚上达到数次高潮，蓝色的绸面被舞台两端的人使劲摇晃，像真的万顷波涛起伏。樱桃冉冉从海面升起，她的美丽仿佛一弯新月，划空而来并长久辉映，所有人都毫不怀疑他们看到了一颗明日之星，所有人都记住了樱桃在这个秋天里完全盛放的美。

只有为数不多的几个人看到幕中时谷雨匆忙地离开。谷雨的海女巫刚刚结束，她正割去了人鱼的舌头，接下来是一阵集体舞，然后，就是人鱼拥有了人类的双腿出现在王宫的台阶上。

然而，谁也不知道为什么突然中途闭了幕，就像谁也不知道谷雨和樱桃怎么会双双失踪一样。这事在大家心里不但是个隐痛，也众说纷纭地成了个谜。

所有人都惊慌失措地寻找两姐妹，演了一半的戏僵在中途，有观众不耐烦开始嘈杂。

闹了一晚上，人们才听说山上起了火，烧了一户人家，紧接着的事让原本就一团糟的人群轰动骚乱了，大家集体赶上山去。

杨庄的人们后来告诉水篮街的众人，大家并不清楚那火是怎么烧起来的，也许是天干物燥，或者是谁在后头点燃树叶。总之那火势是忽然间就腾了起来，将高阔的天空耀亮。如梦初醒的人们拿起工具和水冲过去，但一切为时已晚——那时候山下的水篮街晚会正到高潮，孩子们的脸红扑扑地仰望着和欢呼着，大家正期待着最后的主角樱桃——美丽的人鱼公主，给这童话的夜晚画下梦幻的句号。

一条白影在窗前翻滚，女孩的叫声撕裂了黑夜，破碎的嗓子将天空剐出一道道刀痕。随着叫声与火势，大家认出那是专门编竹器和篾器的罗家。但没有人知道罗家人最早发现了火势却为何没有及时扑灭，没有人知道罗家人为何站成一堆，个个默不作声。

著名的篾器大王罗宇良脸色黑如锅底，蹲在地上一个劲地抽烟，欲来平息身体的颤抖。他的侄儿罗三宝走来走去，嘴里喃喃咒骂，他的步子带着明显的瘸拐。人人心照不宣那是怎么回事，但无人提起。

警察来到现场，火场被清理，只知道那一夜之后罗家失踪了一双儿女，是一个叫小七的女孩和她的弟弟。但被火吞噬在罗家厨房里的，却是一个陌生女孩。

大家最后发现，另有一个陌生女孩出现在人潮骚乱的现场，她的头发纠结成一缕一缕，脸上被烟熏得墨黑，眼睛一眨也不眨地睁大。谁问她她也不答话，并且在那之后，也没有谁能从她的嘴里听到一句完整的话。

她簌簌地抖着，对谁都不理睬，有人认出她是水篮街上的学生，因为她身上穿着缀满亮片和珠子的银白纱裙。此刻裙子撕成一条一条，亮片垂挂下来，像陨落的星星。

Chapter 2 / 你从我的世界路过
我注定不能再平静生活

　　夜上浓妆时，樱桃出现在 97 会所。江洲有十余家这样的高档会所，每一家她都很熟。

　　暮春的晚风依然沁肌地凉，一片一片扇在女孩们的后颈上。女孩们过早换上了热裤与露趾鞋，裸露出的大片身体被灯光照出暖洋洋的粉红。她们是夜晚的主人，时刻负责美丽的夜场香奈儿。樱桃踏上台阶时略略停步，挑起指尖，将胸前散开的纽扣扣上一粒。

　　雪亮的欧式壁灯从红砖的高墙上直射下来，将樱桃的脸照得透明，可以看出她的天然，她有桃衣一样粉细纯净的皮肤，两片腮红也是桃花瓣一样的。她面庞圆润，缺少棱角，这种模子略平的脸在身边一堆颧骨如削，下巴如锥的女孩中显得过于舒展，平平的眼窝，在那一双双烟砖色、大地色眼影和猫蓝眼圈弄出的深邃大眼中也缺乏个性。

　　现在女孩们已很少画出挑的双眉，她们的眉毛是直直的一横，炭黑的两道扫向两鬓。樱桃却依旧淡眉弯弯。现在没多少人懂得这圆润中的东方情调了，她因此而别具特色起来。

　　她和别人一样，漫不经心地走进深海一样的夜总会，在角落找了个位置。这里跟别处一样，总有她一个预留的位置。

　　有人过来搭讪，她略略往里侧让一点，空出的地方正好够一个人侧身而立。想完全跻身纳入是不充分的，她只给人一点寒暄的余地。

　　这是两个外地客人，长得都很气派，谈锋很健，出手也阔绰，他们看着樱桃有一会儿了，有一点拿不准。此时酒也喝了几轮，话也讲了不少，他们还是不能确定。

　　这位传说中的公关女王樱桃不像他们想象中的那么辣，装束也跟别的女孩略有不同。她坐在酒吧的一隅，薄纱衬衫的扣子一直扣到脖子，袖口也是长长的，只有光射过来的时候，才看得到她的曲线毕露。顺溜的直发沿着头顶天然的旋儿垂下来，别着一个小蝴蝶，娇嫩得像从学校逃出来放风的高中生。连牛仔中裤下露出的一双光洁纤巧的小腿，也是单薄的。

她的单薄是女学生式的，性感也是女学生式的，这一切都与这酒吧不符。她咬着吸管，孩子气的一双小胖手转动着冰啤酒，甲油是嫩嫩的裸粉，她歪头听着他们谈论，偶尔插进去一两句。别人举杯，她便轻轻碰一碰。她知道自己的美是哪一种，她找准了路线……

一瓶酒见底后，客人按捺不住了，问她有没有兴趣和他们去夜宵、游车河。樱桃笑一笑低头不语，心里飞快地计算时间，离天亮还有4个钟头，这个时候去混一混，她还赶得及在天亮前到家，赶得上与霍思垣的约会。她想应该差池不大。上了他们的车，她才发现车上另有一人，那女孩恰是她认得的，叫乔乔，与她一起厮混过一阵子。

乔乔后来爱上个男人，动了真心，就从了良，从此成了姐妹圈里的传奇。然而听说乔乔并没有收手，而是一直在外地拼命，一月一月将血汗钱寄回来，寄到她的真爱手里。所有的姐妹都说她傻，但乔乔从不争辩，也不露面。樱桃跟她已经有两年没见。

乔乔高头大马地缩在车的后座，将座位占去一半，她已经喝得够多，迷迷瞪瞪地跟樱桃打了个招呼就继续闭上了眼睛，睫毛膏不知被什么弄花了一片，樱桃掏出纸巾给她擦着脸。

她早听说乔乔找的男人是个孬货，赚不到什么钱。圈子里传来传去的消息，一时听说要结婚，一时又听说分了手。

车在琉璃盅一样的大道上绕绕走走，霓灯在窗外掠过，留下长长尾巴的流丽虹影。两个客人并不停车，只是大路小路地兜着风。樱桃知道他们的意思，但她已经没有心思。

她摆弄着手机，拨了几个号，然后说还有几个姐妹就在附近，可以一起去吃烧烤。客人欣然应允。到了目的地才傻了眼，樱桃招来的同伴只有一个女孩，其余清一色的青壮。

在烧烤店将啤酒都喝光以后，两个客人已经辨不出东西南北，樱桃交代两个青壮开车送他们回酒店，自己架着乔乔在临近的宾馆开了房间。

乔乔有一点醒了，抱着樱桃大哭。乔乔说男朋友已经和她商定今年结婚，于是她偷偷跑回来看他，就想给他一个惊喜。乔乔在见他之前，她先去饭店与几个熟人吃饭。而这家饭店正在举行婚宴，她的男朋友西装笔挺，做着别人的新郎。"我绝不会罢休！你看着。"乔乔口齿不清地说。

体力的消耗使她缩成一团，乔乔继续说："他连烟钱都是我给他寄的。他不想上班，我给他钱去投资；他不想住宿舍，我给他钱付头期。现在他拿着我的钱买了房子娶了老婆！"

"你想怎么样？"樱桃点上烟递进她嘴里。

"我要他死，要他不能洞房，要他跪在我面前。"乔乔的眼睛血红，气咻咻的鼻孔像马喘气，头发黏黏地贴在脸上。

樱桃开始去外间打电话，她在原地踱着步子，慢条斯理地对着话筒说话，鞋跟有节奏地敲击地面，"咚咚咚"地伴着她柔软模糊的语声。乔乔听不清樱桃在讲什么。后来樱桃挂了电话，陪乔乔坐了一会儿。

不久之后门铃响了，外面正站着气喘吁吁、狼狈不堪的男人。乔乔一下跳起来，瞪圆了双眼。樱桃拿了自己的包轻轻地走出去，她带上门，将乔乔的哭骂声关在门后。

匆匆洗完澡，天刚透明，樱桃觉得身心舒坦。酒吧里的烟尘味远离了，毛巾浴衣里的她清洁得像刚结出的青果子。

又过一会儿，太阳红彤彤地跳在枝头。她盘腿坐在床上开了电脑，电脑上贴着一些大头照，有思垣，还有小宝。

她将姿势又调整一下，她视频中的脸脂粉不施，显得粉嫩单纯。而视频的那头已经出现了霍思垣微笑的脸。

思垣的脸健康清朗，手边有一杯苏打水，一边用手指转着杯沿，一边问她起得这样早，做了什么？她说刚跑步回来。

思垣问："早餐呢？气温呢？"

她一一都告诉他，然后换成她问他同样的问题。他说一切都好，悉尼万里无云。思垣又问她小宝怎么样，她说还在乡下。

思垣想了想说："你这样不是办法。"

她立刻问："那怎样才好？"她等着他说那最重要的一句话，思垣的微笑里却有一点顾虑。思垣最后只说："等我回来，陪你一起去看小宝。"

关上电脑她才觉得浑身像散了架，她一下瘫在床上。结束了这次的视频电话，她才能彻底地放松。

无论如何，最美的一面一定要留给思垣。思垣万一知道他不在国内的时候，她依然夜夜做鬼做马，他会不会立刻对她改观？她想也不敢去想。

思垣带点孩子气的脸，笑起来一派纯真，正经起来却格外严肃。

初见面时他高她一头，俯视地看着她，告诉她他叫"霍思垣"，是两个古代的医圣——"孙思邈"和"李东垣"名字的结合。他是如此认真地介绍自己。

但她对那些东南西北无所谓，她前一阵连接了几个单，辛苦过甚，得了重感冒，这几天在家关门谢客养身体。不过下楼把前一晚端回家吃完的小火锅洗刷干净，将锅给对面大排档老板送去，恰被两个熟识的姐妹叫住，不由分说拉她一起去赴约。

无来由地去跟一群陌生男人玩乐，对她也是习惯之事。跟谁玩不是玩？她在家居服外面随便罩了一件大衣，素着一张脸就去了。之后，便认识了坐在一群人中的霍思垣。

思垣比她大五六岁，生在中医世家。到了他父亲那一辈，家里开始做中药材生意，在不少地方辟了地做中药种植园。

思垣本人学过西医，现在回国帮忙打理生意。年轻有为前途无量的青年才俊，樱桃不是没见过。但思垣和别的富有而帅气的青年有所不同，他格外地坦然、有礼貌、儒雅。

他听人说话时会看着你的眼睛，时不时地还会出现一种不安，他的样子总仿佛像是随时要跑开去做一件半途丢下没有做完的事；或者怕话说得意思不到位，就常常给自己的话题加上注脚帮助对方理解其含义。这种认真的单纯显出几分稚气，她忽然喜欢起他来。

他从小的环境太好，万千宠爱，才有那么一股茫然和懵懂。唯一男子气的是他紧绷绷的下巴，棱角分明，笑起来也带着一点含蓄，不说话时就显出初见时的严肃。这一切都令她感觉新鲜而踏实。而霍思垣打量她的眼神也有点怪，看不透她似的。她看上去不像一般的夜店公关，虽然她手里也捏着很多人脉，会推销某一种酒，介绍某一条路子，也会在杯盏中笑得游刃有余。

她说的话也都是场面话，但让人格外舒服，轻柔柔地关照着每个人，每个人都像是她一见钟情的情人。思垣想，这个传说中的夜店女王还是有点意思的。

她放松了心态，对他温情款款，照顾得格外周到。替他点餐，为他点歌，甚至细心地为他介绍江洲游览的路线图。

桌上的人开始拿他俩开玩笑，说樱桃给思垣吃偏食。她笑而不语，微微红了脸，显出羞涩。思垣便邀请她在接下来的几天里做他的导游。

他这样邀请她是替她解围，化解尴尬。她心里又是一暖，便顺势欣然答应了他，同时隐隐感到这是个好机会。

他们真的一起玩了几天。他本就是要考察江洲准备来这里开公司，有一位玲珑奇巧的女孩作陪当然再好不过。她带他逛遍江洲，吃小吃、赏古迹、逛夜市，又游车河，还一起看了傍晚的江水涨潮。

思垣爱上了这个秀丽的江畔城市，也对她留下了格外好的印象。他对她斯文有礼，一点好感含而不露，他的做派是绅士的，到哪里吃饭总要留下一点小费。

他生活在诚实干净的环境里，跟人谈事总是坦诚相待，但又不失精明，懂得点到为止。结束了正事，回到相处中，立刻又恢复了那点孩子气的懵懂。

这点懵懂却给了樱桃信心，她想，他真是不懂事呢。这样想着她心里一阵暖，不知怎么，她忽然勾画起和他一起生活的画面来。

但她依然不敢抱有期待，这样的男人不会那么轻易就进了她的手。她把心放平，不敢太急，只敢一点一点地对他流露好感。

他俩已经很熟，话题也渐渐深入。思垣说刚开始看到她的时候，以为她是哪里的学生来这种地方打发时间，没有想到她这么老道。

"老道"这个词用在樱桃身上挺适合，她在哪里都如鱼得水。一张天使脸，总是柔声细语的腔调，偶尔抬起溜圆的眼睛看着对方，没有美瞳片的眼珠天然黑亮，催眠睫毛膏下的睫毛根根纤长分明。除此便一尘不染，又惊艳又纯洁。

思垣也许就是这个时候对她动了心，或者上了瘾。樱桃眼里只有一点不安分，跟她的事故，奇妙地调和在一起。

所有人都说她运气好，钓上了思垣。只有她自己知道这一仗有多险。

思垣是随便勾勾手指头就有大批女孩乌压压往上扑的那一种，别的不说，就是思垣身边那个事无巨细全替他打理妥帖的女秘书闵安琪，论才情与美貌，樱桃都没有胜算。

闵安琪看到樱桃的时候，脸上带着尺度标准的微笑，精心描就的唇色冷艳闪亮。她身板笔直地走过樱桃身边，将文件递给思垣。

思垣介绍她们认识时，安琪伸出手时仍是绷着脸，嘴角微微往下撇了撇。这细微的表情被樱桃看在眼里，樱桃将笑容又加深几分。

"闵小姐气质真好。"她甜甜地说，"难怪思垣一帆风顺，原来是他身边有你。"

闵安琪眉眼松开了一些，樱桃接着又说："思垣还拜托我给你找男朋友，他知道你眼光高。我本来还一口答应了呢，现在我不敢了。看到你，我才清楚传说中的铁娘子是什么意思，可不得要打造一个钢铁侠来配你嘛！"

闵安琪气白了脸，樱桃已经转身走了。

樱桃一边笑一边想，这回是图了嘴瘾，爽是爽了，但这个梁子也结下了。不晓得闵安琪会不会在思垣面前使什么伎俩。

但闵安琪这样的女人，自己就算把她供起来，她一样会使绊子，还不如立场分明，也许她还忌惮点。

事实是闵安琪果然没少下内劲，没多久就查出樱桃的不少底细。

思垣再来找她，眼睛里有了疑惑。

樱桃早就做好准备。这时候他们单独约会的次数也不过才两三次，她不动声色地招待思垣，一点"意思"也不露。她知道思垣之所以注意自己，也是因为她气息特别，没有声色场所里那种距离几里外就嗅得到的风尘味。

但在海里泡过的女人，上了岸身上也难免有腥气。与其被风传，不如她自己说出。

她便跟思垣说了一些自己的事，不偏不倚地说到以往。她说自己中学没毕业就自己辍了学出来。思垣问她为什么辍学，她说因为贪玩，认识了一批朋友，年轻气盛，也总想离开家，就一起结伴出去。但闯世界也没什么意思，四面八方遇到的不过是一些男人，有的给她许诺，有的给她短暂的照顾，最后一个，给了她一个孩子。

思垣握着茶杯的手紧了一紧，樱桃装作没看到。

她最后的底牌已经打了出来，因赌注押得大，所以她几乎不抱任何希望——她的本钱尚且不足，何况还有个拖后腿的。这是事后大家对樱桃最为佩服的地方。对于小宝，别人都猜她会如何地抵死不认，她却没隐瞒他分毫。

这也是她走得最险的一步棋，押下的便是思垣那完美的道德，年轻的热血，对于她的信任，还有那一点因似通非通的懵懂而来的自信。

她告诉思垣她有一个男朋友是做生意的，也打一点擦边球。对她很好，那时她刚刚成年，就跟了他，后来他犯了事，判了刑，她却有了孩子。

多大了？思垣问她。两岁了。她平静回答。

她坐在思垣对面，手上没有烟没有酒杯，一双小手规规矩矩地交叠，面容一派纯洁。她带着纯洁的直接，给他看她身上的伤疤——将近两寸长的刀口。看着像褐色的蚯蚓，爬在她奶油般的小腹上，是触目惊心的。

这一副清纯只有配上这丑陋的伤才够惊心。这极端不相符的两种碰撞，才能叫人难受，叫人难以忘记。并且，在思垣那热血的心里，这显然刺激、撩拨出了他的骑士精神。她不过二十出头，却已经是个受难的小母亲，一个典型的悲剧人物。

悲剧不就是撕裂美好给人看？她不是个好学生，但对这件事融会贯通。她将自己撕开，装作不留意他眼里的愤怒和痛心。很好，他愤怒她便成功。

乔乔是个撞南墙的傻瓜，妄想在男人的世界里战斗。樱桃可不会，她的羽翼珍贵，因为受过损所以更加惜之如命。女人的世界从男人处得来，这道理她早已知道。

从那之后，思垣常来看她。他给她的礼物，她收下一些，退回一些。让他看到她自尊的弹性，也看到他在她那里的分量——有依赖，但不是无他不可；接受上有一定的障碍，但也不是全无可能。

他甚至陪她回乡下看小宝。小宝一直养在她的一个姐妹蕾蕾家里。小宝那黝黑的皮肤和闪闪的大眼睛，不大像她，应该是酷似另一个人。她说谁更强势，孩子就更像谁。那个强势的人如今还在牢里，不过也快出来了。

思垣默默不语，此后几天没有再找她。

那几天里她口腔溃疡，手掌生了湿气，所有的内火统统发作。她坐卧不宁，茶饭不思。想她还是太自大，怎么就能相信了现在还有好男人？

但几天后思垣来找她，语气郑重地告诉她："在我可以筹得出的数目内，我可以去与小宝的父亲交涉，让他同意协议离婚。"

她松了口气，劫后余生般地笑了。

她泪眼模糊看不清思垣的脸，她只能摸着他的头发，他的肩膀，将自己的脸贴在那上面，抖抖索索地说："其实不用，我和小宝的父亲根本没有领过结婚证，小宝至今还是黑户。"

她给思垣解着衣服，他微微犹豫，之后便随了她。

她万般温柔，又不敢将最辣最火的手段使出来，还是怕思垣轻看了她。男人喜欢什么她不是不知道，但是对思垣她如履薄冰，一步也不敢走错。

霍思垣究竟有多好？不是最有钱的一个，也不是最体贴的一个，她的那一系列情人里怎样的人都有，但她就是想要霍思垣。

她只知道跟思垣在一起，她便能睡得香甜，没有梦魇来骚扰。

思垣的怀抱像一片繁华细草，足够她安心徜徉。她紧紧地贴在思垣的身上，感到身体深处的颤抖正渐渐地平复。思垣是她的解药，使那个苍白的影子离她而去。多少年来那片薄薄的白影阴魂不散，她无论做什么也不安宁。

姐妹们对樱桃的手腕佩服得五体投地。但一天没有与思垣结婚，她就一天不敢掉以轻心。虽然思垣喜欢她照顾他，但还没有过允诺给她。

虽说男人的诺言也算不得什么，可是思垣的就不一样。如果她能得到思垣的爱，她相信就如同人鱼得到了人类那另一半的灵魂。只有爱人的灵魂与她共享，她才能相信自己的明天还有指望。

思垣回来时樱桃正穿着柔软的瑜伽服，柔亮的乌发毫无杂色，眼睛和嘴唇都水汪汪的。

她笔直的一条腿牢牢地攀住地面，同时手臂前伸，像是能无休止地延展，另一条腿向相反的方向抬起，送出去，眼睛望向无尽虚空。

这样的平衡维持了几秒，她便浑身像被抽了筋，轻轻地滑在思垣身上。思垣的身体绷紧又放松，她像微风吹过去，满足着他，想让他舒适。

她给他放水淋浴，一边想着要不要自己也去，与他水中嬉戏一番……这个想法令她脸红心跳，她咬住嘴唇。思垣却已经匆匆地洗好出来，说晚上定了包厢，可以和朋友们一起聚一聚。

"那我穿什么衣服呢？你的朋友都那么有排场，我不能丢脸呢。"她撒娇地问他。女人让男人帮忙选衣服，也是两人的关系亲昵到一定程度的证明。

思垣却不在意，他说："你穿什么都好，都是好朋友，不计较的。"

樱桃将头发两边分开，梳直，穿上带帽的白色恤衫和粉色短裙。这样的运动风使她清纯可人，更像个不谙世事的学生。想了想她又将头发打散，用卷发棒慢慢卷出微波一样的起伏，再自然地落在双肩。思垣的朋友大多有不错的品位和挑剔的眼光，跟在思垣后面扮成女学生并不适宜。

要松弛，又不能太松弛，得要别人一眼看出她跟思垣的关系也许还没有到最后一步，但水到渠成是指日可待的事情。她换上一件薄荷绿的线衫，袖口很长，领口却袒出不少，正扣在若隐若现处。这样的衣服只有小骨架，但又不能太瘦的女人才能胜任，她正巧就是这号人。

她转了几圈，以种种朋友、死党、生意伙伴的眼神轮番挑剔自己，最后她满意了，怎么看，都是个能令人快乐，与思垣登对的女伴样。

对了，还有闵安琪。她摆出闵安琪那斜飞的凤眼看着镜子，在女人的眼中，她樱桃随意休闲，妩媚得漫不经心，甜美得毫无压力。内心笃定，胸有成竹的正牌女友才有这样放松的姿态和眼神。她又练了几遍眼神，才挎了包出门去。

果然闵安琪的眼光与她一碰便滑了出去，此后也很少与樱桃对视。樱桃主动给她递果盘，闵安琪不但欠身双手接过，甚至还对樱桃笑了一笑。

她这一笑，樱桃就有点嘀咕。闵安琪艳若桃李冷若冰霜，难得一笑就让人觉得皮里阳秋。樱桃顾不上去多想，打起精神应付思垣的朋友。

她款款对每个人微笑和敬酒，帮他们点歌，但不给他们倒酒，也不主动搭话，只温柔地坐在思垣身边，只在有人过来招呼时她才微微欠身。看得出来那帮男人都被她不同程度地迷住了。

思垣看起来心情相当愉快，胳膊搭在她的椅背后。但樱桃觉得思垣还是有点心不在焉，他过两分钟就要看一下手机。包厢里灯光幽暗，他甚至去门外看。

樱桃问他是不是有朋友还要来，他说没有。樱桃问他是否有急事，他也说没有。但他仍是捏紧手机，过一会儿便滑动一下来看。电话终于来了，思垣一下跳起来，去门外接，这一接就是半个小时没有回来。

闵安琪递了一块毛巾给樱桃，说："放心，霍先生没什么事。他一直就这样的，都好久了。"

闵安琪又笑了一笑。黑色透纱的冷衫和红唇上的笑使闵安琪看起来像一条美人蛇。樱桃心里的不安渐渐聚拢、厚重起来。

她继续与人们应酬，眼光却一瞥一瞥地扫向包厢外的思垣。包厢门关了一半，从留下的缝隙里能看到思垣的半个肩膀。他的胸脯起伏有点大，是醉了还是正说着令他激动的事？樱桃真想把他的手机夺过来看看。

而闵安琪却有点喝多了，音乐出来一首 DJ 舞曲，她拉着樱桃起来，两人一起晃动着身子。闵安琪说："我们女人就是爱一场恨一场，最后还是一场失意，你说是不是？"

樱桃对着她笑了笑，眼神又滑向门外。安琪明显舌头大了，忽然凑过来，热热的呼吸喷到她脸上，"你别介意，思垣这样算不错了，他花也花得有限，对你已经很够意思。"

樱桃一愣，几乎不知该作何反应。旁边的人已经一把将安琪拖过去，对樱桃说别介意，喝多了讲醉话。樱桃礼貌地说没关系。但她心里疑惑，那人虽陪着笑，却显然是有隐情的。这时思垣才进来，樱桃问他电话打好了？事情解决了？他一愣，才说哪有什么事情，老同学多聊了几句。

樱桃不多问了，她心里基本上有一个谱。

第二天思垣一早便匆匆出了门，他回国不过十来天，待在樱桃身边的时间极其有限。

樱桃收拾了心情，寸步不出门地等着他。他只说有一笔生意，见两个朋友。但他衬衫仔裤，根本不是谈事情的样子，樱桃心里的疑窦越来越大。

这晚思垣没有来，她迷迷糊糊地一人睡在大床上。

一片浅灰的月悄悄滑进来，无声地跌在地上，碎了，水银一样的影子侵过来，一点阴影落上她眉间。

她脑中似有一点电流忽地兹啦一闪，像一个小小的炸雷，极轻，却让她汗毛猛然耸立，直觉先于大脑苏醒，她想：来了！

她的心开始下沉，努力想左右挪动脖子，身体却已经动弹不了。她努力地抖动眼皮，怎样也睁不开……坏了，坏了，没用了，她知道，梦魇已将她罩住……铅一样沉的黑暗已将她牢牢压住，她的心却已经沉到深不见底的深渊去了。

她闭着眼，却看到一条银白的人鱼向她游过来，游过来，在逶迤的水波纹里，尾巴尖扫上了她的面颊，她清晰地感觉到那股麻痒。她依然竭力挣扎，不明白多日没有的幻境，又从哪儿撒了网围住她。耳边仍是"嘶嘶啦啦"的声响，像收音机的电流，也像很多人的嘈杂，或一个女孩的笑声。

"你忘了我了？这才几天？你别忘了我们是连在一起的。你过着我的日子，你的一切都是我给你的。"消逝的女孩再度重来，她总是选择在她最虚弱的时候来。她的手指都麻木着，虚空地张着其实是紧闭的嘴。

"走开，"她无声地挣扎和大叫，"我不是你，你别来烦我。"

雪白的女孩也像一片月光，在她耳边咯咯地笑了，"撒谎。你看看你自己，你就是我的影子，你哪里都是我。除了我，谁会永远和你在一起？那个男人？你少做梦。"

"我跟你没有关系！"她大叫。然后她倏地醒了，胸口是一大片的月光，棉被被她踢开了，胸口压着的重量也没有了。

她惊魂不定地坐着大口喘息，一手拿过枕边的电话。手机上显示着很多未接来电和留言，她逐一检视，没有一条是思垣的。

她起身去倒水，大口大口地灌到她抽搐的胃里去。

思垣明明是爱她的，她能感受到这份爱。思垣会吃她碗里的剩食，睡觉时给她盖好被子，思垣甚至接受了小宝，愿意付钱换来她的自由身，这不是爱是什么？

她呛了一大口，水杯脱落，碎玻璃伤了她的脚。她踮着脚，找来药棉给自己处理，一边看着黑沉沉的天。天微明时，她拨下一个号码。

老金应召而来，老金是樱桃众多的男朋友之一，民兵出身的老金有一双锐眼和良好的耐性，他开了一家商业协助调查公司，调查的却全是私人内幕。

樱桃不喜欢老金鬼鬼祟祟的样子，所以两人只是短暂地好过几天。

但鬼鬼祟祟却是老金安身立命的手腕。老金以他独特的嗅觉和平庸得挑不出特别之处的相貌混迹在人群之中，长时间地潜伏，找出他的雇主感兴趣的内容。

在樱桃最初认识思垣的时候，老金就曾经帮过忙。现在樱桃又临困境，对她念念不忘的老金便再度出场了。

几天后老金来找樱桃，将他不离身的相机打开放在她面前。老金的手法果然不错，照片拍得比八卦杂志上登的那些娱记们拍的要清晰多了。

相机小小的屏幕上出现了霍思垣。思垣的身边有一个陌生的女孩，长手长腿，身材瘦削。她站在一辆小货车前，正从车后搬下什么东西。那东西看起来很重，她的背脊如猫一样弓起，一条腿踩在踏板上。思垣就在她旁边，也伸着手弯着腰是要帮忙的意思。那女孩却没有放开手，自己紧握住包柄。

另一张是思垣与女孩并肩走在街上，这一张可以明显看出女孩的身量不矮，也许太瘦了使她显得格外修长。年龄的话，看起来 15 岁到 25 岁都有可能。她的头侧向一边，看不出美或不美。她一只手往肩上拽着滑下的书包，另一只手被思垣握着。而思垣温柔地朝她笑着，那熟悉的，温水一样的笑意……樱桃抽紧了心。

"就是这个人？"她问。照片上的女孩看不清楚脸，但美不到哪里去，至少没有她美。

"男人嘛，鲜花见得多了，就想尝尝野草。你那个霍公子娇生惯养，必定没有试过这种野的……"老金笑嘻嘻地将手搭上来，樱桃一把打掉。

"就这些？没有了？"

"还有……"老金笑得又神秘又得意，"这小妞看起来野，实际上更野。"

老金变魔术般地又拿出一架相机。樱桃瞪了他一眼，说："玩个街拍你把自己当 007？你到底有多少机子多少镜头？"

老金一笑，"别看不起我的行为艺术，你不给我机会，怎么知道我有多少绝活？"他笑得得意。然而在樱桃看来猥琐极了，她一把推开他不安分的手。

　　图像上这回没了思垣，是女孩独个儿一人站在一所学校门口。穗子一样的短发，穿着很大的套头衫和帆布鞋，短裤下裸露的小腿细瘦得一碰就折。很脏的大书包，颜色很浑了，沉甸甸地压着她的肩膀，那么沉，她像是把家都装在里面。

　　樱桃皱起眉头，那女孩宽宽的肩膀，模糊的脸，那股让人不安的锋利和脆弱，怎样都像一柄竖起的匕首。樱桃感觉心里的什么位置被刺了一下。

　　老金也探头来看，告诉樱桃那女孩是师范大学的学生。"奇怪吧？"老金说，"她住在冰冻街，跟冰冻街上那些人混得挺熟，居然还是个大学生。"

　　老金按着键给她把照片一一摊开，一目了然展示在眼前的果然是林林总总的男人女人。冰冻街上给人找保姆的、摆摊卖货的、算命的、聚一起下棋打牌的……年纪、身份、神态各不相同，唯一的共同点是旁边的女孩，一样的大包，一样犀利的眉眼，冷漠的表情。她时站时蹲，与那群人或谈或笑，也或者面无表情地走过去。

　　最后一张出现了另一个女孩，五官柔和精巧。冷漠的女孩此时的表情有略微的松动，她俯下脸，嘴唇柔和地贴在女孩耳边。樱桃嫌恶地"啧"了一声。

　　"真人不露相啊！"老金说，"霍公子这回栽了。"

　　樱桃忍耐着将老金打发走，她将照片拷进电脑，想了想又从电脑拷进手机。手机不停被她摁亮，数据线都掉了几次，她没意识到她的手有点抖。

　　她辗转反复，好不容易遇到一个思垣，千辛万苦，心机用尽地攻打下来。思垣使她第一次相信感情，即使他不够爱她，慢慢地厮守久了她也有把握使他离不开她。她振作精神，万般小心，这个时候他竟给另一个女人生生地夺了去？

　　她整日整夜想着如何盘问他，可是思垣竟毫不隐瞒，他像好学生那样坦率和纯良。

　　"是，我早就想告诉你的。一个月前我去给你订花时遇到了她，这以后就……樱桃，你知道我喜欢你，我不知道怎么办。"他诚实的眼睛这时显出真正的苦恼。

　　樱桃完全不知道该拿他怎么办了。

　　思垣跟那女孩是在大街上撞到的。撞到，很奇怪吧？

思垣带着闵安琪和另一个朋友在冰冻街上走，突然不知从哪里钻出来一个卖花的小女孩追着他要他买花送女朋友。

思垣解释、推辞，小女孩只是不听，纠缠不放。思垣身边的朋友急了，出手推了小女孩一把。就在这时突然冲出来一个陌生的大女孩，一把揪住了这朋友，硬是说他们欺负了小女孩，让他们赔偿。

陌生女孩身架瘦削，气势却很足，凶狠地说他们欺负了卖花女孩，必须赔偿。并且，你们看到了，卖花女孩有一条腿是残的。思垣拉住朋友，道了歉，掏出钱夹表示愿意买花。但身边的朋友还是发现了新的破绽——小女孩手中的玫瑰是死的，花头已经耷拉掉，露出梗上插的一根牙签。

朋友说既然要讲道理，那就讲清楚，他们不能花钱买这样一朵花。朋友学财会的，口齿纠劲起来步步不让。也由于时间充裕，加上心情恼火，居然当街就跟一大一小两个女孩扯起皮来。

渐渐地围观的人多了，那一条冰冻街上基本都是做小手工买卖的人。他们开始起哄，大女孩便迂回说：“既然不想买花，你总是撞到她了，要不你请一顿饭吧，她一天没吃了。”

思垣让闵安琪和朋友先走，他带了两个女孩去吃饭。思垣这时的好教养完全表现在好欺负。他一边看那拄拐杖的小女孩“呼噜呼噜”吃面，一边耐心地问她几岁，家里有哪些人。小女孩一概不答。旁边的大女孩便笑说：“先生真有善心，你想领养她？”

思垣一窘就不说话了，女孩却凑过来问他要烟。她静静地靠门坐着，垂头看着手中的烟，烟缕细细地从女孩的鼻腔和口腔中打个轮回，她的侧面被门外的阳光镀了道金。思垣觉得这女孩老练且强悍，但安静时又格外安静。

女孩抽完一根烟，见思垣还在打量她，便说：“劳你破费，我没什么谢的，给你免费看个手相吧。”

女孩说着就拿过思垣的一只手，女孩的手掌略硬，却很干净，有力地托住思垣的手腕，硬质的手指滑动起来却很轻柔，在思垣摊开的掌面上轻柔地滑动，像帆船随意游波。

“你的手纹很乱，像一张地图。”女孩开始说，“你的人生像一次旅行。你已经游历到了这里，”她抚着思垣食指的指根，“然后，这里，”她抚到中指的指根，

"这一小截路你都很顺，很多人喜欢你。"

思垣觉得这女孩与众不同。以前所有给他看手相的人都跟他唠叨感情线生命线事业线，让他觉得烦躁。

而这女孩的新奇说法使他有了兴趣，"然后呢？下一步在哪儿？这里？"他动一动无名指的指根。女孩抬头直视他，他们的脸近在咫尺，两人一抬头就对上了眼睛。女孩猫一样的眼中仿佛也有一缕烟雾。

"下一站是这里。"她慢慢地握住了思垣的无名指，将自己的四根指头裹住思垣的手指，她的眼睛没有垂下，还是直视着思垣。

思垣觉得自己的心脏瞬间漏跳了一拍。

"下一站是这里。"她将思垣的手指完全弯曲，握在自己的掌心中。

"什么意思？"他问。

"你会遇到一个人，爱上她。"她的猫眼直视着他。

思垣笑起来，女孩没有笑。雾散了，她一动不动地凝视他，"你想和她结婚，白头偕老，但是她弄碎了你的心。"

思垣想再问，女孩已经放开他。旁边卖花的女孩早吃完了，怔怔地看着他俩。女孩说："好了，谢你招待。胡言乱语，别放在心上。"

思垣不知怎么就说下次还找你看手相。那吉普赛小女巫般的女孩回头莞尔一笑，"后会无期了。"她说。留下思垣一人在原地。

留在原地的思垣惴惴不安起来，他在小桌旁又坐了一会儿。手边是女孩抽剩的烟蒂，他站起来整理公文包，忽然发现里面的钱夹已不翼而飞。

他抬起头，饭馆老板正不无嘲弄和怜悯地看他。饭馆老板说："那两个人都是在冰冻街打混的……"

思垣终于反应过来，女孩给他看手相的时候，旁边的卖花女孩便趁势偷了他的钱夹。

"你爱上一个偷你钱包的女孩？"樱桃问思垣，"你爱上一个女扒手？一个骗子？"

思垣低头轻轻地摆弄着火机，发出嗒嗒的轻响。"她不是骗子，她后来找到我，把钱包还给了我。"

女孩找到思垣的公司，"思垣。"她像个老熟人一样地叫他。

思垣不可思议地瞪着她，难以置信她居然敢找上门。女孩掏出个钱包，"不用谢我，"她厚颜无耻地说，"喏，这是你的证件和名片，完好无损。今天是学雷锋日，所以我给你送上门。"

"这么说我该谢谢你？"思垣哭笑不得地看她胡扯。

女孩摇摇头，手指点一点他上衣口袋里的半包烟。他递一支给她。女孩熟练地吐一口烟出来，环顾着四周，"你女朋友来了。"她说。

"那天还真是你来了。"思垣告诉樱桃，"你远远过来，她就走了。"

女孩把钱包往思垣口袋里一塞，露水般的指头轻轻在他胸前流过。"我们会再见。"她笑一笑，细白的牙齿一闪，"如果还想算命，到冰冻街找我。"她就这样消失了，就像一阵烟消散在风里。

樱桃竭力地回想着那天。她并不常去思垣的公司，那天阳光好得使人想大叫，她破例去思垣公司找他一起吃午饭。

风里细碎的花瓣纷扬落上头发，她挽住思垣走在春风里，是格外温情的画卷。但是在这一切后面居然隐藏着另一个女孩？那女孩刚刚离去，将手指残留的烟味留在思垣的胸前。她怎么如此大意，她被好春光蒙住了眼，迷惑了心，以为这一切都是她的了，殊不知另有一个女孩，不动声色地将网撒在了思垣头上。

思垣已被那张无形的网逮牢，两天后他真的去冰冻街找那女孩。

女孩单薄地站在飒飒风里，枯竹一样挺直，又微微摇摆。脚下是一张废纸告示，一盒冷掉的盒饭和一摞沉重的书压住两端的纸角，纸上写着"大学生家教，补习英文及物理"，下面还有注释"——代写各种论文"。

女孩毫不吃惊地看着低头研究那告示的思垣，像是早知道他会来一样。"先生，写论文，还是算命？"

"你吃了没有？"思垣像本地人一样的跟她寒暄。

那天思垣掏出所有的钱请冰冻街的人吃饭。那一带是她的地盘，每个人都像是她的亲人。大家收了摊，关了店门，摆出长长的火锅宴。

女孩跟思垣碰了很多次杯，她的脸发白又涨红，眼睛异常明亮，"思垣，你为什么来找我？"她轻轻贴着他的耳朵，"思垣，你是个好心的傻瓜。"

此刻思垣的表情真的十足像个傻瓜，他对樱桃说："她就像个谜，弄不清她在想什么，想要什么。她是师大的学生，有时候兼职模特赚钱。她的学费都是自己筹，跟我一起这么久，没拿过我半毛钱。"

连他们第一次上床，女孩也对他毫无要求。女孩像是有着充足经验，又像是毫无经验，像是忍耐，又像是享受。霍思垣没有遇到过这么一个奇怪的矛盾组合体。

樱桃心里有一点被刺痛，那是个一无所有的清贫女孩，只在贫民窟一样的冰冻街打混，可是她自力更生，放着你这个金矿也不动手。只有我，事事靠你，让你给我找房子。连跟我没有合法关系的前男友，也让你帮我搞定。

思垣抱着她，"樱桃，你知道我不是这意思。"他真的痛苦起来，"我知道我对你是怎样，可是我不知道我对她是怎样。你能教我怎样去做吗？"

樱桃轻轻地挣脱开他。

冰冻街是一条永远在拆又永远拆不完的老街，人们管这里叫古城区。

老房子都是花梨石的墙，拱门，翘檐，狭窄的木门口一边一个沉重的石鼓，门里青石的小院子，能看到狭长又陡的木梯，和潮湿的天井里明亮的月季花。

这片房子有历史，但又不足够作为文物，拆了未免可惜，所以在人们的犹豫不决里一天一天地存在下来。房子的主人们搬走了一部分，却还捏着原有的房权，将它们低价出租，其中又有人在后头胡乱搭着棚子，这一片就变成了不伦不类的房型。

樱桃走进这样一条巷子，她手里有一个地址，在一半已成废墟，一半空留房架的方方框框里绕来绕去，终于确定地停在一扇纹理粗糙，表面剥蚀的木门前。

这个院子不算小，也有天井，向着院子深处走，在与另一个院子的接壤处，伸出一截短短的砖墙，又罩着很多麻纺袋。从外头看，里面是黑沉沉的。她掀开前面的一扇房门，一线光从窗口虚弱地射进来，射进来就无声无息地融入了一片黯淡。这片黯淡里浮游着些微幽光，光线斜铺在一张小床上。樱桃调整好视线，才看到床上趴着一个女孩。

柔软、颀长的身体，完全舒展地打开，蛇一般的逶迤、从容，中段微微起伏。能看到那女孩压着双肩，窄窄的背和腰沉陷下去，臀部那里微微凸起，延伸出两条饱满的长腿，一上一下地搭在床沿上。

女孩的胳膊也向前伸，紧紧抓住了床架，这副睡姿像一个刑具上的受难者，她偏偏显得很舒服的样子。樱桃抿紧嘴唇，在门上敲了两下。

女孩微微地偏过头，朝门边看了一眼。光线有一点落在她脸上，还是不甚清楚。女孩欠身起来，她起身的样子也像条蛇，胳膊撑住力，脖子仰起，胸跟着提上去，轻轻一个转折，人就正了过来，她像是在做一套床上体操。

她保持这个姿势看着樱桃，"找我？"

樱桃不由得皱眉。这女孩的声音是哑哑的，哽在咽喉里似的，这调子是似曾相识的，这态度，看不出一点的防备和轻蔑，都是似曾相识的。

樱桃定了定神，说道："我是霍思垣的……未婚妻。"她在女朋友和未婚妻之前斟酌了一下，觉得还是未婚妻更合身份，更有代表性。

女孩嗤嗤地笑了，这笑容表示她毫不吃惊。"我看过你一次，很远地，你走过来，我就走了。你看，我很不想破坏你的幸福。"她耸耸肩。

樱桃坐下来，这一刻她觉得她像极了电影里演的那些有钱有势又有背景的正房太太们，为了夺回自己的爱人，来跟一个中途闯进的小恶魔谈判。

为了保护自己的爱人和孩子，女人们有什么事情做不出来？何况是年轻虽轻却过尽千帆的樱桃。她有足够的经验使她和这女孩周旋。

一个住在冰冻街棚户区的女孩要的是什么？什么最能保证她的前途？樱桃觉得越来越有把握可以说动这野心勃勃的女孩。

女孩却盯着她，下了床，挪到一张凳子上。女孩只穿着宽大的T恤，看起来丝毫不怕冷。屋里亮了一些，一束光照着女孩的脸。樱桃忽然觉得背上一阵麻，像千足蜈蚣爬上了后背一般，一些触碰让她瘙痒，另一些让她刺痛。

她在凳子上挪了挪，木凳子凉而粗糙，她不安起来。

"你是思垣的未婚妻，可我觉得我早就认识你了，我们不是第一次见面，也不是第二次……你变了很多，可是我能记得你。"女孩的声音和目光都使樱桃觉得越来越熟悉，像一口古井里掏出的凉意渗进樱桃的心。

樱桃拼命抵抗着那点直觉，往事正要撕裂她薄薄的防御，她越来越魂不附体。

女孩又走近了一步，现在她们完全地脸对着脸了。女孩烟雾般的眼睛深处摇曳着一点亮，像灰蒙蒙的坟头上的一簇鬼火。

"你长得这么大了，我都觉得我老了。告诉我，你姐姐还好吗？谷雨。"

"呼啦"一声，一张凳子在女孩面前翻倒了，樱桃已经夺门而出，那种仓皇失措是完全像见到鬼一般的。

女孩看着晃动的门，伸手扶起了凳子。"还是这样，胆小鬼。"她像多年前那样笑了，喑哑的调子，在喉音里滚动。

笑声一直传到樱桃的背上，她背上的蜈蚣瞬间爬满浑身，细汗像水蒸气一样覆满，跟着便逐条汇聚流了下来。这疯子，她叫她谷雨，这个小女巫，这么多年她又出现在她的世界，她认出她，她叫她谷雨。

阳光眩晕地照进她的眼，她眼前还浮动着那小屋地狱般的黝黯。她抓住身边的一棵树，满嘴苦水，弯下腰想呕吐，双膝酸麻地撑不起她摇摇欲坠的身子。

那是个鬼，毫无疑问，她的报应已经来了。隔了这些年，她还是没能逃过报应。那人是替死者来催命的，是她命中的魔障，从地海中浮起，想再一次摧毁她的世界。

她扶着树干呕，树下有一点点的腥味，树坑里蚂蚁群集，正搬弄着什么。里面有东西，她想，那个小女巫又在里面埋了什么？

——女巫般的女孩在月光下拿着铲子，挖一个不可告人的坑穴。"想不想你恨的人消失？"女孩埋着一只下过咒的死公鸡，"把你恨的人告诉它，它马上就会带走他。把你的血滴下去，喂给它，它会替你索命。"

往事携翻江倒海的剧痛和反胃一起袭来，她摇摇晃晃地冲出这条巷子，让自己倒进一辆出租车。

Chapter 3 / 我不想离开
你知道我有多无奈

　　——女孩睡在时间的深处，往事化成厚厚的灰烬将她覆盖没顶。唤醒她的是一个吻，还是一场疼痛？

　　她发现自己不再美丽，她关严实了门窗，也不开灯，黝黯的镜子里有一丝光线一样狭窄的影子，浮肿又飘忽，像被人从古井中捞起。

　　她并不觉得痛，只诧异自己丢失了形状。

　　日与夜失去界限，她睡睡又醒醒，如枕住一片泥沙不停下沉，渐渐地一线光也消失不见。这一片无限的黑暗里只有一缕游丝般的歌声，透明如丝地缠在她身上，她便成了一只缠满透明歌声的茧，透明如丝的影子将她缠满。

　　"你是来带我走的吗？"一片岑寂里她问那个影子。

　　透明的女孩轻轻地笑了，这笑消散在空气里，又像一张蛛网。女孩像一片蛛网一样贴住她，又轻又凉。女孩用又轻又凉的语调对她说："还不到时候，还不到我带你走的时候。"

　　意识的最深处她看到自己，四周黝黯，长草没了膝，方圆内有一点月光，很快又淡了。这一切之内却有一个白色的小影子，那就是她，她不过十四岁，却已经一心悲怆，两眼仇恨。

　　十四岁的她在那个水篮街狂欢的傍晚，当火烧云将漫天都点成一把火炬，她已成了一支离弦之箭。她是一条宿命的人鱼，奔走在命运的绝途中。

　　她是被逼的，被那个可恶的樱桃逼的。

　　樱桃脸上已画上了油彩的妆，鲜艳异常，她像电视剧里的后宫娘娘，斜着明艳的眼角看人，眼神都是拿腔拿调的。

　　"你以为我不知道？"樱桃说，"你天天晚上偷穿我的裙子，现在裙子弄坏了，你满意了？"樱桃的温柔懂事全是骗人的，只有她们俩独处的时候，樱桃的刻薄才彻底露出来。

谷雨嗫嚅着，简直无地自容。原来樱桃一早就窥破了她的秘密，樱桃阴险地、不露声色地，不去揭穿她，只等着这一刻来尽情羞辱她。

窗外的操场上集体舞的喇叭吵得人耳朵也痛了，她真想一头钻进那堆涂了通红的脸蛋、笑得嚷着响震天的口号、毫无心肝的人群中去。

"让你演你不干，既然你看不上，你又偷偷摸摸地穿什么？"樱桃唇色鲜红，每句话都小口小口地吐出，每一个字都说得珠圆玉润，绝不会弄坏唇形，却也不停止，"你说你这个人，从小就不知道在想什么，妈妈还说你这几天变乖了，我看你根本就是个怪物。"

她不看面前的谷雨，不知道谷雨的脸色已经变了。谷雨心中那野火般的怒气疯长着，蒙蔽了大脑，蒙蔽了眼睛，最后，蒙蔽了呼吸。

"你闭嘴！"谷雨忽然吼出来，震得樱桃即刻就闭了嘴，"你以为你比我大我就要听你的？你以为你会跳舞就是人鱼？你不是，就不是！你是个骗子！"

谷雨一头撞出门去，院子里那一排小腿踢得齐刷刷的队伍也被她吓得静了一静。她两眼被泪水蒙住了，只管往外走，谁叫住她问了句什么她也忘了。

四下乱走了一趟，她发现自己停在校门外的角落里，扶着墙，胸口怦怦地跳着，几点眼泪很大颗地砸在脚下的土地里。她拿手背抹了一把，努力想把喉头的硬块咽下去。

一辆赛车骑过她身边，车子骑出一截又回头，"咔"的一声在她身边停下。车上人一手扶着车头一手拍拍她的肩膀，"樱桃，你怎么在这里？"

她不转身就知道那是陆明，她回过头，同时心里鼓了点劲儿，想让脸上的颜色好看一点。

陆明穿着一件新夹克，像电影里的男孩子一样把领子竖起，头发也是新理过的。陆明比一般的同龄男生要高一些，笑起来也格外舒展。尤其是不好意思的时候，会有一种小动物般的淘气。

他淘气地看着谷雨笑，"是谷雨。我又弄错了，真蠢！"他拍拍她的头，似乎完全没意识到她是个跟樱桃一般大的少女。

"她在里面。"谷雨疲倦地说，下巴往校门里一努。她浑身无力，连"樱桃"这个名字也不想出口了。

陆明看看操场的那一端，脸上还带着淘气的笑，把心里的念头斟酌了一下。

"帮个忙吧，小妹。"陆明人五人六地叫她，"替我带个信儿给你姐姐。跟她说演出完后我等她，她知道在哪里。"陆明在口袋里摸摸，掏出一块巧克力塞给谷雨，冲她鼓励地一笑。又甩了甩头发，将被风吹乱的额发弄到后面去。

他这一连串的动作，一举手一投足，可以分成一帧一帧，每一格都是一幅画。这样的一个美少年，应该存在于电视广告里。

她愣愣地看了他一会儿，像听不懂一样，又垂眼看着手中的巧克力。他不知道她的目光为什么这么直戳戳的。"你怎么自己不跟她说？"谷雨说。

"是个 suprise。"陆明发出一个俏皮的舌尖音，他又在身上掏出来一个小小的方盒子，手指一弹打开盒盖。

黑色丝绒里卡着一块精致的女表，银色的链条上嵌着一颗一颗小小的五彩石。陆明"啪"一下又盖上盒盖，说："好看不？我挑了半天。你先别告诉她，回头我请你吃冰激凌。"

他轻轻在她背上推了一把。她又发了下愣，慢慢转过身走了。陆明看着她一步一步走进校门去。

樱桃正飞快地擦着鞋子，鞋子也是精心装饰过的，如水晶鞋一样闪闪发亮。接着樱桃去整理头饰，她看上去心情好极了，一点也没受谷雨的影响。

她会受什么影响呢？她什么都有了，她是今晚的公主，是一切目光的焦点，结束了演出以后，一次甜蜜的定情的约会正等着她，王子的怀抱迎着她。而谷雨……将变成海面上透明的泡沫。

谷雨就这样看着，看着，看着樱桃的美丽，樱桃的快乐，也看着自己那一片暗黑的心。一直到她套着披挂虬结的女巫服候场，她还陷在那一片深不见底的黑暗里。只有一点是明亮的，便是眼前的樱桃。樱桃穿着那件飘飘欲仙的银白裙子，在舞台中央照成海蓝的绸缎波浪中舞动。每一张看向舞台的人脸上都浮动着爱慕和欣赏。

那件裙子上有谷雨的泪和指印，在无数个夜晚她独自走到阳台，在夜风里长时间地抚摸着那轻飘飘的白色，夜色里它凉如薄冰。人鱼夜夜地浸在海水中观望星辰与遥远的人世，她很冷吧？无望的爱情没有未来，她的鱼尾是个致命的秘密牢牢地隔开了王子。她怎样也得不到爱人的灵魂，只有化作泡沫的宿命……

她的眼泪静静地流下来，她将那小片薄凉的裙裾覆在脸上，渐渐地她手臂伸长，往上攀住了裙子的整体，裙子缓缓落下，像幸福大鸟脱落的羽毛，垂怜地盖在她身上。

没有人发现谷雨悄悄在夜色中起舞，穿着那件银白的、露水一样的裙子。裙子像是她的肌肤，从凉到暖，与体温融合。她知道自己的舞姿不美，她只在有限的那一小块方圆里，光着脚做轻微旋转。

她闭上眼睛，脑中有些晕眩，空气如海浪一样一波波绕着她。樱桃已经离台，监场老师狠狠推了一把谷雨，轮到她的海女巫了。她匆忙地跟随着惯性上了台，台词熟练，表情也无差错，但她的心渐渐下沉，又渐渐升起，看着自己心里隐约成形的念头。

就是这个时候，过往一切的潜伏，一切委屈……像一道复杂的计算题，涂涂改改，最后的结果便是今天，便是这一刻。

演出中场休息时她悄悄地进入后台，樱桃正在补妆，换上一件背心式样的裙子，银白的公主裙被搁在了一边。而谷雨轻手轻脚地将裙子抱了起来。

一群急匆匆的学生头上戴着花冠从谷雨身边跑过，他们扮演的是王宫里的侍者，监场老师大声叫着"快，快！"等他们锣鼓点般地跑过去，谷雨已不见了。

她绕过了大路，渐渐地越走越快。她发现自己正急急地朝山上奔，左右渐渐没有了人。也许，她也不想找其他的路，她并不去想是什么在控制自己，她就只想上山。山上似乎有某种依靠，会让她觉得此刻的行动不那么卑鄙。

草丛和树枝绊着她，云翳低低的，盖住了一弯刚刚升起的月亮，那么淡，就像不存在。她觉得脚下松软的砂石地，和一片一片的田薽也都成了一望无垠的海面，她便是那条为爱私奔的人鱼。

她不知道什么时候已经把裙子套在身上，银白色的长裙，鱼尾点缀着亮片，那一颗颗落下的星星都是她。

她一手捞起厚重的裙摆，深一脚浅一脚往高处走。绝望的激情中她气喘吁吁，她想不到后果，她只知道她不能再让樱桃得偿所愿。她绝不让她得逞，樱桃再不能骑到她的头上。

她头疼得要死，一呼一吸胸腔里被大口的风灌满。她不知道自己想去哪里，但前方已出现那堆着很多竹蔑编篮子和竹器的院落，那是罗家。她立刻明白了自己的心思。

上次她在这里看到过一个人血淋淋的被抬出去，人们说罗家那个像疯子一样管不住的女儿小七，拿刀砍了她的堂兄。

此时这房子里亮着灯，小七会不会在？

她走近了，狗叫起来，她一惊立刻又跑。有一些杂沓的脚步声过来，她惊惶四顾，看见静悄悄的后面有一间屋，门口挂着大蒜和辣椒，门是掩着的。

她悄悄推门进去，心跳得要蹦出来。她不知道事情到了哪一步，但现在只能躲一阵，躲过那脚步声和狗，然后偷偷溜掉。

她蹲坐在大灶后面，轻轻调匀呼吸，呼吸带一点急促，又深深地起伏着……她忽然惊跳起来，这不是她自己的呼吸！

"别动，坐下！"一只手将她猛烈一拽，她又一跤坐下去，心里却一下子宽慰了，小七果然在这里。

"你又跑来干什么？"黑暗中的声音问她，压着嗓子，声音在喉咙里摩擦着。谷雨不知道怎么回答，手指揪着长长的裙子，她出了一身汗，把裙裾一下捋到膝盖上去。

但小七也没打算要再询问下去，那一串危险的脚步声已悄悄地逼近了屋门，她们都不吭气了。脚步声在门前踟蹰了两圈，像在犹豫，终于又走了。

两人一起在心里数着那步子。步子是有点奇怪的，响一声，便"嚓啦"地拖出一个长音，再走一步，又拖出一个长音。

小七轻轻地冷笑了一声，谷雨觉得她的笑里带着极大的满足和嫌弃。

"报应还有的是呢。"小七说。

"什么？"谷雨问她。

"没你的事，你快走，以后再也别来。"

"你呢？"

"我回来接我弟弟，我们以后也不会再回来。"

小七直起身子，谷雨才发现她身边还有个人，是自己见过的那个男孩。此时他蹲在小七身后，一声不吭，窸窸窣窣揪住小七的衣服。

小七一只手在他的头上肩上不时地轻轻拍一两下。男孩却仍是身体僵硬，看来心里很害怕。

谷雨在自己身上摸了摸，陆明给的那块巧克力还在，她掰一半给那男孩，又帮他把乱糟糟的头发理了一理，拈下来两片竹篾片。

"我叫谷雨，"她悄悄说，"你呢？"

男孩像听不懂一样，光睁着眼睛，往喉咙里吞咽巧克力。

小七回头看了一眼，说他是阿因。谷雨又问："阿因，你几岁？"

阿因仍是不答话。小七又看了一眼，说他 12 岁了。

屋内黑暗的气流似乎有了一点暖湿，谷雨把手里的最后一口巧克力喂给阿因。阿因缓和了一点，却指着谷雨的腿。她低头看见自己被山路和树枝刮破的脚，说："没事，我不疼。"

小七忽然"嘘"了一声，她走回来，握住阿因的手一提，两人一起站起来了。谷雨不由得跟上两步，外面又有了狗吠。这回气势足，邻近的狗都跟着叫起来，有人咳嗽，有人咒骂，各种动静都起来了。

小七疾步转回灶边，谷雨看不清她的动作。这时却突然有一簇星火光闪了闪，灶里有了火苗。小七手不停，将四周的柴禾都搬到门边来。

"一不做二不休，不让我好好走，你们就救场火吧！"小七一下跨上了灶台去，抄了个凳子垫着，将上面的窗子顶开，接着蹬上去。她相当敏捷，两步便跨出了窗去，他们都听到她轻快落地的声音。接着便听见她在外面压着嗓子喊："把阿因托过来！"

谷雨直起身子，想将阿因使劲托上去，阿因虽瘦，分量却不轻。谷雨细瘦的两条胳膊颤抖着，忽然脱了力，阿因的身子一歪，扑通一声倒在了灶台上。

谷雨来不及多想，一把又将他揪起来。咬着牙，拼出所有的力气，将他拦腰狠命一抱，竟将他抱了起来，囫囵似的一团，拼命往上托。她觉得自己的胳膊快要断了，腰像撕裂了一样痛，终于把阿因送上了窗去。

阿因单腿跨在窗上，忽然回头看了她一眼，这单薄的男孩竟有如此清亮的眼神，如黑夜里的闪电，在她脸上转了一转，便下去了。

破旧的窗扇不停晃动，谷雨看着灶台，下面的火苗正舔舐着。这间陌生的柴房，基本也是个仓库，堆着柴禾和高高的谷袋。两只鸡在后头探头探脑，一只猫跑过去。她拿不准自己是要从窗户走还是从正门走。

小七的声音又从墙外传来，"你还不快下来？"

来不及想了，谷雨正要蹬上去，却吓得停住了脚步——樱桃正在她的背后，冷冷地望着她。

"本事不小，胆子也不小！"樱桃说，"我已经跟老师说了，是你偷了我的衣服跑掉，你这个疯子！就该把你抓起来！"

谷雨咬住嘴唇，她后背火烫，双手出汗，一把攥住樱桃的胳膊，樱桃这才傻了。

灶里的火苗已经蹿出来，火苗迅速地舔着柴堆，青烟漫出来。樱桃叫了一声，拉着谷雨奔向门口，忽然发现，门竟被人从外面抵死了。

周围的喧嚷声越来越大，依稀听到有人在叫"有火！有火！"

她们奋力地推门，却怎样也推不开。谷雨不清楚是不是自己的幻觉，她竟然听到门外有人在冷笑。

樱桃的眼里同样盛满绝望，她忘了询问与叱责，烟已封住她的口鼻，她大声呛咳起来。"上窗户！"谷雨对她喊，"你跟着我！"

两人奔到窗前，窗户忽然变得高起来，灶下的火已蹿了上去，谷雨想学着小七的样子去翻那窗户，但凳子面积狭小，已烫得不能碰。

樱桃爬上灶台，她穿着银色小凉皮鞋的脚踩在一堆竹篾里，奋力地抱起谷雨，将谷雨塞向窗户，"我扶着你！你上去以后再拉我！"

谷雨翻上去了，她的裙子已经不能看，被不停地挂住，她疯狂撕扯着想将它们拽下来。"谷雨！"樱桃忽然叫她，一片越滚越大的烟里，樱桃的脸依然无比清晰地闪了出来。

"谷雨，这裙子你穿着很好看。"

谷雨的眼泪鼻涕一起流下来，她叫着樱桃，樱桃！

樱桃最后在谷雨挣扎的腿上死命地托了一把，待谷雨喘气回身，樱桃已不见了。樱桃被自己巨大的惯性带倒在地，正倒在已经延出火势的一堆麻袋上。

谷雨吓得魂飞魄散。四周的叫喊声包围了她，有一只不知是谁的大手拽住她，一把将她拉了下去。

她大声尖叫着，摔在屋外坚硬的地上。她什么也顾不得，一声接一声地尖叫，一边指着着火的屋子。适才跳出的窗户已冲出滚滚黑烟，谷雨听到自己持续的尖叫，一声比一声沙哑。

很久很久后她还站在原处，火已经被扑灭，现场混乱不堪。有人问她，同她说话，她听而不闻，木呆呆的脸上带着熏黑，破碎的白纱裙绳索一样捆着她。

又不知道过了多久，有人一把抱住她问："樱桃，你有没有事？"

她不答话，浑身冰凉，很久以后她的意识里才渗进知觉，那是妈妈的怀抱。妈妈又看了看她，"谷雨？你是谷雨？"

她还是不答话，一直到在医院的白被单下醒来。阳光宁静温暖地透过玻璃窗，看到身边哭红眼的爸爸妈妈，她还是麻木着。

"谷雨！"妈妈痛叫着抱着她，"你们怎么会到那里去？你知不知道你姐姐……樱桃……已经不在了啊！樱桃我的宝贝命根子啊，好惨啦！"

妈妈在她的床前哭得昏厥，她只是一语不发地躺着。人们逗她说话，哄她吃饭，她的意识只是漂流……漂流……

樱桃总是和她在一起，她们同出同进形影不离，樱桃怎么会忽然没有了？很多天后她终于开了口，她说："我是樱桃。"

她反复着说的只有这一句话，大家也不敢多问，她说什么就是什么。

她每天不吃饭，侧着耳朵听，问她什么也不肯说。她脸上带着神秘的笑容，像是跟冥冥中某个人说着话，聊着天，交换着秘密。

来看她的老师同学们都害怕起来，大家说谷雨中了邪。老人们则说是樱桃还没走远，舍不得，还得跟妹妹在一起。

谷雨的父亲是人民教师，不信这一套。但谷雨的精神状态使人担忧，他们请医生来看谷雨，又说她并没有毛病。

没有毛病怎么会这样痴痴傻傻？爸爸尽管不信邪，还是陪着妈妈沿着山道去给谷雨喊魂，喊了好几次。

谷雨不开口，樱桃的火殇便成一个谜，调查不出始末。有知道一点内情的人说樱桃那晚是跟着谷雨一起走的，因为谷雨拿了樱桃的演出服。可是这也是个谜团，谷雨为什么要这样做？

又有人回忆起那一天两姐妹的争吵，可是这些破碎情节总也拼不出个大概。

杨庄那姓罗的一家人都说不知道怎么起了火，不知道火里怎么会出现这么个小女孩。罗家人说他们的损失更大，烧了屋子不算，还丢了个儿子。

一场官司终于草草收场。

妈妈连日地哭着樱桃，又愁着谷雨。所有人长吁短叹，却不敢再在他们面前提起这事。

樱桃入葬后，老人说要把樱桃的所有衣物烧掉，才能不影响谷雨的健康。妈妈哭着整理樱桃所有的遗物，谷雨白着脸出现了。

她和妈妈撕扯着，"这些都是我的！我就是樱桃！你怎么能烧掉我的东西？！"妈妈惊恐地与她争夺，"宝贝谷雨，你不要闹，你有哪里不舒服？"

"这是我的东西。"她执拗地只有这一句话。

妈妈让了步，将衣物还给她，她就平静很多。然而当妈妈想偷偷地把东西烧掉时，谷雨又赶来了。这时的谷雨不像谷雨，也不像樱桃，脸上结着一团痉挛，妈妈觉得自己不认识这个女儿。

妈妈不再让她睡那间房间，那张床，妈妈带着她一起睡。但妈妈只要打一个盹儿，便发现谷雨悄悄地上了自己的小床，她睡在樱桃的枕头上，旁边是那盏粉色台灯。

但她又不停地做噩梦，每夜每夜，她从梦中惊醒，叫嚷着樱桃。

医生说这是受刺激过深。谷雨一方面不肯相信姐姐已经离去，执意要在自己身上表现姐姐；另一方面却深深惧怕着这一切，希望能够脱离。谷雨自己做着拔河的角力，她渴望挣脱又摆脱不开，她不能承认樱桃已因她而死，她在极尽全力地做着自己最害怕的事。如此，她将死于自己的分裂。

妈妈吓得脸孔雪白，回家与爸爸商量，决定让她换一个环境。谷雨在 15 岁的时候，被送到外省的一所学校里寄宿读书。

新环境里的谷雨是一个安静乖巧的孩子，她已经发育，身体在秘密地成长，含苞待放。

有一天同学举报，老师发现她和同班的一个男孩睡在一起，男孩瘦弱的身体紧压着她。

事情闹出后，校方要处置时，男孩分辩说是谷雨自己的要求，是谷雨要求他抱紧她，压住她。

然而校长问到谷雨时，她却一口否认。

校方处置了那个男生，谷雨此后也还算安静。虽然被人侧目，但进进出出面容平静若无其事。

一个月后，谷雨又与另一个男孩干了同样的事，这回老师选择相信了男孩。他们带谷雨去看医生，医生判断她彻底地缺乏安全感，不停地需要爱，需要所有人，要越来越多的爱。在对爱极度饥渴的情况下，她会自己去寻找，甚至不择手段。

校方对她的父母说明情况，父亲只是叹息，母亲仍是以泪洗面。谷雨一言不发，不安慰他们也不为自己申诉，谷雨只是说："累了，好想睡。"

她真的就睡了过去，且一整天不醒。她从此就有了个习惯，稍微面对不喜欢的场面便瞌睡连连形同梦游。15 岁的女孩想，她这辈子也只有这样了，没有人会救她，她也攀不住任何人。

飘摇感如此真实，如果没有爱来坠住她，她即刻就要飞走。即使不是爱，一切沉重的、浓厚的东西她都欢迎。

她夏天也盖着棉被；无论什么时候，都要喝滚热的开水；她不住楼房，到哪里都要关窗；能走路的时候绝不坐车。

一年后她自己辍了学，她只简单地告诉家人，要与姐妹去另谋发展。从此在家人的眼中杳无音信。

她换着工作，她长得美，到哪里都有人爱慕。谁的怀抱她都不拒绝，但谁的怀抱都留不住她。她还要再要，要所有人的爱，所有人关注的目光。她得了可怕的饥渴症，要全世界的爱才能填满她的胃口。但即使如此，她也是不会饱的，这些爱，这些幸福都是樱桃的。她只有作为樱桃，才能拣一点爱慕的残渣。

她在填履历表时都填樱桃，又被自己吓得要死。她惧怕樱桃消失，又恐慌樱桃的阴魂不散。她竭力逃避着往事，却拼命地抓住樱桃。她要怎么样？

每逢夜晚樱桃便出现，她清清楚楚看到樱桃穿着白裙子，蹑着脚走过地板。樱桃的脸美丽绝伦。樱桃在轻轻地起舞，像一只白蝴蝶；樱桃的歌声像露水一样清凉，打湿她的脸。

"求求你，你要怎么样？你已经走了，和我没有关系了。"

樱桃细细的笑像蝴蝶的触须一样绕着她，"你就是我，我就是你，只有我会陪你一辈子。"

日复一日地，谷雨将自己灌醉在高脚杯中。城市的霓虹灯流丽梦幻，闪耀奇彩，可带人入梦境，让人飞升和堕落，遗忘和重现。

她什么都不要，但幻灭的滋味是好的。

母亲在电话里哭成泪人，提醒她有多久没回过家。她漠漠地听着母亲含糊的哭诉和责问从颤抖的哭腔里透出来，感觉周围的空气都搅合进了母亲的痛楚。

她却又觉得困了，昏睡中她觉得似乎早就有过这么个场面，旁人撕心裂肺，却和她有着深深隔阂。她躺在湖底看着波面上的金光粼粼，但那不是她的金光，也不是她的世界。她的世界只有沉睡，沉睡……

第一次被带到拘留所，谷雨年轻得使人无法下手。她认真地交代问题，谁对她说话她都好认真地听着。

她只是不说明是谁和她天天在一起，也许她根本记不住。为什么要去记呢？她自己都是不存在的。

那些她天天去推销卖酒给他们的男人，与她相拥的男人，有着滚烫的体温，青春的体味，正合她意。在喝酒的时候，仿佛一切天造地设。酒醒之后世界却如此茫然，她谁也不是，谁也没有。

直到她在一群人中发现了陆明。她的心里亮了一亮，似乎知道了她要等的是什么。几年过去，陆明英俊不变，只是神情多了点沧桑，在一群人里有点落落寡欢。她走过去，从他的酒瓶里倒了一杯酒。

陆明难以置信地看着她，"谷雨，你是谷雨？你怎么变得这么……"他不知道要讲什么，词在喉咙里换了好几个，最后出来的是"漂亮"。

"是吗，我漂亮吗？"她贴近他，以樱桃的身体，和樱桃的眼睛，"你觉得我现在漂亮吗？"

这一定是樱桃，是樱桃的气息呼在他脸上，让他脸红了。否则他为什么这么慌乱，心跳得这么厉害？

"谷雨，你不要这样……"他无力地说着，手却情不自禁地握住她的手腕。

她轻柔地贴住他，这是樱桃的身体，柔软而火热地贴着他。"你干吗不敢看我？不记得我们以前？"

他吃惊地把她推开一点，"谷雨……"

樱桃的手拿过他桌上的酒凑近他，他微作犹豫还是喝了。这必定是樱桃的手，是樱桃在说话，樱桃在笑，他从没有忘记过樱桃，否则他的身子为何会这样烫？为何会这么猛烈，要了一次又一次？

"谷雨……"他说。

她想他真是太迟钝了，都到了这一步，还认不出她是樱桃吗？他的肌肉那么饱满，人却还像个小孩子。最后，陆明把头弯在她的胸前哭了。

他一边哭一边想，他对不起樱桃，也对不起谷雨。谷雨这是明显精神分裂了，他却还在欺负她。

陆明告诉她，火灾之后，他消沉了好一阵，便转了学。也不想考大学，就跟着亲戚做做小生意，几乎不再回家乡去看。

她听着他说，听出他心里的惶惑和痛。但她不说什么，以更醉人的笑容奉上同样醉人的酒。有一天她说："我怀孕了。"

陆明彻底傻了，反应过来后就说："我带你回家去。"几天后他却出了事，与人合作投保的那家公司，合资者卷款跑了，陆明担了所有责任。

谷雨去看陆明，忽然发现这个头发剃光、黑黑瘦瘦的人成了个陌生人。陆明说："谷雨，其实我……我一直没忘记你姐姐。对不起，我总是将你当成她。"陆明把头压得很低，几乎压进了深蓝色的领子里去，不知道这是一次忏悔还是一次新的表白。

陆明身上的气味也变了，那些曾经让谷雨体会过的暖热，随着肉体的疏远冷下去，那宽宽的肩膀耸起显得赢弱而窝囊。

陆明的心里从没有谷雨，只有樱桃。

她想哭又想笑，有一瞬间忘了身处何时何地。下次再去监狱，陆明不见她了。但陆明有信给她，陆明请她把孩子打了，换种生活重新开始。

她不再去看陆明了。她沉住气，动用了所有的人脉。她一生的好运气似乎在那一阵子全面爆发了，几乎每个环节都顺利。

几个月后她生下了小宝。她的产床前没有其余的亲人，只有一群小宝的干爸干妈，七嘴八舌地乱起名字乱出主意。

她看着小宝酷似陆明的前额和鼻子，她想，这件事她不会听他的。小宝是一块暖融融的血肉，亮着她，暖着她，这是她自己的东西，她要自己保护他。

小宝快两岁时，她知道她再不工作是活不下去了。一个姐妹回乡嫁人，同时开美容院，她便投了点资，又托姐妹将小宝带回乡下暂养，自己一个月去看一次。她则继续出入各种场所，频繁地换着房子。

她想总有一天，她能给小宝一个妥帖安逸的环境。樱桃和她一起做着这件事，她相信樱桃无所不能。

直到那一天，她沉甸甸的眼睛慢慢抬起，看到面前的霍思垣。思垣清清爽爽像他面前的那杯苏打水。

她一直庆幸自己那天不是太放纵，未施脂粉的脸，那样幼嫩恬静的笑，在思垣的眼中，留下的是一个干净的形象。

霍思垣撞开门的时候，她气息奄奄地躺在床上，身上的毯子几乎是平的，毯子下的人形没有一点分量。思垣扶起她，"樱桃，你怎么了？"

她的眼珠慢慢地转过来，眼球像抛了光的钢珠，看不见里面有什么，所以不知道里面是什么。她像是听不见他，也看不见他，口唇干涸地蠕动，出来一些断续的字眼，像和冥冥中的人在对话。

思垣听到她说樱桃，谁是樱桃？

思垣将紧闭的窗帘"唰啦"一下拉开，阳光强烈哗然涌进，她随之闭了闭眼。思垣看到她一夜之间失去了光泽，仿若瓷器蒙了灰。她的声音也变了，像生了锈的琴弦一样滞涩。

思垣把在楼下买的咖啡、红茶、面包，还有一袋水果放在桌上，又在抽屉里翻体温计和感冒药、胃药。思垣说："你大概这一天都没有吃饭，发生什么事了？"

她坐着不动，看他忙碌，渐渐地知觉渗进了意识。眼前的这个男人正在关心她，他关心她，照顾她……可是不爱她。

她胸口有一点隐隐的揪痛，随着这痛觉的恢复，一阵气苦与恨便涌了上来。

她缓缓地弯曲身体，一条腿徐徐伸下床去够拖鞋，接着是另一条腿。鲜红的趾甲盖在苍白的脚面上分外晃眼，她的睡裙边分了一下，将大腿的线条透迤露出。她腰部一使力，便站了起来，马上又用一只胳膊撑住床沿，这才平衡住了身体。

这一套弱不禁风的动作全在她的下意识中，思垣伸手来扶她，她的身体在他的怀抱里，微微发抖。思垣说："两天不见，你把自己病成这样了！"

思垣给她放洗澡水，她在袅袅的热气里看着那些复苏的思维，千丝万缕的在蒸腾的水汽里漂浮，在她张开的手指间绕来绕去。

她躺在水流中慢慢地想着，思垣是关心她的，毫无疑问。他关心她，她就没有全盘皆输。那么，这一仗还没打完。

过了一会儿，她擦干自己走出去。思垣正给她收拾被她打翻的一地书和水杯。

她问思垣怎么来了？思垣犹豫了一下说："小七说你去找过她，她说你情绪不太稳定。"

她正伸手把毛巾拿下，将一头湿淋淋的头发抖散，也将一些水珠抖落在思垣身上。听到这话时愣了一下，又将毛巾包上头。这时候再献媚无疑是自取其辱。

她在凳子上坐下，扶着额，说："我跟你那个小七认识的，我们小时候在一起玩过。"

"她也这样说。"思垣告诉她，小七认出她是童年的小伙伴，也很吃惊，小七说没想到世界这么小。

她无声地笑了笑，童年的小伙伴，这个词多么可笑。

小七这个不祥的名字和一切痛与恶相关，那只死公鸡，手指上的血，和她在一起的小男孩，还有那把火……她霍地站起来走到窗边去。

思垣欲言又止，最后说："樱桃，这事你可以怪我，我愿意补偿你。"

"我叫谷雨，她没有告诉你吗？樱桃是我姐姐，她已经死了。"

思垣闭上了嘴。

思垣走后，她又把窗帘合上，灯全打开，在镜前前前后后转着身子打量自己。那张脸又陌生又熟悉，那身体饱满细腻，呼之欲出。

这漂亮是樱桃的，机灵和手腕都是樱桃的，她谷雨有什么能耐？是樱桃一刀一枪替她左右逢源打下江山，是樱桃跟陆明生下了小宝。樱桃还替她拿下了霍思垣。

她对不起樱桃。当那个魔女小七出现，就像是从地狱中升起，不怀好意地盯住她，一眼剥了她的画皮。

当樱桃变成谷雨，她便失去了思垣。她从樱桃那里偷来的美丽，这多年里一点一滴积攒的自信，都如豪赌之徒一手输得精光。

她无声地又哭了一会儿，擦干脸，开始给老金打电话，指示老金继续调查。

思垣对她有不忍，那么好，揪着这一点不忍她就能再做文章。她一点也不能放。

小七那样一个异类，新鲜是新鲜，能有多少经验呢？她沉住气慢慢来，不是没有翻身的可能。

她看着镜中的脸，憔悴是有一点，却更加楚楚可怜，眼神不要那么直接，她几乎忘了自己才 20 岁。她久久地注视着自己，慢慢出来一个笑。这个笑是绝对不止 20 的。

她必须加快节奏，小七已经先她一步。小七必须消失，必须为此付出代价。毫无疑问，那个魔鬼是她此生最大的敌人。魔鬼从小就蛊惑她，连累樱桃惨死，现在连她唯一的指望——思垣也不放过。

她九死一生，终于遇到个霍思垣，只有思垣能暖她救她，思垣是她的命根子，谁也别想坏了她的事，毁了她的人生。

师大校门高矗，进进出出的女生都懒怠而闲散。她们挎着双肩包的一边包带；或者硕大的手工布包长长的从肩头斜跨到另一边的胯下，流苏一直垂到大腿；也有人像明星街拍那样把一个百来块的 PU 皮包松松地吊在向上的手腕上矜持地走。

男生则是不修边幅的多，那些寸头、平头，或者长刘海下无一例外有着一张充满青春和不安分的脸。

谷雨按照老金给的地址往里走，一路不时地停下来问着人。她穿着满天星斗的星空裙，一抖身便闪闪烁烁。东方人想把这么耀眼的裙子穿得不俗，要极其干净和摇曳，而她正具备这些特质。

她一边承受着纷纷落过来的惊艳眼光，一边想，像小七那样一个偷窃和欺诈成性的女孩，居然是一个堂堂正正的大学生，这落差简直讽刺。

她自从恢复知觉，便下了决心要打这一场仗，于是把小七和她的渊源纠葛从头至尾反复地想过很多遍。

小七小时候是个野孩子，现在无疑已成熟，也更难对付。江山易改本性难移，那时候狡诈、冷漠、狠毒，现在也决学不了好。

谷雨怀着一股冷漠地想，小时候对小七充满向往和好奇的那个自己真是白痴，自己的成长期厌学、厌食，几乎与人世绝缘，也没有进过大学校门。当然，这一笔账也该由小七来付。

小七现在是敌人，是阻碍她幸福的拦路石。小时候的一点情分早就烟消云散，即使自己记得，小七也不会当回事，因此不用再念旧情。

她这样想着，不知不觉已到了学生画室。她轻轻地推开门，便看到二十来个男女生坐在一地的高高低低的画架前，对着台子上的一个少女。

匀细的，金粉一样的阳光从窗间透过，正渐渐变得炙热。小七就躺在那阳光里，纤毫毕现。

她身下是一堆白色麻布，粗粗地堆叠出几道波浪，身上也有一条白单子，半遮掩住裸露的身体。她的肩、锁、背，骨头根根分明，显得懒散而有力。皮肤很饱满，单子下面是微妙的曲线。

画室里寂静无声，所有人都聚精会神地对着她。她目光下垂，定格在那静默里。

谷雨第一次有充裕的时间可以好好地审视小七。

小七的眼睛很奇怪，不像谷雨有那么深那么宽的眼皮线，她眼皮单单的沿线却拖曳得老长，这样的眼睛不好说大小。它迎着阳光眯成了长长的一条曲线，忽然一睁大，又亮又有神采。眉眼间距很宽，嘴巴也是宽的，配上方方的腮骨，偏偏脸又是个薄架子，于是换个侧面，换个角度，就显出不一样的气象来。算是比较特别的一副尊容，漂亮就半点谈不上了。谷雨想。

画室里很静，只有炭笔落在白纸上的唰啦声散落在各处。此起彼伏的唰啦声，升起又落下，忽然地加快和顿挫，便代表了小七的意义。她在这一堆半成年的大孩子眼里，在那些身体已发育成熟，心智却半开的男孩子眼里，便是那样的曲折和不好定性。

午后的黄蜂随着春风溜了进来，落在小七身上的白罩单上，一些亮点跳跃在她身上和脸上，她微微避过脸，看到了谷雨。

小七眼里一闪，像小小一个浪头打过去，她的脸流动起来，朝谷雨笑一笑，用手臂轻轻支着身子转动一下。这个轻微的动作没有破坏画面，又使她像个原始神坛上的祭品，带着即将夭亡的美丽。

她向谷雨招了招手——手掌向上，曲起四根手指。祭品便变成了狩猎女王。

谷雨嫣然一笑，她袅袅地穿过那些东摇西摆的画架，向小七走去，裙摆微风细浪，上面星罗棋布开着盛宴。

所有的画笔都顿在空中，小声的嘤嗡声溅起。谷雨唇角带一点笑，还带一点羞赧，从门口到小七的模特台不过20米，她弯弯曲曲走了一分钟。

小七眯起眼睛像藏起一个笑，耐心地看着她表演，等她停在自己面前了，才说："这么难得来看我？你好了？"

谷雨想这个"好"字可是大有斟酌。谷雨抬手把头上的紫色发带抿一抿，略打量一下四周，微微喘气说："好难找哦。"

一个女孩出现在画室门口，她叫着小七："你好了没有？食堂都不打饭了！"女孩穿着学生中流行的两层罩衫，细细的带子在脖子后头系住，盘了一个小小的高髻，露出干净柔嫩的耳朵。

谷雨认出那正是老金偷拍的照片上与小七暧昧不清的女孩。

学生们开始收拾画具，三三两两地往外走。有几个男生经过那女孩身边，瞟着她鲜灵灵的脸，小声笑着约她。女孩扭着身子，哧哧地笑，不点头也不摇头。

小七跳下了那张祭台般的白床，走到屏风后面，不多时便换了T恤和仔裤出来，领口开得很大，两根锁骨箭一样地贯穿双肩，膝盖上一边割出一个大洞。

她叫那漂亮女孩先走，说自己有朋友来。小七这时候就像个毫无异样的大学生。

那漂亮女孩冲谷雨笑了一笑，走了。谷雨还站在原处，小七伸脚钩过一张椅子，自己坐了上去，将两条长腿舒服地伸展，一条高高地架上另一条，就那么端详着谷雨。她歪着头，那个不怀好意的笑又升起来。

谷雨也钩了张椅子过来，像小七那样坐上去，但她的裙子窄，便含蓄地将两腿交叠。两人在嗡嗡作响的金色阳光里，互相打量对方，沉默地坐了一阵。

"没有用的。"小七终于开了口。

"什么没有用？"

"你来找我，想让我对霍思垣放手，我告诉你，没用的。"

谷雨的血冲上了双颊，料不到小七这样直接。"为什么？"她急促地问出来。

"别问傻问题啊。"小七哧哧地笑，"你对我问什么罪呢，男未婚女未嫁的。你该去杀了霍思垣。"

小七说到"杀"还是一样的口气轻松。

"可是你不爱他。"谷雨直戳戳地说。她知道这话会引起更大的嘲笑。

果然小七又笑了一阵，"我不爱他，难道他爱你？霍思垣是个女人都想要的好男人，不爱也可以拿来用一用。"

谷雨觉得一股怒气冲得胸腔疼，有深深被羞辱的感觉，为自己，也为思垣。

"你可不可以放过他？你要钱我可以给你，你何必对他抓着不放？"

小七高声笑起来，空荡的画室有了回声，"谷雨，你也是老江湖了，你的钱是哪里来的？我要那么多鸡蛋，还不如要一只会下蛋的鸡。"

谷雨的指甲掐进了掌心，她的太阳穴突突跳着，血流快得不愿控制了。

"当真那么有把握，你就试试。"谷雨说。她想，好吧，话已经讲到这一步，就算是宣战了。

小七满意地看她，"这就对了，这才是你。何必装呢？我喜欢你诚实。"

出门后谷雨有一阵目炫，阳光太猛烈，花香太熏人，她忍着胃里的翻腾快步走到离那画室远一点的地方，又沿着绿植带慢慢走了一会儿。

拿着饭缸子和书本的少年男女轻盈地迎面而来，像穿过她身体而去，这世界上像没有她这个人。

她扶着栏杆又走了几步，毕竟几天没有好好吃和睡，撑不住了，她在椅子上坐下，眼前一阵金一阵黑。

似乎有人在走近，有人在小声议论。她未睁眼已调整好表情，见三两个男生在不远处遮遮掩掩地看她，她对自己微笑一下。谁说世上像是没有她，只要她愿意，她还是她。

为什么一面对小七就会失了分寸？她心里恼恨自己。小七是个天生的巫女，血管里流的一定是毒液，小七是她的克星，自小便开始给她施蛊。

这时她看到小七远远地从花荫里走过去，沉重的背包挂住肩膀，她身边跟着那个漂亮女生，两人一边走一边讲点什么。一道道阳光流过女孩明丽的脸，小七则半边脸都在阴影里……她总是习惯把自己藏在阴影里。

谷雨不出声地打量着，这么个古怪女孩，怎么看，也都只是古怪而已。要振作点，就算小七是个真正的妖怪，现在也非同往昔了。

她想着小七的表情、小七的话、小七的眼神和小七的笑。

"真不幸，你要的男人我也想要。我想知道，你拿什么跟我争？美貌和手腕？让我看看。"小七说。小七挑起眉毛，聚精会神地看着她，额头上皱起几道细纹。

谷雨努力地站在思垣的角度去看眼前这个小七，在男人的眼里这样硬邦邦的女孩魅力在何处？除了那倔强的会挑起男人的征服欲的脾气……这样缺少女性的温柔妩媚的小七，她连身体都没有发育好。

小七不在乎她的打量，把腿直翘到桌上去，坐没坐相，一会儿又盘起来猴子一样盘踞在椅子上。

"其实你这么多年也没少经历吧？"小七又说，似乎有一点好奇。

但谷雨知道那并不是真的好奇，她要是跟小七叙起旧来，只会遭到嘲笑。

小七对自己的往事闭口不谈，这没关系——总是查得出来的。曾有过的点滴亲近早已涤净，关于指责更是毫不买账——不，她决不能对小七谈到那次火灾，谈到她们唯一曾有过的类似于战友般的亲昵——当小七点上火，跨上那扇高高的窗，是谷雨把她和她弟弟推了上去。小七曾在窗外等着接应她，曾焦灼地大叫：你怎么还不下来？！

这些都不能提，一提便痛彻心肺梳理不清。她无法透过这些迷雾和尘土去看以前的小七，她不知道小七对于那件往事知道多少。

小七只说："现在你长得比小时候好看了。"

老金查出来的资料倒是算清楚，小七24岁，履历竟相当不错，是大学生代表。冰冻街鱼龙混杂，她跟鱼跟龙都打成一团，但她不参与。没有前科，反而那里的人把她当天使。

这亦正亦邪只会增加小七的魅力，谷雨不知道从哪里下手。小七看起来处处是破绽，真要下手却找不到一条缝。

知道这些以后谷雨又去找过一次小七，这次她换上白色运动装，背着羽毛球拍，招呼了几个人去师大球场。

找到小七的时候，她的态度亲切温和，甚至带点活泼。谷雨甩给小七一瓶纯净水，一边自己擦汗，一边问小七待会儿要不要一起吃晚饭。

看谷雨笑得那样明媚，小七也笑了，小七说："你要早点来约我，我就推了别的约会了。所以晚饭不行了，思垣给我找了份新家教，晚上要去看看。"

谷雨一下子被这句话打击得够呛，打击她的还有小七那云淡风轻的态度。小七这样频繁地跟思垣约着会，难怪自己每晚精心装扮了却总是等不来思垣！

谷雨狠狠地将新卷的头发绕在手指上，看着面前那一杯马蒂尼。有人向她勾手指，她视若不见。

她知道像她这样的女人，被人称为酒吧咖。即每晚泡在酒吧，等候别人邀请。思垣不会喜欢一个酒吧咖的，虽然她已为他改变这么多，但他还是不为所动。

思垣的电话终于来了，她懒懒地说头痛，心里希望思垣来看她。

思垣第二天来了，拎着个小瓦罐，倒出来微黄的汤。说这是天麻炖鸽子，对头痛管用。又掏出来两盒天宁茶和一个麻黄纸包裹。他看着谷雨一口一口地喝汤，说："小七说干炒甲鱼再煮沸后对偏头痛管用，但她说你一定嫌恶心不肯喝，所以她替你煎好了，你什么时候自己煮一下就行。"

谷雨接过那包得四方的甲鱼，笑得勉强起来。又给小七占了先着，她又输了一仗。思垣最后掏出一叠红票子放在桌上。

她又气又恼又无奈。

思垣永远对她是这个态度，他从没讲过爱她，他始终没有爱她，而她始终也没有让他爱上她。他只是怜惜她，以他古典的侠义情怀关怀她。他的温柔里没有紧张失措，没有爱情里该有的慌乱。

而他对小七呢，他说起小七时口气里的不确定和不安，那些焦躁，还有那些不满，是不是爱情？

原来这世界依旧不属于谷雨。谷雨真正想得到的依然不是她的。他不在她的网中，她却已经是情网中一条走投无路的鱼。

药和茶她都没有去动，头痛日益严重，于是思垣替她约了医生，还架着她去医院。她觉着这谱也摆得差不多了，思垣的关心也不是装的，便半推半就地跟了他去。

她脸色苍白，将自己的小手缩在思垣的手掌里，从 X 光室走到 CT 室，一路上虚弱地走走停停，走了半个小时才到达。

思垣说既然检查了那就好好地查一下。她娇嗔地说："要不要去查查精神科？"

思垣说："也可以。但你是心里闷的。"

谷雨等着他问你为什么心里烦闷，但思垣只是拍拍她的肩，继续说："你的瑜伽要继续做，再练习一下慢跑。如果是想小宝了，就接过来吧。"

他提到小宝，谷雨的悲伤便货真价实了。细弱的两条眼泪清浅地顺着脸颊流下，她说小宝快半年没见到妈妈了。

思垣也沉默了，他揽一揽谷雨的肩头，看看天边正西沉的落日。树上有一个孤零零的鸟窝，像红彤彤的海面上一片黑色的孤帆。思垣说："小宝的事，也真怪不得你。"

谷雨靠在他肩头，柔弱地说："以前的事都做不了主……像小七，她跟我是一个地方出来的，比我还可怜，只怕日子更艰难。"

思垣说："小七跟你不同，她很坚强。"

她的暗示又一次落了空。思垣难道就不想了解一下小七的过往？她可不信小七的历史会像白纸一样清白。

第二天，谷雨打起精神，给小七打电话。

小七沙沙地在电话里笑，小七说："你有病就该治病，拖的是你自己的身子，痛在你身上。你聪明一点，别把男人当药。还有，"小七顿了顿，"你要是关心莲子，给她找个实习单位就行。我替她谢谢你了。"

谷雨在电话这头恨得咬牙。小七这个小女巫软硬不吃，却到哪里都有拥趸。

那个叫莲子的跟小七形影不离的漂亮女孩，看起来柔弱，却一样难对付。

谷雨本以为莲子是一个突破口，还专门去找过莲子。她坐在莲子对面，温言软语，像个知心姐姐一样跟莲子聊天。她问莲子的年纪、星座、喜好，再扯进去自己的喜好，做出一见如故的样子。

而莲子不是"嗯"就是"啊"，还不停地看手机、发短信。最后莲子说小七要下课了，她要去找小七了。

谷雨越来越焦躁，她这几年来也积攒了一些江湖经验，怎么就对小七不起作用？她招数使尽，极尽笼络，小七不领情；她发出挑战，威逼利诱，小七也安然笑纳。

小七总是比她多料想一步，总是抢在她前面；谷雨动的心思，小七总是举重若轻，轻轻松松卸了她的劲。总之，这丫头软硬不吃。

谷雨想不出小七那一个从来衣衫不整，刀不离身，会砍人、会放火的野女孩，是怎么样长了这么大，把自己弄得干干净净，还正正规规地上了大学。

她该用什么来改变小七在思垣眼中的形象？对思垣而言，小七一开始便是个会欺诈、会偷窃的女孩，还有什么能毁坏得更严重？落到底线的道德标准，此时正一点点地上升，在思垣眼里，小七是一个奇迹。

谷雨一连很多天不去找小七，也不找思垣，她心灰意懒，夜夜在高脚杯里度过。但小七却来找了她。

小七站在会所门口，套着很大的黑 T 恤和短裤，笔直两条长腿上套着粗方跟短靴，是普通艺术系的大学生打扮，看到谷雨出来便扬扬手说"哈罗"。

小七说在这附近兼职，刚下课，顺便来看看她。

谷雨丝毫不露出吃惊，笑吟吟地带她进去。两人穿过千万条射线旋转照射的慢摇舞池，走到角落的沙发卡座。

谷雨吩咐服务生拿酒。这是她的地盘，这丫头找上门来，那是自找死路，她可不能一开始就过火，得慢慢地把她诱进去，让她在思垣面前原形毕露。

小七这天看起来挺开心，跟她喝了两杯深海炸弹，又你一口我一口地就着那大肚子的水烟壶吸起长管子的水烟。"味道怎么样？"谷雨大声问。小七张开嘴却没有声音，那口型告诉谷雨："有点甜，太淡了！"

她们一起在音乐里晃着头，随意地舞动。一瓶酒没有了，谷雨一层细汗，她搂着小七的肩，小七也汗涔涔的。谷雨忽然说："想不想飞？"

小七看她一眼，谷雨眼中有迷乱的幽光，小七慢慢点了点头，谷雨一笑，做了个妩媚的手势。她让小七稍等一会儿，她去拿点东西。

她在走廊上给思垣发了个短信，便回到小七身边。她带着小七往洗手间走，洗手间后面还有条幽暗的走廊，放着一排沙发和几个小秋千，小七看着她将两片叶子熟练地切碎，又递过两张烟卷纸。

小七跟她一起点燃了一根，两人不知絮絮地说着什么，很快就一起咯咯笑起来。

空气变得迷幻起来，迷人极了，连那些汗味香水味混杂的味道也不再令人恶心。在袅袅的烟雾里，那条美丽的人鱼又向她游来，闪着银白的鳞片。

谷雨把自己陷在沙发的最深处，不知是梦是醒。深深的晕眩上头了，灯圈在眼前一圈圈放大旋转，成了七彩的虹一样，一道一道地托着她，她马上就要飞到那些彩虹上去了。她支起身子，张开手臂，像插上翅膀一样转了一圈，轻快地飞落下去，接住她的却是一只胳膊。

她转头便看到了思垣。

思垣的脸在光晕里看不清，思垣似乎在说："你每天这样过日子，难怪头疼。"

她张嘴想解释，却被一阵兴奋弄得咯咯直笑，这时她似乎看见小七匆匆地走过来，小七手里拿着两瓶冰凉的矿泉水，一脸的严肃，拧开盖子灌了一大口，一张嘴全向她喷了过来。谷雨一脸一脖子全扑满了冰凉的雾珠。

"搬石头砸自己的脚。"小七嘲笑她："你用了多少伎俩了？再来啊。"

谷雨已经快绝望了。思垣很多天不见她，造成这一切的仇人小七却摆出一副惺惺相惜、恨铁不成钢的嘴脸。

小七站在她租的小公寓里，里里外外看了一遍，挺满意的样子。"一室一厅，厨卫俱全，你真的混得算可以，这个路段，这个价钱。"

谷雨躺在沙发上不想作声，她根本就不该给这个冤家开门。这个冤家看出她的伎俩，将计就计，不但将她诱进套去，还让她在思垣面前颜面尽失。而冤家此刻却还全无芥蒂似的，打开她自己带来的薯片，又把买的樱桃洗洗装了一盘子拿出来。

"何必呢，"小七说："一个男人不要你，你何必为他费尽心机。"小七说着把耳机线拔下来，有一丝音乐声传出，是首老歌——*Sealed With A Kiss*。小七微微随着音乐晃动身子，看起来倒是悠闲自得。

谷雨闷不吭声，想小七得了便宜来卖乖。

小七说："霍思垣从小风平浪静，一腔骑士精神无处施展，看到你，他就想要搭救一下。你要是误会，那是你犯傻。以你的姿色手腕，找到下家是分分钟的事。"

"你想劝我放手吗？"

"你放手太早，我就没有乐趣了。我就是来看看你的，你也费了些精神了。"小七俨然一副得胜者来慰问失败者的样子。

"你爱他吗？"谷雨问小七。

"别说蠢话。"小七说。

谷雨噎了一下。

小七说："我不知道爱是什么，你要是指那种心跳加快，肾上腺素急速分泌，头脑不清，胡言乱语，患得患失……那种感觉是爱，那么我的世界里没有那个字，也没有那回事。"

谷雨问："那你为什么跟他在一起？"

"我的'在一起'和你的'在一起'不是一回事，我可不打算吊在他身上。"小七恶意地说。

"收起你的漂亮话，"谷雨恶狠狠地说，"你抓住了思垣，抓住他不放，还做出这副不要脸的嘴脸，在我面前炫耀。"

小七不在意她的态度，转身看着墙上的一大幅海报——戴着礼帽的罗伯特德尼罗，沉甸甸的眼神穿过一汪海洋和另半个地球看着她们。

"看这个人，多绝望。"小七说，"活都活不下去的时候，别以为你的爱能救你。我不用爱谁，我不是非爱谁不可。谷雨，别对我虚伪，你没资格说爱霍思垣。"

谷雨又噎了一下，她当然是爱思垣的，她怎么会不爱思垣？在她没有未来的命途里，思垣给了她一种温暖的可能。

"你老实点吧，看看你自己，看看你周围这些。"小七看看那粉色壁纸，碎花窗帘，宫廷式样的镜子和妆台，一堆影碟都是各种动画和宫廷风，床上还罩一顶四角纱帐，说："你这么多年还做公主梦，你不过是要所有人都爱你。看看你每天混的那些地方，做的那些事，那么多男人围着你还不够，你还非要再加个霍思垣？欲壑难填。"

"别说得你好像很了解我。"谷雨说。

"我才没兴趣了解你，所有的事里我了解一件就行——思垣爱我。不好意思，他是这么对我说的。所以在我们这些关系里，至少有一方是动了真心的。为什么不让这真心继续发展呢？"

"你既然不爱他，拿他来做什么？"谷雨憋着气问。

"拿来玩。"小七随随便便地说，"现在，看到你这么痛苦，我就更想要他了。"小七哧哧地笑起来。

一瞬间，谷雨心中横生过一个念头，不让这个小七走出这间房。厨房里有刀有绳子，还有她举来玩的小哑铃，不管拿个什么给小七一下子，不能再让这个祸害活下去。

小七的眼睛圆溜溜地盯着她的脸看，欣赏她把那股怒气挣扎着咽下去的表情。小七像欣赏一出魔术一样，唯恐漏了一个细节，像吸血鬼吸饱了血一样过瘾。

"你恨我？"谷雨终于问出来。

"不，我对你不比对楼下那卖烟的老头更有兴趣。我只是喜欢看人不幸福，多带劲。"

"你从来没有输过吗？"谷雨咬着牙问。

小七反问她有没有见过被人从高处扔下来的猫，"无论如何，都是猫爪先落地。我就是那只猫，我给人丢下过很多次，所以学会了站稳。"小七说。

小七的话似乎揭示出某种悲伤的过往，她笑嘻嘻的态度暂停了一瞬，便很快摆脱了。"这樱桃不错，吃一点？"小七把几个鲜红的樱桃抛上抛下。

谷雨注意到小七裸露的手腕到手臂有一排深浅不同的伤疤，很奇怪的一道一道，像刀伤又不是，不知道是什么留下的。她几乎想开口问，又立刻忍住。何必去知道呢，这人从小就伤痕累累，当然是做些偷鸡摸狗、不见天日的事留下的。

"我不吃樱桃。"谷雨短促地说。

小七立刻会了意，点点头，"好，这是我不对，我忘了。不过又何必呢，一码事归一码事。"

"对我来说是一件事。"

小七把又细又长的身子对她凑近了一些，两人脸对脸地看着。小七的瞳孔里带一点寒光，是和小时候一样的。

"我来看看你，对你说这些，是我知道你这么个人是怎么一回事。你也知道我，我不怕你把我当眼中钉，有什么招式尽管使，有个人陪我玩我乐得很。你有姿色有手腕，最好再有出息一点，别这么不经杀。"

小七的话如谶言一般在谷雨耳边回响，她恼得在家对着墙和地板撒气。冷静下来又把前因后果想一遍，分析再分析。

她不是小七的对手——但她决不能自己放弃。小七说得不对，她谷雨即使欲壑难填，对思垣总是真心的，只要有思垣，她别的人都不想要了，包括陆明。

想到陆明她又一阵揪心，她很难分析现在对陆明是种什么感情，昔日那辗转反侧的日日夜夜，难道不是都被陆明占据？直到她拥有了陆明，才知道陆明并不是她的。

她已经不是樱桃了，所有樱桃的东西她都不要。除了小宝。

谷雨似乎又陷进了往日的梦魇，一连多天不出门，连买快餐买烟都打电话叫外卖。她开始脱发，看到人群便想躲避，姐妹们的电话一概不接，她又成了那个当年孤僻失落的孩子。

她半夜里游魂一样的出去飘荡，睡裙外面套着运动衫，飘飘荡荡，转了几圈，不过买一包烟。

她忽然想起最初遇见思垣也是这么个午夜，也是这么个无所去留的时候。这样一想，她的悲伤和想念一起涌上来。

小七说她根本不爱思垣，难道这不是爱？这突然喷薄出的眼泪，颤抖的手指，还有给思垣拨电话时的泣不成声难道不是爱？

她对思垣说："我要去乡下看小宝，你以前曾允诺过我的还管不管用？"

思垣犹豫了一下，说："好，我陪你去，明天我收拾一下，我们就出发。"

她挂上电话松了一大口气。无论如何，他们将有一个旅途，一个二人的、耳鬓厮磨的相处。这一来一回总有三天，这三天里她还不能挽回思垣吗？

但思垣却让她在车站生生等了两个钟头，本来讲好在车站随便吃点东西就上车，现在眼看时间要过点，思垣才接了电话，含含糊糊说："谷雨，真的很抱歉，我今天实在脱不开身，要不你先去，我随后去找你。"

她冷静地问："小七怎么了？"

"她这阵子在跟同学搞一个创意展，累得去打点滴了。问题不大，但我有点担心。"思垣又向她道歉，"实在对不住，要不等我两天？"

谷雨挂上电话自己上了车。

一直到颠簸过山路十八弯后，她那愤怒和委屈的眼泪还没有止住。一直到看见那家小小的"蕾蕾"理发店，门前站着几个圆乎乎的小孩，手里举着柳枝花环，她叫一声"小宝"，一个男孩回头看她，笑逐颜开地向她跑来，她把小宝搂在怀里，从包里掏出一包一包的零食和玩具，她的心酸也还没有平息。

谷雨本是这么脆弱的，现在却恨不得去掐死那个小七。小七能有什么病？生龙活虎地就差吃人肉了。要拖住思垣，也不用出这些拙劣的鬼点子。她一时忘了她自己也是用过这些拙劣的鬼点子的。

小宝仰着脸问她："妈妈，你带我去坐摩天轮吗？"

谷雨心里一酸，她把自己的脸贴在小宝的小脸上。小宝的小脸热乎乎的，眼睛里有着碧海青天般的明净。

晚上她给小宝洗脚，把那小胖脚丫子放在手心里慢慢地搓。她是在把玩，小脚大了一圈，看起来就能跑能跳，这么结实。

她"哗哗"地泼着水，小宝给她逗得快活死了，水淋淋地在床上翻滚。她跟在后面大呼小叫，两个人滚在一起。

小宝终于安静下来，缩在她怀里。那么热乎乎圆乎乎的小身体，她还要什么呢？这世上还有什么比小宝重要呢？她做这一切不都为了小宝吗？

想到这一点，谷雨心里一软，紧跟着又一阵惭愧。她知道她做的一切也不全是为了小宝。

她开始正式琢磨带小宝回去的事，小宝还有一年就要上幼儿园，在此之前，也可以先上一年小托班，但必须是跟着她了。

她还有点时间，做好一切准备布置，让她跟小宝都活得吃穿不愁。

她想着自己银行卡的数字，又列了列自己眼下做的事和能做的事，不管怎么算，一个人都兼顾不了工作和小宝。为了小宝和她自己，她必须更勇敢。

夜静得此起彼伏的犬吠异常清晰，她睁着眼听着小宝的鼻息声。

下了大巴，又下了火车以后，重新踏入江洲的谷雨像换了一个人。

她把旅行包"啪"一声甩在来车站接她的老金身上，扬起眉毛嗔怪他来得晚，三句骂里却有两个媚眼。老金的肋骨一阵疼，心里却一阵喜，樱桃又是那个樱桃了，虽然她现在叫自己"谷雨"。但这不要紧，出来闯的小姑娘谁没有三五个名字，哪个红，哪个风水好就用哪个。

老金是怀揣着一个重大消息来的，他不奢望这消息能换来谷雨的依稀缠绵，但温存半晌还是有可能的。

谷雨跟他吃了晚饭，忍耐着看他泼泼洒洒替她舀水煮牛肉，滴了一桌子。吃完后又去酒吧街，老金尽往僻静的林荫深处找座位，两人一人一瓶啤酒喝了半小时。

谷雨说："好了吧，能讲了吧？"

老金说："霍公子那个小七姑娘，还另外养着一个小的，你知不知道？"

谷雨心里一震，精神全来了，但她压着情绪，不动声色地问："什么意思？"

老金给她看相机，照片上的小七出现在那个窄窄木门的院子里，半掩的门里能看到她系着宽大的围裙，身边又分明有一个男孩，看起来很瘦高，小七正把头转向他，两只手一起捧着男孩的面颊。

"怎么样？没白来吧？"老金说。膝盖挨挨擦擦的在桌子底下去碰她，"这小子不是她的姘头，难道还是她失散多年的兄弟？"老金为自己的猥琐笑话笑个不住。

谷雨完全没去听他的，她端详着那两个人。他们在相视而笑，一种从没有见过的喜悦和爱洋溢在小七一贯生冷的脸上。

谷雨不经意地对思垣提起，她想帮小宝找一家幼儿园，她已经物色好了几家，想每家都去走一趟，看看路，看看附近的交通。

他们走在五月的香樟树下，叶冠丰硕浓绿，风把莫名的木叶清香带到他们身上，谷雨舒服地叹了口气。

"到这里越久，就越是喜欢。"她说，"空气这么好，我的皮肤也不过敏了。"

思垣将淡蓝色口罩从脸上拉下，每到春天是他的鼻炎发作期。他的脸色很舒展，天空一列一列的排布着瓦片般的云片，久视便会热泪盈眶。

谷雨看着他挺直的鼻子、淡淡下垂的眼睛想，他真是从没经过人心险恶。

这句话是闵安琪说的。闵安琪现在俨然是谷雨的同壕战友，她对于谷雨和小七并没有偏颇，不过是哪方略强，她便往略颓势的那一方加一把力道。

谷雨现在改了战略，她幽怨而丧气地对闵安琪抱怨："思垣果然是从没喜欢过我，我一番苦心，终究还是攀不上他。"

她这样直白地认输，正撞中了闵安琪的心事。闵安琪自己对思垣反正已不抱指望，乐得坐山观虎斗，且看热闹不嫌事儿大，谷雨先来示弱，女人的唇亡齿寒便油然而起了。

闵安琪安慰她说："时间还早呢，来日方长，你怎么知道不会再出来个小八小九？思垣从读书时起就讨女孩子喜欢，他那么心软，随时会拔刀相助；家境又好，长得又不错。但是你别看他很有谱的样子，其实他根本没经过人情世故，不懂得人心险恶。那个小七，我看她不知道是算计着什么，绝没那么简单。"

谷雨说她去过小七学校，小七是个很好的模特，也真不简单，据说她的奖学金和打工费不但养活自己，还一直养着一个男孩——好像是她弟弟。

闵安琪把咖啡杯一下搁在桌上，小匙碰得瓷杯一阵叮当响，"你确定那是她弟弟？我怎么从没听说过？"

"思垣不知道吗？"谷雨说，"也是，每个人都有私生活。思垣都不在乎，我们何必多管呢？"

安琪把咖啡杯又端起来，一口一口地抿，细细的眉尖蹙起来。谷雨知道不用多讲下去了。

现在，她不经意地对思垣说："那边拐过去就是冰冻街，不知道小七在不在家，倒想去看看她。"

思垣眉头一拧，说："你常去她家？"

"只去过一次，好像她家不止她一个人，我就没再打扰过了。"

"那个男孩子？"思垣问。

谷雨眉毛一挑，嘴唇轻微一张，她这个吃惊表现得恰到好处，既流露疑惑又小心克制，似乎把一个突如其来的念头咽了回去。

思垣问她怎么了，她说："啊，我不清楚呢，大家只是小时候认识，分开这么久了，各自都有生活，我不便问。"她不追根究底，任那一点细细的疑心在思垣的五脏里自己跳来跳去。

一些柳絮簌簌地落下来，从衣服上滚落，又被风吹到四处。谷雨说："也不远了，我们去看看吧，我还得谢谢她的偏方子，真对我的头痛管用。"

小七果然在家，木门还是虚掩着。但出于礼貌两人还是敲了门，门里没人应声，他们踏进去，却看到两个人都在天井里。

小七的面前有一张木椅，椅子上坐着一个男孩，脖子上围着一块白布。男孩微微垂着脸，看起来像是打着盹儿。

小七在他背后，手上是一把梳子和一把剃刀，旁边是一个老式脸盆架，搁着一盆温水。小七仔细地、柔和地梳理着男孩的头发，一边麻利地剪下长出的部分。和煦的风将阳光蒸暖，两人的表情都松弛而自在。

看到思垣和谷雨，小七神色自若地跟他们招呼，毫不吃惊他们会结伴突然出现。她给他们介绍："我弟弟。"

打盹儿的男孩微微抬起头，视而不见地对他们瞥了一眼，又将眼转向别处，既不招呼，也没有一点笑意。

小七说："我弟弟从小不喜欢见生人，人家说他有自闭症，我知道他不是，他就是对什么都没兴趣。"

她说着扫了谷雨一眼，谷雨脸上是一片哭笑不得。她苦心营造出这个场面，一环一环都按她的设想完成了，她认定小七在思垣之外另有隐情，谁知还真是她弟弟？

那低头打盹儿的男孩有一张单薄清秀的脸，骨骼整齐，眉目疏朗，轻灵的单眼皮下一排细密的长睫毛。他毫不在意地听他们说着他，心像从不在此间，早飘走了一样。

谷雨看看思垣，思垣一脸恍然大悟的样子，还有一点羞愧。"你有个弟弟？怎么没告诉过我？"思垣问。

"我还有5个哥哥三个姐姐，是不是都要一一给你介绍？"

思垣受了她一堵，反倒笑得开怀。

小七又看了谷雨一眼，这一眼就含义颇深了。谷雨从里面看到讽刺和暗示，此外就是对于她再一次失败的满意。谷雨自动将那眼神翻译为：怎么样，你机关算尽，想抓我的尾巴，现在出丑的是谁？

谷雨心里一阵坍塌，慢慢变成一种虚弱。她慢慢掉过脸，看这疮痍的小院子，几十年的风雨使它不堪重负似的，阳光下更是伤痕累累。

这不过是待拆民居里的一处，老城区成片的旧房子要拆，原房主纷纷低价把尚能住人的老宅低价租出。就这一处还住了不止一家人，靠墙边有一辆小小的电动车，还有一辆孩子的小脚踏车，晒在下面的鞋子也是好几代人的样子。这地方起码挤了三户人。但又如何呢？那些凤仙花、指甲花，一簇簇粉嫩娇俏，把墙角潮湿的霉绿，衬出一种清新来。

通往后院的木楼梯在深夜一定阴森而危险，这时也显得古旧诗意，这一切都是留在思垣心里的印象。

谷雨想，小七又在思垣心里加了分，分量又重了一层，一个洁身自好，不但自力更生还撑起一个家的女孩，在这样的陋巷寒舍里，与她的自闭症亲人相依为命。

这一幅阳光下的场面多家常，多温馨，多美好，谷雨简直想为她流几滴泪。

这时谷雨听见背后的声音说，"你是巧克力姐姐。"

她回身，想确定这句话是对她说的。阿因的眼睛不知何时转到了她脸上，并长久停在那里。

她想说一个成年男子是不该这样不错眼地看着一个成年女子的，但阿因就像看一只落在树梢的风筝一样看着她，且那风筝正是他遗失的。他脸上的笑正是失而复得的笑，那么快乐，那么实心实意，嘴角弯弯，欢欣鼓舞，专注但并不灼人，也像一缕温煦的阳光照在她的脸颊上。

谷雨问："什么巧克力呀，阿因？"

"你给他的巧克力，"小七说，"小时候你们见过一次的。"

谷雨也不由欢叫了一声，她的印象里已把那小男孩忘了，那个满脸草屑，一双骨碌碌灵活的大眼的男孩，居然就是这个云朵一般随时会飘走的阿因。

"你还记得我呢！"谷雨说，"哎呀，今天我来得急，下次给你买巧克力好不？"

阿因点头的时候小七说："他现在不爱吃甜食。"小七有点不耐烦的样子。

阿因说："我爱吃。"他仍是看着谷雨。

墙头上一声吼，几只麻雀不知从哪里跳了出来，一道黑影窜过去，是只猫。它弓起背，又是一扑，一只昏了头的麻雀朝着谷雨和阿因这边撞了过来。小七一伸胳膊，闪电一般，竟一把握住了那小东西。

谷雨目瞪口呆地看着那麻雀在小七手掌里扑腾。

小七一撒手，朝着院外丢去，如蒙大赦的小雀儿嗖一下便飞走了。思垣说："你手这么快！"

小七"哼"了一声，她看上去有点不悦。阿因却不去注意那些，他仍对着谷雨，真的如重新获得一件宝贝一般，只是盯着她不放。

十分钟后谷雨已经站在那扇有着小小花玻璃窗的房间，四下打量那小小的屋子。这是阿因的房间，谷雨奇怪第一次来的时候她完全没有留意到这里，那时她全部心思都在找小七的晦气上。

她应该看得到这里的，这房间不过木楼梯下的一个小隔间，却这么整洁别致，缘于四壁都依墙钉上了一排排的木格，摆着一堆堆彩色的石子弹珠。是不值钱的一堆堆称来的小珠子，花鸟市场多的是这样廉价的，随便做个旧就摆出来蒙人钱的染色玛瑙、假琉璃和粗糙的玉石。

但它们现在被当作珍宝归作一类一类，这绝不是心血来潮的孩子气的收集。有成卷的线和别针放在旁边，一些已穿好的成品珠串，沿着木架上的铁钉悬挂下来，是廉价的没错，但在灰尘飞舞的光线里，在稀薄的阳光里依然反射出七彩的光。

"这是你的宝贝呀，阿因。"谷雨说，她的口气和惊奇都不是作假的，她托起一串链子在手心里看。

小七说："他没多少嗜好，从小就喜欢磨石头，串珠子。"

谷雨已经看见靠下面的木架上真的有一堆圆圆的石头，旁边有一些小锉子之类的工具。

在这一切之外，墙上还贴着两张素描，一张是受过训练的，有一些功底，画着一个清秀安静的男孩，那是阿因。另一张就拙劣很多，明暗都不分明，却一笔一笔异常认真，画着一个长头发的女孩，怀里抱一只猫——那是小七？

谷雨现在不难想象这姐弟俩平时的相处，小七把弟弟藏在家里，自己教他一些技巧，跟他聊天，陪他玩。她尽可能地满足着这个自闭的弟弟，买来各种不值钱的东西充数，去建筑工地上找那些光鲜均匀的白石子，一堆堆捧回来供弟弟把玩，博他一点欢喜。

谷雨惊奇地说："阿因，你的手这么巧？这是什么结？"她拈起一个奇怪的绳结问他。那是两个对穿在一起的结，很对称，一只巧妙地穿过另一只。

阿因笑了，阿因的微笑像徐徐微风荡过湖面，他说："这是如意结，我发明的。"他又说，"你要不要看？"

他真的拈起一根绳结认真地编给她看，谷雨也就含笑欣赏了一番。

小七在外招呼他们出去放桌子吃饭，谷雨走过小七身边的时候，小七低声说："我弟弟有点死心眼，你别介意。他小时候，火灾那天，他认为是你救了他，一直记得你。"

谷雨一愣，觉得小七这话有一点暗示的味道。后面忽有窸窣响动，谷雨回头，只见那只黑猫此时无声地站在窗台上，正盯着她看。接着猫的背部弓起，清啸一声，几步溜上了墙去。谷雨看着那轻捷的碎步一路不停，一直溜上了院门外的泡桐树。

Chapter 4 / 转身就能看不见你
而我却选择蒙住眼睛

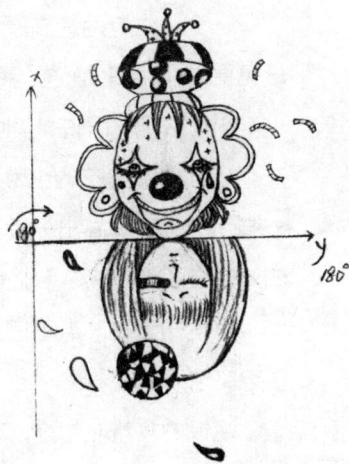

像一幕戏突然的转折，加进了一个人物，这个人物的始料未及使一切节奏和气氛都换了个样子。谷雨想，阿因真是个神奇的男孩子。

不知道怎么的，她跟阿因亲密起来。这种交往类似孩童时期的摆家家酒，因其中一方的热烈坚持，却牵动了另一方的心思，两个人便热切地、求真地玩着游戏。并且将对方视为重要对象，在这共同制造的游戏里表现得一本正经，只为了那游戏永不结束。

那天他们都留在小七家里吃晚饭，小七将两条小木板桌并在一起。木桌上的木纹歪歪斜斜，有很多洼陷，还有一些虫洞，小七也没有给铺上一层桌布。

谷雨说："哟，这样的原生态桌子，现在卖得可贵，没有上万块可搬不回来呢。"她麻利地动手，帮小七拿这拿那，还跑到路口去买熟牛肉和烤鸭、素鸡、千张结，又拿了两瓶啤酒。

谷雨发现这里住的果然有好几户，因为小七朝楼上喊了一嗓子，便下来一个大腹便便的年轻女人，一只手托在腰上，将木楼梯踩得"咯吱咯吱"响。

小七介绍说那是彩虹姑娘，她跟她男人都来自北方。她男人要工作，晚点才得回。

一个天生有两片高原红的小女孩不知从哪里钻了出来，叫小七姐姐。思垣一见便说："原来是你，我见过你！"

小七白他一眼说："她今天的花还没卖完，霍公子在，那就全包了吧。"

小七叫那卖花的小女孩虫虫，虫虫走路的姿势很奇特，身体倾斜向一方，一脚比另一只脚高出一截。谷雨看着她一高一低地走去桌边，想这真是个五湖四海的江湖大杂院，小七女大王一样结交了这一群人。

思垣却没有一点不适露出来，他给阿因放好座位，又把跛足女孩虫虫的凳子垫高了一点。

晚饭的气氛非常好，小七一半心思在思垣，一半心思在阿因。阿因还是不大爱搭理人，小七对思垣说，他就像小孩子，喜欢谁讨厌谁都在脸上。

"那他一定喜欢谷雨。"思垣说。

阿因和谷雨的中间隔了个彩虹姑娘，但阿因的目光总是越过那一桌人，定在谷雨身上。阿因对谷雨的关注是不掩饰的，如同他对别人的不关注一样分明。他只看着她，只对她说话。所有人都看得出来，这少年就像婴儿要奶、花儿向阳一般在谷雨身上集中着注意力。

谷雨逗他，问他多大，阿因说17，谷雨说："我比你大。"

谷雨又问他生日，阿因看看小七，小七说："就是这个月呀，月亮圆了你就18了呀。"

阿因重复姐姐的话，告诉谷雨："对，月亮圆了我就18了。"

他说话很慢，每说一个字都要思索一下似的。谷雨在心里叹息，想老天还真是公平，有小七这样一个奸刁滑怪的姐姐，便落下这样一个简单到智障的弟弟。

小七也真把这个弟弟呵护得无微不至，给他盛饭，时刻留意他的反应。谷雨跟思垣碰杯的时候，一些酒洒在阿因的手上。小七立刻站起，拿了条毛巾给他擦手，而阿因任凭姐姐给他一根手指一根手指地擦。

谷雨心里忽然一动，像心底的某个角落忽然亮了一亮。

到了月圆那天，谷雨没有跟小七联系，就提了个蛋糕和一兜草莓去冰冻街。她不费事地就进了门，阿因坐在那棵歪歪的石榴树下看着猫，像能听懂猫和鸟们的对话似的。

见谷雨来，阿因像早就在等着她一样，笑了。

他笑得那么好，像水中月一样清淡的脸越发皎洁，谷雨看得心化成一团。这么个小王子一样纯洁细致的男孩子，隔绝人世、只与自然通灵似的活着。

"你喜欢蛋糕吗？"谷雨举起手里的东西给他看。

阿因则给谷雨展示他的新作品，几颗磨得光溜溜的圆石头，磨砂般的表面，筛出细密的光泽。一束没完成的绳结搁在一边，打上了几个如意结。

谷雨问："阿因，这是给谁的？"

小七带着那漂亮的女伴莲子一同推门进来，看到谷雨和阿因正玩成一堆。

他们两人的鼻头上和脸上都沾着奶油，显然刚刚互相投掷过。阿因房间里那张仅有的小桌子被搬到了天井里，上面摆着一大盘草莓。

小七皱了皱眉，谷雨不请自来，并不在她的预料里。谷雨却已经对这里很熟的样子，让小七和莲子坐，吃草莓。

"知不知道草莓最诱人的地方在哪里？"谷雨问小七，"那就是，你永远不知道下一颗是不是比这一颗更甜。"

小七看看她一脸的似笑非笑，就拈了颗草莓送进嘴里，一面接下她的话茬。"是酸是甜都无所谓，你当心吃多了不消化，害了自己的肠胃。"

莲子好奇地打量着谷雨，仿佛想看清楚谷雨身体里有什么能量，居然跟这孤僻的阿因玩得这么好。

莲子对阿因说："弟弟，生日蛋糕分我一块好不好？"

但阿因又恢复了木讷的样子，不看她，也不说话。莲子又说："姐姐们要办设计展，你给姐姐串一个链子好不好，姐姐要打扮得漂亮好上电视！"

阿因自顾自拨弄着小七带回来的一包木头、贴片、乙烯材料等，小七说那是作品的"原材料"，阿因完全没听到莲子的话似的。

小七说："我弟弟是爱因斯坦，动起脑子雨都打不进去。"

莲子说："他不跟我说话，他可会吃蛋糕呢！"

小七蹙起眉头，她明显被心里的一个什么念头弄得不舒服，像意识里渗进了一些不安。但她不说什么，将水龙头放得轰响，接着把一双糊了泥巴的脚伸到下面去冲，然后换了拖鞋。她的苍白和带点糙的线条在那霉绿潮湿的背景墙前，像部老电影里的画面。

饭后小七端了个大木盆，蹲在院子里那根自来水管子前，拿一把大刷子刷那堆乱七八糟的"原材料"。水放得哗啦啦，小七穿个工字背心，肩胛骨又长又翘，一用力，苍白的脖子现出两条青筋，背心被她带得卷上去，露出一截腰肢。

谷雨也踱过去，悠悠然地蹲下来看她忙。小七挺直的鼻子，饱满的嘴唇，从下巴到脖子那一段韧性的线条都是不容忽视的。这是个好看的、英气的女孩，思垣是不是就喜欢这一类难以征服的类型？

谷雨跷着手指，把小七垂下来的一缕头发用闪闪发亮的水晶指甲给她挑到耳后去。小七瞥了她一眼。

"怎么跟我弟弟这么好？"小七问。

"他那么可爱，又那么寂寞，你不希望他多个朋友吗？"谷雨俏皮地笑，"你不放心我吗？"

小七也笑了，小七的笑在蓝阴阴的晚上像灯笼忽然亮了一下，"我弟弟觉得好，我就觉得好。难得他认得你，喜欢你。我相信你不会让我失望的。"

两人这一天的交锋，都有些讳莫如深，也都有些心照不宣。

过了几天，谷雨选了个好天气，带阿因去爬山。

阿因出来的时候穿着洗得很干净的布夹克衫，活动起来手脚柔韧。刚理过的头发那么清爽，球鞋也异常洁白，更显得清新舒展，像那种老式的画儿中的少年。

谷雨便夸张地叫："哇塞，好帅哦！"

接着她自己发现不合适，便闭上嘴。这样洁净的男孩儿，跟她用惯的任何一个形容词都不搭界。

两人放弃砌得整齐的台阶，从小路弯弯绕绕地一路攀着土坡爬上去。爬到陡的地方，谷雨攀住旁边的小树，鞋底把土坡上的沙砾擦得滑来滑去，她又开始玩游戏，大叫："快！快托住我，我要滑下去了！"

阿因哈哈笑着，从她背后将她拦腰一抱，送了上去。两人模仿着幼时火灾那惊险的一幕。

爬到山顶，俯瞰那些青翠蓊郁的树木，山的一面如峡谷般斜出一个长长的横截面，几只山杜鹃斜斜地伸出来，下面是一潭碧水。阿因说："真像。"

"像什么？"谷雨问他。

"家。"阿因说。

"你的老家？"谷雨问。阿因却不说话了。

下山的路上有出租的双人脚踏车，谷雨问阿因："你会不会骑车？"

阿因立刻笑了，"我会。"

他一笑，似睁似闭的单眼皮又弯起来，嘴唇抿一抿。谷雨被阿因微笑的那个弧度迷晕了，她想不明白怎么会有人笑得这么美这么纯？

这使她突然就好想疼爱他。她想，阿因要不是小七的弟弟该多好，她就可以心无芥蒂地接近他，跟他做朋友，做什么样的朋友都好。而不是像现在这样，走一步退两步，心稍微动一动都要自我剖析半天，唯恐自己走错一步。

谷雨和阿因两人骑着车下山道，阿因奋力地蹬着。谷雨说："阿因，你这样带过女孩子骑车吗？"

阿因不说话。谷雨猜他一定没有。

阳光一道道流过，风却很疾。谷雨穿着背后开叉的雪纺衫，灌满了风，她就像插在瓶中的芦苇。她抱住双臂。阿因在前面问："冷？"

"我从来没有暖过。"谷雨说。

这句话带一点调情的味道。她话出口后又有点后悔。

阿因却脱下了自己的外套给她，这个不容置疑的动作那么自然，带出来一股阳刚味，由一个孩子做出来，竟让谷雨有点脸红。

阿因有轻微智障者特有的超然，看上去便像是洞然的高深。阿因眼睛里闪过一棵一棵树的倒影，云朵的倒影，还有一个小小的谷雨。

谷雨想阿因也许实际上聪明绝伦，只是太瞧不上这世界，因为不能接受人世的世情规矩，在深深的隔阂里，他便像一个弱智。

这样一想，她登时觉得自己又假又做作。

再去见阿因时，谷雨都不知道要穿什么衣服才能不显得她世故老道。

最后她换上一件碎花裙，不是真丝也不是蕾丝，是小时候妈妈喜欢拿来做家居服的富纤。富纤比棉布还要柔软易皱，十几块钱就能买一米。

阿因满是神秘地从院子后面推出一辆老式单车，很整旧，不知道是谁丢下来的。阿因把那个坐垫擦得很干净，说："你坐。"

谷雨啼笑皆非，又有点感动。因为他们曾这样骑过车，所以阿因不知道从哪里找出来这样一辆车。

阿因一定没有初恋过，他心里还没有爱情的概念，所以他表达好感的方式是那么地简单直接，毫无私欲。

跟这样一个青涩的男孩恋爱会是什么滋味？谷雨想到那些暖洋洋的下午，她背着书包，看着那个叫陆明的男生骑单车而过。她那时最大的愿望就是坐在他的单车后，好好地兜兜风，这个愿望强烈得几乎连对樱桃的怨恨也忘了，是樱桃更大地挑起了祸端，将她心里的口子撕得更大。

但樱桃已经不在，而她心里的口子却是永久存在了。

她闭上眼，眼前还有一些跳跃的光点，像五线谱上的乐符。她头发破例地梳上去，宽阔的额头显出悲伤。

老旧的自行车刹手和笼头都有点问题，阿因卖力地将车在胡同里骑得歪歪扭扭。

回程的时候换了谷雨坐在前面，骑了几米，她大叫大笑地夸张地蹬着，又摇摇摆摆作势欲跌，阿因便跳下来推着车往前走。

谷雨心里一动，说："阿因，你姐姐看到你这样，不知道会不会不高兴。"

小七已经好几天没露面，谷雨还是在一次跟思垣的通话中，得知小七跟院里一帮同学弄的设计展快有眉目了，正没日没夜地在忙。

谷雨现在跟思垣联系得不多，偶尔联系也只是只言片语，她直觉思垣跟小七发展得并不如意。但思垣自有他的沉默和处理，并不对谷雨多说。

谷雨便负责起阿因的饭食来。她白天闲着没事，便带着阿因四处去逛，胆子大了，也把他带到一些安静的小酒馆去。

夜色刚刚降临，他们都不饿，点一杯生啤和一杯苏打水。阿因左顾右盼，他自然是没来过这些地方，但他一点也不慌乱。只要跟她在一起，阿因在哪里都一样愉快，世界的每个角落都没有区别。

谷雨觉得心里柔软的地方又加进了一点痛，这些天阿因总是让她这样甜蜜地痛着。阿因似乎还原了她的一个遗失在童年的梦，她的所有夸张，在阿因眼里也不过是个小女孩的淘气。她已经快分不清她对阿因的这一点心动，是因为他是阿因，还是因为他是小七的弟弟。

她悲哀地想，这么多年的江湖经验，怎么就被一个阿因给化解了？她又一再提醒自己，无论如何，好不容易找到小七的一个软肋，就算不成功，也绝不能把自己搭进去。

啤酒来了，她把苏打水推给阿因，阿因却跟她将杯子调了过来。

"你想喝酒？"谷雨失笑地问他。

"我不想你喝酒。"阿因说。

"为什么？"她问。

"别人会欺负你。"阿因说

"谁会欺负我？"她顺着问下去。

阿因一蹙眉，目光飘了一下，便失了焦距，像随水而来的一个东西又飘走了，而他便跟着飘去某个往事。他这样一定神便是个长长的瞬间，直到谷雨用习惯吹着苏打水里的气泡将他吸引回来。

谷雨问："阿因，你叫什么？"

阿因说他就叫阿因。

"你姐姐呢？"

"就叫小七。"阿因说。仿佛这是最自然不过的事。

她失笑，问他生下来难道没有取名字吗？

"有名字，可是姐姐不要。姐姐也不要姓罗，她说罗家的一切我们都不要。"

"你什么都听你姐姐的？"她问。心里那点计较又在不安份地冒头。

阿因欲开口说话，却听见有人在旁边说："这么甜蜜，我加入一个好不好？"

谷雨回头看到老金站在背后。她皱皱眉，跟阿因相处的时光里，她像个被金沙般的阳光浴满全身的小女孩，无忧无虑身心轻盈。而老金的存在却是一个关于真相的提醒。

她希望老金赶紧消失，老金却不识相地自己坐了下来。

阿因的脸有点红，眼睛盯着桌面，不管老金说什么他也不搭茬儿。谷雨问他要不要吃什么，他也不回答，只是低着头使劲盯着桌面。

老金对谷雨说："你换口味了，这么个小兔子，能给你什么？"

谷雨咬着牙，恨不得把啤酒泼到老金脸上。她悄悄伸手去握住阿因在桌下的手，感觉到这孩子全身绷紧在克制着一股紧张。

她不安了，想赶紧结束，老金又说："霍公子那里没戏，你也不要改吃素嘛，你瞧瞧你的脸色，跟水洗了似的。"他伸手在谷雨脸上摸了一把。

阿因忽然跳了起来。谷雨猝不及防，只觉得眼前一闪，阿因已经压在老金身上。

阿因的拳头是稚气的，却是毫不留情地一下下打下去。尖叫声在周围溅起，一直到酒吧老板将两人分开，她还没弄清楚，这个状况是……阿因揍了老金？

阿因这个自闭孤僻的孩子，为了她跟老混子老金打了一架？

阿因脸上有两处伤，眼里一片白热。谷雨觉得一阵陌生，这个阿因是她不认识的，仿佛一个内在的阿因从清冷的外壳里破出，忽然恢复了原型。在他痛快地做回了自己以后，又回到了那个壳里，面无表情。

酒吧老板问阿因什么，他一概不回答。值班民警要他讲经过，他也直着眼，又现出智障般的游离。

谷雨道了很多歉，赔了几个杯子的钱，送阿因回家去。远远地她就看到小七等在路口，她心里一阵着慌，阿因这样挂了彩，小七还不撕了她？

小七将脸绷得很紧，检查了阿因的伤，什么也不说，带着阿因去睡。小七回头盯了谷雨一眼，谷雨打了个寒噤。

这刀子一样的眼神，隔了多年，又出现了。上次看到时，是小七的手里握着一把刀和一只死公鸡。现在，那死公鸡无异于就是谷雨。

谷雨还没有把解释委婉地说出口，已被小七一个耳光掴晕了头。

"我警告你，你听好，你作死作活做妖做怪我不管，你不许接近我弟弟。你要是敢害我弟弟，我就杀了你。"

小七像看一条蛇精一样地看她，月光下脸和声音一样硬。她俩站在冷清清的后巷里，几只猫应声而起，各自啸叫起来。

小七缓了口气，又说："我知道你怎么想的，你恨我挡你的道坏你的事，你还觉得小时候那场火是由我而起。其实呢，我烧自己家房子，是他们欠了我的。至于你姐姐，只能说她欠了你的，现在是你欠她了。"

晚上樱桃来到谷雨的枕边轻轻唱歌，谷雨在半梦半醒之间，感到身体轻轻地浮起来。樱桃的歌声飘飘荡荡，渐渐变得凄厉起来。

樱桃像透明的冰粒一样溅落，纷纷覆盖在谷雨身上。谷雨的皮肤很快就蒙上了一层白霜，她牙齿"咯咯"地叩响，想伸手去够棉被，手臂已经结了冻，那冰冷一直冻到了心脏。

"你永远都不行，你从小到大哪一件事是行的？你用了我的样子，我的名字，你用我做武器，你真丢我的脸。"

"我很想你，我真的好想你。"谷雨无声地呐喊。她觉得自己哭了，眼泪流下来就成了冰。"失去你我才知道我一直依赖你。我没有靠山，没有人教我。求求你别走。"

"那女人是你的仇人，也是我的仇人。现在她又夺走了霍思垣，你怎么会心软？"樱桃狠狠地嘲笑着她。

谷雨还想哀求，但汹涌的浪涛轰然而来，把樱桃卷走了。她伸出手，碰到了连响带振动的手机，手机已响了好一阵了。一看是老金的号码。

"你要干吗？"她鼻子还堵着气，喉咙哽着，想做出个恶声恶气，在老金听来却是无比地柔弱和委屈。

老金吓一跳似的，把原来的狠话也咽了回去。老金是消失了几天的，跟阿因莫名其妙打了一架后他没面子又恼火，对谷雨撩了几句难听的就走了。现在老金要她猜，自己在哪儿。

谷雨不吭声，动不动就让女人"猜"的老金实在是猥琐又没出息，她等着他自己说。果然老金忍不住告诉她："我在杨庄，你老家附近。"

谷雨一下子坐了起来，她心里飞快地闪念，自己并没有再嘱咐老金去做什么，老金擅自跑去几百公里外，跑去她跟小七生长的地方，必定是他自己有什么歹毒主意。

"你回来！我警告你不要多事！"她说。

老金说："杨庄这地方偏是偏，破是破，空气风景倒还好，也有山有水的。街上臭豆腐，红烧肉，樱桃酒都做得挺美。等会儿去打听一下房价，或者弄块地皮，以后在这里养个老也不错啊。"

"你回来吧。"谷雨把声音放得柔和一点，她知道老金这态度，明显是又牵了条长线，在她眼前晃悠晃悠地卖弄，她不知道线的那一端是条什么大鱼，她现在满心混乱也不想知道。

老金"吭哧吭哧"又笑了几声，挂了电话。

谷雨去洗了澡，把被子毯子抱出去晒，又打开衣橱整理当季的衣服，一件一件在身上试。像大多数女人一样，她用自己的美貌来治疗自己的满心沮丧。

她的头发要去护理了。几天不跳瑜伽，肩膀有些垮塌。脸有点肿，是几天前小七留下的印子。

那小女巫的手真重，也许小七还觉得便宜了她，惹急了，小七的刀大概真会随时掏出来。

阿因在风波的第二天便不停给她打电话，她还处在对自己那一点罪恶念头的逃避里，涌涌地想出击又怯怯地收回。她还理不清自己对阿因的感情会延伸到什么样的程度，便只好避而不见。但阿因问她："这几天你怎么不去找我姐姐？"

谷雨只好苦笑，这个单纯的孩子，以为他姐姐是天使，而全世界的人都不会不与他姐姐交好。那他知不知道小七会为了他与全世界交战？

阿因是小七唯一的软肋，唯一的七寸。小七对世人仇视绝情，耻笑戏弄，翻脸如翻书，就只有这个阿因是她的宝。她所有的对于人世的爱都在阿因身上。阿因是她的心脏，为她供着血。总之，如果谷雨掌握了阿因，就掌握了小七。但她却没出息地一点一点把自己搭了进去。

这几天谷雨把自己藏在家里，她又开始睡不醒了。这是她的天性，樱桃从来不会躲避，樱桃从不失败。天上地下，樱桃都在嘲笑她，怨恨她。

两天后思垣的短信来了，思垣约谷雨去红馆坐一坐，喝个下午茶。

谷雨把粉扑蘸湿，再蘸一点胭脂到颧骨上去。然后挑出一条白裙子，前面略保守，锁骨以下都严严实实，后背却微妙地往下拉出一个深 V。她把头发波浪弯曲地梳到一边，换上细高跟的银色侧空鱼嘴鞋。这双鞋从鞋身到鞋跟是全透明的，像灰姑娘的水晶鞋一样剔透，包裹着她玲珑的脚跟和脚背。

她从电梯的镜子里端详自己，叹了口气。

红馆是这城里的高档会所之一，女人们来这里喝下午茶和约会，都会格外精巧地妆扮一番。

谷雨从一面又一面的水晶玻璃珠帘里绕过去，地上一圈一圈的小喷水池，走到窗边，便看到几层纱幕的卡座里，坐着思垣和小七。

思垣看到谷雨走来，便起身给她拉开沙发椅。小七在她对面坐着，淡淡地看着她。

小七看起来像几天没睡好似的，黑眼圈格外浓重，懒懒地瘫在椅子里，照样的 T 恤短裤，书包甩在一边。

谷雨不由想，这样的女孩子，到哪里都天不怕地不怕，来这样高档的地方，她倒像是给足了别人面子。

三个人各踞一方地坐着，小七和谷雨谁也不开口。

思垣说，他邀请她们来，是他们三个人好久没在一起坐坐了。而且像她们这样的发小关系，好不容易相遇在一个城市里，疏于联系实在太可惜了。

他只字不提前几天的误会，谷雨知道他必定是知情的。

思垣又说："其实我看阿因一切都很正常，你也该多带他去户外活动，或者学点什么……"

小七打断他："我弟弟本来就正常，他有他的世界，他只是看不上你们，不想跟你们活动。"

思垣笑笑，给两个女孩杯子里都斟了红茶。

谷雨看着盘子里鲜艳的马卡龙，想着但凡是跟阿因有关的话题，小七便像头母狮子一样随时伺机进攻或者反击。小七要是知道她跟阿因依然在交往，会是怎么个表情？

谷雨与阿因走在江边湿润的土地上，远处有人撒网，有人垂钓，暮色下江面一片平静，半边烁着金，另半边已沉入深紫的暗色。

阿因从口袋里掏出一串链子给谷雨。链子由白色的珠子组成，尽头系着一块玛瑙。"这是一个笑脸。你要笑。"阿因说。

谷雨看着玛瑙上的纹路果然像个女人。女人有一头波浪长发弯弯地覆盖，有很清晰的下巴线条，看不清脸。但阿因说是笑脸，谷雨便觉得那真的在笑。

"这个像你，你要笑。"阿因重复说。

谷雨心里一阵热，她把自己的头发撩起来，露出脖子，说："你给我戴上吧。"

阿因的手绕到她颈后，将绳结紧了一紧，在她闪烁的星型耳坠和白麝香的香水味里，没有停留，很快便将手收了回去。

谷雨却将头轻轻地靠了过去，她偏过头，将半边脸在阿因胸前擦了一擦，听到那年轻的胸腔里的搏动声，又将下巴挪到阿因肩上搁住。

阿因一动不动，肩部抽紧了，他慢慢低下头，耳朵和脖子便离谷雨近了一寸，又一寸。

现在谷雨看着冰壶里的冰块，心想，阿因真是冰块一样透明啊，就像这下午的太阳穿过玻璃，暖洋洋的，一点倾略性也没有。

有了阿因以后，她不再每天都巴望思垣的电话了。似乎胸口的痛也浅了很多，变为一种淡淡的无奈。

她想，也许小七是对的，她抓住思垣不放，只是因为恐惧和不甘心。那么，和阿因的关系又怎么形容呢？他们连手也没正式牵过，却有了一切尽在不言中的意味。

阿因像波光粼粼的湖面一样温和，却实实在在地在她身上起了反应。

这和她以前的经历太不一样了，同时她觉得自己低劣、廉价、心眼多，那些在酒吧夜总会里的手腕怎么能用在阿因身上呢？

阿因纯洁得像羽毛，丑恶的脏水泼上去也会飞快蒸发。并且，阿因跟陆明，跟思垣都不一样，阿因是真正因为喜欢她才喜欢她，没有要求，也不用条件。阿因是第一个，也是唯一的一个。

谷雨总是一遍一遍回味着阿因。阿因跟小七有着一样宽距的眉间，仿佛如石膏像一样平静，眼睛因目中无人所以那么明净，也像石像一样漠然。

阿因开口说话是那样的温和，同样温和的还有他的手指。他的吻像水流一样细腻，她吃惊他是怎么会这些的。

这是个超现实的少年，太不真实，她总想摸摸他问，"你是天上的人吗？"

她是这样地沉浸于想念，以至于思垣和小七后来说了什么，她都没有听进去。她甚至提前走了，没有扫兴，因为本来就没有兴致。

从杨庄归来的老金黑了一圈，进门就埋怨山道难行，上山根本不通车。然后夸那里水好，怪不得谷雨长得靓。

谷雨沉着脸推开他，等他唠叨够了，才问有什么收获。

老金来了精神，他盘腿坐下点上烟，才不疾不徐地把惊天的大新闻抖出来。

"你知道小七是什么人？"他感叹，"原来只觉得这丫头城府深，像个经过事的，没想到能耐那么大，做的事寻常人可做不出。"

老金告诉谷雨，小七据说生下来特别不得宠，他们村子里的人说小七的奶奶亲眼看见小七生下来有一只猫附在她身上。给她算八字，也是大凶，克父克母。再加上那一带的风俗，女人生不出儿子就抬不起头。所以不但小七是一家子的眼中钉，更连累得她母亲也在家受欺负。

小七的母亲干脆把小七当男孩养。小七也是个野的，从小打架，再回家讨打。她胆大包天，还砍伤过她一个堂兄。

她妈妈后来倒是又生了个男孩，却从小就不爱说话，生下来就大病一场，差点养不活。罗宇良得了这一双拿不出手的儿女，天天喝酒解闷，喝醉了就打女儿。

"你怎么知道得这么清楚？"谷雨问。

"我见到了她那个堂兄，他叫罗三宝，我俩还喝了两杯。你没看到他提到小七那个恨不得把她剥皮吞了的样子，他还向我打听小七的下落呢。"老金诡异地压低声音，继续道，"还有更精彩的，小七十五岁的时候出了件事。她爹跟外面一个女人私通生了个儿子，带回来养，就不让小七上学了，让她负责照顾弟弟。有一天那小男孩突然死了，死得离奇，洗澡的时候头闷在澡盆里。全家都说是小七弄死的。"

谷雨听得瞪圆眼睛，"不至于……不至于吧！"

"更玄的在后面，后来小七她妈难产死了，连同小孩一起没保住。小七这丫头有一天偷偷摸摸带走了她的亲弟弟，还一不做二不休，在家里放了把火。你说她狠不狠？八字真是太凶。她家里人根本不提她，一提起就咬牙切齿。"

老金凑近谷雨，"更奇的是，那场大火大家都说是小七放的，也有人说不是。可是火灾里死了人，却不是他们家的，听说是一个山下人家的小女孩，漂漂亮亮一个姑娘，不知怎么那天摸上了山，才十三四岁。可惜啊，就这样活活被烧死了。"

老金不安起来，因为看见谷雨的泪珠凝在眼里，面色如土。老金安慰她："这就是个传说，跟讲电影似的。我是不太信，小七再厉害当年也不过十六七岁，能有多大的能耐？又凭什么逃了这么多年？家里人明知道是她干的，能不追她？能不报案？"

谷雨已经什么话都说不出来了。

一个星期后是小宝来城里的日子，谷雨发现原来自己是这么思念小宝，即使全世界都背离她，她还有块自己的肉，小宝是属于她的。

她急急忙忙地收拾，就赶去车站。

一路上车堵得水泄不通，她几乎要急疯，不停地打着电话，让蕾蕾到了不要急，车站旁有家肯德基，先带小宝去坐一坐，玩一玩，她马上就到。

"我们不急呀，"蕾蕾喜气洋洋地说，"我们就在肯德基呢，你不来也没关系，你朋友先来了。"

"哪个朋友？"谷雨莫名其妙，在路上还一直琢磨，她没有拜托思垣去车站。

随即她看见了小七，小七的怀里抱着小宝，蕾蕾则在一边玩着游戏机。

小宝今天反常地乖，他坐在小七的膝盖上，趴在桌子上玩着小推土机。小七则拿起一根根的薯条，蘸了番茄酱送到小宝嘴里。

当看到发呆的谷雨时，小七一笑，活像个天使。

谷雨带小宝回家。初脱离乡村的小宝，不习惯得每天哭闹。谷雨使出浑身解数去哄着他，推掉一切约会。当然她也无暇去见阿因，而阿因也懂事，不来叨扰她。

谷雨每日带小宝上街，小宝要什么谷雨就给他买什么。她晚上哄小宝睡觉，白天带小宝去看附近幼儿园的小朋友滑滑梯。

但小宝仍是不满足，哭着说要小七姑姑。

"小七姑姑有什么好？她给你吃了什么药你这么惦着她？"谷雨厉声呵斥，随即又心疼地掉眼泪。

小宝有什么错呢？他那么小，什么都不懂，初来乍到，周边都是陌生的人。没有树能让他爬，也没有鸟儿能让他捉，小伙伴们都不在，蕾蕾姑姑也回去了。好不容易有个喜欢的姑姑，谷雨却还对他这么凶。

而那个小七姑姑确实很会带小孩，会在地上画出一格格的小房子，教小宝单腿跳，双腿跳；会拿水和沙跟他捏小船，搭城堡……都是些现在的孩子很少玩的游戏。

小七姑姑来了，一只手拿着个蝈蝈笼，另一只手举根棉花糖。小宝一见到，立刻喜笑颜开。

谷雨冷眼瞧着小七，看着小宝偎在小七怀里，心满意足抓住她帽子上的抽带。小七随口编一些故事，小宝就听得津津有味。

小七一边说一边抬脸看谷雨，"我弟弟从小是我带大的，对付小崽子我可有一套。"

"这些我也会。"谷雨冷冷地说。她心里一股怨毒的火气慢慢升上来。

一点邪恶从小七眼里飞出来，"你会什么呢？你自己的孩子都不要你。你看，你的一切都可以是我的，连小宝也是。"

谷雨惊恐地瞪着她，怀疑自己听错了。

"你不信？要不要试试？"小七轻轻地说。如果有什么来形容这眼神，就像电影中那些杀手用的毒针，针头上一点幽幽的蓝。

谷雨什么都明白了，小七这个人形女巫，她什么时候吃过亏？小七比鬼都精，这几天安静，不过是按兵不动地寻找机会。现在机会来了，她终于也抓住了谷雨的七寸。谷雨和阿因刚刚有一个开始，小七就针锋相对地瞄上了小宝。

她计划再周密，用心再良苦，却抵不过那一点羞怯的纯情，老天给了她一点真情的机会，她就陶醉地品尝那甜美。小七可不一样，小七没有那样的兴致。她谷雨兀自在不忍与贪恋里徘徊不定时，小七早做出了判断并跟进了。

"你就这么恨我？"谷雨簌簌地发抖，只问得出这一句。

"我告诉过你了，我不比恨其他人更恨你，恨需要力气，我只喜欢看别人失去。你注意过没有，一个人失去他最心爱的东西，那副神气有多么好看？什么都是假的，只有失去是真的。"

小七的眼睛亮得出奇，仿佛正看着猎物在尘埃里打滚，扑着血、呻吟着……小七盯着前面一个不存在的地方，眼睛睁大，里面充满着深深的笑意，简直过瘾到骨子里。

谷雨毛骨悚然，如果她手头有刀一定会杀了这个妖怪，现在她就想凭空撕碎她。

小七是说到做到的。她不是小七对手，她已经处处落下风，但小七为什么不乘胜追击？

小七笑吟吟地看着她，似乎看透她的心思，"我告诉过你，别接近我弟弟，我不想那么快毁了你。霍思垣不是你的王子，我要想要他，随时都可以。你已经输得一塌涂地，不信你去问他，把我的话尽可以告诉他，看看他相信谁……"

"够了！"谷雨忍无可忍地吼出来，刚入睡的小宝受到惊吓，大哭起来。

"你是个妖怪，以为全世界的人都欠着你。可是你欠着我！你承不承认这一点？"

"是……吗？"小七唇上浮起一个微笑，在谷雨看来那就是个狞笑，"谷雨，你知不知道，我们都是沉睡的人，都有不堪回首的过去。过去已经被全部封死。如果用你喜欢的童话来形容，就像等待唤醒的睡美人。你也许需要一个吻，而我……需要很多的血。"

谷雨不能再听，抱起小宝便冲出门去。阴霾的云层里忽然落下几滴雨来，她仰面去接，雨点落在她滚烫的脸上瞬间便干了。她只觉得心里的恐惧与怒火已不可遏制。

小七这个魔鬼，她该怎么摆脱？

小七系里的作品展果然很有趣，她们在师大校区的草坪上搭了展台，八卦阵的东一排西一排围了很多竹架，便成了个天然的露天展区。

人来得不少，还有两个记者，扛着沉重的机器。

谷雨冷冷地在一边瞧着。笑吧，庆祝吧，你不过是个杀人犯，变态，猥劣的逆子。

小七一一地向人们介绍她们的构思和创作过程。她今天穿着白衬衫和短短的宝蓝色百褶裙，一改平日的酷劲，显出一股娇艳来。她从思垣手中接过花束，落落大方地在他脸上吻了一下。

展区旁还排开几张长条桌，这是他们预备的露天餐会，也不过放了些饮料和水果，小碟子里放着点心，供观赏者自取。

谷雨在一片笑语琳琅中端起一碟小杏仁酥，一片一片拈进嘴里去，过一会儿，看了看表，又看了看手机。

莲子从她身边经过，问她："谷雨姐，你等人？还有朋友要来吗？"

"今天是个纪念日。"谷雨含蓄地冲她一笑，走到一边。她不紧不慢地在草坪上走一走，看着那欢乐的人群。

一辆车从远处的车道上车急促驶过来，车上跳下一个黑衣汉子，拎着一大蛇皮袋不知道是什么。那人东张西望一会儿，眼睛一亮，朝这堆展会的人群走来了。

谷雨露出微笑，她等的人终于来了。

她看着那粗壮的男人直奔展区而去，穿过嬉闹人群，一直走到了小七面前。

小七正举着一个矿泉水瓶与人相碰，是以水代酒的意思。那男人忽然发出一声吼叫般的笑，握住了那矿泉水瓶身。小七惊讶地转脸看他……

谷雨向旁边移了几步，好了，这下她能更清楚地看到小七脸上的表情变化——煞那间小七的脸色雪白，震惊和恼怒使她憋住了呼吸，紧跟着血冲上了双颊，她满面潮红。那是一只猎物突然坠入陷阱的不知所措，是谷雨等待多日的一个表情。

陌生男人对小七大声地呵斥着，而小七忽然用力抽出了手。她左右梭巡着，想要找一件武器，又像是要找一条路。思垣这时候挤了过去，隔开这两个人。

这时陌生男人忽然抖开手中的蛇皮袋，向小七泼溅过去。小七快速地跳开了，男人并没有停手，又朝展台灌去。

人群里发出恐惧的尖叫声，一股恶臭的污秽物已毁了那些展品，并像瘟疫一样迅速地流淌开来。小七忽然操起一张椅子砸在男人背上，男人却没有倒下，还转身一把扭住她的手臂。

霍思垣插手，将男人搡得向后退去。小七似乎是要再次进攻的样子，又忽然停住了。她忽然顿住身体，看起来像有人突然将她的口堵住，她的身体趔趄起来，像被人推搡着，但事实上根本无人碰她一下。

小七身体剧烈地颤抖，幅度越来越大。思垣赶回去一把托住她的腰，她半个身子已仰倒下去。倒下的小七仍在不停地抽动，白色的水沫从她嘴角泛出。

所有人围过去，人们纷纷呼喝。谷雨看不见小七了，只见人群不停耸动，很多人打电话，一辆急救车开来了，直驶进来……

最后看到的，是思垣将小七抱上担架。小七的身体在思垣的怀中露出一半，最后的一阵痉挛正逐渐从她身上褪去，安静下来的小七是一具无声无息的肢体。她半个身子从思垣双臂中漏出去，胸脯与脖子一起垂向地面，脸白得像瞬间被抽光了血。

小七的眼似乎睁着，在思垣着急变了形的一声声呼唤中毫无反应，一点残留的恐惧挂在她轻微变形的脸上。

Chapter 5 / 生活就是
生下来，活下去

"不，不是癫痫那么简单。她的病不止一种。"负责脑CT的医生说，"这孩子脑部结构还真奇怪，"他指给大家看，"她的脑动静脉血管有畸形，这病挺罕见。"

"畸形？会怎么样？"思垣也凑到片子上去左看右看，"是先天性？"

"先天性。简单的说，就是脑部血管会不正常地聚集，引起脑出血。"医生说，"她有没有出现过全身麻痹，视力下降的情况？"

就小七那猫一般的眼睛，敏捷的身手？"没有，目前为止没有。"思垣说。

医生接着说了一堆，大意是说小七需要接受血管腔内手术。但以后一旦脑出血，即使动刀，也不保证不会影响运动力和视神经。建议先做脑部放射手术。

谷雨看一眼思垣，他的头发灰了一层，两个胳膊抵在桌上，几乎凑到医生鼻子前面去。这不是那个有条不紊、气定神闲的思垣了。谷雨心里一阵唏嘘，接着一阵紧，小七这一发病，阿因在家里就落了单。

谷雨到走廊上，见小七的几个同学还在那里等着。莲子手里捏着一叠单据，急匆匆从走廊那头走过来。

谷雨让莲子去小七家里看看，一转念，又说："还是我去吧。"

"我去陪小七。"莲子说。

谷雨庆幸小七仍然昏睡未醒。她心里一阵虚，小七是绝少有这样柔弱、无法自控、需要人料理的时候。

清醒过来的小七要是发现自己不得不受人所制，哪怕是受制于医护人员，也很难说不会闹一场。

昏睡中的小七显出异乎寻常的宁静，像沉淀下来的海面，谁也不知什么时候会再掀起风浪。

谷雨急匆匆赶到冰冻街，她准备好了一套说辞，只说小七劳累过度致使发病。小七有癫痫，阿因必然是知道的，她的态度只要自然，阿因不会对她有疑心。

谁会对她有疑心？谁也不会把谷雨跟那个满身粗俗、大闹会场的疯男人联想在一起。"这事你知我知。"罗三宝是这样跟她说定的。

何况，罗三宝没有直接跟她打过照面。

罗三宝已经走了，小七一倒下，他就趁乱溜了。

思垣那时的心思都在小七身上，围观的人即使有疑，但谁敢去抓一个满身秽物，随时会把大粪泼你一身的疯子？

然而，当谷雨见到阿因时，却结巴起来。医生说没什么事，休息两天就好。她问阿因要不要跟她去看看他姐姐？

阿因镜子般的眼睛照着谷雨，说："我姐姐已经好几年没有发病了。"

谷雨便更慌了，这也太不正常，她本是那样一个玲珑八面，心眼多窍的女人。

阿因告诉她，上次小七发病，是因为一个很坏很混的人欺负他，骂了很难听的话。

"然后呢？"

"然后她把那人推下了楼梯。"

谷雨打了个寒噤，小七果然是什么都做得出来，砍人放火斗殴行凶……这女人从来不手软。

阿因的表情里没有指责或怀疑的意思，但谷雨愈发心虚，她想阿因一定想到了什么。若不是碰到极强烈的刺激，小七不会骤然发病。

这时候彩虹姑娘大呼小叫地进来，一进来就说："我已经知道了，你们还愣着干吗？还不给小七收拾几件换洗衣服送过去？我再去熬点汤……大概要在那里住上几天，最好不要吃医院的伙食，贵不说还难吃得要吐。对了，谷雨你有没有医保卡之类的？能省一点是一点。"她挺着肚子，一副当家做主的样子咋呼来咋呼去。

谷雨随她去弄，这时候有个人解围，就是彩虹姑娘也是极好的，省的她在阿因面前再多讲两句就要现原形。阿因并没有一点怀疑她的意思，只是她自己口干舌燥小腿肚子发软。

等她们收拾妥当去医院，才发现刚刚又出了事。

小七不知什么时候醒了，醒来第一件事就是自己拔了输液管子下了床。她在病房里转了几圈，没找到自己的衣服，窥见莲子和思垣都在门口，她又转回来。

莲子恰在这时候推门进来，正看见小七把窗户推开。莲子尖叫一声冲上去拦腰抱住她，思垣跟着冲进来。小七推开莲子，不耐烦地说："你叫魂？难道我要跳楼吗？"

莲子不好意思地说看小七站在窗口，以为她要逃走。小七狠狠地说："你电视剧看多了，这里是五楼！"

对于思垣的关切，小七不等他问什么，便往床上一躺，说："好想睡，你们先走吧。"像想起了什么，又问，"我弟弟呢？"

莲子告诉她谷雨去接阿因了。小七沉默了一阵，像是筋疲力尽似的，闭上了眼。

谷雨嘱咐思垣带阿因和那几个一直在陪着的同学先去吃点东西，她自己去找莲子。莲子在小七的床边，而小七重新输了液，合着眼睡了。

莲子愣愣地看着那输液管子，"她以前发作过一次，"莲子说，"我见过一次，在学校。但她不让我多问，她很忌讳谈她的身体。她看上去生龙活虎，其实底子可差了。她说她是个一身病的人，家里还有个舅舅疯了。小七说也许她们家族有遗传的精神病史，要是哪天她疯了，叫我也不用吃惊。"

莲子起身摸了摸小七苍白的额头，又坐下来，目光还凝在小七脸上。她平时随着小七，都有点怯生生，似乎这时候才敢好好地注视一下。

"你知道得不少，"谷雨在她身边坐下，"你们无话不谈？"

莲子摇着头，"她是个很传奇的人，看不透，心里全是秘密。她在外面有很多朋友，做很多事情，在各种地方挣外快，她靠这些养她自己和弟弟。这些学校都不知道，她也不让我多问。

"她对我很好，我很小的时候爸妈离婚，他们各自又找了一个，我哪边都待不下去。有一次我继父还想欺负我……小七替我出头，我不知道她用了什么办法，我继父居然负担了我的所有学费。

她保护我，但是我也知道，要是对她有好处，她也会毫不犹豫地卖了我。她心里只疼一个人，就是她弟弟。"

谷雨问:"你知道她从哪里来,她跟什么人在一起过,还有她家里的事吗?"

莲子摇头,"没有,她总是说,她没有过去,也没有将来。所以我们从不提,从不问,从不谈。我觉得她自己是不愿意去回忆。"

一个小护士伸头在门口探了一眼,说你们谁去趟外科办公室?莲子答应着出去了。

谷雨独个儿站在室内,她心里充塞着说不出的情绪,走了两步,只觉得气压太低胸口憋闷。

她一回头,见小七已睁开了眼,看来是忍了半天了,这时正瞅着她看,眼神明亮,不带一点憔悴。

"听故事听得过瘾吧?都几点了,你不去接小宝?"

谷雨赶到托幼中心的时候天擦黑了,这是小区里开的一家私人看护中心,她出门之前,把小宝托付给里面的阿姨,讲好了到点来接,却被那一串事弄得忘了时间。

现在小宝正一个人在大大的办公室里玩着一套小汽车,他把几辆车排成车阵,又分成两行,嘴巴里嘟嘟囔囔地指挥着。

看到妈妈来了,小宝才哇地哭了。谷雨也随着眼泪流出来。

在路上她已经痛骂了自己几百遍,没见过有人当妈当成这样的。她还不太习惯生活里突然多出来一个小宝。

她一边听着托管的值班阿姨温和的责备,一边不住口地道歉。最后把小宝抱起来,小宝乖乖地伏在她肩头。

谷雨一路问他,要不要吃肯德基,要不要玩淘气堡,大玩家玩不玩,沙画呢……这几样都是小宝最喜欢的,小宝只是摇头。谷雨猜他大概是累了,"那我们回家好不好?"她问。

不料小宝说:"妈妈,我想去看小七姑姑。"

谷雨心里一沉。小七就是有各种妖魔手段让身边的人都为她着迷,小宝才3岁,居然也入了瓮。

她说:"小宝乖,小七姑姑今天不舒服在医院呢,那里晚上不让小孩子去的,明天妈妈带你去。"

"小七姑姑什么病？"

"她大概糖吃多啦，肚子痛。"谷雨说。

谷雨在心里琢磨，小宝过几天就回去了，等给他办好入学手续，下半年才能过来。有足够的时间把小宝对小七的兴趣冲淡。

她又想到了阿因，但今天太晚了，她想着明天再去看看阿因。

而此时的阿因正跟霍思垣一起。阿因一反常态，主动找了思垣。

他们坐在走廊外的活动区，隔着一张桌子。思垣看着阿因，阿因则靠在窗前，看着城市中无边的夜色。

"我们都有病，我生下来还不到五斤，算命的和医生都说我不长命。所以爸爸不喜欢我，除了妈妈和姐姐，其余的人都不喜欢我。"阿因慢悠悠地开口了。

思垣想，阿因从没跟他讲过这么多话，阿因从来当他是个寻常的路人，眼里并没有他，也似乎不在意他与小七的亲密。

思垣心里有点不安，又有点感动，还有点宽慰。他屏息凝神地听阿因讲下去。然而阿因进行了长久地缄默。

阿因刚开始开口说话有些艰涩，但没有要停下来的意思，他缓缓地，不紧不慢地讲，渐渐地越讲越流畅："后来妈妈死了，姐姐和家里闹翻了，她跟着外婆去过。有天晚上姐姐忽然悄悄地回来了，把我叫醒，给我穿衣服，要我跟她走。她说是这里的人害死了妈妈，她宁可我和她一起死在外面也不要留在这里。我就这样被姐姐偷了出来，那年我 12 岁，已经两年没见过姐姐。"

"家里的人呢，你爸爸没找过你们？"思垣问他。

"我不知道他们有没有找过我，我们走的晚上家里失了火。姐姐说是他们心虚。我们连夜坐车到了舅舅家，我们有三个舅舅，这个舅舅住得最远，我没有见过。他住的大院子里有很多人家，还有好多狗。我被狗咬过一口，姐姐每天带我去打针。

"她找舅舅要钱，但是舅舅家里还有个吹小号的女人，她不喜欢我们。她每天天不亮就出去，姐姐说她是做殡葬的，谁家死了人，他们就去吹小号，吹上几天，带回个红包，给舅舅买酒。

"我们住了几天，她一直在我们门外面吹丧葬曲。姐姐悄悄地告诉我，等我的伤好了，她要再带我走。后来那女人对姐姐忽然好起来，要给她介绍工作，姐姐说她还要继续上学。那女人不高兴，找舅舅来讲。他们在屋子里吵，我在外面听到了，原来不是给姐姐介绍工作，是介绍对象，那女人想把姐姐介绍给她们殡葬队长的儿子当对象。

"后来姐姐带我走了，舅舅给了她一些钱，介绍了一个叔叔，我们去了没两天就又走了。姐姐问我，喜欢什么地方，我说我想看大海。于是我们就去了海边一个城市。姐姐回过老家一次，她说，没有户口，上不了学。但是最后没有弄成。

"姐姐找了房子，一开始有三家人挤在一个套间里，总是有人被偷东西，要是有人怀疑我，姐姐就去跟人家打架。后来搬得更远了，住地下室，姐姐说空气不好，对我的肺不好，我们又搬。我不记得我们换了多少地方，每次姐姐都说她有钱，我知道她早就没有钱了。她跟一群奇怪的人混在一起，那些乱七八糟的人。"

思垣觉得自己的喉头有点发堵，小七过过苦日子他当然知道，但是不知道竟然是这样地颠沛流离。

"后来你们遇到了我？"思垣问，"她怎样上的大学？"

阿因沉默下来，这一沉默就是很久。思垣想，阿因还有一大篇的话，一大截的故事没有说出来。

阿因回身俯瞰城市那一片遥远的灯海，低低的天幕上几颗清冷的疏星。思垣看着阿因苍白的脸上那一点早熟的悲哀。

谷雨再见到思垣的时候，觉得思垣又变了个样子，一天前的他惶急，愤怒；现在他沉思，镇定。像是下了个很大决心似的。

"还没找到那个人。"思垣说。他说的是那个神秘的黑衣男子，他的出现使小七多年不发作的癫痫突然发作，"我一定会找出他。他跑不了。你知不知道这个人？"他忽然问谷雨。

谷雨吃了一惊，说她怎么会认得。

思垣说他已经找人查过，那人来和走坐的车是一辆东风，车主有他的联系号码。

"找到他又如何？"谷雨淡淡地问，一边轻柔地把思垣乱了的衣领整一整。

对付思垣，她各种的腔调、神色又繁多和自如起来，"如果人家是来寻仇，真是结过梁子，你又能怎么样？小七明显认得他的。"她说。

思垣愣一愣，小七的交往人物一向复杂他知道，从前的背景绝不单纯他也知道。谷雨又说，目前还是小七的健康重要吧。

看思垣沉默地点头，谷雨忽然心生一丝悲凉。

思垣去病房了，谷雨还有点发愣地坐着。小七已无大碍，这是肯定的。但思垣不会停手，他会继续去找那个伤害小七的人，而怀疑到自己，是迟早的事。

小七这两天睡饱了觉，气色倒好了一点。她睡得多，说得少，大部分时候在闭目养神。

她躺在那里，看着眼神很柔和，下巴也圆润了一些，像个平常的 25 岁姑娘了。

思垣觉得她睡着了的样子显得亲切了很多，让他觉得不那么难以捉摸。

小七是难以捉摸的。在思垣的经历里并没有出现过这样的女孩。思垣有一半的时间在国外，他的思想意识和思维方式也是半中半洋的。但无论哪一半里都不能给出一个很好的解释，关于小七这样的女孩。

阿因与他的一席谈话，他多少了解到小七的童年和成长环境。他觉得对小七又认识了一些，但仍不能看清楚她。

从相识起，小七就一直处于距离他一米之地。似乎只要自己伸出手去，再近一步便可够得到她，但是那一步却远之又远，他不知不觉已跨了很多步，她却依然在原地与他保持着最初的距离。

思垣又不知不觉将谷雨与小七放在一起比较。谷雨明显是喜欢他的，他也喜欢谷雨，谷雨唤起他的保护欲，并且，谷雨是一个有魅力的美丽女人，也勾起他男性的占有欲。

思垣对谷雨不是没有想过在一起，只是一直没有下决心。对小七却是一直不知道要不要在一起，他只希望能接近一点，再接近一点。

思垣摇摇头，他所不了解但一直渴望的中国，除了孕育着那一群群漂亮的姑娘，同时也埋藏了这样的神秘女性。

阴凉的水汽弥漫在走廊，一个孩子一步一颠地跳着过来，一个正在漏气的气球擎在手里，一对年轻的父母亦步亦趋地跟随在后。思垣看着他们走过去，心疼这是小七从没有过的童年。

彩虹姑娘抱着一大堆东西又过来了，她后面跟着那个叫虫虫的小女孩。

虫虫对他好奇地打量，现在大家都知道思垣是小七的男朋友，虽然小七并不这样介绍。

但不是男朋友，会这样关心？这么好的单人病房，花钱都住不上，思垣不仅有本事弄到一间，还免费给小七住着。就连小七的住院费，各种检查费，每天的伙食费，都是思垣掏的腰包。

彩虹姑娘对虫虫说："这人是个大金矿，千万不能放走。小七不知道什么脑子，对人家爱搭不理，但我们得替她看牢。像霍思垣这样的人才，且先不讲钱，就凭这温柔体贴，还这么帅，谁见了不爱？我都想替他生孩子！"

彩虹姑娘抚着肚子又叮嘱虫虫："我看着霍思垣，你看着那个谷雨，那女人明显跟思垣也是有一腿的。这也不能怪思垣，要怪就怪他条件太好。那个谷雨可不是省油的灯，你看着她别让她乘机对思垣搞小动作。"

虫虫妹妹就成天盯着谷雨了。

谷雨并不是整天在医院里，但只要她来，虫虫便满脸欣喜地跟着她，连谷雨去厕所虫虫也在外面等她。

虫虫告诉谷雨，自己一直在冰冻街卖花，那条街是她的地盘，街上有她一个固定位置的。谷雨问她的腿是怎么回事，她说是小儿麻痹症落下的。

虫虫脸上露出老江湖的神气，混合着装傻和狡诈。谷雨并不全信。这种拿残疾去刺激人们的良心和正义的乞讨人群，真真假假都让谷雨避而远之，她偶尔丢下一枚硬币，同时丢下不屑和嫌弃。但虫虫显然不在乎，她什么都不在乎，她谁都不喜欢，除了小七。

虫虫说，她妈妈为了一定要生出一个弟弟，为此送出三个女儿，她是其中一个。她五岁起跟着养父。原来养父带着她住在棚户区，偶然一次小七认识了她。小七不知用什么方法，让她的养父，那个一直在路口坐着装瞎子拉胡琴的男人让了步，同意虫虫跟着小七。

小七带她去洗澡，听她说小时候的事。小七说你别怕，我不会让你饿肚子。

"听起来小七就像个女侠啊，处处替天行道路见不平。"谷雨不无讥讽地说。

虫虫说："谁要是欺负小七姐姐，抢了她的东西，我们是不会放过她的。"虫虫说这话的时候，眼睛里露出了点尖利的光，脸上突然的凶狠又让谷雨心里凛然一下。

入院的第五天，小七终于还是逃走了。

负责注射的护士推开病房门，小七不知去向。床上的被褥和枕头都是乱的，四周没什么异常，护士猜小七大概是出去散步了。

下午莲子来，小七仍不见踪影。

到了思垣和彩虹姑娘一帮人碰头的时候，大家差不多心里的疑窦都落了实：小七确实是走了。

此前小七已经让彩虹姑娘把自己的衣物都拿来，她不露什么端倪，只说这里环境也不错，就按思垣说的，当成疗养住住也好。

"医生说的手术，你做不做？"彩虹问她。

小七笑了一下，说明天的事今天不着急。

彩虹姑娘说当时可一点儿都看不出她有走掉的打算。莲子忽然问阿因呢，阿因在哪儿？

大家这才发觉阿因也不见了。事实非常明显，小七又一次带着弟弟走了。这么多天她安安静静地闭目养神，该吃药吃药，该打针打针，其实心思可一点没闲着，她时刻都在计划着逃走。

思垣对谷雨说，小七失踪一定跟那个神秘男人有关系，小七也许是不想再被他找到。

思垣说话时语气温和，却一直盯着谷雨的眼睛，直把谷雨盯得气也透不过来。谷雨第一次知道思垣也有这样凌厉的眼神。

"但是为什么……又何必呢？"思垣像是自言自语又像是在对谷雨说，更像是对空气中看不见的小七说。

他心里的疑问很明显，仿佛就是在问小七：我可以照顾你，你为什么还要逃？说不出来的暗示还包括：你当然知道我对你怎么样，过了这么久，难道考验得还不够，或者你根本没有一点喜欢我？

而谷雨心里另一层疑虑，还有一层顾忌。按理说小七不该怕罗三宝，她小时候尚且无谓地砍了他一刀。在展台上愤怒地与他厮打，小七表现出来的，只是愤怒、惊诧，和强烈的恶心。小七不齿罗三宝那种男人。

但她即使不愿意见他，至少也没有必要那么急迫地逃离他。

思垣和谷雨两人默默无语，各自转着心思。

思垣想，谷雨也具有着某种神秘性。这两个女孩的内心都充斥着不安感和对人群的不信任，但谷雨热情，小七冷漠。也许是小七比谷雨更拒绝被唤醒，当她被人探秘，发现事情失控，她就只想逃走。

谷雨心里却满是阿因，她又是惶急，又是渴念。小七入院以后，阿因便没有跟谷雨好好地说过几句话，当然也是没有机会。谷雨这时候的思念如夜雨一样一股一股，汩汩而来，缠缠绵绵不止歇地在心里汪起来，汪起了一口井那么深。

多日来她受够了各种怀疑的眼光，彩虹姑娘和虫虫的戒备，思垣有意无意的试探，还有对小宝的怀念……这一切一切中，只有阿因是值得信赖的。阿因会信任她，无条件地信任她。

像是应了她心底的呼唤，阿因来找她了。

阿因穿着清爽的衬衫，还是风中芦苇一样飘飘摇摇的眼神。但谷雨觉得阿因也变了。

他的手臂、胸膛，和眼神都是 18 岁成年人的。稚气还在，但成熟也接踵而来了。

阿因问谷雨："这几天还好？"

她说，"好。"

阿因说："你辛苦了。"

她说："还好。"

他们淡淡地简单交谈。谷雨没有问他们这几天去哪儿了，也不问是不是那个人又给他们找了麻烦。似乎阿因来了，她便没有过多的话要讲了。她只想把这双手交握，将互相凝视的这一刻定住。

阿因告诉她这次要走得更远，离开这个城，去另一个地方。

"去哪里呢？"

"不清楚，走了再说。"

谷雨心里唱着一支哀伤的离歌。"你们为什么总要不停地换着地方？"她终于问出来，"你们又不是候鸟，候鸟还有固定的迁徙地呢，你们去哪里能不能有个准信儿？"

阿因垂下头，"我们不是候鸟，候鸟是投奔春天的，它们背后没有子弹和猎人。"

"谁在追赶你们？罗三宝？"谷雨脱口而出。

阿因看了她一眼，她立刻意识到自己犯了错误。阿因却没有追究她怎么会认得罗三宝，阿因就是这样的人，对于信任的人他选择信任到底，于是其余的事都成了无关紧要的事。

"前几年姐姐伤过一个人，那人欺负我，姐姐把他从楼梯上推了下去。"

"这个我知道，你说过的。"谷雨说。

"那人……有一个很厉害的父亲，在我跟姐姐最困难的时候，是那人的父亲救济了我们，给了我们很多帮助。"

"什么样的帮助？"谷雨小心翼翼地问。

"他帮我们找房子，让姐姐去他的地方工作，他还给姐姐找学校，找老师辅导。这是我们最感激他的地方。"

"有这么好的人？"谷雨还有一层意思没有表达出来，天下有白吃的午餐？

阿因的目光穿过她，看到某个遥远的地方去，那地方不在这里，没有这样湿湿的风，没有这些香樟，风铃声是不变的，但传得更远，声音更重。

他们的房子阴暗潮湿，需要 24 小时都开着灯，墙壁和地上停着各种爬虫，时不时就停电停水。是那个男人来改变了这一切。姐姐为他做事，她的手腕总是有伤，从胳膊一直到肩膀。

她每晚回来总不会空手，有手工的烤蛋糕、油酥饼，或者秤两斤熟牛肉、鸭肠肝。有时候再给他买几支彩色笔，或者十元两件的背心。

渐渐地，姐姐买回的东西高档许多了，她开始带回超市里那种成捆的盒装的饼干和蛋糕、巧克力、灌装饮料。给他买的衣服质料也变得好了。最后，她带回来一个男人。

果然，本该如此。谷雨在心里对自己说。小七无疑是有过去的，这过去里不可能没有男人。她对思垣的手腕，那绝不是没有经验的女孩做得出来的。

"那个男人姓战，战斗的战。这个姓是不是很少见？"阿因告诉谷雨，"他的名字更是杀气腾腾，他叫战烈。"

小七与叫战烈的男人坐在桌边，小七开了一瓶白酒，男人欣赏地看着她开酒瓶和举杯的动作。

战烈三十五六，平头，看上去很面善。天热，他脱了上衣，背心下凸起强健的胸肌，皮肤很光洁。

"你身上怎么没有那种文身？"小七问，"电影里那种，一边一条龙，或者一串骷髅头。"

战烈笑了，笑得很温和，"为什么我要那样？"

"那样人家会怕你。"小七说。

"怕我的人够多了。这感觉不太好。"

"我不怕。"

"我知道。"

他们一杯一杯地喝，阿因已经进了自己房间，把门关上。阿因不喜欢这个男人，也不喜欢他说话的音调，和看姐姐的眼神。他也不知道姐姐原来这么能喝酒。

"你弟弟不喜欢我。"战烈说。

"我弟弟很聪明。"小七说。

"我喜欢聪明人。"

战烈的手慢慢拂上小七的头，接着往下，在她的脖子上停留了一会儿，便往下游走。

阿因捂住耳朵，仍能听见那只手的走动，滞涩的空气里那些琐碎之声被放大……阿因听到姐姐的扣子被他解开了一颗。

她为什么不阻止？像她对那个游戏机店老板做的那样，一把把游戏币兜头朝那人扔过去，接着一刷子刷在那人头上。

阿因期待着小七的反应。但小七一直没有反应，那人的手已经在往下游走，声音如一溜野火点着草地……撞在阿因脑子里便成了轰隆隆的雷声，他的拳头颤抖着，马上就要冲出去。

小七在这个时候终于出声了，小七说："这里不好，换个地方。"

小七走到阿因的门前看了一眼，阿因头上蒙着被子睡在床上。小七似乎轻轻叹了一声。

那一夜小七后半夜到家，连续三天阿因没跟姐姐说话。接下来的日子里，阿因的话越来越少，他像把自己关进了一间房，从此隔离了人群。

有人叫他他也懒得答应，他对一切事都视而不见毫无兴趣，手里磨着石头，串着线头。或者画一两幅小画，但没人看得懂他画的是什么。

小七带他看了两个医生，医生说有点抑郁症的倾向。医生问："这孩子小时候有没有自闭过？"

小七说："我弟弟没有这些病，他很正常。"

但阿因垂着头，对这些话不闻不问。医生开了些药片，阿因不肯吃。小七自己查了查，见都是些抑制神经的，也不愿让阿因随便服用。阿因除了话少其余都正常，小七便随他去了。

谷雨摸了摸阿因的头，她发现自己不知什么时候流了泪。她说："阿因，我也看过医生……你要知道逃避是没有用的。"

阿因顿了一顿。

"我这样，姐姐会安心些，她宁愿我什么也看不见。"

"后来呢？战烈的儿子怎么了？"

阿因说："他儿子跟我差不多大，在当地出了名地无法无天。他很不喜欢我姐姐跟他爸爸的关系，经常说些很难听的话，终于有一天，姐姐把他推了下去。"

谷雨问："很严重？"

"听说，傻了。"

"所以你们就逃了？"

阿因不作声。

谷雨又问："那人很厉害是不是，那个战烈？"

"他的生意做得很大，我们不知道他到底是干什么的。在那个地方，他很有势力，很多人听他的。大家都说他是很喜欢姐姐的，他教给姐姐很多东西，要姐姐跟着他。但姐姐说，必要的时候，他杀了她也不会眨一下眼的。"

"可是他怎么会知道你们在这里？"

阿因说："姐姐说，罗三宝既然知道，别人就可能知道。罗三宝不是省事的人，不能指望他那张嘴。"

"所以你今天来找我？"

"我来向你告别。"阿因说。

那一个告别的夜从此在谷雨心里成了永远的悬念。

她不愿意破坏那纯洁，但那是她和阿因之间唯一的一个夜，是开始，也是结束。

一直到小七和阿因真的走了，她也踏上回乡之路。她还是不能肯定，那个夜晚真的不是梦吗？

她也不能分辨是谁先有了第一步。应该是她吧，她有经验，又年长一些。

但她记得她当时是忽然羞赧起来，像小学生那样坐着，将手放在膝盖上。这样的坐姿，是早已遗忘的。这样的心情，忐忑不宁，又怀有期待。

他们应该是坐在一起，讲了很久的话。谷雨的房间有一面很大的飘窗，外面整幅的玻璃，正临江，可以看到暮色苍茫地弥漫了江面，一点两点渔火亮起来了。

她似乎问了阿因你饿吗？

但阿因今天出奇地话多。等到一弯极细的弦月升起了，弯钩一样，金锁边儿一样，俏生生地点在头上了，他们还在讲着。说着他们第一次见面，他俩一个是头脸上沾着煤灰和草屑的小男孩，一个是穿着白裙子却满脸惊惶的小女孩。

"那时候觉得你像逃跑的公主，而且你对我好，你给我巧克力，你还救了我。"阿因说。

谷雨忽然发现自己的手被阿因握在掌心里，他发现她注意到了手上的秘密，但他也没有放开。

最后，谷雨去冰箱里找了一点吃的，又找了半瓶清酒，问阿因："来一点？"

他们喝起酒来，这酒入口绵软，甜中带点苦，不一会儿身上便暖洋洋的，胃里也很温暖。

谷雨一边给阿因倒酒，一面问他："你以后还回不回来？"

"你在这我就会回来找你。"

"讲定了？"她举起杯。

"讲定了。"他跟她碰一碰。

不知道什么时候他们已坐到了一边，谷雨的头伏在阿因的膝盖上，阿因的手……阿因的手在哪里呢？谷雨事后回忆不起来了。她来不及反应，清酒甜蜜而猛烈的后劲已经追上来了。

阿因的皮肤那么清洁，这时也沁出了细细的一层汗珠。这么清爽的一个少年，连他的汗，他的血液都是那么干净的。他胸腔里的跳动那么忠诚，喘息声落在她的肩窝里、头发里、腰腹里。

她伸出手去，要拥抱他，也要抓住他。她不想放手，她的身体迫不及待，似乎已等待太久，同时她要把自己整个地给出去。

她想，她从没有这样毫无保留，她只是想给他她的一切——身体发肤心灵还有未来，还有那么多那么多的难言之隐。过往的噩梦，一切的不确定，她都想给他。

她不去想这少年薄弱的肩头是否承接得住，但阿因仿佛明了她的心思般，他显出谷雨从未想到过的巨大力量，似乎他近20年来压住的力量都是为她而积蓄。

这就像彗星兜头而来，万千条血脉披下，撞击出无以伦比的痛和甜美。同时又温柔如春水，纯洁如雪花飘面融化于唇齿间。她叫着，又笑着，眼泪也流了下来。

她说："哦，阿因！"她的惊叹也变成了一些呜咽，她意识到这不是她在说话，而是她的整个身体在说话。

她只有不停叫着他才可以，真要完全融化掉才可以。她不怕融化，就算她死去，阿因也会使她复活，阿因会像串珠子那样把七零八落的她重新合拢，变成一个崭新的她。

在终于又能开口的时候，她说："阿因，你姐姐知道我们这样一定杀了我。"

阿因不作声，低头在她头发上吻了一下。

谷雨又说："阿因，有一天我和你姐姐斗起来，你帮谁？"

"你们不会的。"阿因说。

"万一呢？"她执拗地问。

阿因顿了半晌，谷雨几乎以为他睡过去了。她偏头，却见阿因的眼睛亮亮的，正在努力地苦恼地思考。

她心疼起来，坐起来抱住他的头，用自己的怀抱温暖着，说："我真不该问你这些，你是你姐姐的命根子。"

"我跟你在一起。但是姐姐如果要我去死，我就去死。"阿因说。

"胡说。"她又是后悔又是心疼，眼泪都下来了，这都是她不好，居然把他逼出来这么不祥的话。

"我的心是你的，但我的命不能给你，我需要活着，好好爱你。"阿因深深地看着她，像是要将她的模样刻进自己的眼睛里。

谷雨堵住他的嘴，两人再次缠绵在一起。她用身体的火热，情欲的炽烈把这不祥盖过去。

午夜如雾霭，如弥蒙的梦境一样覆在他们身上。他们觉得身体欢畅，皮肤饱满，不断说着梦话和玩笑话，直到新的一波潮热涌来。

他们将自己身体的一部分混合在对方之中，等到分开，便成了两个新塑成的人。

天亮了，阿因离去的时候，谷雨睡着未醒。她模模糊糊地感觉阿因亲了亲自己之后，轻手轻脚地下了床。

她似乎睁眼看了他，张口叫了他，但发现自己不过是梦见叫住了他而已。她又似乎一鼓劲爬了起来给他开门，拿鞋，跟他手挽手在门边说一句重要的话。

但她忽然一睁眼，原来又是个梦。屋里已空，阿因已经走了。那句重要的话还含在她嘴里没有说出去。

她一阵悲从中来，便用胳膊蒙住脸，呜呜地哭了。

一周以后，谷雨自己也开始收拾行装。她没有跟思垣告别。小七既然可以走得这么潇洒，她也可以。

她想，小七这是带着阿因踏上逃亡之路了，而她会有一段时间看不到阿因。阿因会回来找她——这是阿因自己说的。有可能要很久，有可能会很快。而没有阿因的地方她也不想多作停留。

出走的路似乎漫长，回去却是飞快。她不过坐了一夜的火车，转一趟大巴，就到了麓山脚下。

　　水篮街似乎多了不少楼房，但小镇仍是平静的，谷雨不费事地就将从前的景物一一认出。似乎在她离开的这 7 年，一切都原封不动地等着她。

　　她从幼年的街道走过，故乡的一切一如昔日与梦中。她一边走一边东张西望，原来水篮街是这么好玩的，小时候却觉得每一步都不畅快。童年的天空是低气压的，阴霾占据了她。

　　她从不觉得自己的童年是快乐的，但居然也有这么多的事情可想，还有那么多的欢乐片段。

　　她和樱桃从桥上跑下来，樱桃的手上有一只风筝，她手上也有一只。她的风筝缠上了树，樱桃慷慨地把自己的送给她。

　　其实樱桃是一个好姐姐，樱桃心里是有她的。而她总是认为大人偏心，把最漂亮最有趣的东西都给了樱桃。其实有什么东西在樱桃的手上不会发扬光大呢？樱桃做什么都得心应手游刃有余，她只有跟在后头，默默地并且愤愤地跟着，跟完了整个童年。

　　在石塘的小树林边她第一次遇到小七，小七在月下埋着一只死公鸡——把你恨的人告诉它，它会帮助你。小七的心里埋着多少仇恨？小七的仇恨蔓延到整个人世，她心里充满着仇恨的毒汁，如果不泼洒，便会毒死自己。

　　但现在想到这些她却不由得嘴角翘起来，她还处在那种梦幻般的不真实里，虽是一步步地走着童年走过的路，但现在心里满是甜美。

　　她不停地想着阿因，做每一件事都像与阿因在一起。阿因这时候便成了一个非人类的存在，就像空气包围着她，她每一步都走在"阿因"里，做每一件事都做在"阿因"里。

　　她也不能停止去想那一夜，她曾把思垣、陆明、阿因放在一起去想。思垣是她刻意而为之的，她一直调整自己努力付出。陆明则是她要他，要他的爱和眷恋。

　　而阿因呢，阿因让她那么心疼，她跟阿因在一起，那仅有的一次，她忘了自己，她重生了。

　　妈妈和爸爸数年里都老了不少，谷雨看着自己被他们的泪水和叹息淹没，她心里是酸的，又很害怕这样的久别重逢。

　　家里换了房子，但仍有一间留出来给她，小时候的衣物用具被整齐地装在箱子里。晚饭桌上是她喜欢的菜，毛豆炒仔鸡、炒葶菜、豌豆蘑菇汤。汤味偏淡，是她喜欢的口味，樱桃的喜爱是重盐重油。

爸爸妈妈心里一直都是有她的，一直记得她喜欢的，一直小心翼翼地爱着她。她在有了小宝后才明白这道理。她想，她是满树的青橄榄被过早摘下，如果顺其自然，不也有甜美成熟的那一天？如今只在苦涩中回味曾有的可能和余温。

晚上妈妈坚持要跟谷雨睡一张床。谷雨几乎已经不记得妈妈身上的味道，她转头看着妈妈略肿的眼泡和下陷的腮帮。

妈妈曾经是镇上出名的美人，她们姐妹的美貌有一大半是遗传自妈妈。而妈妈现在美丽不再，连光彩也失去了。

她摸着妈妈生了茧子的手，这手在她离开后依然每天打扫她的房间，在太阳好的时候抱她的衣服和被子出去晒。

谷雨忽然问："妈，你是不是爱樱桃多过爱我？"

妈妈一愣，立刻眼泪又下来，"傻女，傻女……"

谷雨轻轻地捂住她的嘴，将脸藏到被子里。这一夜母女都没有睡踏实，但谷雨知道自己不会再追问那答案。

她们也说一点当年的事，怎么避得开呢？关于那场大火，谁知道失火的原因是人为的还是天干物燥？

妈妈说听说火是罗家一个女儿放的，但公安局来查的结论是灶里的火不知怎么烧了出来。大家都不知道为什么你们要跑到那里去玩，他罗家自己家人口一个不伤，却殃及了樱桃……妈妈又泣不成声。

谷雨心中钝痛，她没办法告诉妈妈是她引着樱桃上了山。

她问那个罗家的女儿呢？没有再出现？

妈妈说谁知道？这家人一定是上辈子做过孽，儿子女儿都不争气。姓罗的一个儿子小时候夭折，另一个无故失了踪，也找不回来了。那个女儿也没下落，说不定给人拐了卖了。这家人晦气也带得全村晦气。现在杨庄的人们走得走散得散，没剩几家完整的了。

妈妈的口气还是很愤恨。谷雨听她说着"罗家的女儿和那个儿子"，心底甜蜜而酸涩的潮水又涌上来。她想，妈妈要是知道她和阿因的事会怎么说呢？

妈妈一定会喜欢阿因的。她一心想多问一点关于小七和阿因的事，但妈妈显然不会知道的更多了。

两天后，谷雨决定去一趟杨庄。

杨庄是小七的老家，顺着山道一直往上进去，山腰的那一层平地，疏密有致地点缀着几十户人家，那就是小七和阿因长大的地方。

沿着山道上去，这里确实荒疏了不少，一路数去只剩了寥寥十几家。谷雨还能辨认出自己走过的路，黄砂地里有一道一道的车辙，对面山腰里有一队人在修路，排成行，一块一块地接力搬着砖石。

坡上蔓生着矮矮的茶林，这本是一块很美的地方，却不知怎么有了肃杀之气。

再转过两个弯，谷雨站住了。那是罗家的老屋，大火后一片废墟，曾经重新搭建过房屋，但总是无故地倾倒。

人们说这块地凶，从此撂开它，隔着半里地另围了个小院子，里面是两层的砖楼，那是罗家人现在的住处。

谷雨绕着老屋走了两圈，她还没弄清楚自己上这里来，是想做一番凭吊，还是试图揭开一个谜。

过了一会儿，有个女人出来给鸡喂食，她披着外套。这地方人都习惯早起，这女人却头发蓬松，似乎是才起的样子。

女人狐疑地看着谷雨，问她找谁。

谷雨脱口说找小七，那人变了脸色，"那丫头早死了，你是谁？"

没什么好说的了，谷雨转身离开。

她在附近的小杂货店买瓶矿泉水，又买了包烟。店主跟她搭讪了两句，她问起小七姐弟，那人吃惊地想了想，"小七？那姑娘早死了吧？多少年没见过她了，她家里人都不提她，提到了就说死了。"

谷雨问："家里其他人呢？"

那人说他也算是看着小七姐弟长大的，弟弟是个药葫芦，姐姐就又野又凶，谁也不怵，瞅谁不顺眼上去就打。她妈妈那么一个任人捏的软柿子，倒生了她这么个野猫般的闺女来帮着讨债。

"她在家不得宠？"

那人呵呵地笑了，说老罗的两个哥哥都生儿子，就他生个丫头，她妈在家头都抬不起来。一直到生了儿子，她爸还是不如意，成天拿女儿撒气，他们这儿的人，都见过小七挨打。吊起来，就在大厨房的灶边上，拿皮带抽。开始都听到她哭得满山响，后来不哭了。再后来跟她爸对着干，他爸抽一下，她骂一句。

"听说她弄死了自己另一个弟弟？"谷雨问。

面色黧黑的老板吃了一惊，不作声了。后来他端详了一下谷雨，说这都是瞎传的，小孩子生下来体弱，弄个小姑娘去看着，出事也不奇怪。不过小七她奶奶一口咬定小七是黑猫转世，凶命，克人，所以想方设法要把她卖掉。你不知道，这种事情多，不出奇。小七小时候还差点被人按在水盆里溺死……老板收口不讲了。

"她自己也不是省油的灯吧，据说那个叫罗三宝的被她砍了一条腿。"

"罗三宝你也知道？你跟罗家有渊源啊！"老板说，"三宝是她的堂兄，是她的几个堂兄弟里最不省事儿的一个。他从小就爱跟小七起戗，小七就跟他斗，远看就是两个小子在打架。"

老板呵呵地笑着，同时开始收拾铺面。

谷雨知道老板不愿再多讲，她便起身打算要走。想了想她又问："除了罗家，小七没有别的亲人了？"

老板犹豫一下，说："她外婆住在邻村。小七那同父异母的弟弟死了以后，她妈妈也难产死了，她跟她外婆住了两年。"他抬手指了个方向。

通往后山的路有点泥泞，谷雨小心翼翼地拣着步子走。她小时候来这里玩的时候，没有走过这条路。

她心中有一点酸，小七和阿因与她一样，遭受冷漠，失去过手足，也那么被忽视。她想，她从小对于小七的那点说不清道不明的跟随感，也许就源于童年的她也隐约意识到，小七跟她有相似的感受。只是她的一点点不公，却在小七这里无限扩大成真正的灾难。

小七外婆有一张精明的脸，下巴很长，眼睛发红，一把枯枝般的老身骨，动起来像全身都在响。

　　山腰有一片竹林，她正拿铲子挖笋，谷雨小心翼翼地提到小七，老太太盯她一眼，回身继续挖，吃力地一下一下铲下去。

　　"我不知道小七在哪里，她早就失踪了。"

　　谷雨将她最乖巧的微笑放出来，蹲在老人身边，又从包里掏出两卷银丝面，一包酥油糕，她庆幸自己还是有备而来的。

　　谷雨轻言细语，说自己是小七的朋友，小七最近出了一点事……老人警觉地盯住她，却不作声。谷雨继续说："有一个跛了脚的男人来找她……"

　　老人核桃般起皱的脸明显紧张了，问："他对我的小七怎么了？"

　　谷雨尽量说得轻松："没什么，但是小七看到他就发了病。"

　　"啪"的一声，一把砍刀剁在一棵粗壮的竹子上，竹叶瑟瑟抖动起来，像层层的裙裾。老人怒不可遏，骂出一串粗话："黑心的贱胚子还敢惹她？砍了他的腿是饶了他！该砍了他的命根子！"老人的布衫连同浑身的骨节一起抖着，也发出与风吹竹林一样萧瑟的声音，"做老子的混账，做哥哥的是畜生，罗家哪有一个好东西？！"

　　谷雨等着她的愤怒过去，老太太无疑知道隐情，她慢慢平息，心中的隐痛哗然涌遍全身。

　　谷雨小心地说："罗家人说小七和她弟弟的死有关……"

　　老太太冷笑一声，"自己没种生不出儿子，倒怪老婆不争气，跑去找野女人混。别说我们小七没有做，就是小七真做了，他也要从狗肚子里把良心掏出来问问自己对得起这对母女吗？！小七生下来多少次差点被他们淹了、埋了、卖了？自己的儿子自己看不好，倒去怪闺女。他下的那个重手还叫男人吗？他也不想想他自己的老婆还挺着大肚子，就这样活生生地害死了我女儿！"

　　老人号啕起来，多年干涸的眼窝不再潮湿，只有枉然的一腔悲愤，像干滞的水塘底的裂痕。谷雨轻轻地给老太太拍着背，不料小七的经历比她想象的还要坎坷，她简直不敢想接下去还能有什么更惊悚的出来。

　　老太太喘息了一阵才又接下去，她多年呕在肚里的话已经被挑起，不用谷雨问也要自己讲下去："小七上学受了多少委屈？他罗家不给她交学费，就让她妈妈做夜工糊纸盒挣点钱，他罗家一年卖化肥也有这个数！"老太太又指做个手势，"会拿不出那几百块？小七穿的都是别人不要的旧衣服，哥哥的衣服姐姐的衣服全都没得选。小七是学校里功课最好的，穿得最破的，老师都不忍心！就这样她老子还想让她辍学。罗家都当她是眼中钉。王八蛋罗宇良，王八蛋罗三宝……"

老太太有点说不下去了。谷雨以为她已经讲完，不料老太太忽然捶着胸，嘶喊般地道出："狗日的罗三宝，连妹妹都能下得去手欺负啊！"

谷雨瞠目结舌，完全没了反应。老太太的脸上露出一丝狞笑，"一条腿算什么？一场火算什么？他们还敢去找小七？这事要闹出来，看看下大牢的是谁！"

落了点雨，下山的路更加湿滑。谷雨的两条裤脚溅得滴滴答答全是泥点。她顾不上去管，心里还涌动着一团情绪。似火又似冰，还仿佛带着刺，每搅动一下就刺得她痛。

多年来她们都在一条雾瘴丛林里迷途奔逃。那场大火使谷雨的世界封闭，那场火也同样烧在小七的体内。小七曾经说过，我们都是沉睡的人，若想苏醒，你也许需要一个吻，而我需要很多很多的血。

谷雨心中充满恐慌，她疯狂地要抓住所有枝条来阻止自己下坠；而小七不停毁灭，在一个个的破坏中寻求平衡。

她手里还提着一包笋，她脱下外衣做成个包裹拎着笋，刚挖出的笋沾着新鲜的泥，还有老太太的汗和泪。老太太将谷雨当作了自己人，要留她吃饭。谷雨推辞了，还给了老太太两百块钱。

老太太说："小七定期往这里寄钱的，每个月我都要走十几里路去镇上的邮政取钱。小七带着弟弟过活，在外面讨生活肯定会吃苦啊，而我是已经一只脚踏进棺材的人了，也帮不了她做什么。"老太太一边说着一边拿围裙去抹眼睛，还坚持要谷雨把她才挖的笋带上，嘱咐她，"要是见到小七，就让小七带着阿因回来一趟，我只要看看他们，我死了也能闭眼。"

"不不不。"老太太说完立刻就反悔，"叫她不要回来，罗家人不会放过她呀！千万不要回来，我在心里想想也就行了。"

雨点密起来，谷雨抹了把脸，才发现泪水满面，眼泪凉在脸上，却流开她心里的一个口子。

到家后，谷雨把笋交给妈妈，说晚上就炒这个吃吧。

妈妈在厨房起油锅，谷雨又跑到厨房，叫妈妈把笋留一半。

"留一半干什么？"

"做笋干。"

妈妈疑惑地看着她，她撒娇着说："这里的笋好，全吃了可惜，做成笋干带走，我要慢慢吃嘛。"

妈妈怜爱地看着这个已经长大的女儿，眉眼没变多少，神气却和小时候大不一样了。现在她虽然是一副很有主意的样子，却还是稚气未脱的。

妈妈让女儿去换件衣服，再去床上躺一躺。谷雨刚走进卧室，她的手机忽然响了，妈妈奔跑着又给她送进去，眼见着女儿接电话刚"喂"了一声，脸色就变了。

妈妈紧张起来，在门口流连不去，看着谷雨的脸色。

谷雨攥着手机，只是问："你在哪儿？那人什么时候找你？问了你什么？你怎么说的？哎呀！你怎么这么蠢呢？！"

挂了电话谷雨一下子从床上跳起来，喘着大气，她脸色青白不定。妈妈也跟着紧张起来，不停地问："怎么了？怎么了？"

谷雨不答话，低头拨了个号码，没有打通，她又拨了一个，这回通了。谷雨对着电话小声地讲话，电话那头的人明显也是紧张了，不停地问她一些什么。谷雨小心地斟酌着语气和措辞，最后说："你先找人，我很快就回来。"

妈妈只听见最后一句，眼泪便哗地下来了。

谷雨下床开始收拾衣服，她抱了抱妈妈，说："我没事的，是我朋友有了点麻烦。我得回去帮着料理。"

"这时候也没车了，最早也要到明天上午才有车。"妈妈说。

谷雨呼出一口长气，看着雨中越来越黑的天色，"那我明天上午走。"

妈妈的眼泪止不住，她背过身去不让谷雨看见。

第二天谷雨早早地起床，去了车站，望眼欲穿地等着那一天只有一趟的车。

妈妈和爸爸跟在谷雨身边，爸爸替她拎着旅行袋，妈妈抱着一堆土特产。车来的时候，妈妈又把一个网兜装着的笋片和一小坛酒塞给她，对她说："时间紧，连夜把笋煮好晾着了，回去自己晒晒，拿这种酒来做料，味道会好。"

隔着车窗谷雨看着爸爸妈妈几乎贴在玻璃上的脸，写满了担心和难舍。她这次匆匆回来，又匆匆离去，她还没有来得及对父母说小宝的事。说清楚这事不仅需要时间，还要穿过无数的眼泪和叹息，然后就是漫长的等待，才会有团聚，同时依然伴随泪流成河。她有点怕着那一幕，也惶惑着那一幕过后的日子。

但眼下的焦灼盖过了难过。从接到罗三宝电话起，她一刻也不得安宁。罗三宝这个卑劣下作的两面胚子，收了她的钱，却又把消息卖给另一家，还反过来问她要不要再加价。

罗三宝告诉谷雨，有个很厉害的人物找到自己，问他认不认识一个叫小七的女孩。罗三宝狡猾地瞒住了实情，只说小七是自己的堂妹，但有很多年没见了。对方问他有没有小七现在的地址，罗三宝说不知道。但没想到罗三宝一转头就给谷雨打电话。

罗三宝不知道谷雨是否也对这件事感兴趣，但像他这样的人，就仿似赌徒遇到什么都会抓住试一把手气。果然谷雨就很紧张，叮嘱他千万别说，什么也别说，钱都好商量。

谷雨现在深深地悔恨自己，她后悔自己的语气太过急迫，让罗三宝一听就听出了她的紧张和在乎。但她若不拦住罗三宝，只怕姓罗的真的会把消息卖给那个"很厉害的人"。

那个厉害的人是谁？是怎么找到罗三宝的？这些疑问她也顾不上去想了，她已经给思垣打了电话，她想凭思垣的人脉和能力，总能多少做点什么。自从小七从医院出走之后，思垣一直没有放弃找她，这回但愿能有效果。

小七和阿因都已处于危险中。她所有的直觉都在告诉她这句话。

她捧紧了手中的那小坛酒，转火车的时候她还牢牢地捧在胸前。冰凉的陶面上有着糙糙的小颗粒，被她捏得碎了一小块，往下掉着陶屑。

等等我，请千万等着我。她在心里说。她不知道小七和阿因能不能安生地、快乐地，哪怕是嫌弃地笑着吃上一口他们外婆挖的笋，一口也好。

车到江洲的时候已接近午夜，熟悉的灯牌——从眼前流过，谷雨几乎是跳下了火车。思垣没有来车站接她，她疾步去找出租车，而心里慌得跳个不住。

思垣的电话从中午起就没有拨通,他在干什么?

谷雨的眼睛干涩无比,几乎就没有好好地睡过。在火车上的十来个钟头她偶尔陷入一种昏沉,便看到自己沿着一条河往前走着,河水很长。她往上游走,走得真累啊,樱桃如水中浮影不断晃动,一路跟着她。她不停地跋涉,满身酸痛,她看到孤零零的野女孩坐在河的尽头,背靠着一棵树。野女孩怀里抱着一只猫,头上点着冷汪汪的月。野女孩问她:"你来了?"她说:"是,我来了,小七。"小七似乎笑了一笑,不知道说了什么,她很努力地去听。这时山呼海啸却起来了,把小七和她都淹在里面。

她在火车的轰鸣中醒来,浑身仍是酸痛的,她想着刚才那个恍恍惚惚的梦。

思垣的电话仍是打不通。谷雨到了冰冻街,去堂子巷转了转,小七没有回来,但彩虹姑娘还住在这里。彩虹姑娘除了告诉谷雨小七多日不归,没有别的任何线索。

谷雨的神经一阵又一阵地绷紧,惶惶地转身。木门上的一根木刺钩住了她的前襟,她烦躁地一拉,"啪嗒"一声轻响,脖子上的链子断了。

那些白色的透明珠子雨珠一样纷纷落下,流了一地,又很快地弹了出去。

谷雨一下子跪下去,拿手掌在地面拢着,又四处搜寻。巷子里黝黯,她不停按亮手机一寸一寸地照,捡起一颗就攥在手心里。手心里很快就出了汗,捡起来的那些细珠子滑溜溜的有的夹在指缝中,有的又溜脱出去。她快急哭了,心里那沉甸甸的恐惧一直加深,重得快把她坠死了。

她回到了自己的住处,丢下行李,把拾拢的小珠子一颗一颗地放到小碟子里,数了一遍又一遍,都是 107 颗。没错,少了一颗。

她像心缺了一块似的呆站着。思垣仍没有消息,她失魂落魄地坐了一会儿,将窗户打开,猛烈的江风灌进来。她去给自己放热水。热气腾腾的水流冲在身上,她终于是好受了一些,这时电话蓦地响了。

惊人的铃声回响在空空的房间里,显得凄厉。她水淋淋地从浴室直冲出来,一个趔趄,脚下滑出去一米多。她一把抄起响得像是要自己蹦起来的手机,一看是思垣的号码,她嗓子干涸,说:"喂。"

思垣哑着嗓子说:"出事了。"

像一个完整的噩梦缓缓浮现,她感到思垣站在噩梦的另一端,朝她伸着手。

　　她张口，发现牙齿咯咯地相击。她问："谁出事了？什么事？"她的声音也是陌生的，像一截断绳子扔到遥远的另一头去。

　　思垣的声音很空洞，找不到焦点，他说："小七他们遇到了袭击，小七不见了。阿因……"

　　呼啸作响的江风顿住了。"阿因怎么了？"

　　"谷雨……阿因死了。"

　　她张大嘴，屋子里瞬间静了，像被点上了魔咒。她觉得有什么事不对，她眼珠转动了一下，想把刚才那个瞬间抓回来，那个她提问，而思垣回答的瞬间。

　　一切应该倒回去，重来。如果不能重来，世界就该立刻毁灭，而不是像此刻这样，无尽的空白像墙一样对她压下来。

　　思垣的声音从什么地方嗡嗡地响着，她却找不到，她不知道她的手已经松了，手机被丢在地上。她也随之滑了下去，后脑勺重重地磕在了沙发的扶手上。

　　不知道过了多久她醒来，也许只是极短的几个瞬间。手机那端很嘈杂，思垣还在急促地叫她。她坐在一摊水里，光着身子，眼前一圈一圈的金色飞虻，绕着她猎猎飞旋，又从她耳中、眼中、鼻中飞过，钻进脑子里。她心里却是一片死寂，不知道发生了什么。

　　小七和阿因是在抵达沙市的第二周出的事，穿警服的人这样给思垣分析。他们两人找了房子，付了三个月的房租。但他们告诉房东也许随时会搬走，可见他们没打算久住。

　　房东说，每天天亮那个高个子的姐姐出门去，中午的时候回来一小时，带回午饭；下午再出门去，有时候晚饭时间回来，有时候深夜才回来。后来知道，那个姐姐是在街口的快餐店打工，后来，又换了一家小超市。

　　那个瘦瘦的很文静的弟弟基本不出门，也不爱说话。但房东楼下有一家宠物美容院，弟弟便每天去那里帮他们给猫猫狗狗洗澡。

　　现在没人愿意给猫洗澡，太费事，都是几只猫关在一只大笼子里拿水龙头冲。弟弟却耐心耐气地给猫洗澡，跟猫说话，让猫猫狗狗围着他，倚靠着他打盹儿和嬉闹。

　　房东是个爱生活的人，家里有一阳台的龟背竹，还有一笼鸽子。弟弟没事也帮他弄弄鸽子，浇浇花。这是个沉默少语，人畜无害的少年，房东说："跟小动物处得好的孩子都是好孩子，跟他那个凶巴巴的姐姐可不一样。"

房东又说好人不长命，居然有这种事出在他身上。房东说着就拍大腿，擦汗，唉声叹气，"我这房子也毁了，出过命案的房子谁还来租啊？！"

出事的那天，跟平时没什么区别。

小七那天最后一次去上工，还要跟老板结账。一切值钱的东西和各种证件都贴身藏好，火车票也买好。她告诉弟弟，今晚就动身。

其实他们搬来沙市后风平浪静，但小七总是心神不宁，她常坐立不安，感到凶兆正在逼近。她只有再离开，逃亡才让她感到安全。

阿因不说什么，他把自己的行装收拾好。其实也没有什么东西，能丢得下的东西都不重要，常年的飘荡也使他随遇而安。但给谷雨的礼物却丢在了江洲，丢在了冰冻街，他只有默默地等待机会去补上。

临睡前，小七还没有回来，阿因却忽然惦记起房东的那一笼鸽子。他轻手轻脚地起了床，想再去看看这几天临时交上的朋友，跟它们道个别。

小七晚上收工回来，拿钥匙开门时便发觉不对劲，门锁转动得很生涩，有人动过这锁……她一下子屏住呼吸，推开门，一面身体贴住墙，一面伸手在身上掏摸。

她那把匕首已经很久用不上，她却习惯将它揣在身上。

几乎是直觉里意识到的危险气息，小七忽然转过身，对方却比她更快。一只大手卡住她的喉咙，一把冰凉的锋刃抵在她的下巴上，"丫头，不欢迎我了？"

小七咬住牙，她脑中飞快地闪念。阿因在睡觉，不能惊动，手中暂且没有别的家伙，如果能往左移两步，就是个五斗橱，她可以突然抽身，再拿上面的罐子砸开他的脑袋……

小七试着将身子动了动，脖子上的刀却压得更紧了。

"小妹，你是个神人，从小命大，水淹不死你，火烧不死你，生病也能活，我知道你是个九条命的猫精。但是你别跟你哥耍手腕，你动一下我就让你跟我一样做残疾人。你以为我是个孬货，看有人给你撑腰我就放了你？咱俩的账还有得算，你害得我到现在老婆也找不到，是不是该补偿我？"

一条热烘烘的黏腻的舌头开始舔上小七的耳根，小七浑身一抖，恶心得打了个冷战。她吸口气，突然地往里一缩，手肘撞过去，同时闪身跳开，她的手飞快，终于还是在下巴上拉了道口子。

罗三宝刚骂了一声，一个水杯已劈面砸过来，他躲了过去。血淋淋的小七闪了一瞬便隐在了黑暗中。罗三宝赶过去，她已经从里面把门栓死。

罗三宝大声咒骂着开始砸门，小七死死地抵住大门。她喘着气回身，又大震了一下——阿因竟不在床上，不在室内！

小七在身上掏手机，没有，手机掉在外间了。她的每个毛孔都冒出了汗来，冷汗。

她环顾室内，这房间他们只住了十多天，能有什么顺手的家伙？她眼睛一亮，看到墙角的那个灭火器。

罗三宝在外高声骂着，跌跌撞撞的脚步暴怒地踢倒了地上的几把椅子。这孬货路都不会走，小七想。大门外有轻轻的动静，是阿因回来了，阿因正停在门口……小七一咬牙，"哗"地开了门，同时叫："阿因快走！找房东打110！快！"

进了门的阿因一时惊住，接着反应过来，立刻去拿电话。

罗三宝刚要向小七扑过去，眼前便腾起一阵白雾，冰凉的粉末喷了他一脸，接着背上肩膀上连连地挨了几下。

"王八蛋想弄我？"小七凶猛地拿灭火器朝着罗三宝砸下去，一下一下地决不放松，"孬货！你一辈子都是孬货！你从小到大哪件事情干成过？你有哪一次弄得过我？想找我，你做梦！你做瘸子不过瘾，我马上割了你舌头！"

罗三宝大声号叫，伸手乱抓一通，忙乱中竟也抓住了灭火器，重重地夺过丢在一边。

小七立刻又将所有能上手的东西都劈头盖脑砸过去。罗三宝吼叫着，忽然扑过去，竟抓住了小七的肩膀，他狞笑着大力使劲。小七被他掐得身体向后倒伏过去，她大口喘息着。

这时后面有个声音说："别急，踹他下面，来个狠的。"

小七想也不想，立刻一膝盖撞了出去。罗三宝痛哼一声，弯下了腰。

那个声音又说:"背上也得来一下。"

小七一手肘撞下去,罗三宝蹲了下去。

后面的人说:"漂亮,敲了他。"

小七抄起一个杯子横着刷在罗三宝的脑袋上,罗三宝像麻袋一样地倒了下去,只剩在地上哼哼了。

小七也呼呼地喘着气,后面的人似乎相当满意,手指"嗒"了一响,轻轻地吹了声口哨。

小七忽然不动了,她直挺挺地站着,似乎被人一下点住了穴。这时候要是有人看到她的脸色,会以为她浑身的血都被抽光。她慢慢转过身,看着身后那个不知何时到来的男人。

陌生的男人四顾环视着狼藉的环境,扶起一把椅子,自己坐了下去。他掏出火柴点了根烟,舒服地叹了口气,问小七:"你要不要?"

小七摇了摇头,她的眼珠还定着,像个牵线木偶。

"我吓到你了?"男人说,"我应该早点来的,我是想看看这几年你的本事有没有丢下。"他咻咻地笑起来,笑得肩膀都有点颤抖,像被自己的恶作剧逗乐得不行。

警察向思垣展示了两张照片,"你是小七的家属?你认得这两个人吗?"

照片上,一个男人满面横肉,眉毛高高挑起,显得又蠢又凶。思垣说他见过一次,是小七的堂兄。

警察点点头,"那这个呢?"警察指着另一张照片。

照片里也是个男人,却是相当清癯。他的眉骨端正、鼻子挺直,眼睛若有所思地眯起,几乎有种温柔。

思垣蹙着眉摇了摇头,以示不认识。警察说他们查过,这人叫战烈,背景很复杂。小七在 18 岁到 20 岁期间,都跟这人有过不寻常的关系。

思垣的额头堆起浓云,他从没听过小七说过这一段。他再次端详了照片中的男人,40 或不到 40,两鬓整齐,眼窝深邃,唇形端正……对,这是个很端正的男人。

思垣自小受书香熏陶,祖父和父亲都是中医。到了他,虽学了西医,不太通望闻问切，基本的品相还是能端详。这叫战烈的男人面容走向疏朗开阔，神态从容，眼神似笑非笑，似有寒光凛凛。

思垣心里一个寒噤，小七是多桀骜，又多务实的女孩，她能跟这样的人厮混两年，这男人必有深不可测的过人之处。他忽然想到阿因对他说过的那往事，他们得罪了一个人，小七把一个欺负阿因的少年推下楼梯。

如果小七得罪的正是这个战烈，那么小七很有可能是落入战烈的手中了……思垣突然觉得自己的五脏六腑都被一把刀搅动起来。

叫战烈的男人还坐在椅子上，一点也不着急的样子，他对小七说："过来，我看看你。"

小七走了过去，站在他面前。战烈将她从头到脚掠了一遍，眼神很淡，却每个细节都没有遗漏。

"好像高了一点，还是那么瘦，最近身体不好吗？病怎么样？"

"老样子。"小七说。她像是豁了出去，冤家已经来到眼前，注定躲不了，她也不怕了。

"我听说你一直搬家，你很赶时间？还是水土不服？"他好像又被自己逗乐了，独自笑了一阵。小七一声不吭等他笑完，才说："放过我弟弟。"

"你在跟我谈条件？你拿什么跟我谈？"

"我也打听过小冷的情况，你可以带我去，他活着一天，我就服侍他一天。"小七说。

战烈不笑了，像在很认真地掂量她的话。

"我逃不了。"小七说。

战烈又思忖一下，似乎动了心。他说："你弟弟是个孩子，我可以不跟他计较，但你的男朋友呢，怎么算？"

"我没有男朋友。"

"那个姓霍的少爷，不是你男朋友？"

"我没有男朋友。"

战烈站了起来，他似乎只跨了一步，就到了小七面前，他伸手将小七的脸扳过来朝向他。"丫头，这几年我放你在外面跑，不是我找不到你，我就是想看看，我是不是个好师父。你离开我还能活得挺好，我很满意。但跟过我的女人跟别人搅在一起，你知道是什么下场吗？"

"我没有男朋友。"小七还是这一句。她似乎打定了主意没有别的好讲了。

战烈沉吟一下，"那只有怪他倒霉了。"

"别碰我姐姐。"阿因在门口说。他不知什么时候又返了回来。

小七变了脸色，她一个箭步窜到门口把阿因推出去，"乖，你快走，姐姐等会儿就去找你好不好？我保证！你先走！"

"我已经报了警，"阿因对他姐姐说，"你不用怕这个家伙，他欺负你那些事我都知道，我什么都看得到……"

战烈又笑了，他忽然一把抓过了小七，不知怎么一拧一弄，小七哼也没哼一声便倒了下去。阿因扑上去拧住战烈的胳膊，战烈的左手却更有力量，又将阿因放倒在地，随即又踢了一脚地上的罗三宝。罗三宝又呻吟起来。

"你死了没有？没死就起来认认亲。"战烈说。

罗三宝真的爬起来了，他头上的血流了一脖子一胸口，凶神恶煞的脸狠狠地盯着地上的小七，又看向阿因。

"你别动他。"小七躺着，似乎全身都瘫软了，她不去求罗三宝，只轻声对战烈说，"我弟弟身体不好。"

战烈轻笑了一声，退了一步，又隐进墙角的暗处。罗三宝凶神恶煞地凸显在前。

"你现在服软了？贱货！你心里只有弟弟，怎么没有哥哥？！"罗三宝嘴里不干不净，又凑近弟弟，"阿因，你爸没了儿子了，他也活不了几天了。我带你回去，让他有个指望。怎么样？"

"我不去。"阿因清清楚楚地说，"我要跟着姐姐。"

罗三宝仰头大笑，"你姐姐，你这个姐姐是什么人？她可是把我们罗家害得家破人亡的罪魁祸首！你看看我，"他将一条腿露出来，"我这腿也是她砍的，狠心的贱货！猫精！咱们奶奶从小就说她克凶！"

阿因一头对他撞过去。而罗三宝正一纵身扑向小七，将她压在身下，开始撕扯她的衣服。

阿因扑到罗三宝身上，罗三宝一耸身将阿因大力地甩出去。阿因狠狠地撞在柜子上，陈年的柜子塌了，一块块砸在阿因身上。罗三宝跳过去，踩住阿因的背，完全陷入喜形于色的疯癫里。

"不想他死就听我的，你给我脱，自己脱！"他对小七说。

丝毫也没有犹豫，小七马上开始脱衣服，她的态度很坚决，手上的动作却很慢。

此时远处传来警车声，罗三宝跳起来，大声地咒骂："臭丫头，贱货！"他一个耳光掴过去，小七眼前一片黑，她没有痛感，只看到有红色的液体流过眼睛，一片模糊的红色里她看到阿因艰难地爬动着，抱住罗三宝翻滚在一起。阿因头发蓬乱，却迸发出了巨大的力气将罗三宝压住。

仿佛电影慢镜头般，小七眼看着罗三宝的手在地下抓爬，抓住了她丢下的那柄匕首。

"阿因！"她大叫，眼看着罗三宝将匕首朝上乱捅了出去。

小七发出长长的一声哀嚎。

附近的人家后来都对警方说，他们在那个夜里听到那声像猫一样，也像任何濒死的动物一样，非人类的惨叫声。

小七爬过去，从一堆废墟里拉出阿因。阿因血迹斑斑，被她抱在怀里，她理着他被血浸湿的头发。

阿因慢慢睁开眼来，他雪白的嘴唇一牵，对她笑了一笑。

那是阿因最后的一笑。

而他们几个都没有发现，战烈何时已经走了。

思垣赶到医院的时候，阿因刚刚被推走。一群医生正在找家属，另两个医生模样狼狈，头发凌乱，白大褂也被扯下来一块。

大家说那个家属是个疯子，对，就是那个女孩，她听到伤者无救的时候就疯了，看她泼得、野得……自己一身的伤，不管不顾，还把几个医生护士推来搡去，逼着他们去救人。这还不够，她甚至掏出刀来威胁医生，不救活伤者就要医生抵命。

"其实人送来的时候已经不行了，本来就有心脏病，头上还砸出那么大个口子，胸口还挨了一刀。"一个护士说。

一群穿制服的人也在忙碌地进进出出，不时有人来说人没找到，跑了。一个队长模样的人发下命令，全城找，车站附近，悄悄地找。

谷雨失魂落魄，她像在梦里看着这一切，这一群移动着来来去去的人，这一张张开开合合的嘴巴，有人对她说话，她任那些声波落入耳膜，却辨不出含义。她心里模模糊糊的只有一个概念，这概念里似乎没有悲伤，只是一片黑暗。

"罗三宝呢？"过了很久谷雨才问。

"被拘了。"思垣眼底通红，也像有团火在烧。思垣也像是变了个人，他像是随时都能跳起来和谁去拼命。

"小七呢？"

小七却再次失踪了。在一片混乱里，小七丢下了这一切，消失了。

谷雨站起来，她身上披着思垣的外套，摇摇晃晃地挂在肩膀上。她一步步走向门边。

思垣问她去哪儿，她说："我要看看阿因。"

阿因面容一如平常的宁静，像沉睡的瓷娃娃。

医生给他清洗过额上的创口，因此谷雨只看到一个灰色的小口子。阿因的脸色淡泊，唇很柔和地闭合，细密的睫毛形成的投影在白石般的面颊上一动不动。谷雨感觉只要她轻轻的一个呼唤，他会再睁开眼看她。

她真的叫了，一小声一小声，像给出密码一样小心翼翼地启动呼唤，一面紧盯着阿因的脸，她相信自己不是幻觉。

她说："阿因，你还要给我编如意结的风铃呢。"阿因的嘴角微微地上翘，一定是听到了她，在迎合她。

她又说："阿因，你这个不守信用的家伙，你不是要回来找我吗？你就是这样来找我的吗？"阿因的眼睑便愈加沉了下去，像树枝投下的暗影。

是的，阿因一定听得到她讲话，但他就是不肯醒来。

她痴痴地看着他那么美的脸，慢慢地感到一种肃穆，如冬日湖泊，谷雨便也跟着肃穆起来。她愣怔怔地站着、看着。阿因的脖子以下盖着白布单，她想去握一握阿因的手，她曾被这双手紧紧握住，把她的眼泪蹭在那年轻的肌肤上。

他是那么好，他和她曾那么好。谷雨觉得自己没有眼泪，她想在阿因身边多坐一会儿，多陪陪他。她说了很多话，但那句最要紧的话还是没有讲给他听。

有人来催她，她几次盖上那白布单，又几次把它掀开。她深深地端详着，最后，她张开手指，一下一下梳理着阿因的头发，顺着纹路理顺。

她那么平静，那么柔和，那么怜爱，连旁边的护士都红了眼睛，几次咽回了请她离开的话。

思垣在报纸和电视上都登了广告，只希望能借此找到小七的一点线索。小七却再次蒸发在城市的上空，他不敢设想小七此刻在做什么。他要比警方先一步找到小七。

小七是从医院里逃走的，她一定已经豁出去。既然罗三宝被拘了，她就只能，也必然会去找战烈拼命。

几天以后，消息来了。小七果然在她曾经混迹过两年的海市。有人说看到过这样一个女孩，衣冠不整，样子很凶，模样很像小七。

思垣赶去的时候便知是上了当。他一下车就被几个人拦截，送到了一个中年男人的面前。

中年男人坐在半圆形的平台上，这房子临海，很大很空。天空密布着阴云，有一片云透亮，背后隐藏着半轮太阳。男人面前放着酒具，他若有所思地看着波涛翻动的海面，一波波潜流危险，浪涛翻出细密的白色，转瞬又被另一浪吞没。远处海面却呈青灰，和天际连成了一条线。

男人有着细长的凤眼和一双修长的手，看起来斯文有礼，他甚至给思垣倒了杯酒，说思垣旅途劳累，该喝一杯，一洗风尘。

"你是战烈？"思垣问。

"你知道我。"他一边说一边摆弄着一个古怪的摆设，一个高大的架子上拴着铁链，垂下一根很粗的棍子，几乎像根树桩。一只凶猛的大鸟蹲踞在上，铁一般的脚爪牢牢抓住，目光炯炯地看着思垣。战烈嘴巴里"啧啧"作声，逗弄着大鸟，旁边的盘子里有几块带血的生肉，他夹起一块喂过去。无疑他的左手更加熟练，他伸出左臂让大鸟盘上去。

"看这小子怎么样？"他一边喂食一边问思垣，"这是个坏孩子，伤了不少人。"

思垣转过头去，那是一只鹰。不知是什么品种，头上一圈白，烈火般的红眼睛。

"你放出假消息，骗我过来。我来了，你有什么话说？"思垣问。

战烈无声地对自己笑了一阵。"好孩子，"他说，"我真喜欢你这样又聪明又有勇气的年轻人，我儿子小冷也是像你这么勇敢的……要不要看看我儿子？"

现在思垣明白小七为什么要带着阿因一再逃亡，也知道战烈为何放不过小七。战烈的独生子看上去跟阿因差不多大，却是一望而知是再没有前途的了。

小冷是个长眉长脸的青年，五官轮廓酷肖父亲。曾经应该很俊朗，而此刻缩在轮椅里，眼睛半睁半闭，似睡非睡。他的头发很长，显得头很大，下半身却萎缩似的，两条长长的腿交搭在一起，瘦成两根棍子。

"他这辈子都这样了。"战烈说，"这是我的儿子。"

思垣沉默了，这时候说什么都无济于事。

"你别看他这样，他心里什么都知道。"战烈却又说下去，像一个普通父亲那样说起自己的孩子就停不了口，"他小时候脾气很大，一刻也安生不下来。现在倒能老老实实地陪我喝杯酒，听我说说话。"战烈说着对轮椅上的青年举起杯，"是不是，小冷？"

小冷一动不动坐在轮椅上，眼睛里没有任何表情。战烈却显得挺满意，似乎儿子听懂了他的话。

"阿因已经死了，你们等于各自都赔上了最爱的人。警方在找你，小七……也失踪了。"思垣艰难地说。他努力斟酌字词，他心里实在是没有把握。"……你能不能放过小七？"

战烈又笑了一阵，他的笑很奇特，总像是在对自己笑，似乎整个世界都能令他发笑。

"你知道小七是什么人吗？你已经看过了我的鹰，这鹰就是她喂大的。你有没有见识过她的快手？有没有看过她手臂上的伤？我的鹰可给我赢了不少钱。很多事情，没人比小七做得更好。如果不是她对小冷做的事……阿因那孩子确实是她的命根子，我很欣慰，小七终于体会到我的感觉了。"

战烈语气清淡，仿佛说着别人的事："关于你说的警方，他们从来没有我的证据。至于小七，她已经来过了。"他拍了拍手，便有两个人带着一个女孩走了过来。

思垣终于见到了小七，而小七却似乎不认得他了。

小七现在是一个陌生的女杀手。她穿着不知谁丢给她的大外套，头发纠结成一团。小七在战烈的门外已埋伏了几天几夜，她像猎手一样不眠不休地守候在猎物的洞口，发现有人从里面出来她便歇斯底里。小七完全失去理智，跟战烈同归于尽的念头占据了她的整副精神。

战烈怜悯地看着在思垣的怀里抵抗和撕打的小七，她抓他、咬他、骂他……思垣虽然伤痕累累，却抱得更紧。

战烈欣赏着这一幕，甚至又倒了杯红酒，安详地捏着杯子一口口细抿。战烈说小七是他这些年见过的最值得栽培的年轻人，他曾在她身上倾注心血。他在社会的最底层，在小七快饿死的时候把她带了出来，给她机会，教她各种本事，各种别人想也想不到的本事。最后，他还要了她，让她做了他战烈的女人。可小七却背叛他，还毁了他唯一的儿子。

"我本来还没有想好要拿她怎么办，现在你来了也好。既然你喜欢她，一报还一报，你替她还了这笔债也算公平。现在，你可以把你兜里的东西掏出来了。"战烈说。

思垣的手在口袋里攥得出汗，他从来不会带什么武器，全身最尖利的物品只是一支签字的金笔。而这时候，他却掏出来一支黑乌乌的枪。思垣难以置信地看着这样陌生的武器。

"你是个有前途的小伙子，我本来不想毁了你。"战烈温和地说，"如果你不是小七的男朋友，我说不定会放你一条路。"

思垣不知怎么已扑了上去，他怒不可遏，只想撕碎眼前这个人。他已经明白发生了什么，还有什么会发生。如果真有报应，他必须要先杀了这个人。

战烈的两个手下牢牢地捉住小七，看着思垣的拼命，却完全没有要上去帮战烈一把的意思。

战烈敏捷地跟思垣周旋，闪避了几下，似乎体力终有不支，忽然放弃了抵抗。他侧过半边身体，让思垣手中的金笔扎进了自己前胸。

夕阳血红一片，已吞噬掉天空与海面大部分的深色。海面如血池雪浪翻滚，低低咆哮着互相撞碎。战烈的几名手下都围在旁边，大声呼喝，却一直等到战烈已受伤，才一拥而上制住了思垣。思垣的头被按着抵到地面，他仍在愤怒吼叫，嗓子里呛出血来。

战烈低低地冷笑，像是轻叹一般在后面飘摇。俊美而无知无觉的小冷仍坐在轮椅里，看着这一切。

Chapter 6 / 我不是在等你
我只是在等时间

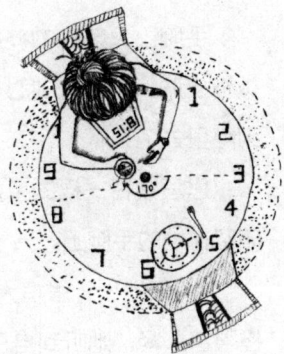

很久很久以后，谷雨才从眼前的一片白茫茫中回过神来。

一直到刺眼的白刺痛她的神经，一阵阵的雷在头顶炸响，再化成喧嚣的声浪在她身边久久不去，无疑有天大的事正发生……

她却仍慢慢觉得声浪渐远，仿佛开了天窗般，那个熟悉的梦境像片紫色的雾霭缓缓向她降落。温暖的梦境保护着她，隔开了现实的噩梦，她巴不得一睡不醒。

但人们急雨般的步点跑过来，跑过去，每个人的步子都是"咚咚咚"的。现实一声声叩着门，门外是一个长长的逼真的噩梦，她飘荡于陌生的世界但无法隐蔽起自己，盼望着有人来把她唤醒，又害怕任何人再来触碰她。

她恍惚觉得很多人跟她交代了什么事，很多叮嘱，口气里有哀伤，有愤怒，有恳求，有冷淡，有威胁，有指责……什么都有。还有很多很多事在等着她去做，她得打起精神，去很多地方，办很多手续，见很多人，再听他们说很多话。

还有一件最要紧的事她却始终想不起来——她靠着一面墙，头抵住冰凉的墙面使劲地想，是什么事呢，什么事重要到她逃不了，重要到这么多人都来到她的面前，而她必须在这里守着。

手腕上火辣辣的痛感拽着她，她低头看看，是谁留下了这么两道青紫，直烫进皮肤，一直痛到心里去，是谁对她这么大力？她一惊抬头，思垣呢？思垣到哪里去了？

思垣铁钳一样的手指紧握住她的手腕，她根本挣脱不掉，思垣把火烫的烙印留在她的手腕上。

"照顾她！"思垣大声地对她说。然后他烙铁一样的手又烙上了她的肩膀，握得那么紧，她听到自己的骨节一阵响。

"照顾她！现在只有你！她只有你！我也……只有你！"

　　她哭了没有，她完全不记得了。思垣被带走的时候，他在警车前回身，那一团心里的火燃烧到他眼睛里，他用滚烫的眼光看着她，这一回他什么话也没有讲，他的眼睛是不是在说"你照顾她，也照顾你自己"？

　　她一定是追了出去的，不然怎么解释这一高一矮的鞋跟，这碰一碰就钻心痛的脚踝？她一定摔得不轻，因为有白裙子的小护士过来问她："要不要先给你处理一下伤口？"

　　看她两眼发直没有焦点，点头摇头都不会了，那小护士迟疑了一下，说："我们主任请你去一趟办公室，你朋友的情况不太好。"

　　她没有朋友。她有什么朋友呢？

　　她接到电话连夜包车赶过来，一夜未合眼，滴水未进，一到这里就要面对这一切。她身边没有朋友，没有爱人，没有能依靠、能呼唤的人。那些人都离开了，把一副千斤重的担子丢给了她一个人。

　　丢给她的还有一个人事不省、不知死活的小七。

　　那时候思垣还没有被带走，他们一起看着镇静剂注射进小七的手臂。思垣已筋疲力尽，却还是不愿意放手。

　　注射了镇静剂的小七毫无生气，双眼紧闭，像死去了一样安静，却也像解脱了一样安详。思垣的手上也有血，身上也沾了血迹，是谁的血？

　　旁边不知道是谁告诉她，思垣犯事了。她刚尖叫了一声，思垣已经一把将她抓住。

　　"谷雨，你信不信我？"

　　她说不出话，只有点头。

　　"信我就听我的！我不会有事……不会有什么大事。我家里人和律师都会过来，你不要担心我！"

　　她不知道为什么律师要来，难道他杀了人吗？

　　"受害者没有生命危险，"后面有人告诉她，"但是也受了不小的伤。霍思垣下手可也不留情呢，拿一支笔把人家开膛破肚。不止这个，他身上还带了枪上人家门去挑衅。人家有个傻儿子，给吓得发了病，还在抢救。"

　　谷雨完全找不到这些话的支点。但思垣并不跟她解释，思垣仅有的一点时间都用在跟她交代那些重要的事情上。

"谷雨，你看着我，你别急。听我说，我没关系的，他想害我但害不到我，现在最危险的是小七，你明白吗？她撑不住，她的身体也扛不住！你留在这里看着她，你懂吗？我走以后你打电话给闵安琪，让她安排你们在这里的一切费用！你别哭！你听得懂我在讲什么吗？"

思垣紧紧地抱着她，让她把眼泪全蹭在他的胸口。两人分开的时候思垣的脖子和肩膀上的一块一块的红印，都是她掐出来咬出来的。

然后思垣就被警察带走了。

谷雨留在原地，她身上只有一个小包，里面除了几张卡和手机，连把牙刷都没有。

后来真的有很多人来找她，白色的、黑色的、深蓝色的制服和工作服；和白色的、黑色的护士鞋和皮鞋；还有温和的、严肃的一张张脸。

现在，那个一脸凝重的主任医师告诉她，小七的情况不好，需要手术。

她去洗手间洗了把脸，蘸着水把头发弄了弄。在包里翻翻，点了现金，只有几百来块。包的角落里还有一支口红。

她的脑子里转着刚刚听到的话，小七需要做各项检查，像血常规、脑部照影等，最好再去精神科查一查……

她一边想一边已经把口红拧开，淡淡地涂了一层，又蘸着水把头发弄了弄，她做这些动作完全是下意识的。

镜子里的人软弱无力，但还是会笑。她的笑有很多种，这会儿一张素脸清淡，发梢上挂着一点小水珠，像刚从一场细雨中走来。蒙蒙的雨丝还在她眼里，唇上淡淡的一点樱桃红，像是无助咬唇的痕迹。她这样咬着唇，无助地笑了笑，在那个忧心忡忡的主任眼里，实在是哀婉动人。

主任问她身边带的钱够不够？不够也没关系，医院有急助申请项目，他可以帮她申请。床位虽然紧张，但她一个人照顾怕也忙不过来，他可以再找个护工帮她。

护士站里有一群小护士们在窃窃议论，但一见谷雨出来，都散了动静，有几个还偷偷瞄着她，好奇是掩盖不住的。

谷雨顾不上这些，她去看小七。小七还是一具没有生气的形体，除了仪器上的线条表明生命体征的存在，没有任何存活的欲望能从这 25 岁的女子身上显现。

主任请谷雨选择，是开刀还是介入栓塞。

谷雨两样都不懂，她最先想到的是要不要剃头发，有没有后遗症，会不会死。

主任耐心地跟她解释："开颅的话当然要剃发，风险会相应小一些；而介入是股动脉穿刺，倒是不影响发型，不过不排除有后遗症。"主任还建议她，"在这里算是个大手术，最好去北京的权威医院做，在那里只算个中手术，费用也相对低一些。"

主任一边说，她一边点头。她已经在脑子里自动列出各项对比单：去北京，排号困难，风险小，花销大；在这里，风险大，房租便宜。

最后她说："我们去北京做手术吧。"

她请和善的主任帮忙，希望能找到北京的熟人让她们顺利挂上号。主任请她放心，能帮忙他一定会帮。

谷雨听到这句宽心的话，她眼里泪光闪闪，一双小手揪住裙子下摆，将裙子弄得皱巴巴。年届不惑的主任被她弄得心里一片潮湿。

晚上却出了事，小七醒来后便大闹了病房，小七像个发疯的野兽，六亲不认，医生护士无人敢接近，小七嘶声叫出来的话大家也听不懂。

于是每个人都去找谷雨。谷雨站在一堆人的背后，透过那些肩膀看到缝隙里的疯女子小七，枝枝节节，有时候是一只细瘦的胳膊，有时候是半张扭曲的侧脸。谷雨真想转身一跑了之，但大家却给她让出条路将她推上前去。

但小七仿佛也不认识谷雨。谷雨一边奋力地压着那乱动的腿和胳膊，一边想，这样子的小七，她是没办法将她架上火车或者飞机，押着她去另一个城市的。只要小七保持清醒，谷雨就没办法将她搬动。

谷雨对医生说："手术就在这里做吧。"

谷雨去医院附近找了个小招待所，这里住的一大半都是病人的亲属。房间几乎全满，她总算抢到一个小单人间，又好说歹说歹半天，终于压价到60块一天。

房间墙上生着黄锈，窗户全开也散不掉一股数不清的陈年旧味，洗澡水忽冷忽热时断时续。她哆哆嗦嗦冲着身子，心里万般悲伤烦恼。

　　这里没有洗漱品和干净的衣服可换，而胃里却叫唤起来，谷雨出门去找超市。

　　这里靠着海，此时整街灯火茂盛，两边都是海鲜大排档，家家外面放着大水盆，旁边接着玻璃大缸。浓重的海腥味扑鼻，冲得她胃里一阵痉挛，踉踉跄跄地冲到墙边干呕了一会儿。

　　她眼泪汪汪地抬起头，不理会一路上老板们的吆喝声。这里靠着海，她不知怎么就走到了港口，有船正在下货，雪亮的灯光下一排排集装箱捆扎整齐列阵等待。

　　她极目远眺，远处的海一片漆黑，只有阵阵起伏的涛声与风里的气味。

　　她不知站了多久，赤裸的胳膊被风吹透了，才又往回走。

　　她想着命运到底是个什么东西呢，这样兜兜转转地耍弄她，如果有缘，她跟小七无疑是孽缘。因为小七她失去了樱桃，小七让她得不到思垣，但小七为她奉上了一个阿因。

　　那么她跟阿因算是怎么样的因缘？她的眼泪流下来，顿时呜呜咽咽不可止歇。一片泪海里她恍惚地想，无论是为了思垣还是为了阿因，她今后都要跟小七绑在一起。

　　一直到那巨大的仪器将小七吞进，各项看不懂的检查数据铺陈在谷雨面前，她作为家属签了字，看着小七被剃光头发，那巨大的梦魇感依然存在。

　　后来，小七醒了，却像被手术洗了脑，失去了部分意识似的，看到什么都视而不见。

　　小七自己不进食，更不跟任何人说话。对，小七跟她一样，也像活在一个梦中，并且，没有生存欲望，没有爱，没有等待，连恨也没有了。因此小七比她更不需要醒来。

　　谷雨想，这是个带着诅咒降生的女孩，就像自己看过的一出舞台剧——《被死神爱上的伊丽莎白》。是命运存心跟她为难才让她这样多舛。

　　海边城市空气潮湿，谷雨却总觉得干，半夜会被渴醒，嘴唇也常脱皮，她以为是体内虚火盛，后来发现自己是焦躁，太焦躁。

　　她每隔两天打一次电话给蕾蕾问小宝的情况，每星期打一次电话给爸妈。

除此以外，就是跟闵安琪联系。

闵安琪打了两次钱过来，却一次比一次耽搁。安琪告诉谷雨，说公司里现在人仰马翻——这是必然的——但最惨淡的时候终于过去。

思垣家里已经有人来接手了公司，业务上的耽搁并不多。思垣因为持械入室和故意伤害，加在一起判了一年。前一条尚可翻案，后一条却是确凿无疑的，思垣自己都承认了。

闵安琪告诉谷雨，思垣家里不会罢休，肯定还有官司要打。而且家里对这次的事大发雷霆，要好好处理后续。所以闵安琪对于谷雨和小七的处境也是鞭长莫及，爱莫能助。

闵安琪话里的暗示很明显，思垣做的是家族企业，眼下思垣自己做不了主，想额外再养活两个女人那是天方夜谭。

谷雨捧着一缸滚烫的鱼片粥和几个包子去病房，她已给自己查了账。小七有没有存款，有多少她并不清楚，眼下的窘迫却是要应付的。她心里犯难，脚下不停，远远的有个人影站在病房外。

是个陌生的中年男人，瘦高、冷漠。听到脚步声，那人转过身，看到谷雨，对她又深深地多看了一眼，走了。

谷雨心中怔忪不定，从没有人来看过小七。走廊上透着淡淡的阳光，那人的目光却无端带着一阵湿气，谷雨只记住了那一副深轮廓里若有似无的笑。

小七躺在靠窗的病床上，视而不见地盯着窗外枝头挑出的一片单薄的树叶，眼睛一动不动，对外界的一切动静都毫无反应。

这次人们不用担心小七会逃跑，谁也不会担心一个活死人会逃跑。

谷雨每日去看小七，几场秋雨过去，玻璃窗内灌入的秋风已透肌凉了。好在最窘迫的医药费问题已经解决。

当她打起精神准备跟主任再周旋的时候，小护士却告诉她："已经有人付了余下的费用，放心吧。"

她问："谁付的？"

小护士说："不清楚。挺神秘的，转了个账。"

谷雨也就不多想了。闵安琪终于派上用场也好，吉人自有天相也罢，她好乃是松了一口气。

医院外有个小服装超市，推车上一堆一堆地写着"10元一件，20元三件"的T恤、开衫、衬衫等花花绿绿的衣物。她给自己买了两件10块钱的棉T恤，一条20块钱的牛仔裤，和一双50元的球鞋。她还顺便给主任买了几条细棉手帕，她对主任说，像他这样成熟、洁净、有身份又有智慧的男人，并且还是个医生，最该用手帕。

谷雨背着双肩包，戴一顶小小的渔夫帽，轻轻地走过医院长廊。她面容清洁无波，背影窈窕动人，谁都以为她是个学生。

她走进房间，一边将瓶中的花换掉，一边跟小七聊天。

小七的身体恢复了一些，不像是随时会断气的样子了，但仍然不理谷雨。谷雨便自顾自地说着话，再一一地拿出篮子里的东西，有时是一两本书和画报，有时是两个苹果，几块面包，还有一个小音响。

她俩在医院食堂搭了伙，同病房的病人家属还跟谷雨交上了朋友，每天不但给她带饭，还把自己的私房菜拿来分享。

谷雨将音响打开放在床头，铺开一面大餐布，将食物放在上面，像是去野餐似的。

小七要是不吃，谷雨就自己吃一点，然后再说一些闲话，吃完之后便离开。

第二天她去看小七的时候，同病房的家属对她挤眉弄眼，悄悄告诉她，小七饭还是不吃呀，东西也丢了。

谷雨已看见那个小音箱被丢在垃圾篓里，书报也掀在一边。她若无其事，将地一扫，继续闲扯。今天又带来一些小摆设，三三两两地放在桌上、窗台上。

但无论是什么，小七一概丢掉。

有时候谷雨也讲一讲眼下的重要事："钱已经不多，也该出院了，还是要回江洲，起码那边还有工作。"

她犹豫一下，不知道要不要问问小七的经济情况，又觉得问了还不如不问。她又好奇地想知道小七在此地是否有朋友，是谁帮她付了手术费和住院费。她不知怎么脑中一闪而过曾经在病房门口看过的那个神秘人。

然而小七一副似睡非睡的样子，根本不去听她说话。她心里恼火，又对这个烂摊子怨怼起来，她自己生的小宝尚且不能在她身边，她现在却要日日来陪着小心伺候这么个冤家。

小七忽然说："你怎么还不走？"

谷雨吓一跳，又有点欣喜，小七毕竟是开口了。她说她答应了思垣，要照顾到她痊愈。小七不作声，对自己的病情是一副"随它去"的表情。谷雨又讲了一点思垣的情况。

她本不想讲这么多，但想想小七是一个有手有脚的成年人，当然应该负责自己的前途，至少，小七应该了解那些她所不在意的人为她的付出。

小七听完就说："你走吧，我不用你照顾。"

谷雨心里本来不甘，这时候却被激得倔强起来，无论如何她不能在这时候丢下小七。

谷雨说："你别管，眼下我在这里，这些我都能搞得定，我能活下去你就能活下去。"她对小七说这话，心里感到一阵奇妙的痛快，似乎长久以来她在小七面前的憋屈、抬不了头的情绪，都得到了释放。

到了小七终于可以出院的时候，主任已俨然成了谷雨的知交，他像个老大哥似的问谷雨以后的打算。"你就这么一直带着小七？"他已经知道这两个女孩并非亲人，只是朋友而已，谷雨是受人所托照顾这个麻烦的病人。

谷雨心里苦笑，脸上还是云淡风轻，说："还能怎么样，回家呗。"

这时候莲子也已来过几次，莲子已经毕业，正在找实习单位，挤时间从江洲过来。她看到小七被剃了头的样子就呜呜哭。小七从一片广漠的冥思里暂时掉回眼，看了她一眼，又把眼闭上了。

有莲子帮忙，谷雨也松口气，她给了莲子钥匙，请莲子帮忙看看她的房子。莲子回去后告诉谷雨房东已把房子收回去了，如果她暂时不打算重新找房子，可以住在冰冻街小七原先的院子里，就是那房子太破旧，条件也差，停水断电是家常便饭。

"房间也是现成的。"莲子说，"你们两个人，也正好一人一间。你就住……"莲子迟疑一下，"你可以住阿因那一间。要是不去住着，那边的房东也就将房子转租了。"

谷雨心里一阵锥痛，这一阵子她能不想阿因就不想阿因。她告诉莲子她跟小七回江洲后就住那里。莲子不多话就把电话挂了，谷雨自己调整了半天心绪。

冰冻街那个破败荒芜的院子恶劣是恶劣，但她更不能让阿因住过的房子让别人占了去。

一星期后，她们回到了江洲。主任帮了很大的忙，找到一位富商朋友，提供了一辆保姆车。车上有卧床，还立了个折叠的支架。

小七像个随时会碎掉的鸡蛋一样被他们弄上车，一路捧回了江洲。

莲子在车站接到她们，又一起回了冰冻街。

彩虹姑娘已经生产，另找了个地方住。而虫虫跟了她干爸的流动演出团去了外地。院子里忽然就剩了谷雨和小七一户。

莲子找人将房子前前后后都打扫过，家具床铺也整理一番，看上去倒是窗明几净。

小七躺在了她自己房间的老位置。靠墙的一个窗台，窗台外一排矮墙，几棵泡桐，一棵枇杷。对于这一路的归途，小七都没有异议，也不反抗。

莲子一边拖地，一边告诉小七："这房子谷雨已经租下来了，她自己的那套房退了，现在算是你俩合租。她现在回去拿东西，弄好了就过来。"

但谷雨却足足忙了两天才搬过来。两个月不回，她欠下各种人情关系和场面债，有几百个电话要回，有一长队的人要联系。

她还急着找蕾蕾，蕾蕾告诉她小宝倒是一直都好，这孩子出奇地乖，明明很想妈妈却安安静静不哭不闹。

谷雨听得心酸难抑，她本来已经打算好，小宝可以推迟一点再来上幼儿园，父母那边她也盘算着一个亲人相见的计划。但这些都往后推迟，眼下是小七这个前世的孽障要管。

她满心焦虑，身子也重得拖不动步子，又撑着去找闵安琪。

闵安琪却不在公司，前台告诉谷雨："安琪出差了，她走之前交代过，如果谷雨小姐来找，让我告诉您公司已经换了个负责人。"

谷雨看着前台小姐打量她的目光，这前台也是新换的，不是原本她认识的那一个了。她心里清楚，思垣出事后，物是人非，这条路行不通了。

谷雨拖着两个箱子，去了冰冻街。她箱子里的都是衣服，其余能丢的就丢了。

　　莲子到门口来接她，两人又四处看了一圈。

　　阿因的房间静悄悄的，房门掩着。谷雨每回经过，便瞥一眼，飞快地走过去。再来，又瞥一眼，再匆匆走开。她转来转去，把自己忙得团团打旋，好不去理会心里那一波一波的痛。

　　她看了看院子里的花草，对莲子说："这月季不错，那两盆兰草快枯了，大概水浇多了。"

　　过一会儿，又说："墙那头还有个空位蛮好，可以种点小青菜。"

　　再转了一圈，她说："外面的雨棚松了，风一刮呼呼地响，要找人来修修。"

　　她说一句，莲子便点头称是，最后谷雨看到门前张着的竹帘子开了个口子，便自己搬个小板凳坐那里补。

　　莲子颇为忧心地看着谷雨，说她脸色不好，腿也有点水肿，劝她去看一看。

　　谷雨这阵子确实睡眠胃口都极差，内分泌也出了问题。但她想，过了这一阵吧，过了这一阵就好了。

　　等到莲子走了，谷雨手头再也没什么活好做，小七的房里静悄悄，她乐得不去打扰。

　　她还不想进门，就靠着门边看着那长长的窄窄的巷子，两边的墙皮一块一块地往下掉，露出的青砖红砖都是一片泥灰。石板路上有一点光线在滚动，两边生着杂草，草尖在傍晚的光线里也成了几丛错落的剪影。

　　这一条路本来就少有人来，是个被遗忘的世界，以后还有什么人会上门来呢？真像是冷宫一样了。

　　但晚霞却尤其美，颜料打翻似的流了一天幕的暮紫苍红。泡桐树的花枝一簇一簇，像错综的刺绣一样绣在褐红色的天幕上。

　　她回过头，阿因的窗户明晃晃地一亮一亮，那只黑猫在墙头一跳一跳，伸爪子够着墙外探进来的一截树枝。

　　谷雨慢慢地走回去，推开了阿因的房门。

　　一股消毒水味扑鼻而来，这房间被好好地清洁过。其实又何必呢，她想。环顾四周，没什么家具了，人在其中孑孑独立，夕阳照进来更觉孤寒。

　　他们上次搬离的时候能带的都带了，不能带的都丢了。墙上贴的画只剩了两块印子，两排木架倒还在，几个大纸盒放在最下层，是来不及带走的各种未完工的石块和不值钱的珠子，还有几束线和工具。这种东西房东不会要，也懒得搬动。

谷雨蹲下去掂了掂分量，是沉的。她一样一样地把玩着那些小玩意儿，慢慢地，她从纸盒的最底层翻出一个半成品，是小颗小颗的白石头，被打磨得圆溜溜。

每一颗都一样大小，带着幽幽的光泽，在绳结末端拴着小小的竹片。麻线串了一半，一格格节点均匀细致，是阿因发明的如意结。

这是那副未完工的风铃，是阿因许诺过会挂在她窗前的东西。它们被藏在架子的最底层，上面盖了一层棉纸。

阿因是怕姐姐发现他偷偷给谷雨做礼物，所以才将这些东西藏在这里。小七不在的时候他才拿出来，羞涩甜蜜地一点点打磨。阿因说："石头的心看起来坚硬，其实却由柔软构成。"

阿因一意要给她这个惊喜，临走却匆匆地落下了。

她一颗一颗，一截一截地抚摸那些小圆石头和绳结，这些是阿因的手指曾摩挲过的，阿因的眼睛曾专注地凝视过的。他醉心于此，忽略了外面的世界，只想着要与她共享这在一起的欢愉。现在外面的世界依旧，那不染尘埃的孩子却没有了。

最后的余辉照到她身上，她觉得自己像背负着前世的记忆走在一个来生里。她就地坐下，拿起线头，就在夕阳的残照里认认真真地串起来。

小七睡在自己的屋子里，有一点风吹进她的房间，房间亮了一点。墙角染了霉绿的地方，凉阴的气息也被驱散了一些。

小七还陷在自己大片大片空白的冥想里。她有时会独自发笑，像失去火种的火堆，只靠着余烬在支撑。这大限将至般的安静，使谷雨觉得恐慌。

谷雨坐在院子里，靠着小七的窗子，这样有什么动静都能在第一时间听到。谷雨脚边的小炉子上炖着天麻，为了防止小七头痛。谷雨现在见天儿地炖天麻，也不管有用没用，什么粥里都放一点。

小七对这些不关心，也不抗拒。谷雨却担心她嗜睡，又怕她呕吐，老想带她去复查，但小七拒绝出门。

谷雨将每天都在算的开支账又重算了一遍，房东今日要上门，她现在最怕的就是房东上门。除了固定每个月给小宝寄的生活费，她跟小七的花销已经省之又省。

小七没什么要求，而谷雨自己除了采买，也没再跟什么人约会，也不想回酒吧，她跟昔日的圈子都有点远离。

她本来是想混过这一年再说，但目前看来是混不下去了，她还有两张卡早透了支还没还上。忽然想起来以前帮人推销酒的时候，还有两笔账没结，然而电话过去时对方却都停机了。

院门一响，房东果然来了。

谷雨心里懊恼，脸上却笑得一派明媚，好让对方把话说得松动些。房东果然挺客气，对她说下半年的房租拖到现在都没交，再不能往下欠了。房东笑得有点皮里阳秋，说眼下房子紧，江洲要办冬运会，这次规模大得很，有大量的外地人来玩，城里的大小酒店宾馆招待所都满了，像这样古朴有特色的民居，房租都在飞涨，要租给那些来观光的散团。

房东说着眼睛对小七的窗户一溜，问还没好？谷雨说快了，好多了。房东说这里房间反正还有两间，还是再租出去的好，总得想点办法呀。

谷雨有什么办法可想呢？而房东叫她想办法的时候，眼里内容多得很。

小七本来就是个怪人，忽然间死了弟弟，自己又大病，还招来一个陌生女孩一起住着，房东一定觉得她俩有古怪。

其实谷雨也不是不想转租阁楼，但小七现在吓人得很，白天不理人，夜里倒常起来，有时候还会无声无息地在巷子里溜一圈。她那样贴着墙根走，难道不会把陌生人吓坏吗？

谷雨跟莲子商量了一下，都觉得还是别多事的好。

莲子每次来都不空手，她带来不少衣服，还有书和影碟。有小七丢在宿舍的，还有莲子另外买的。

谷雨翻翻，诺兰的电影和安妮赖斯的小说，都是她自己没兴趣的，小七现在明显也无心。她们就把那些东西堆在小七旁边，指望着她什么时候能随便翻动一下。

有一次莲子带来一兜新鲜的栗子，跟谷雨两人搬着小竹椅坐着，把栗子肉剥到小碗里。又搬个椅子在阳光底下，让小七坐在那里晒太阳。

秋天的阳光懒散，天又高又清，晒久了也有点燥热。小七基本不参与她们的谈话，偶尔睁开眼，看那只黑猫不知什么时候弓在了前面的屋瓦上，却不是独自的，肚子下还压了一只瘦弱的花猫。

黑猫背部拱起，尾巴向上翘成一个奇异的角度，将那花猫牢牢地压在身下，带有节奏感地动作着。

谷雨瞧见了，啐了一口，努下巴让莲子那看两只光天化日不干好事的猫。莲子也咯咯笑起来。小七却一点不受影响，两只猫在屋头上"不干好事"了多久，小七就看了多久。

谷雨和莲子的啐笑、闲扯、算账，小七一句也听不进耳去。最后，她像是终于累了，也脱了兴趣，站起来进屋去了。

莲子将剥好的栗子交给谷雨，自己走了。现在大家形成了一种共识，有谷雨在，小七暂时是死不了。只要命在，一天两天的，总能好起来。

谷雨最终也没有去睡阿因的房间，她在客厅支了个弹簧床，又挂了个帘子，算是隔出来一小间。反正她们这里很少来人，就算有人来上门，在院子里站站就能把话说完。

晚上，小七披衣出门站一站，秋天的冷月亮异常明亮，院子里还有最后的毒蚊子在草间虚弱地飞。

谷雨站在院子门口，拿个小破锅拌着剩饭。那黑猫俨然如一个领队，带领了附近好几只各式各样的猫等在一边。谷雨将一个小盆和几个碗散放在院门口，嘴巴里"吡吡"作声，引猫们过来。

谷雨回头看见小七，不好意思地笑笑说："小时候特别怕猫，还被猫扑过，在这里不知怎么，倒觉得猫很亲。"

小七一语不发地回身走了。

谷雨便继续喂猫，一边哼几句歌。她哼着："Yes it's gonna be a cold lonely summer，But I'll fill the emptiness，I'll send you all my love everyday，in a letter sealed with a kiss……"

这是小七喜欢的歌，以前常循环来播放。渐渐地她也喜欢了。哼上几遍，心情有了一点松快。

她知道接近小七没有这么容易，但至少在思垣不在的这段日子里，确保小七不出事，她好歹总交代得过去。

一天谷雨带回来一个鸟笼，两只小巧的青丹正啾鸣得欢。谷雨把鸟笼挂在院子里，小七转头看了一眼，说："把那玩意儿拿走，吵到我了，不到一天时间就让它见血。"

谷雨也不理会，自顾自把鸟笼挂上去，又添水加食调弄了半天。第二天谷雨发现黑猫蹲在鸟笼下，仰着脑袋，环眼碧青，时而眯起，时而圆睁，又弓起背，是一个随时要扑上去的姿势。

"我劝你把它们拿走。"小七淡淡地说，"你以为我为什么不把它们扔掉？用不着我动手，迟早被这猫弄死。"

但猫和鸟都好端端地在各自的位置，猫始终没有去扑那鸟。它们居然一直相安无事。

谷雨一边往鸟食缸里兑水，一边看天色碧青，她忍不住对自己一笑。

小七渐渐地跟她话多了一点，她想小七也不过才 25 岁，冷漠的外表之下，年轻女孩的热情活力不会褪尽。如果阿因还在，小七一定不是这个样子。

想到阿因，适才的一点快乐都化作泡沫飞走了，天空复又消沉起来。

夜晚的樱桃随着黑猫一起上上下下，在枇杷树的枝叶里飞舞着，旋转着，嘲笑她。

"你背叛了我，又背叛你自己。你以为这样你就能得救？"

谷雨躺在冷汗里想，樱桃说得对，她做的一切都是徒劳。她带着一腔新生的善意重新认识小七，接近小七，但小七始终不买她的账。

她忙忙碌碌，小七唇上带一点不怀好意的笑，看着她，"你别以为你做了24 小时保姆就得逞了，没用。你以为我放过了你，就会把思垣让给你？"

谷雨站起来，冷着脸回她一句："思垣不是礼物，让你送给我或者留给你自己。他只是爱你。"

小七闭上了嘴。

　　有时候家用方面谷雨也想着向小七讨主意，小七懒洋洋打个呵欠说："你只管生不管养，小宝有你这个妈也真可怜。"

　　谷雨便打消了跟小七商量的念头。

　　小七的精神一阵好一阵废，兴头起来不知疲倦，兴致过去又连睡一天。她的房间里有时候把音响开得轰隆隆，有时候又死寂得像孤坟。

　　小七跟谷雨话少，跟莲子却热乎起来。莲子找了份销售的工作，但面薄脸嫩又不会喝酒，一个月也拉不到个单子，常来向小七请教。

　　莲子还像以前一样依赖小七，小七并不指点她什么，她也照旧欢欢喜喜地来，依依不舍地走。

　　莲子来了，小七会兴奋一点，两个人在房里锁上门不知道做什么，吃饭时叫门都不开。谷雨安慰自己，小七脾气坏一点，有磕磕绊绊的小情绪，总胜过不明来由的坏消息。

　　这时谷雨送走了房东，在街上转了两圈，脑子里转来转去全是怎么弄钱。她打电话给老金，老金唉声叹气问她这几个月混哪里去了，说圈子里都传开了，她跟了个有钱少爷，少爷却为她犯了事，现在她人也失踪了。大家都说她又找了个矿老板跟着去山西了。

　　她不想听老金胡说八道，也不想透露自己的拮据，只问："有活没有？闲得闷了，想转转，要拿现钱的。"

　　老金说有两个，广告公司要找车模，周末去展台站两天，一天 400。还有个剧组要来江洲拍电视剧，女一号和女二号都要找文替，这个没什么大动作，但是累，要不停跟着灯光找角度位置，200。

　　她问有没有能更快一点更多一点的，老金说："那就看你了，只要你愿意，还有什么比挣钱更快更容易的？"

　　老金的暗示再明显不过。谷雨挂了电话又翻了翻钱包里的一叠名片夹，最后没奈何又想，还是找一下闵安琪吧，嗟来之食也是食，面子豁出去也就这一回了。

　　但是闵安琪的电话不通，谷雨留了言，希望能见一见，当面谈谈。

　　谷雨一边走回去一边琢磨回头见了安琪怎么开口。走了几步，她觉得身上乏力，实在不想做饭。于是就奢侈了一回，任巷口打包了两份黄焖鸡米饭带回去。

走到门口时见莲子的电动车停在门前。那只黑猫懒洋洋歪在小七的窗台上，窗开了条极细的缝，黑猫伸出一只爪子去够那条缝口，并把脑袋凑过去闻。模模糊糊的阳光像一团烟雾，黑猫醉了一般伸了个懒腰。

谷雨觉得有趣，从方便盒里拈出块鸡肉丢过去，黑猫居然无动于衷。它翻了个身，仍守着那窗子。谷雨啐了一口，进了屋。

小七的房间有似有似无的动静，空气中有莫名的一点味道，像大米发酵般的酸味，混杂着尘埃的光线都有点懒洋洋。

谷雨随手拿过桌上的半瓶矿泉水，拧开瓶盖喝了两口。她忽然发现这水瓶有点奇怪，瓶盖上钻了两个孔。谷雨皱皱眉头，又皱皱鼻子嗅了嗅，这个猫一样的动作在她脸上出现了两秒，便凝固了。

她轻手轻脚走到小七的门外，一下推开门。

淡淡的光线里小七躺在床上，莲子侧躺在她身边。两人姿势奇怪，乍看像一起喝水。而莲子脸上带着梦一般的神气，当她看到房门口的谷雨时，咯咯地笑起来。

谷雨站在尘粒飞舞的光线里，让自己那一阵头晕目眩过去。

莲子欠身招呼她："谷雨姐，你今天回来得这么早啊？"

她话音未落，谷雨手中的两个饭盒已兜头砸过来。一盒在空中散开，白花花的米饭粒混着金色卤汁和绿色蔬菜，弹药一样砸到她身上。莲子叫了一声，惊跳起来，旁边的水瓶倾倒，便"哗"地流了小七一头一脸。

小七闭一闭眼，歪过脸在肩头蹭了蹭水，她毫不在意。她慢慢地欠身起来看着怒不可遏的谷雨，又看看一地狼藉的饭菜。

小七细长的眼睛眯成了一条缝，眉心出现一个小小的川字。小七说："昨晚你跟我说没钱开锅，今天就糟蹋大餐呢。"

谷雨脑子里的轰隆声响得她自己的腿都软了，她手指发颤，又痛又痒，像瞬间长满了刺。她一时说不出话，胸腔里一片冰凉。

莲子从横着的铁丝上抽下条毛巾给小七擦脸，又上前对谷雨说话，谷雨一伸手推了莲子一个趔趄。小七别过头，说："别演过火了，你是没见过，还是没玩过？"

谷雨"啪"一声甩门而出，她心里喷薄的怒火，真是一刻也忍不了这个罪了。黑猫无声地伺在门边，那警觉的眼神像是听了一会儿了。

谷雨的一股情绪直冲上来，一脚踢过去，黑猫低声一吼，半空中一个漂亮的鹞子翻身，稳稳地落在地上，却不跑开，冷冷的碧眼仍对她打量着。

谷雨拿起一个杯子砸在地上，又拿起一个闹钟，手臂灌满了劲儿，那一片横扫过后的"噼里啪啦"让她一阵清凉。

要不过都不过了，她想。

莲子扑出来拽着她，有人阻挡，她力气更大了，理也更强硬了，她呼哧哧地喘气，问："什么时候开始的？货是哪来的？钱是哪来的？"

莲子一直把她拽出院子，拽到旁边一座房架子的废墟里，这里拆得只剩了顶棚，野草从各种缝隙里钻出来。

"你别怪她，你怪我好了。她要那样，我也没办法。"莲子说。

莲子一一告诉谷雨，老实得像倒水："早就开始了，小七自己认识弄这个的人。她帮我追单子，我们挣多一点，她就拿她那份回扣买一点。她不用你的钱。"莲子又说，"不过你放心，她没什么瘾的，不是经常碰……你知道，她只是不想好好活着。"

谷雨还在呼呼喘气，风很猛，把她的眼泪逼进眼底，她也没有多少要哭的意思。心里又是愤怒，又是心酸，还在一半心疼她刚刚打碎的东西。

她那么节省，打砸完了还得继续花钱。现在一个月房租要一千二，水电气又是一笔。医生嘱咐小七不能吃太重的油荤，但营养也要跟上，所以每天的营养保健药又是一笔。就这么巴巴地伺候着，她就差去卖身了，就差去打劫了，小七却还沾了毒，现在就是有个金山也败光了。

到了晚上小七和谷雨还是互不理睬，谷雨独坐在院子里，听到小七在房里，一笤帚一笤帚把地扫了，碎片"哗啦啦"地清理到垃圾袋里。谷雨冷着脸不去帮忙，小七也没一句软话。

第二天谷雨把早饭做好，留了一份在桌上，自己出了门。

她也无处可去，找了以前两个姐妹，乔乔和安妮。那两个人大呼小叫地来了，拉她吃火锅，讲最近的八卦，也给她介绍生意。她都不想去，只是淡淡地听着。

女孩们追问谷雨的近况，当得知她给一个病人当保姆时便大呼小叫，说："你操那个心干什么？你是她妈还是欠她债？死活随她去好了！"

谷雨喝口啤酒，清而辣地沿着喉咙灌到胃里，心里的火消了一点，便恨恨地想：死活随她去吧。

乔乔又对谷雨介绍以前的几个姐妹："现在去酒吧也不多喝酒了，现在喝个酒都是有价的了，你知道一杯多少？"

"多少？"谷雨漫不经心地问。

乔乔竖起两个指头，"别人是这个，"又竖起三个指头，就合成了一个巴掌伸到谷雨眼前，"你嘛是这个。"

谷雨抓住乔乔的手掌，两人一起哧哧地笑起来。

乔乔说："你不出去玩，怎么知道世界变化得有多快？还老有人跟我打听你，有一个还是大老板。你一玩失踪，不知道多少人失了恋！"

到了月亮升起来，两个女孩都要去赶场子了，谷雨还不想回家。她在马路上独自晃了半天才晃回去。院门开着，小七坐在那里，手上夹了根烟，冷冷地不知在想什么，看到她回来，像是松了一口气。谷雨一冲动就想上前去夺下小七手里的烟，但刚下的决心又随即跃上心头，想，死活随她去吧。便不做声。

这样冷了两天，闵安琪终于来了。

闵安琪站在院子里，高高低低地打量了一番。表扬了一下这老房子虽然旧，却沧桑得有历史感。她说："老房子冬暖夏凉，谷雨你过的是地主日子呀！也就是我们这里不重视保护，现在北京一套这样的院子你知道要卖到多少？说了你都不信的天价。我上个月在河北出差，哎呀，住的那个地方跟这差不多，还小了一圈，都要卖到这个数。"安琪俏生生地竖起三个指头，小指上耀眼生花的一粒豌豆大的钻石。

安琪又说："这石榴树真不错，哎，这还有桂花，看院子外面还有泡桐。现在就是老房子才有泡桐树呢，泡桐就是历史的象征。你看外面开发的楼盘，装潢得皇宫一样，就是买不来这两棵泡桐，那还是土豪，暴发户！"

闵安琪自己晃了一圈，嘴上说个不停。她吃惊于谷雨的变化，两月不见，谷雨黑瘦了一圈，却异常地清洁起来，眼神很亮，身姿也还在，不施脂粉倒是格外秀气。

安琪想这女人果然还是有一套，明明捉襟见肘，却不见沦落。

但安琪自己心里是有一套账目的，等谷雨开门见山地说了难处，安琪便摆出"公事公办，我也很为难"的样子来。

"你也知道，思垣并不是这家公司的老总，他是替家里代管的，经济大权都在他家老爷子手里。"闵安琪说，"他出了事，老爷子气得差点中风，现在是他嫂子过来接盘呢。公司都裁员好几个，我因为对业务熟，所以还能留下。但他们还对我不满意，嫌我没照顾好思垣。现在是超过五万的账都要请那位少奶奶签字的，我是实在没有办法了。"

谷雨不作声，面上还笑吟吟的，一些锋利的回敬被她一次一次压回肚子里去。

闵安琪说话三分真七分假，但何必撕破脸呢？真的不帮忙，她也是没办法的。闵安琪和思垣家里都不欠她们的，她跟小七算哪根葱呢？何况她们都有手有脚，哪里就沦落到要靠闵安琪来救济了。

安琪看看谷雨的表情，从自己包里掏出一叠红票子放在几上。说这是她个人的一点心意，大家也是相识一场，又都是思垣的朋友，总不能见死不救的。她请谷雨千万不要跟她客气，务必要收下她的心意，否则以后思垣回来，也要怪她没有把谷雨和小七照顾好呢。

这时里头的房门"吱呀"一声开了，小七走了出来。

闵安琪看到小七就忍住了一声叫，但她的目光和表情明明是一个"我的天哪"。

小七的头发已长出来一点发尖，但在暗处看，那只是一层阴影。她竖着两个瘦得凸起的肩头，披着一件外套，目光和动作都有些直愣愣的，乍一看简直就是个流浪的男孩。

小七一晃一晃地过来，自己坐下了。安琪的目光随着她动。

小七用两个指头捏起桌上那叠钞票，另一只手飞快地点了一遍。

"三千块，"小七说，"还麻烦你跑一趟。"

"小意思了，一点心意。"闵安琪说。她吃不准小七的态度，同时抱着巨大的好奇。

谷雨还算是品相不俗，但眼前这个神情生野，竹竿一样的小七，闵安琪实在看不出有什么法道让思垣念念不忘，为了她去蹲大牢。

安琪说："我也是实在忙，不然早该来看看你。我真怕对思垣没法交代。"

"我知道你忙，你是思垣的左右手，他的机票酒店吃饭包厢都是你定，客户名单都是你拟，是不是？"小七说。

"思垣的朋友就是我的朋友，他的事就是我的事。"安琪甜甜地说。她找到了话题，又问小七："手术很成功吧，现在脑供血如何？没有损伤到功能区吧？"

小七摸了摸头皮，说："都好，谢谢你这么惦记，还这么了解。"

谷雨在一旁见这两个人居然客客气气地拉起家常来，这不像小七一贯的作风。但小七既然开了口，谷雨相信必然还有下文藏着。

果然安琪又问："还有什么要帮忙的？"她是准备告辞了，已经拿起皮包。

小七说："这钱，托你带回去。"小七将那叠票子往安琪面前一推。

安琪连忙说："这不行这不行，你是嫌少吗？这是我对你的心意，你可不能退给我！"

"谁要退给你？"小七说，"我是托你带走。这钱拿来给我，就是我的了，现在我交给你，是朋友就帮这个忙，帮我入一股。"

闵安琪不敢相信自己的耳朵，"什么？"她问。

"我们要入股。河北的中药材种植园是不是？你刚去考察的，那里民营企业跟你们有合同，当地人帮你们种桑麻都能入股，现在请帮我们也入一股。"

闵安琪反应过来，看小七不像是在开玩笑。闵安琪说："这真不行，这个不是我的公司，我只是个打工的做不了主。思垣家里已经全权接收过去了，现在中药材市场虽然大，其实投资很有风险……"

"我不是入霍家的公司，我入的是你的这一股，你自己有参与，是不是？"小七笑笑地问她，一手像洗牌一样将那叠钞票又划了个半圆。

安琪的脸色变了，她说这事她做不了主，财务的事也不归她管。请小七不要乱说。

"怎么是财务呢？"小七笑嘻嘻地说，"财务那边我们不打扰，你也别操心。思垣父母都在国外，管不到这么细。他跟我讲过，进药的渠道都是你在负责联系。我不会看错你，你这么聪明的人，哪里像个打工的？现在加上我们，只是很小的一份而已。你做得来的。"

闵安琪的脸白了又红，接着发了青，她耸起肩膀，撇下嘴角，满身都在否认。而小七黑森森的眼睛盯着她，她竟说不出一个"不"字。

谷雨虽然听得一怔一怔，但这时候也知道反应了，忙补上一句："思垣虽然不在，但顶多几个月就出来了，我们合作得好，该是你的还是你的，肥不到别人家去。"

谷雨一边说着一边看了小七一眼，小七不置可否，她便知道自己这话也没说错，便快手麻利地拾拢起那叠钱送到闵安琪手里。

闵安琪站起来，脸还青着，"就这样吧，我想想办法。"她拿包走了，背影气鼓鼓，完全没了刚才的颐指气使样。

闵安琪一走，谷雨就问小七："你在里面听了多久才出来？"

"你们两个叽咕没完，想睡也睡不了。"小七说，又恢复了漫不经心的样子。

"你怎么知道她偷偷拿公司的资源替自己赚钱？"

小七说她最初认识思垣的时候，就觉得他身边的闵安琪不安分。思垣跟她说过几次生意上的事，她当时就觉得作为秘书，安琪介入的部分未免太多，这种女人干净不了。

小七说着扫了谷雨一眼，说："她可不是你，有人愿意养你，愿意讨你欢心你就乐了，说几句好听的就能喂饱你。她得不到思垣，也不会吃亏。"

谷雨听得出神，她早忘了两人的冷战，连小七对她挖苦她也不介意了。

小七又说："我也是冒险试一下，她心里有鬼，又不了解我的深浅，才会被我唬住。换了是你看她上不上当。"

"我以为你要把钱甩到她脸上去。你怎么想起来要入股？"谷雨又问。她还没完全回过味，又觉得小七这一手太不可思议，简直太损了，但机智是无疑的。看闵安琪的狼狈样也让人痛快，但也让人心里发冷。

"人家是趾高气扬来施舍爱心，奚落不成，反被你抓住小辫子反咬一口，这就是传说中的空手套白狼？这么狠辣精准，你从哪儿学来的本事？"

小七笑一下说："你真是言情剧的女主角。"

谷雨但凡情不自禁地表达个什么，小七就说她是言情剧的女主角。小七瞧不上她的一切情绪，但这个冷淡的笑还是在谷雨心里激起一阵暖流，让她心里的气消了大半。

无论怎样，小七在关键时刻是跟她站在一起的，她为小七做的那些为难和努力，小七虽然不吭声，但都是看在眼里，心里是有数的。谷雨知道，她不算孤军奋战。

"入了股我们怎么办？"她问小七。

小七又笑一下，那个惯常的鄙夷表情又回来了，"我们？你是你，我是我。思垣的钱你用得很爽是不是，就这么不把自己当外人？那你就用着吧。我的手术费我自己先还上。"她说完就走了，一眼都懒得看似的，丢下谷雨一个人发愣。

第二天一早谷雨起来，便开始梳洗打扮。她大半夜没睡，把心里的窝火气全哭出来，接着把衣服好好拾掇一番，该熨的熨得一丝不乱，该搭配的也配得好好地挂了起来。

她很久不买各种护肤品，这时打了个鸡蛋，切了个西红柿又拌上面粉，红红白白糊了一脸，她一边擦着往下滴落的面膜水，一面给老金打电话，要他带她去面试。

老金开着那辆马六来了，看到她就说："穿得少了点吧？"

谷雨穿着黑色斗篷式风衣，在风里翻起斗篷下摆。领口高高地扣上，直抵下巴，一张小脸光洁紧致，眉目如画。腿上却是极薄的丝袜，等于没有，两个膝盖光溜溜。

她说："没关系，不冷。"

她当然不会告诉老金自己厚一点的袜子都整旧了，丝袜这种东西是一点伤也不能有的，稍有点挂丝或起毛都能使人窘迫无比。

老金摸着下巴看着她一双笔直的腿，中跟的矮靴里露出两个圆圆的脚踝。

"别说，怎么看还都是你最好看，现在那帮小丫头跟你完全没得比。"

谷雨在后台换上缀满亮片的两截式小礼服裙，让化妆师在她脸上涂满油彩，又把头发梳成埃及艳后的样式，一排假齐刘海，后面拖满整齐的小辫子。

小七凭什么看不起她？她已经主动示好，小七却丝毫不假以辞色。现在明明是她在养家，小七可别以为搞定了闵安琪，就能给她耍威风。靠山吃山，靠水吃水，她虽然没上几天学，老天给的姿色和手腕总让她饿不死。

谷雨倚靠在光洁锃亮的车身上，在各路的镜头下配合做动作。她手扶住一边车门，把一条腿架起，猫一样撑到车面上去。

别人说小姐请往前上两步。她就上前两步。别人请她换一个姿势，她便背靠车门单手叉腰。有人来看车，她又款款打开车门，自己施施然坐进去，请人欣赏。

有人说："这个3号车模小姐真漂亮，气质身材风采都绝了！"

人群里不知是谁又说："小肚子好像凸了。"

谷雨听到这句话，下意识地扫了一眼自己的肚子。

中午盒饭来的时候她不吃了，只喝了两口水。后来站了大半天，膝盖到脚腕都僵了，也有点笑不动，发型有点乱了，化妆师的喷雾喷得她后脖一阵冰凉，又冰凉地溅到她出了汗的后背上。

终于收工，谷雨拿了自己的红包，老金却早不见了。她去商场超市买了两大包吃的用的纸巾牙膏之类，又拿送的购物券换了一堆水果。

天早黑了，高峰期马路上却没有一辆车，她只得挤在站台上等着公交。

车来了，一堆人一哄而上，她拎着两大包东西被牢牢卡在一堆学生中间动不了。刚放学的学生们异常兴奋，满车厢里的人沉默不语，全听着那一条条青春期的变声嗓子兴奋地大声说话。

谷雨背上手臂上都被硬邦邦的书包咯着疼，她只乞求手上的东西千万不要顺着那两条已麻木的手臂滑下去，真滑下去她就麻烦了，完全捡不起来。

还真就滑下去了，她绝望地感受着那一袋滑溜溜的橙子一个个滚下地，在挤满人的车厢里堆着。附近的几个人叫起来，她没办法弯下腰，只得伸长手去够，她看着自己的口红蹭到了前面一个人的胳膊上。

小七打开门，看着这个大包小包，衣服单薄，花脸一样的谷雨正奄奄一息地靠在木门上。

小七也不说什么，一手接过她手上的包裹，另一手在她腋下一撑，将她架进了屋。

谷雨洗头洗澡卸妆花了一个多小时，然后往她的小床上直倒下去。

后半夜却饿醒了，看到桌旁放着一碗粥一碗菜，也顾不上去热，三两口把那口冷粥喝了。此时胃里却痉挛起来，她摸黑起来吐了一回，不敢再睡，眼睁睁看着那天色渐渐地晶明起来，又起身去换衣服。

两天的活拿了 800 块，有同行姑娘的男友来接，顺便把谷雨带到了市里。她缩在车后座，这一天格外地冷，车展却偏偏换成了室外，她的一套蓝色晚礼服只遮住大腿。裸露的腰在风里吹了一天，到现在还冻得冰硬。

终于熬到回家洗澡时，谷雨看着自己膝盖到大腿全紫了，不知道是什么时候弄的，她头晕眼花地挪着大木盆，心想，这几天必须休息了，也要去医院看看。

这一下就迷迷糊糊到不知什么时候醒。只觉得头痛欲裂，口渴无比，身上一阵冷一阵热，心里模糊地想，是病了吗？

她伸手去摸索，立刻摸到了一杯水，端起来喝了，又睡。再醒时，只见小七一手拿着一瓶酒精，一手拿着一团棉球在给她擦身。

"快 40 度了你自己不知道？"小七说，"小姐的身子丫鬟的命，以后还敢不要命不。"

谷雨全身无力，鼻子里像有两团火，不知怎么却高兴起来，说："打电话给姓李的，叫他来拿钱。"她指的是房东。

小七说："他要你给你就给？我们签的合同是半年一付，那不错，可是这才多久？我们重搬进来，三天两头停水停电，要家具没家具，他散手不管，我们自己一样样搞好了，他倒晓得来要钱？不给。"

"那你说怎么办？"谷雨问。

"先拖着，要用钱的地方多。你这钱先收着，我明天去把小宝的钱打过去。"

"小宝的钱我自己出，你是你我是我。"她说。虽然声音很弱，语调却是生硬的。

小七头一偏，谷雨从肿胀的眼皮里看出去，她感到小七是笑了一下。

小七说："好的，你的医药费我记下了。就从你这大红包里扣。好厉害，学人当嫩模呢。"

谷雨的头晕晕的，看着小七把饭菜一样样端进来。虽然没有多话，但这明明是合解的表示。她内心的情绪又涨上来了，她想起小时候爸爸念给她和樱桃听的一个故事，里面有一个小小的小王子，一步步靠近了一只冷漠的狐狸，慢慢地驯顺了它。

那时候她对这动物饲养员般的故事没有动心，现在却一点点想了起来。小七不就像那只狐狸吗？小七再冷漠难教化，总还有人味儿的。但她不会把这话说给小七听，小七只会嗤一声，嘲笑她是言情剧女主角。

后半夜胃里又翻胀起来，挣扎去吐，本来也没吃饭，一口一口全是酸水。吐到十来口时，一个念头忽然劈过她的脑子，她登时吓愣住了。

仿佛一个白茫茫的浪头忽然兜头盖脸打了过来，她猝不及防，已被命运再次击中。她水淋淋地呆立着，从身到心都湿透了。

她全身出了大汗，心脏猛烈地敲打着胸膛。镜中的她一张灰白水肿的脸，眼底潮红，四肢无力，胸腹里的痉挛却没有止歇。这一切反应都不是陌生的，老天这是要逼她死，还是怜悯她，给了她一条新的活路？在她已自觉没有指望的生命里，还有这一出等着她！

她一夜翻来覆去，摸着脖子上的链子，只等着天亮了好去买测纸。她把被子咬进嘴里，又簌簌地抱着自己，一时心里化成水，一时又全身僵硬，绷得肌肉都痛，腿都无法伸直。

她又哭又笑又压抑，不知道是极痛还是极乐。

鸟终于叫了，一声两声，清丽圆润，晨曦一缕一缕透了进来。谷雨慢慢地坐起，只觉得气浮眼花，小腿也肿了一圈，床上也湿了一片。

她想，还需要测什么呢，已经是这样明显。

这是个好天气，巷子外面有个小学校，每天能听到打钟声和电铃声。周一的早晨会放国歌，几百个学生一起聚集在操场唱歌升国旗。

她以前只觉得吵，现在愣愣地听着，仿佛第一次听到。

中午她出门走了两条街找到个母婴店买了测纸，经过一夜的折腾，她心里已平静很多。现在看到那清晰的两道杠，事实已经是板上钉钉，她又开始了新一轮的心乱如麻。

谷雨小心地把测纸埋在树下，如果这个孩子留不住，就算是个存在过的记念吧。她跟着又想，为什么留不住？她是根本不想要他，还是不敢要他，还是要不了他？

问题是明摆着的，麻烦一桩桩都在眼前。小宝当初经历了多少麻烦，现在只有翻倍。除了生之艰难，命运叵测，她和她的孩子还要经历生死莫测的关卡。

小炉子上的粥开始"咕嘟咕嘟"冒泡了，这带着药味的粥谷雨现在也不能闻了。她挪开几步，又干呕起来。

小七在窗子上敲了几声，是小七在问她是否有事。小七有个什么事就会敲敲窗子。谷雨回头摆摆手说没事。

她走远一点。一团黑蚂蚁在树下密密地围着一小块骨头打转，这地方的黑蚂蚁特别厉害，将树都掏出了一个洞。此时她看着那个黑压压的树洞，心想小七是最难的一道关。这个孩子能不能留得住，还要看小七。

小七要是知道她怀了孕，并且是阿因的孩子，小七是会掐死她还是保护她？两种都有可能，但前一种的可能性更大。

小七直到现在也不清楚她跟阿因之间究竟到了哪一步。她想起那晚小七拦在院子里，像头母狮子保护幼崽，那一巴掌狠狠掴在她脸上，小七的脸比月光还冷，声音比冰还硬，小七说，你再纠缠我弟弟，我就杀了你。

一股寒意泛上来，谷雨的背心湿了，接着腋下也湿了。

她没有听小七的，她跟阿因继续手牵手看落日，听江潮，看一点点的渔火。她将头靠在阿因肩上，阿因握住她的手放在自己的胸口，那颗年轻的心脏就在她手掌下怦怦跳动。阿因向她俯下脸，嘴唇像露水一样清新。

一颗水珠落下来，她低头看看自己的手掌，接着又一颗，她的眼泪砸在手上，又砸在地上，那么沉重。她很久没有这样放开地畅想过阿因了。

晚饭时谷雨沉默不语，放任自己沉浸在回忆里，满脑子满眼都是阿因的笑，阿因的话语。毫无疑问，阿因以一个新的方式回来了。他离开她，不出一声，没有一个招呼，他一定明白有另一种注定，他跟她的缘还没有完，有一条线牵在他们之间，是他种下的因。

他舍不得她，所以他又回来了，他以重生的方式，诞生在她的腹中。

阿因一定早就知道这些，所以一个梦也不托给她。他知道她还在原处，现在他用另一种奇妙的源头来拴住她，拴住他们俩。这回谁也拆不了他们了。

她有那么多的话，那么多的委屈，还有那么多的责难，都可以说了。阿因会听着她说，会长大，会保护她。

"你怎么回事？"小七问她。一碗饭她一口没吃，一粒一粒米被筷子拨来拨去。

她含糊地说："想我的孩子。"

小七不言语了，过了一会儿说："你不是打算把小宝接来吗？怎么计划的？"

谷雨不搭腔，站起来又走出去了。

一天下来，她已经无论如何也离不开肚子里的这一块肉了，跟这小家伙单独多待一刻也是好的。

不过一个散步的来回，她已经勾勒出小家伙的外貌，当然要有阿因那样明净的眼睛，清澈得像能照得出云朵和树影。皮肤和嘴巴则不妨像她，更娇嫩一点。性格呢，这孩子现在虽然闹她，那是因为活泼，以后肯定懂事，会沉静安详。这样的孩子可以做个医生，或者做个艺术家。

接着她又慌起来，这几天喝过酒，又生病吃药的，恐怕不好，还是赶紧去医院看看。

谷雨坐在一群腹部鼓起的女人中间等叫号，她是有经验的了。她冷眼看着身边的人，她们自觉地坐成了两种群体，一种是无人作陪的，都还年轻，自己捏着一张单子，沮丧不安；一种是有家人陪同的孕妇，她们则昂扬勃发，一点点不安也都发散得喜气洋洋的，发牢骚也发得大声；也有的女孩跟男友一起，则是脸色苍白不作声，带着愠怒，男友垂头耷脑的，很是狼狈。

突然，她的眼珠定住不动了，她定定地看着从问诊室里出来一男一女，女孩手里拿着病历，男孩扶了她一把。男孩身材高挑，平头下轮廓鲜明，那张脸和表情都是不可忽视的——那是陆明。

谷雨一刹那便往后缩去，她的背后是墙，躲无可躲，只得往旁边的一个孕妇后面藏。所幸陆明没有看到她，他小心地扶着那女孩往走廊那头走。

谷雨刚松口气，便听到有护士大声喊："谷雨！"

她脑中轰一下，心脏怦地一声，直撞在肋骨上。

陆明已回过了头。

小护士又喊："谷雨！"

她站起来，理理头发，呼了口气，往问诊室走。短短几步路，她像从舞台的幕后走到前台一样，走得摇曳生姿。她感到走廊那头有光照一样的目光紧紧盯着她。

陆明一动不动站在原处看着她，看着她走进去。

小七觉得，这两天的谷雨魂不守舍，忘了炉子，打翻东西，时不时地就要关起门一个人在房里捣鼓，衣服还穿得乱七八糟。谷雨本是极爱漂亮的，这两天却一直套着厚重的大对襟毛衣和球鞋，说话也颠三倒四。

小七本来就跟她讲话不多，偶尔问个什么，她也心不在焉，随口敷衍一句，过后觉得不妥，又忙忙地改正。

小七把本来的一句刻薄话压了回去，看看谷雨水肿的脸，也许病还没好，这阵子着实是辛苦的。

对于谷雨的付出小七心里当然有数，但她一向不愿意把话说出口。何况，她本就不要谷雨来管。谷雨也好，思垣也好，她的命是谁也管不了的。阿因既然不在，小七觉得自己再没有牵挂，今天死和明天死本没有区别，而且她身上的债又何止一笔？

只是想不到遇到一个死心眼的思垣，还搭上一个同样死心眼的谷雨。

有时候小七走去阿因的房间，把门关上，坐在墙角一下午，或者大半个夜。窗外有时是一抹浅紫的落霞，流沙一样在树梢上流淌；也有时候是被树枝切碎的毛月亮，一会儿就不见了踪影。

黑猫无声地溜来她身边，这猫现在已俨然把自己当作了她们家的一口，随时随地跑来溜达一圈。并且它知道她的作息习惯，总在她独自一人的时候溜来，看着她，听着她。她给黑猫取了个名字，叫莱斯达，是她喜欢的一个孤独的吸血鬼的名字。

猫都是孤独的，她想，它们有漂泊的灵魂。不像那些狗们，狗们有一颗沉甸甸的心。想到这个比喻，她不知怎么想起谷雨来。

她看着那些放石头的纸盒子里被重新串连起来的珠串，知道谷雨常来这里。她和谷雨都小心地避开对方，关于阿因她们都互不提起，各自藏在自己的心里惦念。

她不愿意谷雨跟阿因在一起，甚至，不愿意谷雨去回忆阿因，谷雨能有多少惦念呢？但那是谷雨心里的事，她不能管到别人心里去。

日复一日，她等着时间过去，她俩都在等着时间过去。现在的生活似乎有一个目标，就是等思垣回来。这个目标既坚定又鲜明，他们都可以暂时不去想"生活"这件事本身了。

等思垣回来，她会跟他有个交代，大恩不言谢，欠的债也不在言语里。

至于谷雨，小七想着便不由皱眉，她是很少有理不清的情绪的，现在却觉得有点为难。

这时她听到门响，是谷雨回来了。谷雨不声不响地又跑出去大半天，看来这几天确实是有事，她不问，不想问，但又下意识地等着谷雨自己跟她讲。

谷雨进屋看到小七，还是没多说什么，手上拎了一捆菜，自己去院子里洗。小七靠着门，一直看她把水放得溢出了池子还浑然不觉，才过去帮忙，让她进去躺一躺。

谷雨也不客气，丢下手就进了屋，丢下一扇关起的门给小七。

事情实在坏到不能再坏，谷雨想，老话里的"屋漏又逢连阴雨"，原来是这么个意思。

医生给她做了检查，皱着眉头。她将自己的情况一一告诉医生，医生说有几项常规不大好。她吓得像被判了死刑，问医生是不是保不住。医生安慰她说不至于，要她过几天再来。

她脚下虚浮地走出门，知道还得过一关，果然到了楼下便见到陆明正等着她。

陆明眼睛里像有个枪口，对着她浑身上下扫射。陆明一把拖过她就走，到了无人处，才把她丢下，还是用那么硬的眼光逼着她。她知道陆明的性格是相当冲动的，热情起来不顾一切，危险起来也是相当危险。眼下无论怎样要稳住陆明。

他们坐在树木参天的林荫道里，一张一张木头椅子，偶尔有穿白色和蓝色医务服的护士走过去。有一辆轮椅停在不远处，一个戴毛线帽子的老人缩着头坐着打瞌睡。

陆明的寸头在阳光下显得虎生生的，昔日的俊俏还在，却多了一层陌生的气色。现在的陆明有一种机警的表情，时不时就要目光四下迅速一瞥，担心有人在外偷听似的。他的手还是很有力，箍得谷雨眼泪都要出来。

谷雨勉强做一个笑容，说："你出来了，我那天没有去接你，回老家了。"

陆明说他没有指望她去接他，他们之间本来就是他自己的选择，既然她不来，他就明白了，也不去打扰她。陆明说但他还是找过她，想知道她怎么样，想知道那孩子……

"孩子没有了。按你的意思，我听了你的话，当时就拿掉了。"谷雨飞快地说。她心里充满了对自己的讽刺，多好笑，她怀着一个孩子，说起另一个孩子，关于这两个孩子，她却都要瞒住他。

陆明问："现在呢，你现在这孩子是谁的？"

她就怕他问这个，他却是一点也不拐弯抹角。

她说："还能是谁的，孩子他爹的呗。"

陆明举出好几个名字，都是他认识的追过谷雨的男人。谷雨一一摇头，陆明说："你不愿意告诉我也无所谓，我不能看着你一个人来做检查这些事，是不是他不认账？我去找他。"

他把话讲得难听，谷雨也沉下脸，陆明说："你看我为什么来，那都是别人不认账的，只好做掉。多惨。"

他说的是那个刚才跟他一起的女孩，陆明说那是朋友的朋友丢下的。女孩这几天好凄惨，要检查做手术都没人陪。正好他碰上了，就义气一回。

谷雨听他说这些，知道他是向她解释，他并没有结交女朋友。他还是那么仗义，也还是那么天真冲动。

"你爱他？"陆明问。

她点点头。

陆明抿起嘴，他掏出烟又放回去，沉默得可怕。谷雨见他这样，心里也不安起来，她眼中慢慢蓄了泪，将手从陆明短短的头发上一直抚到肩膀，再到胳膊。她的表情和动作，都在告诉陆明自己从没有忘记过他，但是她也不瞒他，是的，她身边又有了一个人，一个男人。是的，他对她很好。

好到什么程度？不在乎她的过去，愿意娶她，给她一个家。那么她爱那人吗？是的，爱的。爱到什么程度？这怎么说呢。她虚弱地笑一下，让陆明看她现在的变化，她不施粉黛，跟过去一刀两断，她愿意脱胎换骨，都是为了那个人。

而对于陆明，她只有满心的歉意和留恋，"我一直觉得对不住你，因为我知道你心里爱着我姐姐，我明知道你是姐姐的男朋友，我还跟你在一起，我大概是太想念樱桃了。"

看到陆明把头捂在她手掌上呜呜地哭了，谷雨真正地心痛起来。这一番半真半假的话，有几分真几分假，她也分辨不了，但此刻这心痛是真的。

眼前这人是她梦里的单车少年，衣袂飘飘，是她盼也盼不到的梦。他曾是个完美的前途无量的男孩，功课好，运动好，还会几样乐器，会做最精妙的航模。当他御风而来，是那么自信，那么夺目。

是谁给他施了可怕的魔法，眼前这个人已丢失了昔日的一切。就连那和小时候一样漂亮的面孔也变得戒备不安，他气色晦暗，时时出现粗野的神情。

陆明送谷雨回家，她一路走走停停，还去菜场转了一圈，他耐心地等她。

他小心谨慎的样子也不是没在谷雨心里激起点涟漪，但到了路口，她无论如何不让陆明再往里送了，她现在最怕的就是陆明重新对她追根究底，她实在有太多的事瞒着他了……

天已经全黑下来，她还躺着，心里苦辣酸甜，心里一时紧一时失落，又是一阵冲动一阵后悔。她想着陆明的表情，就忍不住想要去把陆明找回来，对他说明一切，怎么样都还是个三口……或四口之家。

但陆明会接受吗？自己又会接受吗？小七呢？

她又咬着牙告诫自己要忍过去，陆明不再是个理想对象。但思垣也不是她的将来，没有人是她的将来，她手掌下的这一块血肉能不能抓住完全是未知。

阿因啊，你到底跟我开了个什么玩笑？这一想她简直痛不欲生，眼泪哗啦啦流出来，将枕头也浸湿了。

身体里的什么地方一揪，一股恶心就泛了上来。她伸手向旁边抓去，玻璃杯里的冷水让她稍稍舒缓了一点，但紧接着被呛住，第二阵恶心就漫了上来。

她抓住咽喉，又咳又呛，眼泪汪汪，心里委屈无比。却听隔壁一阵哗响，小七在房间里开了电脑，正在看一个叫《记忆碎片》的电影，这电影小七已经看过好几次，不知道为什么那么喜欢，没事就放来看。

谷雨曾在旁跟着看过一回，是个患失忆症的男人执着地寻找杀死妻子的凶手，他不停地被骗，在自己的身上文字，装满小纸条。整个电影冗长艰涩，又不停倒叙插叙，直闷得她呵欠连天，末了也没看懂。

但小七说你懂什么，这男人做一切事，自欺欺人，都是因为他自己也不知道生存的欲望，他要找个理由活下去。

现在小七又看，声音并不大，但谷雨忍无可忍。偶尔的一声枪响，一声呻吟，都放大了无数倍朝她席卷而来。她终于跳下床，把门呼啦打开，大声说："你能不能关掉？"

小七在屏幕前抬起脸，谷雨的脸虚在黑暗里看不清表情，小七没说什么，关了音量。

谷雨却不依不饶，说："我说的是关掉，这烂片子你看了无数遍了！门口有小剧场你不知道吗？你要看电影去那里，包个夜场就40块，你没钱我给你。"她的嗓子又直又冲，与平时大异。身体里那股火烧得她坐立难安，她满心是恨，忍不住要挑衅。

小七把桌上一盏细细的活动台灯掉了个头，一束光直指向谷雨，她的脸被打得一晃，被刺得闭了闭眼。

小七看清她脸色青白，积着泪痕，头发睡得支棱翘起。谷雨一手遮住眼睛，一边冲过来，一巴掌将那灯打翻下去，尖叫说："你要干吗？！"

小七把灯捡起来，接着关掉电脑，站起来去换鞋。她这样让着谷雨不计较，谷雨心中的那一股恨便更加膨胀了。

"哪儿去？"她问。

"花钱去。"小七说。

"我没钱给你抽那个。"她说。

"你的钱留给自己吧，我抽什么是我的事。"小七说着把球鞋"啪"地扔到地上，把脚伸进去，接着从门后拿下外套，"呼"地套上了。

谷雨真恨死了小七这些无动于衷的小动作，小七在她面前永远那么高高在上，若无其事。

谷雨说："我怀孕了。"

她这么突兀地开了口，自己先吓了一跳，冲上头的血忽地就降了大半。她本想瞒住小七。但话已经收不回去，她看着小七的手停在空中，她等着小七问孩子是谁的，什么时候的事，有什么打算之类。但小七只是飞快把她全身上下看了一眼。

"所以呢？"小七问。

看起来小七毫不吃惊，也毫不怀疑她会随时跟个什么人搞上，并且再搞个孩子出来。谷雨一阵新的怒火上冲，压住了刚才的惶恐。

"所以这里不够住了，另一间房也要用上。"她恶意地说。她指的是阿因的房间。

"你不能住那里。"小七简洁地说，"我可以给你另外找个地方。"小七是不想提阿因，也不想跟她吵。小七想终于明白，谷雨这些天的不对劲都有了解释。

谷雨偏偏抓住不放了，"你不想要我糟蹋阿因住过的房间，又何必让我住这里呢？"

小七说："你差不多得了啊。"

谷雨现在就像个自己打开的火药筒子，就等着谁给她"呲啦"一声。瞧她那发红的眼睛，身子硬僵僵的，还一副作势欲扑的模样。

谁会不正常到跟一个神经质的孕妇对着干？小七准备拉门出去了，四下看一眼，又拿了个吃剩的包子，放在墙角的小盆里，看起来还要去喂猫。

"你躲什么呢？"谷雨在她背后恶狠狠地说，"你以为你控制得了阿因，他不在了，你还想霸住他？你以为他什么都听你的，你知不知道我跟阿因，我们已经……"

她停下那半截不说了，心里一阵痛快一阵气苦。她的恶意已经很明显。小七的身子定在门边。

谷雨又冷笑一声，"其实你早知道了是不是？不敢相信吧？你不是阿因的监护人，没法看住他一辈子，你很失望吧？他从来不属于你。"

她等着小七的反应，她的血也不流了，在凝滞的空气里盯着小七的手。那只手指根平齐，十指长而有力，此刻指尖微微颤动，已捏成拳，要抬起又放下。

她等着那一击，至少是一巴掌，为什么还不动手，明明已经怒得指节都白了。

而她的话还没有完，她不是不知道后果，此刻却巴望着能有个痛快的结果。医生话里的暗示，陆明的咄咄逼人，她这几天几夜从顶峰到谷底的煎熬……她受的罪在这一刻全翻上来，她不管不顾地想要一个痛快，哪怕是痛快地死也好——但要拉小七一起死。

"你不会奇怪的，我跟阿因好上了，我从来不闲着。你怎么不问问这孩子是谁的？"

"贱人。"小七从牙关里挤出这个词，轻蔑得像毒蛇飞快吐了一下舌信。

她的眼泪一下子冲上来，真像一道闸门打开，血与泪全部决堤而出。她声音尖利地拔高，说："你装什么呢，想杀了我是不是？我就是没本事，就是只会生孩子，生下来没爹也没关系……"她听着自己的舌头牙齿不停相磕，迸出来这些陌生的话，原来她心里积了这么多怨恨。

小七终于有了动作，小七一甩手，把手上连盆带包哐当直扔出去。黑猫莱斯达不知从什么地方黑洞洞地跳了出来，低低地"喵呜"一声，把东西叼走了。

"你想把不知谁的野种赖给我弟弟？你少做梦！"小七的声音不大，钉子一样一根根锤进她的骨头里去。

谷雨发疯般扑上去，用锋利的手爪去掐小七的脖子。这下好了，什么都毁了，她心里有一个人在痛哭，另有一个人在狂笑。她现在就要杀了小七，咬死小七，她再给小七偿命好了，她不在乎。

小七掰开她的手，将她掀开。小七手下是留着情的，奈何她抓着不放，肚子里这一块血肉此刻是她最好的武器。两人纠缠了一会儿，谁也没讨到好处。小七脸如白纸眼如冷火，把她推到墙边，一条胳膊架在她突突跳动的赤红色脖子旁。

"你跟谁生野种我不管，要是我弟弟的，劝你立刻处理掉，别等我来下手。我可比你快，到时候伤了你，死活你自己负责。"

小七说完就走了，留下她号啕着，将手边能毁的都毁了。她仿佛从里到外都裂开了，谁来碰一碰她都能轻易地把她推成一堆碎片。

想要的一句话到底是掏出来了，想知道的事也不在意料之外。小七不会承认这个孩子，阿因那样纯洁的血液怎么能跟她可耻地融到一起去，怎么能流到她的后代里去？小七没有说谎，她真的宁可杀掉她，掐死小孩，也不会眼睁睁看着可怕的杂种活在人世间。

不不，小七做不了她的主，这是她的孩子，她的事，现在她不怕小七了，小七害不了她——除了这一刻的心如刀割。

她弯下腰去，痛得直不起身，便坐在地上。这一刻她不知道更恨谁，是小七，阿因，还是她自己。

阿因说爱她，却为了小七丢下了她，丢下她还丢不干净，留了这么个孽障来折磨她。磨她的身体，磨她的心。

不，不是心，别跟她提心，小七没有心，她谷雨也没有。

过了这么久，她以为已经一步一步接近。哪想感化了的人，变本加厉，把原本的裂痕搅成一个窟窿。她苦心孤诣，一点一点缝补，妄图让那千疮百孔严丝合缝。

这一切都是她自找的。她是有多蠢，竟以为可以感化小七，小七不是鸡蛋，孵不开，小七也不是冰，暖不化。小七是个毒汁熬出来的人，是个咒语，她谷雨没有那个法道，心血耗尽，甚至于亲骨肉，也治不了毒，解不了咒。

手机无休止地响，已经响了一会儿了，谷雨停下精疲力竭的手和脚，想着要是陆明，就跟他走了算了。但却是老金，问她有没有空："这里好几个你的故交，指名想见你。"

谷雨丢下电话就开始化妆，手抖着，倒还没有生疏。灯光幽暗，镜子被她砸出一个破角，也没妨碍她烟雾蓝电光紫，冷的冷，艳的艳。

她又翻出条露背的礼服，虽有大衣遮盖，凉气还是飕飕地灌进来。但此刻她热血膨胀，又心冷似铁。

她"呼啦"打开门，门外的莱斯达叫了一声，这鬼头鬼脑的家伙又在外面埋伏着偷听。她看了它一眼，走了。

97会所却完全是另一番世界。她一进来就被扑面而来的热情和人气蒸暖了，认识的不认识的都能喝一杯。这里永远热情洋溢，妖魅横行，女孩们汗涔涔的后背和欲滴欲化的嘴唇都像在对她微笑。

灯光该闪的闪，该暗的暗，真是贴心又安全，她马上就要投身进昔日去。

那里没有伤悲，没有爱因此也没有辜负，只有一场接一场的梦。

老金却不在，她便自己直奔三楼的 VIP 包厢而去。里面的境况是不陌生的。

里面已经坐了两个女孩和三个男人，仍是没有老金。大理石台面上一排山一样的酒瓶，厚厚的地毯上还有一箱。

大家看到她来，女孩们都笑了，如释重负似的。喝到酣处的男人一抬头，谷雨愣了，一阵后悔像凉气一样翻上来。

上得山多终遇虎，那两个人是她曾经戏耍过的旧相识，曾被她灌了一夜酒，又无情丢下的两个老板。

"谷雨小姐，还认得我们吧？"

谷雨懊悔不迭，刚才那一股灰心和自暴自弃变成了惶恐，这时候走也来不及了。

"吴总，黄总。"她亲热地叫他们。表示她不但记得他们，还时常惦记他们。

她偷偷拨老金的号码，却一直是忙音，她在心里骂着，脸上却带着笑。谷雨对上次的事绝口不提，先跟他们碰了杯，然后说她最近身体不好，请他们放她一回，以茶代酒行不行。

几个男人却不被她的媚眼和笑语诱惑，将桌上一堆乱七八糟的东西一扫，又重新点酒。十几瓶百威排开，旁边还有两瓶金酒，居然还有一瓶白酒，请她选择。

他们说这回就是专程再来会她的，上次喝得不尽兴，反而在朋友圈里被嘲笑，这次无论如何要跟她把那点没摆平的事给完结了。

谷雨心里叫苦，同房间的两个女孩也发了愣。她连使眼色，一个女孩已喝得差不多了，另一个乖觉一点，便找理由起身要走，却被个男人一把拉回来。

谷雨一咬牙，喝了半杯啤酒。她本不是很有量的，跟人拼酒靠的是姿色手腕，还有时刻准备脱身的机敏和运气。

这时心惊胆战，喝下去的那口酒像团火一样在她胃里突突跳着。喝得猛了，已觉得头晕脸麻。

小七天明回来的时候，谷雨不在家，只见满屋子里被扫荡了一般，到处是打翻的水瓶，还有四脚朝天的凳子，地上躺着各种颜色的玻璃片、碎瓷片。

　　小七开始打扫。谷雨这回伤了肝，摔打的都是贵东西。小七把还能用的拣出来，将已成碎片的聚拢。

　　每扫一下，她心里便像被狠狠地耙一道。那些狼藉被归拢成一堆一堆，小七心里也高低起伏多了十几道沟痕。等她拎着两个大垃圾袋来将碎片倒进去时，感觉到有些东西已超出了自己心脏的负荷。她坐下来，谷雨浮乱虚肿的脸和恨恨的眼睛还晃在眼前。那不是恨，谷雨是故意在激怒她。谷雨是在跟她自己较劲，存心要找一面墙撞得头破血流。谷雨成功了，否则不会有那样怆然的表情，之后，又是那一派灰败。

　　小七觉得胸中有沉重的力量压下，像个巨大的铁盖子卡住她。她是不能让谷雨生下阿因的孩子的，不管肚子里那块肉是不是阿因的——谷雨风骚多情，男朋友蛇鼠一窝，其中还胆敢加进一个清朗朗的阿因。

　　想到此，小七的太阳穴又跳起来，她绝不能容忍谷雨把一块来历不明的血肉栽到阿因头上去。她还不愿去想如果谷雨所言是真该如何，她心里像有根烫红的封印牢牢地封着那个可能。

　　这时院门被敲响了，莱斯达拉开嗓子叫了两声，小七出去看看，是个陌生男人，帅气里带着一股痞气，说找谷雨。

　　小七跟那男人相互打量了一下，她问他是怎么找到这里的。男人也爽快，说送谷雨回来过，今天是一家家找过来的，反正这里拆得也不剩几家了，好找得很。

　　男人说他叫陆明，找谷雨有事要谈。

　　原来他就是陆明，小七想，这时候找上门倒是很可疑。她心里涌上来一股模糊的希望。

　　小七介绍自己是谷雨的室友，两人一起租了房子住。陆明打量一下四壁，眼里的惊讶是藏不住的。谷雨一向姿态娇贵，怎么会住在这么个地方？

　　小七忽然说："她怀孕了，你知道吗？"

　　陆明猝不及防，脸涨红了一下，他说他就是为这事来的，如果谷雨愿意，他愿意跟她在一起。他不在乎那孩子的事，只要谷雨愿意跟他重新开始，他随时都可以接走她。

　　小七心里一个预感已慢慢成型，她的指望这么快就破灭了，同时另一股微妙的冲动升起来。她说谷雨后半夜跑出去了，还没回来。

陆明果然十分紧张，连声问去了哪里。他又掏出电话开始打，号码按错了几次，他低声咒骂一句。他一着急就躁乱不已。

小七让他先别急，接着便把谷雨可能去的地方，可能找的人一一列出来，用排除法缩小范围，再分头去找。陆明打开通讯录逐一地翻着。

天花板上那盏烛台型的水晶吊灯，一根根都延长成一根水柱向谷雨披头流下来，五色的光淌了她一身，把她头脸身体都淋得透湿。

她想，这地方怎么变了样了。她从伏着的胳膊肘上抬起头，四壁的西式壁画也变了样，那些赤裸的人物都活了，一个个向她走过来。她摆摆手，把面前的一杯酒挡掉。耳边也不知道是哪个总在说话，说她不给面子，哄她再喝一点。

她看了一眼，那男人厚唇大腮，胸前的扣子解开了，一大块胸膛都成了赤红色。

她厌恶地转过脸，说："黄总，你喝多了，歇歇好不好？"她又推推旁边的瘦男人，说，"吴总，你们几个一起来的，你看黄总喝得快不认得家了，你也好意思？"

她的手腕还是全用上了，连打带赖，弄得几个男人又恼火又不好发作。几小时下来，她自己没喝多少，几个男人倒都灌了半个胃袋。

要是一个人对付她还好，这里几个男人，被她东推一下西搡一个，个个能被她拉来做挡箭牌。几个总们都想，今天要不把她彻底放倒，实在没脸再来江洲玩。

谷雨自己倒是清楚他们绝不会轻易地放她走。

眼下老金躲着不出面，王八蛋老金必然是收了好处，或者受了要挟，把她卖出去。她只有一边推时间一边等救援。

她喝一点酒就要去洗手间吐一回，将水龙头开得山响。到底还是有酒意上了头，她的心口突突跳着，渐渐也带了点自我毁灭的痛快。

在这个世界上谁认得谁呢？这些人跟她真刀真枪地拼杀，就算要豁出了命，也有人偿命。至于她，反正她也不想好了，她的死活谁关心呢？

不知道时间过去了多久，房间里似乎有人进来又有人出去。她坐在洗手间里，觉得自己似乎睡了一会儿，一起拼酒的女孩来打门叫她，说有人来找她。

谷雨一个脑袋千斤重，想着是老金还是经理……她已经忘了叫过谁来。

她摇摇晃晃地走回去，看到那几个老板对面坐着个瘦骨嶙峋的女孩。

谷雨眨了眨眼，似乎两个世界重合了，另一个空间的人怎么会漂移来这里？她伸手去找灯的开关，开了几回，才把顶灯和射灯都打开了，房间一下通亮起来。

谷雨终于确定自己没有眼花，这房间的一切像在水面上漂浮一样，但坐在那里的一个瘦瘦小小的人不是小七是谁？

小七看了她一眼。这一眼立刻让她心塞气噎，小七又接着转脸看着台子上的酒。

"来不来？"小七问那个黑胖胖的黄总。

几个男人一起看着这个找上门来叫阵要拼酒的陌生女孩，这场面他们都是第一次遇上。他们看着小七打开一瓶金酒，和朗姆酒混合倒在大酒樽里，小七举起来晃晃，冰块撞击得一阵响。

男人们的愤怒和着酒劲被刺激起来了，这个陌生女孩倒酒举杯的种种姿势都是练过的。他们已喝得差不多，这时又激发斗志开始了新一轮。

黄总和吴总本来是盯着谷雨喝，这时改变了目标。他们带来的朋友是个沉默的中年男人，他们叫他王总，也加入进来，高度数的混合一下子像一棍棍猛烈的当头棒喝使他们手舞足蹈。

谷雨酒醒了一大半，她来不及去分析这个场面，小七竟然会来找她，小七又竟然能找得到。小七是不能动气的，更不能在高压力下做事，烟酒也是绝不能碰的。

但小七并不看谷雨，那酒樽已快空了，小七又打开一瓶倒进去，将透明的液体打出深深的漩涡。

"再来。"小七抹了一下嘴角说。

谷雨跌撞着去拉她，"你不能喝酒……"

小七甩开她说："坐好！"

她乖乖地坐好。看着又一杯酒被小七灌进嘴里，黑胖的黄老板脸如锅底，似乎要笑，却向桌底溜去，即刻成了一摊。吴总伸胳膊去够他，也不行了，被沉重地带着坐了下去。只有那个瘦瘦的寡言的王总看起来还有点清醒，他对小七说："这么敢喝的姑娘我还是第一次见，谷雨小姐也得罪了，今天我们先喝到这里，下次再约。"

谷雨搀起小七就走，小七的手像一块冰。

进了门小七便一下子向前栽去了。谷雨赶着拿毛巾出来，小七已吐了一地。她哭着去按小七的嘴，又去抬她的肩，努力想把她搬起来，嘴巴里语无伦次，不知道是道歉还是诅咒发誓。

小七的身体有一点痉挛，每抽动一下便是一阵大吐。谷雨不敢再动她了，只有打电话。

当小七吐出血沫来的时候，谷雨终于听到120的急救声由远及近传来。

莲子赶到医院的时候，谷雨正两眼发直地听医生训话。莲子一看谷雨就知道她是什么也没听进去，便拽了她一下。

莲子说："我差不多知道是怎么回事……但不知道小七最终是怎么找到你的，又是怎么救了你的，小七做事一向都极端，有点疯狂。她一向都不要命的，她说她不要命才有命活到现在。"莲子叹了一口气，"没想到她为你也能这么豁出去。"

"是我欠她的……"谷雨说。

莲子迟疑了一下，拍了拍谷雨，"可是小七对我说，说是她欠你的。你俩真是……"她搜索了一会儿想找个合适的词，最后说，"相生相克。"

谷雨哭得肝肠寸断，小七醒来后自己该怎么面对她？

这时陆明也赶来了，陆明脸上挂着一丝狰狞，看着就是刚经过一场搏斗，面上还残存着兴奋情绪。

陆明一把拉住谷雨说："你把人吓死了！我们找了你一天！"

陆明告诉谷雨，小七让他去找老金，小七自己一个一个去问谷雨熟识的姐妹，总算是把她找到了。陆明见谷雨满脸是泪，他又说："你不要再赌气了，孩子的事交给我行不行？没人要我要！"

谷雨心烦地把他推开，这时候她浑身激荡着情绪，稍一招惹就是一顿翻江倒海，一点儿也听不得这些话。

她问他老金是怎么回事，陆明狠狠地说："老金果然不是个东西，他收了钱，想拉皮条。你放心，我让他三个月下不了床。"

谷雨看着陆明攥紧的拳头，骨节由于过于用力都肿了一大块。她心里明白了，她也顾不上老金，只是推陆明回去。

她说："你现在不走，老金那些人总能找到你，到时候打起来你能抵多少个？没准还会伤了我。我现在有手有脚，你走你的。"

陆明被她讲得心不甘情不愿地走了，走之前他把谷雨一推，抵在墙上，给了她一个透不过气来的强吻。谷雨怔怔地看着陆明离去的背影，也不知道他是从哪部电影里学来的。

陆明走后，谷雨去坐在小七的床边。她心里有无数个线头，随便一抽都是一大篇回忆，横七竖八理不清楚，只是摇来荡去在眼前。她与小七之间只能用"孽"来形容了，也真不知道谁欠了谁更多，谁要还的债更多。

小七终于醒了，看到谷雨脸上的表情，立刻说："少那样看着我，把你泛滥的感情收起来。"

谷雨一肚子的话，被小七这样一堵，登时说不出来。

她想，这样彻底地闹了两大场，她不要命了，小七也不要命了，还不够吗？这难道不该是雨过天晴的一刻？这样天崩地裂过了，她满心的期待，却又被小七恶毒地嘲笑了。

小七像不胜厌烦，又说："你连自己的命都不要了，你检查过没有？孕妇不能喝酒，你是没脑子还是存心想生个白痴孩子？有那个功夫，还不如去把脸洗洗，睡一觉去。"

这两句话又让谷雨心里一暖，她捕捉着小七语气神态里的最细微的一丝丝情绪。心想，小七这样习惯拒绝的人，真不知道她是怎么跟思垣谈恋爱的。

但思垣是小七的禁区。除了偶尔挖苦谷雨时拿出来说说，小七本人对思垣几乎不谈。

莲子送谷雨回了家，她见家里已收拾整齐，眼泪又流下来，她觉得身子发沉，人碰一碰就要散了，便一头栽到床上。

不知道睡了多久，梦里总有人说话，有人细细地哭，有人小声地笑。

她觉得口渴，又觉得腰酸，迷迷糊糊里拿过闹钟来看。闹钟被她摔坏了，又被小七收拾起放在她床头。看不清时间，她去找手机，也不知道被她丢到了哪里。

小腹有点胀痛，像有点火苗悄悄地冒出了头。并且越来越不可忽视地清晰起来。她本是侧了身以手掌按住，这时不得不翻身起来，往外走。眼前一片黑，她够到灯绳，拉了却没有反应，仍是一片黑暗。

又停电了。自从搬来这里，停电是常有的事。她把停在空中的手收回来，慢慢去摸蜡烛。屋子里一丝月光也射不进，只有风"呜呜"地击打窗户。

这是个月黑风高夜，风声盖住了其余的声响，远处似乎有一些叫声，但又重归于风声。

她一点点摸着墙走，这时她感到小腹更加抽动起来。她停下来喘一喘气，自己揉了揉，想把那阵痛抚慰下去，却没有用。

那一股痛壮大起来，开始像铁棍一样搅着她，一股一股抽动，直到整个腹部都翻腾起来了。她双腿颤抖，心知情况不妙，一股热热的液体已流了出来。

她心里一凉，同时一沉，人就像被忽然击打了一样矮了个头。黑暗中她的叫声短促凄厉："哦！不行！"随着这一声叫的幅度，血流的速度却加快了。

她弯腰竭力收紧小腹，收紧全身肌肉，只想阻止那股血。她膝盖颤抖，一手伸向前面那团模糊温暖的黑暗。

"不行！不要！"她小声哭着，不知道是在对谁乞求。

一片沉寂里真的有了一点响动，接着面前有微弱的光亮了一下。小七拿着一支蜡烛出现在一小团光晕里，小七说："我在这里，你怎么了？哪里不舒服？"

谷雨怔怔地看着小七，她不知道小七是个梦里的人还是真的在眼前，她说："你回来了？"

小七说她回来的路上听说外面制冰厂的加压器爆掉了，现在是大规模停电。她刚回家，进门就听到谷雨在叫。

谷雨根本没在听小七说话，她的整个身体像吊在沉船的最后一块木板上，死死撑住一点力却阻止不住身体的下滑。

小七说着拿蜡烛照一照谷雨，一晃一晃的火焰里谷雨满额的冷汗，脸上是痛不欲生的神情。谷雨伸出手去，手上沾了一丝红色，在烛光里一明一暗。

小七顿时也吓得怔住，她赶紧扶住谷雨。谷雨身上的颤抖立刻传到小七身上，小七蹲下来，拉下谷雨的长裤，接着小叫了一声，一线血正蜿蜒着爬下来，在地上积了一小摊。

小七大声咒骂了一声，意思是祸不单行，到底得罪哪路神明了！

小七扶谷雨到椅子上坐好，翻了一圈也找不到手机，她跺跺脚跑出门去。

谷雨喘着气，将身体前倾，脸埋到膝盖上，听着那脚步声蹬蹬地跑远。她想，就这样坐着，坐到天亮，坐到医生来救她，这样能不能保得住孩子？

脚步声很快回来了，小七喘着气说："外面没有车，我们先出去再说。你要马上去医院！"

"我不想去！"她痛声呜咽，"我……我不能动。"

小七愣了愣，明显也是惶急无措的。小七说："我们不去，也是要打电话叫车的，现在桥上堵成什么样你根本不知道。车根本过不来！"

"怎么去？"她挣扎着哭腔问。

小七顿一顿说："我有办法。"

她听着小七又跑出门去，在院子里转了一圈，拖着个什么"喀拉喀拉"作响的东西，接着进来扶她。停在她面前的，是阿因骑过，曾载过她的那辆破旧自行车。这么久了，它居然一直没有被丢掉。

长长的巷子像陷入大难临头一样死寂，并非没有人，暗处有一点绰绰的阴影晃动，墙角有一些细弱的烟头火光，不时溅起一片压低的笑，显得危险重重。这一带住的人鱼龙混杂，小七也有很久没和他们厮混，谷雨更是从不招惹。

此外便是一片黑洞洞，月光微弱地在地面形成阴影，那辆阿因留下的自行车，弯弯曲曲，破败不堪。每踩一下，它都发出痛苦的呻吟声，从龙头到轮胎都在咯吱作响。

因为中途的一座临江桥被堵得水泄不通，她们只有抄一条小路。

谷雨抓住车后座，又抱住小七的腰。这条路无灯无光，地面难行，小七的腰身随着吃力的蹬动扭来扭去，汗流浃背。小七一边奋力地蹬，一边嘱咐她："抱好！坐正！不要动！"又问，"痛不痛？"

但她已经不太感觉到痛了，她觉得她身体里有几个枪眼，血是一注细细的线，微弱但持续，随着她身体一点轻微的抽动而涌出，一股，又一股。渐渐地把她的温度，她的热爱都流了出去。

她心里也渐渐空了，连那一阵绝望都淡了。风声灌进来，像在她身体里起了回声，她的身体成了个空壳子。她的眼睛也合上了，她似乎不在江洲，不在这条可怕的险象环生的路上，这个随着车的颠簸，一路流着血，死命扣起牙关的女人不是她，这片生死攸关都不是她的。

"啪"地一声，谷雨脸上热辣辣地疼了一下。

小七大声说："你现在不能睡！"小七不知什么时候把车停下了，回头看着她。

谷雨眼睁了一下，说："你看月亮。"

小七回头看了一眼，月亮不知何时变成了红色。暗红的月亮像一颗沉甸甸的琥珀，又像一只半开半合的眼睛。

一辆小货车远远过来了，经过她们身边，车灯雪亮地一闪，见两个披头散发的女人一站一卧，呼地加大油门开了过去。

小七骂了一声，问谷雨："你怎么样？"

谷雨伸出一只黏糊糊的手，她说不出话，黯淡的光线里也看得出小七脸色大变。小七又扶起车，却怎样也推不动了，车胎不知被什么扎破了。小七咬咬牙，把车一扔，奋力背起她。

谷雨只觉得身体里又是轰地一股热流出来，她模模糊糊地想怎么还有血可以流。血已经流了小七一身，谷雨脑子里又有电流在呲啦乱响了。小七还在说话，她想请小七安静点，但小七变得很唠叨，不停地跟她絮絮叨叨，扯出很多不相关的话题。

小七还说起陆明，说："陆明长得挺帅，你小时候肯定喜欢疯了吧？他现在对你也挺好。"小七又说思垣，"思垣回来时看到你身材变了会怎么说？他肯定大吃一惊！"

谷雨忽然说："孩子是阿因的。"

她的声音很轻，但小七一定听到了。小七的身体一个趔趄就像被人迎面击了一拳。

小七说："嗯。"声音平静，像早已想到的事终于到了眼前。接着她听到谷雨似乎轻微地笑了一声，谷雨说："没有了。"

"什么没有了？"小七下意识地随着她问。谷雨断续的字符每出来一点就被风吹散了一样，说："孩子没有了。阿因没有了。"

小七的两条胳膊有了剧烈的颤抖，她低头看看自己，看着谷雨流在自己身上的血。

谷雨的脸上一片似哭似笑，说："这下省事了，我什么也没了，你不用把他掐死了，他已经在你身上了。"她奋力地抬眼看小七，但眼前又是一片白茫茫了，她说，"这下不是正好？"她冷笑起来，不知道她的冷笑其实是一片模糊的哭声，她又说，"一了百了，我把他还给你，阿因还是你的，我不欠你的。"

小七背起她又往前走，她能感觉到小七的颤抖，步子走得一深一浅。刚刚脱险的小七单薄得像个纸片人，相比她却沉重得如一摊泥。一摊泥般的谷雨晃晃悠悠，垂下的头在小七背后一颠一颠。

她觉得那些热热的液体还在一滴滴淌着，她想，阿因的头发没有了，阿因的耳朵没有了，阿因的手指头没有了……

似乎身边终于有一辆车嘎地停下，小七却又开始讲话，对着她讲得又快又急。小七像是在大声地呵斥，又像是在命令，语气惶急，却无法冲破那片雾瘴到达她的意识里。

她只是想，小七还有什么不满意的？孩子反正是没有了，阿因也终于离开了。

到医院后谷雨已经失去知觉，她感到有人在给她换衣服，有人为她检查和注射。上方是一根输血的管子。她早就不在乎这些了，她像被人摘走了心一样，由着人摆弄。

她忽然觉得这一切很熟悉，这个场景，这个躺在输液瓶下，活死人一样随人摆布的躯体是谁呢？是的，是小七，小七也曾这样躺着，没有痛苦，没有意识，也没有恐惧。

到了阳光透过玻璃温煦地照在她脸上，她微微动着眼皮努力睁开眼的时候，仍觉得这场梦荒谬冗长。小七在视野里渐渐地清晰起来。小七蹲在她床边，弄着搁在地上的一锅汤。

她从上看下去，小七的头发杂乱，衣衫不整。小七慢慢抬头，接着她的目光。谷雨目光虚弱，小七目光却是一片散乱，两人皆在对方的眼中看出无数混杂的感情。

谷雨本想说：我刚才看见你了。但她意识里游动进另一些句子，一些不知真假的碎片。在刚刚度过的那个生死之夜，她俩皆不知生死下落的那几个小时里，小七曾拼命对她喊话。小七摇着她，打着她，呵斥着她，小七似乎是说："你生下来！生下来我可以养！"小七大声地命令她，不许她睡，不许她放弃。小七的半个身子染了她的血，染透了阿因的孩子，血淋淋的小七歇斯底里地拼命挽留这一切。

那些进入耳中又随风吹散的碎片，此时慢慢被谷雨从意识的底部打捞并拼凑起来。谷雨想这一切多么可笑。小七自相矛盾，出尔反尔。而谷雨自己呢，她放弃了阿因，辜负了阿因。现在她俩都彻底地失去阿因了。

小七还站着，看着眼泪滑过谷雨的眼角流进耳朵，再落进枕头里。

到了谷雨能出院的时候，她的水肿退了，脸像透明一样寡淡，小七将她小心地扶着。

小七这几天下来人也邋遢了不少，脸颊下巴都成锐角。她们两人都有一点逃避对方，眼睛也不看对方。

莲子在家门口挂了一块铜牌，下面还有一面镜子，莲子说："真不能不信，这地方老房子多，阴气太重，你看你俩一个挨一个地出事。挂个八卦避避邪，这面镜子能照妖，把大小鬼都挡出去。"

小七嗤了一鼻，说："鬼在你心里吧？"

莲子说："我有什么鬼？你俩住这里，你俩心里别有鬼。"她说着顽话，却看见小七和谷雨脸色都变了一变。两人都白着一张脸，脸上的表情都带着抵触、忍耐，还有点鄙夷。这一切加起来便是一股漠不关心的掩盖。莲子想这两人什么时候变得这么像了。

小七扶着谷雨一步步走，像扶一个蹒跚的老太太。谷雨走了两步说："你自己身体也没好，不用顾着我了。"谷雨说完自己进了屋，小七在她身后跟了两步又停下来。

屋里的陈设变了一点，谷雨的床被搬到了阿因的房间里，窗帘换了淡蓝色带星星的一面。驴胶加上芝麻核桃混在一起的切片在桌前放了几盒，谷雨失血过多，这些便成了她的药。

谷雨拉开窗帘，阳光明媚地洒在床头，她看到她的床头悬着一个风铃，几串长长短短的白石头，互相碰撞，发出一点微声。

是她试图编起却没有成功的那串如意结。她每次练习却都是失败。小七不知什么时候找到了这个，发现了她的秘密，小七把那串石头重新打磨，一一编结，每一枚与每一枚之间，勾缠相连，都是如意结。

小七靠着床，看谷雨把东西一样一样摆好。今天她们都没有出门。

外面是阴云厚重的天空，眼看着一片一片的小雪从铅色的半空中像尘埃一样，落下来。室内也特别黝黯。

又停电了，她们将蜡烛点上，小砂锅搁在炭炉子上，旁边又搁了个小火钳。谷雨把剥下的橘子皮放在火钳上烤，滋溜溜卷起的焦皮上一股橘子香。

谷雨拖了一张凳子，在小七身边坐下，拿出一小瓶白酒，放了三个酒杯，三双筷子，又排开几碟小菜。有香肠、熏鱼、八宝菜和腌鸭掌。

一个小什锦火锅放上炉子，最后谷雨打开一个小瓷瓮，里面是半罐深色的酱菜。

小七看着她做这些，很明显这是一个要把酒倾谈的架势。小七的眼里有一点奇怪之神色，同时也有一点欣慰，她们已经很久没有好好讲过话。

"我平时怕你喝酒，今天破个例，我们喝一点吧，提前过个年。"谷雨说。

"还有谁来？"小七问。

"没有了。这里一直是三个人不是吗？"

小七噎了一下，不说话了。

谷雨把酒倒进杯子里，"我跟阿因在一起的时候，也喝过一次酒，我们都有点醉，我猜他是第一次喝酒。酒真是好东西，可以让我看到他的真心。"谷雨把一杯酒递给小七，"就那一次，就没有下次了。我不知道他会不会有遗憾，就算有，也是对于你的，他一定很想陪你好好喝一回。"

小七的神情有点奇异，但她终于接过酒杯，将杯中的液体洒在地上。

"我想象过好多回我们在一起的样子，我们三个。不骗你，我真的想过。我特别希望你可以不恨我，可是我一直好失败。"谷雨对小七举一举杯。

小七看着自己的酒杯，慢慢地说："你在恨我。"

"我没有资格恨你，也恨不起来你。你以前讲过吧，我们都是沉睡的人。我需要一个吻，你需要很多很多血。我的吻已经没有了，而你的血还要得不够多。"

小七张了张嘴，又咽了回去。她看谷雨把瓷瓮里的小菜倒在盘子里，问："这是什么？"

"吃一点吧，你吃一点我再告诉你。"

小七拿起筷子尝了一点，她今天倒是出奇地听话。

谷雨开始跟她讲一个挖笋的老太太，看起来有点凶，眼睛不太好了，关节也不太好，弯腰很吃力，手也不稳了，她就那样费力弯着腰，一下一下拿抖颤的手砍着笋。

"我给她带了两条糕，她说她外孙女每个月还是寄钱给她的。她舍不得用，她特别想看看外孙和外孙女。但她托我告诉她外孙女，千万不要回去。"谷雨说完喝下了一杯酒。

小七慢慢地捧起那个罐子，罐子在她手里渐渐地滑溜起来，几次要从手掌里溜脱。

"这个菜我来不及做好，你和阿因就出了事。这些天我一直把它藏着，也不知道要怎么给你尝这一口。我跟你坦白说，我总觉得对不起你，想为你做些事。你说我是言情剧的女主角也好，说我居心叵测也罢，我等着跟你讲和，也等了很久了。"

小七低下头，将筷子上夹的一小根菜送进嘴巴里，她很轻很慢地咀嚼，像舍不得咽下。渐渐地她的筷子颤抖起来，谷雨只看得到她低垂的睫毛颤动得凌乱。

这一丝颤抖开始延伸，小七的头发也颤动起来，在明亮的不停晃动的光圈里上下起伏。现在的小七像是风里的树叶一样脆弱了，她将脸藏进胳膊里，身子抽成了一团，肩膀的抖动也大幅度地跟上，一些低低的痉挛从她的身体内部传出来。

　　谷雨瞪目半天，才在泛起的酒意里确定了小七是在哭，她以为从来不会哭的小七，此刻正哭得痛而无声，像只是内脏在抽动。谷雨伸出颤抖的手指，放在小七的背上。

　　等莲子费力开了门，抱了一堆年货进来的时候，一个火锅已快干了。莲子看到两个女孩，一个头脸赤红得像醉虾，一个细瘦得像根葱白，互相搭在一起，迷迷糊糊地睡着了。

　　莲子呼出口气，轻轻地带上了门。

Chapter 7 / 人生就是一个圈
我们都行走在这边缘

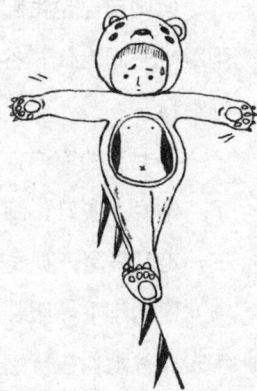

冬天已经来临，地面像老化的肌肤，僵冷中开始皲裂。傍晚刮起北风，天又阴又紧像要崩裂。夜里只听到唰唰的树枝响，早起窗帘透白，开门又是雪光耀眼。

老式窗框积着油灰，在冰天雪地里看出去，一棱一棱的屋瓦浪里白条似的堆着雪。一条条枯枝上黑白分明，如蓬松的鸟羽中划出一道简洁的黑线。

谷雨便突然想起阿因，阿因透明的眼睛，淡青色的血管，也像冰雪一样无辜无邪。他在另一个世界里，会不会正看着她？

她拿把笤帚去扫雪，没扫几下，忽然来了兴奋劲儿，开始搓团滚雪球堆雪人。后面的窗子被"啪啪"地拍了两下，她回头见小七把窗开了条缝，打手势叫她安静点。她却一个雪球掷了过去，在小七眼前炸开了，一团雪粉扑起来。她哈哈笑着，依稀听到小七似乎骂了一句，她也不计较。

小七现在安分很多，自己在网上接点设计，也帮人写写东西，还是懒怠出门，闲下来便逗逗黑猫莱斯达。

谷雨这回不被表像迷惑，下力气盯了几天，一定要她戒烟。小七对她的坚持不以为然，她在小七捉摸不定的情绪里，时而觉得欣慰，下一刻又觉得自己枉费心机。

但她自己也忙起来，彩虹姑娘生产恢复后，在街角开了个服装店。她邀谷雨跟她一起合作。谷雨俏丽的外形，利落的口齿，是天生的模特，更是站店的好材料。

小七又拍窗户，这回在里面叮嘱了一句，叫她省点心，少玩玩，先把事做了。她换上胶鞋，踩着咯吱响的厚雪往外走，阡陌交通的巷子成了一整块的雪白，走起来深一脚浅一脚。

已到年下，服装店生意格外好，彩虹姑娘想早点算了账关了店门就回家过年去。谷雨也在琢磨过年的事。她问小七要不要回家，小七根本不屑回答，她就有点后悔，小七现在有什么家是需要回的？谷雨自己却忙碌而快乐，蕾蕾按照约好的，将小宝带来过年。

小宝既然要来，她便对小七格外严格起来，每天要给小七量一次体温，押她去医院验血。

小七的饮食以素食为主。她又再次要求小七戒烟戒酒，她每天会不定时地突然回来做突击检查，她要小七必须以全新的，健康的姿态迎接即将新加入的小宝。

"还没人敢这么管我。"小七说，"你当我是你女儿？"

但她发现小七其实比她还认真。她们重新粉刷了房间，贴上贴纸，添置了小桌子小椅子。又拾掇出很多衣服玩具和零食，小七还嫌不够，每天要跑出去一趟，再买回很多东西，直到家里再也没有角落塞下。最后，买回一大包烟花。

小宝四岁，已经会在纸上写自己的名字。虽然几个字被他歪歪扭扭地拆分成五六个字来写，但谷雨喜不自胜，这个时候只有小宝是属于她的，不会背叛她，不会嫌弃她，不会辜负她。

当小宝的一双热乎乎的小手握到小七冰凉的手上，小七明显地震动了一下。

谷雨拿出两块三明治放桌上，对小宝说："听阿姨的话，妈妈去工作，下班给你买棉花糖。"她对小七笑一笑，轻轻转身带上了门。

街上已经处处可见结灯挂彩，不知道什么角落就忽然一声爆竹，小孩子们提前穿上新衣服跑来跑去，这一切都给了她好心情。

超市里人满为患，样样都打折，她心痒了，早早地跟彩虹说了声，便出了店门。她还要再去给小宝买点东西。

她在温暖的商场里转悠了一小时，给小宝买了顶有长长的辫子可以当做围巾的羊绒帽子，一双带绒球的棉手套。给小七买了同样的一套，一样鲜艳的颜色，只有版式大小不同，外加一双暖和的毛拖鞋。她忍不住把脸蹭上去摩擦，真是又软又暖和啊！

店堂里装饰得红红绿绿，挂着金银穗子和小铃铛，垂着红灯笼。音响循环放着新年快乐。店员正拿喷壶在橱窗上画出白雾般的大大的雪花。

她的心情也被暖气和节日气氛蒸得暖洋洋的，拎了一包东西往回走。没进门就听到里面的笑声。

她轻轻推开一条缝，窄窄的一条缝里也能看见两条人影互相扑来扑去。她将门开大一点，欢闹声扑面而来。小七正将小宝托起，一次次地抛到床上。小宝乐疯了，在空中蹬着两条腿，一边咯咯地笑。

小七抬头看见谷雨，笑容来不及收起，有些尴尬，她文不对题地说："你回来了。"

谷雨心中暗笑，她已经摸清楚小七的性格，那冷漠不是装模作样，是真不习惯，也反感直面的情感表达。

谷雨做出快乐的样子，将礼物神秘地藏在背后，让小宝来猜，然后快速地亮在小宝眼前。

小宝过来抢着，她将帽子给小宝戴上，又将小七的一份交给小宝，"这是给阿姨的，小宝快拿去给阿姨。"

小宝欢跳着将拉拉杂杂的一大团捧给小七，小七犹豫一下，终于弯腰将头伸过去，小宝给她将帽子围巾戴上，滑稽地伸出一个长长的弯角。鲜橘色上织着海蓝条纹，将小七的脖子绕了个圈，垂下两个小小的绒球。

那样亮堂的颜色，将小七苍白的脸映出一片绯红。她有些懵，从没这样可爱地打扮过，她一时不知是摘下还是继续戴着。

"别动！"谷雨掏出相机，"小宝，POSS！"

小宝立刻一只手搂住小七的脖子，另一只手比出一个手势。

"小七，笑呀！"谷雨明媚地喊。

小七将嘴角牵了牵。

谷雨将数码相机送去翻洗，选了一张角度最好的，放大，贴在小七的墙上。照片上小宝喜滋滋地搂着小七，小七的笑有些拘谨，但是是真实的。

小宝在院子里摔了一跤，大哭大叫，手臂托垂着，脱了臼。小七过去，哄着他，让他左手去摸右边耳朵，顺势在小宝抬起的胳膊上一托，轻轻松松对了上去。

这一点让谷雨大为佩服，"你怎么会的？"她由衷地说，"越来越发现你会带小孩。"

小七笑笑，说："阿因小时候也是这样。"

隔了这么久，小七终于又主动提到阿因。谷雨心里一热，立刻低下头。

现在小七愿意跟她谈一谈阿因了，也谈到她们自己的过往。但往往是谷雨讲得多，小七只是沉默地听，听谷雨曾经的那一系列男人——陆明、思垣，甚至老金。

老金终于出现的时候，谷雨的身体已经养得差不多。

老金拎了大包小包的东西，说他去了一趟香港，追一笔款，人都忙翻了，回来却听说她出了事。老金把一些散发着浓烈海腥味的东西放在地上，又抽出大瓶香水放桌上，说他顾不上回家，就立刻来看她了。

谷雨冷冷听着他的鬼话。去香港一直是老金惯用的理由，她跟他认识这几年，亲眼见他说瞎话，都说在香港。

有一次跟他在浙江的大巴车上，他老婆打电话来，他大声说在香港，弄得一车人全醒了，四下看是谁在说瞎话。谷雨想，现在这话轮到他用在她身上了。

老金仔细审视她的脸，到底还是有些惴惴，便说他原本也不知道那几个老板这么龌龊，他们只跟他说想认识谷雨，他觉得没什么坏处就做了个中间人，没想到害她吃了这么大个亏。老金让她放心，以后一定帮她把这口气讨回来。

谷雨说："你少跟我扯，有种摘了这帽子。"

她说着一把掀了老金的帽子，老金躲闪不迭，一下子便露出头上被开的口子，还贴着纱布。谷雨说："哟，你在香港被人开了瓢？"

老金黑脸变成红脸，他嘿嘿一笑，也不躲了，接着恼火便闪出来。

谷雨不等他开口，就说："我不知道那人是谁，也不知道他在哪儿。你有本事只管去找，别来让我恶心。"她把那包海产和香水一起扔到他怀里去。

老金走了后，小七说："这又何必？不像你了。"她指的是这一撕破脸，难免老朋友变成仇家。

谷雨说："我是怎么样的？"她有一点愤愤，觉得小七还是误解她。

小七说："你以前是打定了主意要人人都喜欢你。别人不喜欢你，你连分量都没了。"

"现在呢？"她追着问。

小七却不说下去了。谷雨便说："你还不是一样，以为你多厉害，你居然就这样放过了闵安琪。"

她指的是闵安琪抠账的事。从小七把家用账接过去后，她便发现小七管账比她精细得多，也聪明得多。

小七会把一切东西细分，哪些是眼下必须的，哪些是可以拖一拖的。只要是可以拖一拖的，小七一律不把它们算在账内。还有哪些是可以合并的，几张信用卡怎么样导过来又导过去，账目在小七手上算出来，居然她俩仍能过得像小康一样。

但小七也并不真的抠账，闵安琪自那日受了她的唬，此后真的乖觉地每月有钱打过来。但小七也没有乘胜追击，似乎一棒子震住了闵安琪，也就够了。

谷雨提醒她闵安琪不是善茬，"敲山震了虎，就放虎归山了？以后说不定会再出阴招。"谷雨总觉得心里不安，闵安琪就像个定时炸弹，不知道什么时候就会使个绊子。

但小七懒洋洋说何必呢，反正这仇也结下了。小七毫不在意地说："任何人任何事都是定时炸弹，没有悬念的人生不叫人生。"

谷雨觉得小七变了一些。小七本来是不放过任何一个看人遭遇不幸的机会，现在却越来越无心于此。她想，也许小七本不是表面上那样狠辣，但小七自己必定不承认这点。

她们一起在院子里将炮仗和烟花点燃。小宝戴着个老虎头的帽子，兴奋地蹬着两只小脚。他看小七把流星弹放在树枝上，再点燃，便火箭一样"嗖"地蹿上天，划出流星般闪亮的一道，再"啪"地炸了，落下道道花瓣似的星星。

"我要玩！给我玩！"小宝叫。

小七把一小支拉花放在小宝手里，叫他自己拿着转，转出一小团宝塔一样的火焰；转得大一点，便像一团奇丽的棉花糖。

江洲已经禁止放爆竹了，她们这样偷偷摸摸在院子里玩，远处似有救火车呼啸着过去，她们便一起赶紧躲到屋子里。小七说这下完蛋了，警察要来抓他们了！

小七用棉被裹住小宝，又说："尿床的小孩第一个被抓走！"

小宝乐不可支，当天夜里就真的尿了床。谷雨半夜爬起来又拆又换，小七把小宝抱过去自己带着睡。谷雨抱怨了两句，小七说："你小时候不尿床？我看你幼儿园还尿裤子呢！"

小七远比谷雨更溺爱小宝。

小七天天带着小宝去散步，附近那所幼儿园是民办的，但是生员着实不错，一到下午四五点家长来接孩子后。满园都是跑动的身影，大人带着孩子在草地上穿梭，玩着滑梯和跷跷板。

小七喜欢这时候带着小宝进去，小宝爬着梯子，小七就在一边陪着，有时候和他一起玩。有人夸小宝可爱，问是不是她的孩子，小七摇摇头，但还是笑。

她对谷雨说："打听过了，这片社区里有三个幼儿园，要先去开条子。领导是个男的。"她做了个表情，意思是说，归你了，你拿手。

谷雨果然去把条子开了来。两人拣一个好天气带小宝上街买衣服和小书包，谷雨又发现小七心里很有一套谱。书包要多大，带子收多长，里面要放一件内衣，干净的袜子，以备他尿了好替换，还有垫在背上的毛巾、餐巾纸、一点小零食，防止他流汗，也怕他认生没得哄。这些小七都一清二楚。

"你怎么知道这么多，简直就是你生的儿子！"谷雨想小七居然心里还有这么柔软的地方。

小七又把一些棒棒糖之类的小零食分装成一个小袋和一个大袋，一起塞进书包。谷雨忍不住问这又做什么？

"小袋里的他自己吃，大袋里的给别的小孩分享。你以为小孩子不需要社交吗？"

谷雨忍不住哈哈大笑起来。

小宝第一周上学，足足哭了一周。

谷雨一开始跟小七商量，哭就随他哭去，哪个小孩不这样过来？但她发现自己一转身，小七中午便去将小宝接回家吃午饭睡午觉。

小七拿把调羹，捧着小碗，耐心耐气一口一口喂。小宝不肯吃，满院子跑，小七便端着碗跟着追，玩一会儿喂一口。

这样好容易一碗饭吃完，哄小宝睡着，下午再送去幼儿园，玩不到一会儿又要去接回家了。

谷雨跟她争，说这样不行，她们小孩不能搞特殊，老师也有意见。小七说老师哪会有意见，少了个熊孩子，老师乐得轻松。谷雨没办法。

开家长会的时候，老师专门问谷雨："你们两个，到底谁是阿姨，谁是妈妈？"

谷雨失笑，未及回答，小宝便说："两个都是妈妈！"

小七乐得带小宝去了淘气堡，回来不知道又买了什么吃的给他，当晚小宝尿了一床。谷雨手忙脚乱给他换床单，换裤子。到了早上，小宝却发起烧来。

两人给小宝请了假，一起带小宝去医院。后来每天带他去打吊针，小七比谷雨还心疼，眼神只随着那针头游走。小宝哭一声，小七的眉心便跳一跳。

小宝退烧后，周末两人一起带小宝去爬山。小宝新认识了几种花，指给她们看，教她们："那个小碗一样的是郁金香，那个黄色的一串串的是迎春花。"两个妈妈一起好学地点头。

他们又去喂鸽子，白色的鸽群一扑拉一扑拉地迎面飞过来，又飞快地飞上天，树上和雕像上各自停满了纸飞机一样的鸽子。小宝说："妈妈，你笑起来好美呀！"

谷雨一怔，立刻心花怒放，她回头看小七，有点恍惚，小七居然会笑得这样好。

这时谷雨已经恢复了去看店的工作，彩虹姑娘也搬了回来。彩虹的生意渐渐做得大了点，想把隔壁的门面也盘下来。她自己的小孩也有一岁，离不了人，她又顾着生意，便跟谷雨商量再招个人，并且想跟谷雨一起把店弄起来。

这点谷雨和小七也都赞成，小七现在不爱出门，情愿在家混着，彩虹的儿子大头也一并交给她。反正她喜欢小孩，闲下来还教小宝识字。

彩虹对谷雨说："让她多带带，心情也好些。"谷雨点头，彩虹又说，"你也得为自己打算打算了，霍思垣快回来了吧？"

提到思垣谷雨便沉默了，小七虽不提，但谷雨猜测小七是喜欢思垣的，否则不会把思垣推得那么远。在小七抱着小宝讲故事，偶尔的出神或者对自己的莞尔一笑里，明明是对旧时光的眷恋。谷雨想，小七想起的一定不止是阿因。

她不由得问小七："你有没有害怕的事，在乎的人？"

"都过去了。"小七说。

极偶尔的时候，小七也说说自己的过去，都是点到即止。关于那个控制了自己几年的人，给自己留下的印痕。他教会她一身本领，各种毒辣的手段，帮她很多忙，也占有了她。最后，他们反目成仇。

谷雨说："我一直没告诉你，你手术那次，在海市，有人来看过你。还有，不知道是谁给你付清了最后的费用。"

小七的睫毛像被灼了一下地一闪，接着甩一甩头，将额发垂下两缕，过了半晌说："该来的总会来。等霍思垣回来我就走，不会再见你们。"

谷雨激动起来，絮絮叨叨说了一堆话，大致就是说思垣回来她们还住一起，他是男人，有办法应付，也能帮她。

谷雨想，小七总是把思垣推出去，因为她什么也不想留给自己，到了这时候，她还是什么也不想要。这个认知让谷雨又气愤又心酸。

但小七只是摇摇头，"思垣不是我的，现在这里也没什么是我的了。"小七声音有点哑，"你至少还有小宝。"

"你说过，你要是愿意，小宝你也抢得过去。"

"我说什么你都信？你干吗那么相信我？"

"我第一次看你埋那个死公鸡，就像受了你的蛊惑一样。很奇怪，我每次见你，你都在干坏事。"谷雨说着笑起来，"你知不知道，我虽然不愿意承认，但你就是我成长路上的一个反面教材，是我心里的一个黑影子。我好像一直跟着你，虽然我很想摆脱你，可是我偏偏就是跟着你。"

小七说："你是不是后悔？那时候不遇见我，你就会做个好孩子，乖乖地长大。"

"不遇见你，也不会遇见思垣。"谷雨说，"思垣是我想尽办法要来的，但遇到你我又败了。"

小七一笑，说："我也费了不少力气。"

这一下谷雨真的惊讶，"你？"她说，"我以为思垣对你一见钟情。"

"这话要反过来说。我对他一见钟情，或者没那么严重，是一见就想要。"

"你为什么想要他？"谷雨问。

"你为什么想要他？"小七反问。

两人一起笑起来。原来大家都一样，心里是那么地虚，那么需要一个人来做自己的担架。

小七说见到思垣就知道这人难得，她马上知道，机会来了。她让卖花的小女孩虫虫去纠缠他们，自己找机会插入。

"总得想个法子，让他注意到我。我偷了他的钱包，为了有机会还给他，我跟他东拉西扯，不停失踪又出现，引起他猎奇的兴趣……后来的事情你都知道了。"

"你怕什么？"谷雨还是忍不住问。

小七目光游移，在某个虚空里定神了一瞬。

这个冬天雪异常地多，院子不知何时又被雪覆盖了，雪光将天映照得一片亮，现出奇异的白昼般的效果来。黑猫莱斯达不知从什么地方细微地叫了两声。

谷雨也不再问了，小七心里有个深不见底的洞。

小七的过去比她复杂，小七的恐惧比她更深。她跟小七这样完全不知道明天在哪里的人，谁梦得深一点，谁提前被唤醒，又有什么关系呢？

但她心里便从此有了个担心，小七始终有一半是隐秘的，这一点隐秘潜在的危险，会让小七遭遇不测，或永远消失。

谷雨这时负担起进货的任务，本市的大集市已不能满足需求，她不时地去杭州上海批货，偶尔去广州，也有时候直接上网买，放到一起充实货源。

她每次离家都恋恋不舍，有无数的担心，怕小宝磕了碰了，又怕小七身体有恙。还有一样始终悬着心的隐忧，便是陆明。

陆明也是小七所说的，那众多定时炸弹中的一个。

他听了谷雨的话出去避了一阵，回来后却依然大鸣大放，似乎谷雨跟他复合是迟早的事。陆明是这样偏执的性格，自己犯了事便不想连累谷雨，一心要跟她分手；眼下却觉得谷雨孤身一人无人照顾，心底的柔情爱意又全翻上来，认死扣地要做回谷雨的男人。

只要陆明在江洲，谷雨便始终不能踏实。他对谷雨说过去上海做生意，却依然会不定时地出现。

一次谷雨进了货回来，一手拿串糖葫芦快步回家想赶紧见小宝，而在家门口却看见陆明的车等在那里。

她一下怔住，陆明已很久不露面，神出鬼没经常一两月来一次，但是从未见过小宝。这时小七听到声音，已从院子里抱着小宝跨了出来。

陆明转过头看到了抱着小宝的小七，小宝在小七的怀里正挣扎下地朝谷雨伸出手。

小七加快一步，从谷雨手中接过糖葫芦，对小宝说，"到妈妈这里来。"

小宝便一跳一跳回到小七身边去。

陆明看看小宝又看看谷雨，最后问小七："这是你的孩子？"

"看着不像？"小七反问。小宝勾着她的脖子，她又将小宝抱了起来，对谷雨说："你俩就在外面聊吧，小宝今天学会背'离离原上草'了，我要再盯盯他。"她瞟一眼陆明，又看向谷雨说，"你以后不要老是给他买糖，我家宝宝牙不好。"

谷雨和陆明并肩在街上走了一截，逐渐暖起来的风将一切都熏得暖洋洋又轻飘飘，一点杨花絮飞进鼻腔，不留神就打个喷嚏。陆明握住她的手，问："还没有回心转意？"

谷雨让自己被他握着，陆明每当有这样细腻的、谨慎的柔情出来，她心里都一阵湿润，她默默感受着这一点痛和甜，对陆明说："看，风筝。"

一只金鱼风筝不知何时挂在树梢，随着微风微微摇曳，两人看了一会儿。

"谁家孩子放的？"谷雨说，"我小时候经常这样看风筝，但我从来放不好，总是看别人放。"

"我会做风筝呢，"陆明说，"做得可好了。"

"你给樱桃做过的，一个美人鱼风筝。"谷雨说。

陆明噎了一下，谷雨有些后悔。他们又往前走了，陆明说："谷雨，我对你是认真的。樱桃是过去的事了，我相信她愿意看到我们在一起。"

谷雨停下看着眼前的男人，阳光从他头顶的银杏披挂下来。银杏已长出一串串新叶，翠绿嫩滑，春风里的一切都是崭新的。陆明在这阳光温煦的午后，也像新生一般，又像当初那个单车少年了。

她心里有一点模糊地感动，也有一点痒簇簇的东西，像生出的新芽。她告诉自己，别被错觉打动，陆明是危险的，也不再适合她。

晚饭后她开着水，几个碗在盆里漂来漂去。小七过来拧了水龙头，将碗接过去，一边擦干一边说："陆明再来几次，这事就瞒不住，你看小宝的样子。"

她明白她的意思。小宝那圆溜溜的眼睛，剑一般清晰的双眉，可不就是陆明的翻版。

"你还不明白你的问题吗？"小七说，"你要人家彻头彻尾就只有你一个，因为他最初喜欢的是你姐姐，你到现在心里也不踏实。"

"你想说什么？"她问。

"我只有一句话，"小七说，"小宝需要一个爸爸。原装的当然更好。"

"思垣呢？"她脱口而出。

小七难以察觉地笑一笑，每当她这样笑，谷雨就觉得小七比她自己更深地看穿了她。

"你知道的，时间快到了，没几天了。"小七说。

霍思垣被判一年，随后又减了半年。她俩平时虽不提，却谁也没忘记，两个人心里都有本日历，一天一页地翻过去，已然见了底。

红灯亮起了，一群小学生在车前跑过，没什么秩序地一窝蜂跑过马路。

霍思垣停下车耐心等着，小学生们的黄书包和蓝绿条纹的校服在四月的阳光下特别耀眼洁净，一切都很美好。以至于绿灯亮起，他仍没有重新发动车子的念头。后面有车摁着喇叭催他，他才又开动起来。

他开车跟在那几个蹦蹦跳跳的小孩后面，车道两边的梧桐栽种得很整齐。这条路的梧桐树原来并没有这么齐，是茂密和拥挤的，现在却疏朗了很多，看来被人工休整过，挪走了几棵。

小孩们欢叫着，去路边的小摊子上买画片和饮料。几级高的台阶上是个服装店，有个女孩跨出来对孩子们说了几句，叫他们不要堵在门口。孩子们哄散了，女孩却没有再进店去，她沿着马路沿向前走去。

女孩穿着很宽大的罩衫，盖到膝下，细长的牛仔裤又挽起两道边，露出一长截脚腕，这样的背影很婀娜。她的头发盘在脑后，在梧桐叶投下的碎影里轻盈地走动。

思垣缓慢地开车跟着她。

一只黑猫从旁边的一个巷子里跑了出来,黑猫后跟着另一个女孩,口中呼喝一声叫着黑猫。她的发梢修得很碎很短,修身的衬衫长裤和懒散的神色有些不搭。步子跨得拖拖沓沓,晃悠到先一个女孩身边。

她俩说了几句什么,停在巷口的卤菜店门口,买了几样卤菜。又去旁边的烟酒杂货店,絮絮商量起来。这下似乎有分歧,两人在为买白酒还是红酒争论。

这时她们听到后面有人说:"别买酒了,我车里有。"

她们一起抬头,看见思垣靠车站着,短短的头发在阳光里闪耀,一脸顽皮的笑意。

谷雨发出一声欣喜的欢叫声,她向着思垣冲来,一把揽住思垣的脖子。思垣将手扶在她腰上,抬起眼,看向正走来的小七。

小七的神气还是有点疏淡,眼里的喜悦却是分明的。小七松开怀里的黑猫,黑猫几步跳走了,小七说:"你来得好准时,果然是今天。"

"你怎么知道是今天?"思垣问。

"谷雨昨天梦到你,非说你今天一定回来。"小七说着一推谷雨。谷雨身子还挂在思垣身上,问他:"你跟踪我们啊?"

"我看到有个美女从服装店里出来,我就想,这样好看的人,我大半年没见到了,不能轻易放过,就跟着来了。没想到是你。"

他们都笑起来。思垣将车停好,他们一起向里走。

谷雨一路说说笑笑,似乎他们昨天才分手,今天又见面。进了门思垣环顾左右,说这院子更好看了,也更有味了。小七问他原来没有味吗?思垣说怎么没有,但现在更香了!

谷雨说:"天麻跟驴胶一起炖,就是这个味道。没办法,现在这里有两个药罐子。"她见思垣的表情有点异样,立刻岔开说,"我们又要养生,又要美容,你是内行,别取笑我们哦!"

她们在院子里放开小桌子,将买来的菜摆好。小七又从厨房里端出一个砂锅,是新鲜的水菜汤,思垣的眼睛不由得跟着她转。谷雨笑吟吟地看着他问:"你看小七是不是变了?"

思垣点点头,他还不能精细地说出小七有哪里变了,但眼前的这个小七确实多了一些东西,又少了一些东西。他看看谷雨说:"你也有点不一样了。"

谷雨抿嘴一笑，将几缕碎头发夹到耳后去，她耳垂上光溜溜，没戴耳环，宽大的罩衫是青花瓷的花式，她看上去又清洁又妩媚。

"哪里不一样？"她问。

"很美，非常美。"思垣由衷地说。

小七拿了几个高脚杯，将思垣带来的酒倒进去，谷雨说："大中午的喝红酒？"

"就你讲究多。"小七说着又拿来一个小盆子，嘴巴里唷唷两声，黑猫应声而来，小七把一些小菜放进盆里，搁在地上。

他们碰了个杯，谷雨说第一杯祝思垣归来。第二杯呢？祝小七手术成功。谷雨说小七手术后她们一起没顾得上有庆祝，就等你回来一起，你不知道，过程可够惊险。小七笑笑，说第三杯祝谷雨。

"谷雨有什么喜事？"思垣问。

"谷雨把小宝接过来了。"

"小宝呢？"思垣问。

"在幼儿园。"

三个人原来都有喜事，他们便接连干了好几杯。渐渐地舒展了，开始争相开口，问得最多的自然是思垣这半年的日子。她们称为"那里面"。

她们问他那里面过得怎么样，吃得怎么样，有没有人给他委屈受。还问他提前出来的过程，问他家里人的态度……

思垣问答得简短诙谐，只挑有趣的讲，似乎自己是去度假。然后他截住话头问："你们去过我公司了？"

谷雨看了小七一眼，小七说："啊，去过了。"

思垣说他走之前交代过闵安琪，会负责她们的生活。她俩便一起说安琪来过几次，也帮了不少忙。思垣说安琪还是挺负责的，她俩对视一眼，说是啊，多亏了她。思垣又问现在的生活怎么样，她俩说一切都不错。

说到这里气氛忽然有些怪异，他们一直不停口地说话，兴奋和喜悦是自然的，却也都不敢停下来。这时忽然的一个停顿，一时都不知道该接什么。

谷雨轻轻地将自己的椅子挪开一点，她站了起来，小七立刻转头问她去哪里。她说去接小宝，让他俩先吃。

小七看着她走出去，收回视线，她的目光便被思垣接了过去。

两人长久地对视着，空气流动得细弱起来。他伸手握住她。

"手还是那么凉。"他说。

"我冷血。"她说。

"你以前就这么说。"

"思垣，"她叫他，"我应该好好谢谢你。"

"你不用说这个。"

"我知道。"

思垣将嘴唇迎过去，她微一迟疑便迎合了他。思垣的怀抱带一点长久隔绝后的陌生，嘴唇还有点脆弱与干涩，渐渐热烈起来，小七应和着他，然后将身体稍稍退后一点。

"你过得好不好？"他问。

"很好，像你看到的。"

"阿因的事……"

"都过去了。"

他看她是真的不想提，他便也不提了。他想说，你吃了很多苦。又想说，你不用觉得欠我的情。但都咽了回去。他们还有很多的事需要回忆，要花很多时间一点点地交付，一步步地倒叙。他又看看院子里的陈设，说："你跟谷雨相处得挺好。"

"奇怪吗？"

"是有点。"他对她承认。说他原本不敢相信，但在那个紧急关头，也只有谷雨可以托付。"谷雨自己都需要照顾，我把你托付给她，也真是难为了她。"

小七笑笑，"她很高尚。"

他觉得她的笑有点讽刺，但是这个笑并无恶意，以前她的笑都带点看好戏的味道。思垣说："小七，你变了很多。"

"哪里？"

他一时找不到词，小七的冷漠还是那样，但眼里的那点野却没有了，少了那么一触即发的危险，她看上去甚至是安详。

他说："你胖了一点。"

小七低头看看自己，她仍是瘦，胸前一马平川。她说："我胃口好了一点。"

谷雨一直到晚上才带小宝进门，她带着小宝去看了电影，吃了必胜客，玩了淘气堡，最后沿着湖边散步。小宝困得趴在她背上睡着了，她才拖拖拉拉带他回家。进门看到小七独自在院子里，从铁丝架上一件件收衣服。她问思垣呢？

"走了。"小七从她背上接过小宝，搂在怀里疼着，"今天让宝儿委屈了，有家不能回。"

她不问谷雨，怎么这么晚才回，谷雨也不问她和思垣聊得怎么样。小七给瞌睡兮兮的小宝擦了脸手脚，抱到床上睡妥了，才跟谷雨说："明天他来，你跟他好好谈谈吧，我出去。"

"我跟他谈什么？我以为他向你求婚呢。"谷雨说。

"求过了。"

"呃……"谷雨倒意外了，"你答应了？没答应？"

"我不会结婚。"小七说。

她俩都有点狼狈地住了嘴，谷雨看小七抱着一叠衣服进了屋，她自己便也进去。小宝睡得正酣，谷雨抱住那个热烘烘的小身子，看着月亮渐渐沉下去，她还一直睁着眼睛。

但第二天来的是个陌生人，一位端庄的女士，院门开着，她在半开的门上敲了敲，说："打扰了，哪位是思垣的朋友？"

谷雨手中拎着一截水管，小七拎着另半段，两人正在接管子浇花，一起看着这位不速之客。

她四十不到，眉毛画得高挑，眼影很精致，发型一丝不乱，唇上是浓淡相宜的玫瑰紫。黑白细格花呢外套，鞋跟不高不低，自然将腿线拉长。谷雨心中已经给出了 80 分。

小七从凳子上跳下来，说："请进。"

陌生女士也看着眼前这两个女孩，当先的这位脸庞圆润，饱满的嘴唇蜜桃一样鲜灵，眼神极灵活，稍稍一转便是风情。后面的女孩长手长脚，宽宽的眉间距，太宽了一点，高颧骨，冷淡的眼睛，太冷淡了一点，具备画家艺术家所热衷表现的那类人物作品的游离感。

女士的心里已有了个判断，但她仍是先介绍了自己，她是霍思垣的嫂子，她叫顾恩慈。接着她问："你们哪位是思垣的女朋友？"

霍思垣知道自己把握不住小七。他越爱，越知道爱不住她。

从开始认识她她就是那样远。初次见面，她一把握住他的手掌，近在咫尺地对视，他发现这女孩的眼神和声音都若即若离。他不知怎么就动了心。

思垣的意识里没有这样的人，浑身带着危险的火，熄灭也是一瞬间。他想起小七上一次的发病，那时候他抱着她，她死气沉沉。思垣不敢放下她，唯恐当双手放下，怀抱落空小七便永远离去。但即使小七睡在他怀中，有贴肤的体温，他仍是感到怀中的生命正点滴流失。他明白他跟小七这水天相隔的距离。

思垣在回程中又忐忑又期待，谷雨只告诉他小七情况稳定，这个稳定大有讲究，她终日不语也算稳定。有没有改变？思垣心里有一个指望，还有一个计划，他不是怯懦的人，这是第一次迟疑。

一直到她俩出现在他的视线前方，他在车里远眺，一路跟随半天，都不敢相信那是小七。

小七从没有这样踏实的步态，小七一向走路很轻，几乎不带风，让人不知道她什么时候就突然出现或者骤然消失，绝不会这样毫无遮掩地将路面的落叶踩出咯吱咯吱来。

一直到他们三人坐在一起，思垣举起谷雨给他倒的红酒，他仍不能置信。小七的风格并不改变，只是眼神软了很多，四目对视，她也没有调开眼睛。思垣简直在心里欢唱了。

他们聊得开怀，又不是很尽兴，彼此都收了一点，谁也不敢把话题断下。每个话题将近尾声，立刻有人提出个新话题补上去，新话题便再次热烈地展开。

但他们又都悄悄地观察着其余的人，思垣感到小七和谷雨两人都想好好地问他，想好好看看他，但结果是谁也不先开口。他也想好好问问她们，结果却是一杯一杯喝了很多酒。

他也奇怪，这两人原本水火不相容，她们本是互相轻蔑、诋毁，彼此提防、不放过，又因为个什么原因互相掣肘，这么个疙疙瘩瘩的关系，现在却是一片默契，会互相保护。当然，这是好事，是他在临别时，在那些无法联络的一个个日子里最巴望的事。

他将小七托付给谷雨时就有奇怪的感觉，他不能进入小七的内心深处，谷雨可以。虽然眼下两个人绝口不提这些，但她们俩已自有一个小小的世界，除了她们，谁都进不去。

"谷雨是个好女孩。"谷雨出门后，思垣坐在小七的房间里，看着那些又熟悉又陌生的陈设，再次说。

"她应该被宠爱。"小七说着也坐了下来。现在他们又面对面了，小七眼里的坦然让思垣心里一阵柔软。

思垣的手伸进衣兜，终于掏出一个小盒，他的手很稳，很慢，声音一字一顿。

"也许我太冒昧，希望你不会怪我。"

小七看着思垣绷得紧紧的唇角，他从没有这样认真，这样严肃，又这样紧张不安。他打开小盒，一枚切割完美的钻石恬静地躺在蓝丝绒里。

小七拿起来看了看，眼神更加柔和了，有一片雾落了进去。她说："第一次有人送我这个。"

她把戒指放在桌上，站了起来，关上房门。思垣看着她脱下了那件牛仔衬衫，里面是一件半截的工字背心。她的动作很慢很镇定，像是经过长久思虑的，很有决心……却没有热望。她接着又脱下了背心，现在她上身什么也没有了，毫无遮挡的两个肩头，锁骨像箭一样飞起。

思垣的手心和背上都出了汗，这时候他觉得自己这二十几年都没有真的成熟过。他看不透面前的女孩，看不透她要给他的答案。但他已将能给的都交了出去，像一张不甚高级但也清晰的答题纸，只等着她勾划出答案。

她面朝着思垣走去，背与臀窄窄的，使人爱怜。思垣看着她向自己走来，她立在他面前，轻轻将他的头抱住，贴在她胸前，贴在她小小的温暖的乳房上，她的姿态像一个严肃的仪式，她的心跳很稳定。

"思垣，我不能跟你举行结婚仪式，但我可以做你的情人。"

思垣的脸贴在她胸前听完这句话。听着她把一句甜蜜的情话说成庄严的宣誓。他有一瞬以为自己听错了，在记忆里倒回了几遍，一点点理会出那话中，和话后的意思。

小七明显感到怀中的男人的脸和身体都僵硬起来，她没有加大力度，也没有收紧手臂。

思垣按住她扶在自己脸颊上的手，将自己从她的胸膛间释放出来，在她怀中伏了这片刻，他的脸因为缺氧和强烈的屈辱感有一点湿漉漉。

小七的躯体上滑动着窗外的树影，风吹过，她背上的剪影也流动着微妙的变化。她看向思垣的眼睛是柔情的，有点悲哀，有点不忍。思垣在一个极长的时间里等着她改口，但她始终无话。

思垣心里被渴望、愤怒和耻辱交织了一片，无法忍耐的爱和痛让他夺门而出。

冷艳的中年女士顾恩慈说："你是思垣的女朋友？"

小七脱下手上的橡皮手套，丢给谷雨，这个动作简练而不容置疑。谷雨立刻明白了她的意思，快速地拾掇了一下，请顾恩慈坐下，喝茶。思垣的嫂子有极好的仪态和教养，她礼貌地坐了，环顾一下，不动声色地打量着面前忙碌的两个女孩，然后请她们一起坐，表示要和她们聊聊。

小七说："您是代表思垣来的？"

顾恩慈请面前的女孩放松点，她不是代表谁来的，她也不能做思垣的主。霍家很民主，谁也不能做孩子的主，同样的，思垣也不能不负责地带一个人回家。霍家虽然二老都在国外，其实是根深蒂固的东方思想，很传统。他的祖父和父亲做了一辈子的老中医，到了思垣，虽然学的是西医，继承的还是中药行当。不管从哪个方面来说，他都需要一个能替他打理这些的姑娘来做他的妻子。

小七说："我们都不懂中医，不过谁也不是生来就懂的。您的来意可以直接对我们说。"

顾恩慈雅致地抿一口茶，说："我也不瞒你们，二老为思垣上次的事气得不轻，现在日夜揪着心。我费尽口舌才说服二老不要急着过来，让我来处理。思垣从小娇惯没吃过苦，满脑子理想主义，家事方面，我做嫂子的还是要为他操点心。"

顾恩慈又说："来之前我了解你们，之所以不明白你们到底哪一个是他的女朋友，也就是问题所在。你们似乎都很神秘，我不知道你们跟思垣的关系。听说还有一位已有了小孩，关于这一点，即使我和我先生不说什么，两位老人家那里也不好过关。无论如何，他们不会接受这个多出来的孙子。希望你们再考虑一下。"

顾恩慈走后，小七重新戴上手套捞起地上的水管去浇那些没浇完的花。谷雨跟着收拾了一下，两人都怀了心事，也不说话。过了一会儿小七说，"她还没提条件。"

"什么条件？"

"让我们放过霍思垣的条件。"小七说，"她不提条件，让我们考虑，是因为她也没底。"

"你什么意思？"谷雨问。小七这时候又是一副冷冰冰的现实派样子了。

"你要留住思垣。"小七说。

"你呢？"

小七不答，将水管一节节盘起来，靠墙放好，才说："小宝并不需要两个妈妈，但他需要一个爸爸。"

"霍思垣不需要这个儿子，我也……不需要霍思垣。"谷雨说着将炉子上的粥搬下来。两人各忙各的，嘴上间或对答一两句，眼睛都不看对方。

"别傻了，真把自己当天使了？"小七在她背后说。

"你为什么不要他？"谷雨终于问。

"你为什么不要他？"小七反问。

谷雨忽然冷笑，"你是不想欠我的情？"

"说对了。"小七转身点烟。

谷雨没话了，她跟小七最和洽的时候，也摆脱不了一种防备，对方不知道什么时候会忽然出其不意地击中自己的要害，而自己无言以对。

晚上谷雨哄着小宝入睡，小宝身上被叮了个红肿的包。小七拿了清凉油过来，她不进屋，将药瓶丢给谷雨，靠在门边看了一会儿。她的神气还是淡淡的。

"谷雨，我想走了。"

谷雨一惊，小七的脸在暗影里看不清。"去哪儿？"她问。

"哪儿都行，我本来就不打算在这待着。现在思垣回来了，你跟着他就很好。"

谷雨一时说不出话，她知道小七一定已经经过相当长的时间考虑，小七没有让她发现这思考的过程，因为这个思考的结论更加毋庸置疑，不可更改。

谷雨轻轻晃着怀里的小宝，说："小宝舍不得你呢。"

"现在不习惯，以后就习惯了。"

她一夜都在想小七要走的事。小七要走，她和思垣都留不住。她在深深的失落里又感到强烈的挫败，她以为是她照顾好小七等思垣回来，现在却是小七把一个完好的她交给了思垣。这发现让她一阵猛烈地悲伤。

小七永远在她之前，永远先她一步。从她第一次看到小七开始，小七就那么冷静，那么毒辣，那么无情。她一直以为小七是她的一面镜子，她透过小七看着自己的将来，如果小七可以，她就相信自己也可以。那独立的，与灵魂相关的东西不是那么遥远。但现在小七依然选择流浪，仍是那么拒绝人群与理解。小七心里明明埋藏着巨大的、疯狂的感情，像冰湖之下明明汹涌，但没有人值得爱，无人凿穿，她便如冰山一般继续向无垠的海中漂流了。

如此，谷雨对于自己便也不够信任起来。

闵安琪这几天也一直睡不好，她陷入前所未有的焦虑，霍思垣回来给她的喜悦并不算大，冲击也跟预料的差不多。她先前的所有设置都起到了作用，比如有意无意在顾恩慈面前提到的关于思垣那扑朔迷离的女朋友的消息，固然引起了注意，而顾恩慈回来的态度，更加印证了她的猜测：霍家不会接受那样一个儿媳。不管是小七还是谷雨，谁都别想进霍家的门。

思垣对她的态度没有变，她于是猜测自己的担心是多余的，小七她们并没有透露她私下的勾当。安琪现在做事分外小心，行事谨慎账面清白。顾恩慈很厉害很精明，决不能让她起疑心。

但顾恩慈这几天却格外地和颜悦色，交代安琪去陪一陪思垣。思垣这几天都没有露面，顾恩慈说思垣需要人多陪伴，他刚回来，身体和心情都不好，需要女人的温柔。顾恩慈说着对安琪笑了笑，颇有深意似的。

安琪琢磨了半天这位霍家大少奶奶的态度，最后认为这个险值得冒。安琪自己本也是做过霍家少奶奶的梦的，她并不是死脑筋，思垣是个不错的对象没错，她也未必要一棵树上吊死，但目前局势急转直下，只要小七和谷雨不成为拦路的，她总还有一线希望。

闵安琪和霍思垣约在思垣常去的湖畔酒吧，思垣这两天突然憔悴的面孔让安琪也暗暗心惊。安琪给他点了杯酒，自己也要了一杯，在烛光的摇曳里，咬着吸管看着他。她说："思垣，你有什么事，都可以对我说。"

这是她第一次叫他的名字，思垣从自己的心事里抬起头。安琪今天素净妩媚，平日的强势精明一扫而空，竟有点小女生的柔弱，粉色的装扮使她多了几分单纯。

他们碰杯，安琪在迷雾的音乐与雾气里，眼里也慢慢浮起一层水雾。

"你是个傻瓜，想做一切不良少女的守护神。"她从没这样跟他讲过话。

思垣说："你知道多少？"

"我什么也不知道，只知道你一意要保护的那两个女孩，她们都不需要你。"

思垣犹豫着，说："我一直没谢谢你。我不在的时候你帮了她们不少忙，出了不少力。"

"怎么谢我？"她问。

他又犹豫一下，"你要什么？"

安琪已经靠了过来，她身上的香很奇特。一道流丽的烟花忽然冲上天际，在他们眼前流泻下来，思垣觉得这一切都使他晕眩。

不过一个月的时间，霍思垣与闵安琪飞速订婚。虽然公司里流传着可怕的谣言，说思垣失恋，而安琪乘虚而入，并用了龌龊的手段。但顾恩慈恩威并施，很快就堵住了众人的嘴。

这一个月里冰冻街的每家住户都被思垣骚扰过，莲子的电话被他打爆，彩虹姑娘的店门成了他的驻守之地。彩虹一千零一遍地告诉他，不知道她们去了哪里，彩虹姑娘叹气："你这么好的人，谷雨怎么不知道珍惜呢？"

最后一次，彩虹看到安琪坐在思垣的车里补妆。闵安琪用个小镜子静静地照着自己，一点一点地涂着唇彩。

彩虹撇撇嘴说："哎哟，排场大得像你女朋友似的。"思垣站起来说："是我未婚妻。"

彩虹姑娘把一句刻薄话吓得咬在嘴里，以为自己听错了，但思垣的表情一点玩笑的意思也没有。彩虹说："谷雨跟小七这两个死不开窍的！"

莲子也不停跑来，莲子刚交了个男朋友，被思垣的电话骚扰得几乎闹分手。安琪也去了几次冰冻街，她看到的仍然是紧闭的两扇门。邻居说，那两个姑娘都搬走了。去了哪里？不知道。不是一起走的。

安琪在周围转了转，她细心地发现，原来一直转悠的那只黑猫也不见了。安琪讨厌那只猫，那猫总是在门边观察着每一个人，像每个人它都认识，心里极有数一样。曾经她气哼哼地往外走，黑猫忽然掠过她的脚背，从她脚上窜了过去。她惊叫一声，猫已经快速上了围墙，在那里居高临下地看着她。

她想，什么人养什么猫，一起没了最好。

一直到戒指套上闵安琪的手，她心里才稍稍定了一些，她知道思垣没有放弃去找那两个丫头，也知道她们一直无下落。她想日子赶紧过得快一些，这些事迟早都会过去。

一道闪电劈开天幕，裂纹如马蹄，如长鞭，长长的，将一片天空分成了好几块。雨却还没有来，路边的顶棚已经被狂风掀得呼呼抖动，眼看着就要塌下来。人们匆忙地跑过，夹着被吹反盖的伞，架着梯子去固定屋顶。人们说，看这个势头，只怕一场山洪免不了。

谷雨在被风刮得呼呼响的玻璃窗边坐了一会儿，兀自心神不定。妈妈在外面叫她把柜子里的透明胶带找出来，贴窗户上。她翻出来，十字交叉地给窗玻璃打上结，这样即使风刮碎了玻璃，也是成块完整地掉下来。

小宝怕打雷，抱了一堆玩具缩在被子里，但他同时又兴奋异常，在被子里模拟着雷声轰轰，又是各种汽车的声音。过一会儿向外面问一声："外婆，你说是汽车厉害还是打雷厉害？"

他外婆一边剁菜，一边说："当然是我们宝儿厉害啊！我们宝儿会开小汽车呢！"

谷雨想，小宝算是不认生的，虽然她带着小宝回家，给了父母一个大大的刺激，但他们却在几天里迅速地熟稔起来，竟是离不开了一样。

父母还处在初见时的激动里，凭空多出来一个外孙，给他们巨大的刺激。小宝是个从天而降的神秘馈赠，父母还没有理清这是个大麻烦还是个大惊喜，就已经一头栽进了不可遏止的疼爱里。

他们一遍遍摸着小宝的小手小脚，争论着孩子像谁，一边想出各种花样来让小宝高兴。

母亲一有空就要凑近她，要再问一遍小宝是谁的孩子，小宝父亲去哪儿了。谷雨说你就记住小宝是我的孩子就行。母亲哪肯罢休，母亲已经快速认了命，已经不念叨谷雨的胆大包天年少任性，只是要她立刻交出孩子父亲，能凑合就凑合着过，不能凑合就再找一个过。

"还有，你就这样从江洲走了，小宝我们是能带，你自己呢，你在那边的事呢？怎么突然就走了？你那个男朋友呢？"

这是谷雨最怕的问题，她说哪有男朋友，我现在是自由人，想走就走。

母亲牢牢地盯着她，盯得她眼睛终于红了。终究演技不过硬，在亲妈面前，她觉得再撑一会儿就会哭出声。

她走的那天去把手机销了号，却还是忍不住给彩虹打了个电话。彩虹大呼小叫，告诉她思垣的事。她忍着痛，听着彩虹噼里啪啦的数落和询问，只是说累了，想回娘家了。让父母帮着带小宝，她也省很多心。

彩虹说："我们就不懂了，你俩是一起走的？怎么说走就走了？就这样便宜了那个假脸一样的女秘书？"

谷雨说，小七去哪儿她也不清楚，天下无不散的筵席，要走就都走吧。

挂了电话她一下呼出口气，躺到床上去。这些事情是她来不及去细想的，这些一道一道、一层一层的情绪，她来不及分析。她本就是服从于感觉的人，在她分析之前她已经做出了决定。

总之，她不想再跟思垣在一起，她不想这样跟思垣在一起。小七应该接受思垣的求婚，如果拒绝，也不能是为了她谷雨而拒绝。

她还记得她是怎样天微微明就起床，最后一次把小七的药分好。抱起小宝，那孩子还睡眼惺忪，却乖乖地一声不吭。她静静地出门去，城市还未醒来，寒冷的早晨青灰的空气里一切都很冷峻，小宝缩在她怀里，成了唯一的温暖源。

周围很寂静，老城区的一处处废墟像个供人凭吊的场所。无人经过，只有黑猫莱斯达在脆薄的冷空气里跟了她几步。

总之，思垣就和小七好好过吧。

半空中一声巨雷，就响在屋顶似的，忽然就劈了下来，谷雨吓得叫了一声，忙去看小宝。小宝闷在被子里，被吓得一时张了嘴却没声，接着"哇"一声要哭，却又立刻止住了。娘儿两个互相紧紧抱着在被子里发抖，少顷，又一起笑了起来。

这是个惊天动地的世界，可是这个小天地却是这么地安全有趣呢！

雨下得震天动地，一个屋里的人说话都要吼着才能听清。

第二天却听到人们议论，山洪还没来，倒先出了事，山上那个罗家老头，就那个做篾匠的老罗，被雷劈死了。

谷雨心里咯噔一下，问哪个老罗？

街坊告诉她，他去山上送货，就看到罗家那里一堆人，罗良宇已经死了。说是被雷劈死的，村人们都在议论，说罗良宇一辈子造孽不少，老了几个儿子都不理他。还好临了总算有个女儿来为他送终。也有人说就是老罗就是死在女儿手上的，他这个女儿从小就不祥，克父克母，多少年无音信，一回来就克死了老子，真是扫把星投胎的。

谷雨抓住那人问："什么女儿？他哪个女儿？"

那街坊被她抓得吃疼，手一缩说，听说是前几天他女儿回来了，跟她老子讲了几句话，当晚她老子就死了，那不是克星是什么。

"哪个女儿？"

"老罗就一个女儿，儿子倒有好几个。"

谷雨呆了半晌，开始进屋换胶鞋，拿雨披，又拿了顶结结实实的斗笠。

母亲一看就说："不许出去，你好好在家陪着小宝。你看这天。"

天重得像要掉下来，兜满了积水，黑沉沉的云一大团一大团，也是马上要压下来似的。

谷雨已穿戴完毕，只说，我很快回来。她急急地出了门。

罗良宇只有那么一个女儿，如果他们说得没错，那只能是小七。小七不知是出了什么事，居然会神出鬼没得在这里有了线索。

谷雨想哭又想笑，她不告而别，谁知小七也不告而别。她回了水篮街，谁想小七也回了杨庄。天下之大，她们居然前后脚地在一条路上。

山道比预料中的还要难走，坡上不停地有黄泥水流下来，谷雨打了好几个趔趄，顶着风往上走。

远远地，就看到罗良宇的房子了，果然是死了人，门前搭了棚子，挂着白布和黑纱，还有花花绿绿的被面，这里还保持着一贯的风俗，谁家有丧事都送被面，吃流水席。

所谓的流水席一点也不热闹，长条桌上稀稀拉拉的几个大盆里只是些清汤飘菜叶，大肉倒有一盘，早就汁水淋漓地见了底，也没人来加。坐着吃的人缩头缩脑，吃完立刻走了。罗家这个丧事办得不但不讲究，简直心不在焉。

有人议论说罗家败了，老罗这一走，更加四分五裂。旁人说老罗年轻时候多风光，也是霸道过了头，儿子死了两个，女儿更靠不住。

谷雨打听了几个人，有人说见过罗家女儿确实回来过，就是雷最大、风最吓人的那天。有人看到她回来了，远远地，虽看不真切，但一个姑娘闪进了罗家的房子是真的。不是老罗老婆，也不是儿媳妇，还能有谁，难道老罗风流快活一辈子，到老还找了小老婆？

有人说那就是罗家姑娘，他记得她小时候的样子，现在样子变了点，高了、漂亮了，神气还是那么野野的，谁都不在她眼里似的。她是进了房门去的，真真儿的，然后就听到老罗的声音高起来，明显是在吵架。

"然后呢？"谷雨问。旁边听热闹的人也一起问："然后呢？"

"然后哪知道然后，风刮得那么鬼，谁还敢出门，第二天就听说老罗出了事了。他老婆说老罗后半夜自己爬到了院子里，也不知道干什么，忽然一个雷下来，他老婆发现的时候他已经躺着不动了。"

谷雨站在罗家的晒场上，很大的一块地，以前堆满了簸箕和竹篮，现在空空的一块，着实凄凉。这里地势高眼界也宽，能看到山下的路。往上，乌云一直连到天边。

就是这里，那晚小七就是站在这里。小七一定仰头看过那闪电怎样地劈空而过，天地忽然变得很大，她独自人影邈邈地站在这里。山影嵯峨，在风雷声中一道道都成了粗重的水墨，因而更像一个混沌的梦，雨里的土腥味阵阵扑来，一场山洪就要来临。

小七在那时候想到了什么？

谷雨向着小七外婆家的方向走，她心里有一个隐隐的预感。还没走到，雨就落了下来，她把步子加快，小跑到那片竹林，竹林后面是两间小屋，门上却贴了封条。旁边一块菜地，尽头连着一户人家，她跑过去避雨，打听情况，人家告诉她，前面住的老太太半年前就过世了，坟就在竹林后头。

她又绕回竹林，心里冷冷的。果然看到一个小小的坟包，她走过去，却看到前面地上的泥沼里有一些零碎的花瓣，还有个小酒坛。

曾有人来过，送上花和酒，雨破坏了一切，但毕竟留下点痕迹。送花的人已经走了，那人是悄悄来的，没有看到老人，只在这里坐了一坐，磕了个头。那人已经离开了，两脚黄泥，头发上沾着雨水和野草，谁也没惊动，谁也不知道她又去了哪儿。

傍晚的时候谷雨下了山，母亲正在门边张望，看她回来才松了气。她换了衣服去抱小宝，一晚也没有话说。过了几天，告诉父母，要走了。不回江洲，想换个地方，换个生活。

母亲像是早就做好准备似的，说："我跟你爸爸商量过，你想去哪里发展我们不拦着，但是小宝才四岁，他得先跟着我们。你爸做了一辈子教师，总比你会教些。"

谷雨没有违拗。她在余下的几天里一刻也不离小宝，喂小宝吃饭，哄他睡觉，带他去逛这小镇的每一个地方。教他认那小桥，那几道街，那道石牌坊。然后告诉小宝："你好好陪着外公外婆，要保护他们。妈妈要去工作呢。"

小宝问："妈妈，你去找小七妈妈吗？"

谷雨摇头，"小七妈妈有她的事要做。"

小宝问："那叔叔呢？"他指的是思垣。

"叔叔也要做事。"

"因为你们是大人。"

"你想不想长大？"

"长大了我买大房子给你和小七妈妈住。"

"谁说的？"

"小七妈妈说你好辛苦，要我长大孝顺你。"

谷雨心中一酸，没忍住，她将带着泪水的脸埋在小宝胸前的衣服上。

Chapter 8 / 不打扰
是我最后的温柔

水乡有一半是水，另一半则是与水相关，被水色浸润的树草、打湿的石桥、剥蚀的白墙黑瓦和映照的人家。一脉水从上游缓缓流淌而来，流到这里开始一波三折——不止，九曲十八弯地绕来绕去，成了理不清的一副回肠。这里雨密，云也多，日光将云层照出从金粉到浅灰，各种层次不同的清透，天上地上都显得很多情。

到处是桥，虽是石板的，在水面浮动得却很摇曳，像水中又搭起了一座浮城。从桥上走过，直接就进了圆廓棚顶的长廊。长廊也是连成一片的，雕花窗格里可以窥见另一头一溜一溜沿水的人家，一半地基都伸入台阶下的水面一般。包着头巾的女人们蹲在窄窄的河道两边洗衣裳，洗出一种古朴的风情，成为了划来划去的小船上游客眼中的风景。

坐这种小船是要收钱的，进前面连着的小镇，外来人也是要收门票的。沿岸边的步点很密，每天有大量游客从世界各地汇聚到这里，游客们举着长的短的机器不停地拍照，拍几十户古宅，高高的飞檐和四方的天井，各有讲究的门楣和照进来就变得黯淡的阳光。

他们从宅子的前门踱到后院，发现后面通常连着一池碧水的池塘。水是活的，再沿着出去，就可以登岸去吃这里有名的粉蒸肉、白鱼、臭豆腐或者焖豆子。大多数人看完了这些便心满意足地走了，也有些人意犹未尽，要往那不收门票的地方看，看那一半开发，一半还在蒙昧期的民居。

一群群背着画板的学生们占据了那些最有利的位置，留下最多故事的也是他们。其中又有极少的人，带了行李，沿水路往后再溯上几里，那才是真正普通居民居住的地方。这些人便开始找房子，准备他们常住或者短住的房子了。

谷雨来的那天恰好游人众多，看着前面无数的脚后跟，她想自己来错了地方，连饭也找不到个清净地方吃，就退出景区又朝前走。

渐渐地，人少了些，看起来也是个小镇，临水靠山，也有一些散客在附近转悠。但小巷小弄少了许多，桥也不是三五步内必有一座，只有一座宽阔的白石桥，拱在水面，与水面倒影合成一个扁扁的圆。

船是有用的，偶尔一两只过去，上面搭着打下来的新鲜水产品和水菜。她想，这地方倒好，只是还不够偏。又想，要找个偏的，难道要去终南山吗？

她不知道终南山在哪儿，只记得小七看过一本叫作《空谷幽兰》的书，书中提到隐士，那都是她不感兴趣的，小七则是从刀锋饮血到高山流水，兴趣一向很极端。这时候谷雨回想起来，又对着那一片青山看了几眼。

雾一样柔和的晚霞光照下来，她转来转去地找客栈。一条老街上有个小酒吧，门前立着玻璃牌子，写着特调酒多少钱，自制酸奶特价多少钱，墙头上挂着个圆牌子，写着一个"鸟"字。她不由笑一下，就走进去。

里面人也很少，柜台后面一个中年男人正埋头敲键盘。她只要了一杯红茶，那老板一样的男人拿了茶，坐下跟她聊了几句。她打听附近有没有客栈或者小招待所，老板说白桥这地方不算大，但是里面深得很，路不好走。老板让她可以就住这里，说这后面也有房间是出租的，只是前面没挂牌，价格也不贵。

老板给出的出租屋布置成通常客栈的样子，几件复古的桌椅，干净的床单，推开窗是一丛竹子，附近的水面青烟笼罩。她疲惫不堪，随便洗个澡就睡了。

半夜里忽地惊醒，凉风袭面，她起身关窗。却见一弦极细的月贴在青色丝绒般的天边，本是淡淡的，随后越来越亮，像一弯白银的小弓搭在那里，只是弓弦上没有箭。她看着看着，胸口忽然地抽痛了一下，便一直深刻地直痛到小腹。她想那只箭原来是落下来射中了她。

第二天午后谷雨才醒，仍是昨天那个老板一个人在店里，她问老板怎么生意这样稀。老板说这里还不算旅游开发点，算是开发了一半，还有一半在蒙昧期，所以居民生活得还算自在。

老板又自我介绍说自己叫韩默愈，湖南人。

韩默愈长得一团和气的脸，四十开外，宽额厚腮，下巴一层胡楂的阴影，中等身材，肩膀方方正正，小肚子有一点不过分地凸起。他见谷雨打量他，就笑道："开个酒吧，自己喝的比客人还多，瞧这啤酒肚。"

谷雨觉得他怪有趣可喜，问他怎么到了这里。韩默愈说当年工作气闷，辞了职，到处走，就到了这里。看着有发展前途，就留下来开了个店，守到现在。

却也难得有生意，反正开店也不光为赚钱，做生意贵在守，自己更清闲自在。他说着一笑，不算年轻的脸生动了不少。

下午谷雨沿着小路到深处逛了逛，惊讶地发现这里果然像韩默愈讲的，表面浅淡，内里别有洞天。虽然也像普通水乡小镇那样有着窄窄的河道，但深深的巷弄居然越走越宽，连出一个宽大的广场。广场中间有一棵极高的榕树，挂着牌，标明它有百年历史。旁边是一色的青石路，也有一两家小酒吧，一眼看上去就跟鸟吧一样生意清淡。四周的房屋古今参半，有店铺卖一些特产，也有民居住的老旧的瓦房，还有红色砖头砌成的老式楼，外面有一道公用的长走廊。

她沿着长长的屋檐一直走，屋檐的阴影覆盖了她。头顶上有一些细碎的响动，抬头看，只见梁上有一个小小的鸟窝，几只黑头白脸的小燕子正探头探脑，张大了嘴。

她觉得有趣，就坐下来想等着老燕子回来。然而老燕子还没见，雨却来了。一些雨点珠子一样弹跳在青山板路面，石板路缝里一茬茬青草略略地湿了，颜色很新鲜。天还是青的，少顷，一道彩虹斜铺在天边，旁边几片薄薄的云也淡淡映着一些七彩光影。

谷雨感到一阵久违的畅快。

谷雨回去后便问韩默愈，这里有没有空屋出租，她想暂时住一阵子。

韩默愈看了看眼前的女人，清秀亭匀，笑起来妩媚里还带点稚气。他说："房子有得租，就怕你住不惯，这里跟景区很近，人多的时候会忽然爆过来，闷起来又真闷的。"

谷雨笑笑说："我就怕它不够闷。"她的样子有一点天涯沦落人的散淡，可有可无的样子。韩默愈也不多问了。

韩默愈帮谷雨找的房子离他的鸟吧很近，是一个没守住寂寞，又舍不得放手的邻居的房子。那邻居在这里开旅游用品店，但一年里有半年都不在。卖一些杂七杂八的纪念品、小商品、画和雕塑。

房子倒好，也是想做客栈的，临水的两层，下面是长条的回廊，也挂了灯笼，放着几张藤几和椅子，上面兼做仓库。韩默愈让谷雨住楼上，也能分担那原来主人的部分房租。谷雨便栖身下来了。

没多久原来的老板专门来了一次，见过了谷雨，一餐饭下来便对她大为倾倒。请她闲时帮着把仓库里的货整理一下，白天反正都在，如果有人来，也帮着顾一下客人。

谷雨笑问："你这么放心我？"

那老板是个三十岁不到的富二代，到此开店也是一时兴致所起，这时正要带新交的小女友去清迈度假，跟谷雨一碰杯说："有你这样的美女帮忙，才是我这地方的荣幸呢！"

这时盛夏已至，白日渐长，夜晚愈短。小镇虽临水，溽热却也一点不减。到了晚上蚊子奇多，还有一种奇怪的小飞蛾，密密点点地贴在墙上，谷雨只好挂起蚊帐。

夜晚难眠，她枕着头翻书。墙角放了个小锅，炖着天麻粥。她依然保留着这习惯，还是原来的几味香料配上。韩默愈有一次过来，刚进门就说："好香，你这屋里什么味这么香？"

谷雨睡的房间里也堆着一些货。她心里不安，睡不到一会儿又爬起来看看账目。卧室里贴着陈货的美女月份牌画报做壁纸。家具里有卖不掉的积货，仿欧式家具的梳妆台，小小的玲珑的一只，有着浮凸的玫瑰花。也有当地手工的木板凳，还有台老式缝纫机。

她的衣服都用衣架挂在一个活动长衣杆上，衣杆另一边则是各种出售的花花绿绿的丝质、棉麻、蜡染的长裙和头巾，飘飘洒洒一直垂到地上。

地板上有一个大缸，插着学生们的习作，也有两张歪歪斜斜钉在墙上。

这一切不伦不类的组合，在凌乱里自成格局，一天天亲近起来。各种鸟已开始在外面啾鸣，天黑不到几小时天又亮了，透过晨曦微弱的光线看出去，越过几排浮动的屋瓦和小路，恰能看到那棵大榕树的树冠，像参天大伞一样一动不动。她不由想，日子就这样过下去了吗？

有时候她躺着，雷声隐隐地过来了，接着雨线斜扫，雨气透过纱帘浸入。她的毛孔里灌满了凉意，看到那一片白石桥与长亭都成了烟灰里绰约的影子。

这一场雨下得通透，万千道水流顺着屋檐流下，在水面炸开新的激流，它们会流到哪里去？她打开台灯，却没有亮，又停电了。

这一番场景太过熟悉。她不慌不忙地去找火，跪在地上掏摸了一下，从小柜子底翻出一包蜡烛，还是刚来的时候韩默愈给的。她又找到火柴，将蜡烛一根根点上。老式的红蜡烛，需要先将融化的蜡烛油滴在桌上才好将蜡烛身固定住。她小心地举着看那烛泪一滴滴淌下汇聚，再小心地搁在碰不到窗帘和衣服的高处。

她坐下来，满意地看着周身一圈明明暗暗的浮动。这无数小河小流汇聚成的四方墙的小楼，天地轰鸣中，像纸水墨间的一只摇摇欲坠的小灯笼。虽是不稳妥，总也暂时给了她暖意。

雨声更吵嚷了，哗哗地震着耳膜。天下的水都是一脉，她想，这里的水也总是会流到江里去，总有个什么时候，流过她窗下的这一源水，也会流过江洲。她和那里的人，也算共饮一江水吧。

门响了，韩默愈站在门口，戴着一顶竹笠，没披雨衣，卷起的裤管滴着水，他笑哈哈地说："停电了，怕你没光不行，给你送盏小灯来。"他递给她一盏玻璃罩子的煤油灯，还有一个瓷缸，装了几个粽子，"已经蒸热了，趁热吃，有白糖没有？"谷雨说有，想了想，她邀请韩默愈一起吃。

他们一面靠窗看着白浪滔滔的水面，一面剥着粽子。韩默愈看着四周的蜡烛，一些影子在墙上晃动，说："这地方给你弄得挺诗情画意。"

谷雨一笑，噗地吹灭了近旁一支蜡烛，手边的一小方登时暗了。谷雨说："你看，都是魔术，都是假的。"

韩默愈说："谁说假，你这个人不就是真的吗？"

谷雨说："我也是假的，你看到的我不是真的我。"

韩默愈说："不是真的，怎么会吃我的粽子？"

谷雨说："吃了你的粽子就要跟你来真的？"

韩默愈笑了。谷雨忽然一阵懊悔，不过几句你来我往，韩默愈的笑里已经有了一种意味深长。这里面的含义她一点也不陌生。怎么但凡有个男人在，她就会显出这副轻贱的样子？她骂着自己，就板起脸站起来收拾桌子。韩默愈也就告辞了。

她看着桌上点了一半的红蜡烛，已流了一小摊凝固的红泪，忽然想，小七看到她这副样子一定会毫不客气地嘲笑她骨头轻，言情剧女主角，时不时就能演几段出来。

　　有时候谷雨也去前面的景区转转，已到端午，景区沸反盈天，大小店铺火力全开。多日清闲，忽然地人气扑面，她也感到久违的亲切。

　　前面又有一阵耸动，原来来了一个表演团，联合了汉服社，在一家老宅前做活动。谷雨看到几个穿汉服、撑花伞的女孩子飘飘洒洒地走来走去，她们挽着发髻，一半是假发，长长地垂下来，插着些簪子和步摇。裙子都是落地的，大热天里显得辛苦，热汗流在脖子上，脸被汗和脂粉逼得红白娇艳。

　　谷雨觉得有趣，便跟着去看了看，老宅前面的一块空地上围满了人，表演已经开始，说是祭拜屈原。但其实是各种民俗小品，就连流行歌曲都有。

　　几个穿长衫的人弯腰整理衣服箱子，卖香包，还卖虎头鞋帽、扇子等，手串的摊子也到处都是。不断有人踩了谷雨的裙子，她只好一手拎裙摆一边爬上一个高地。这里的人也站了不少，居然给她挤到人顶上去。这时一个气球却飘乎乎地升上来，正升到她眼前，她一抬手便抓住了。这样子有点滑稽，地上一群人指着她哈哈笑起来。

　　看够了，她又循原路爬下去。一个老师模样的人在人群里对谷雨打量了半天，便有两个人过来问谷雨："同学，能不能请你参加我们的活动，做我们的模特？"

　　谷雨看看他们的打扮，说："我不懂这个，真不好意思呢。"那两个人说："没关系，你换套衣服，让我们的摄影师拍几张就行。可以付给你报酬的。"

　　谷雨还推辞，说自己年纪大了，出门也没收拾，不上照。那两人哈哈地笑，说："姐姐开什么玩笑，你这么好年华，素面朝天也是美的。"他们一边说一边拿了衣服比到她身上去，谷雨抬起头，前面一家店的镜面玻璃上清楚地映出她的影像。一件阔大的长袍服被抵到她的下巴处，下巴尖溜起来，腰身袅袅娜娜，一时间她自己都感到有点恍惚。

　　那一直观察她的老师走了过来，说："这种鹅蛋脸，这么天然的黑长发，做个堕马髻才风情的，穿小袖短襦，系高腰宽裙，再好不过。"一面说，一面两个人已经找出相应的服饰。一转眼，谷雨已变成了一个不知是汉是唐的女郎。她一回头，见一排三脚架已经架好，四面八方都有人举起长枪短炮对着她："美女，看这里！"

这种场面她是毫不怯的，她呼一口气，放松了，将袖子略抬起，只伸出一半的纤纤手指，轻轻抵住胸口，嘴唇弯出一个弧度，眼睛水灵灵地对着四面飞了圈眼风。

回去的时候，她一想起刚才那幕就觉得好笑。才半天的工夫，她赚了两百块，够给小宝买一套衣服再加一套画册的了。

她一路且看且走，挑选着礼物。不知什么时候自己的身后却跟上来一条小猎犬，棕色的毛，脖子长而结实，脚步轻巧，一直跟在她的脚跟后头走。她觉得有趣，买了个肉包丢给它。小狗机警地嗅了嗅肉包，却不理，跑去了一边玩耍。过了一阵，又跟上了她。

这时有人叫谷雨："小姐！你的东西！"

她回头，是个老太太，手上托着一副白色珠串，正是谷雨脖子上的。她摸摸脖子，果然是空的。心里轰地一声，刚才的得意全变成了悔恨。阿因给她编的串珠散过一次，她自己串起来，串得不够坚固，她一直想着要换根绳子重编，却一直耽误到今天。要不是这老太太，她一辈子都不会原谅她自己。

谷雨千恩万谢，又掏出 50 块钱要给老太太。老太太笑得皱纹一圈一圈，说："我给你重编一下吧。"

她坐在老太太的店里，外面日光耀眼，店里幽静安详。老太太店门前的摊子上挂着一束束的绳子，上面自配了小小的串珠，有水晶，有玉石，还有玛瑙。店里柜台玻璃板下的方格里一格格都是材料，也像阿因的习惯将它们分门别类。

老太太熟练地拿出钩针，抽出一条黑油绳，熟练地将珠子一颗颗穿起，打了个手法烦琐的结。谷雨问："您打的是什么结？"

"吉祥结啊，配你们女孩子好看。"

老太太一边跟她聊着，一边手上很熟练地串着。外面的人流如水一样淌过去，空气里一阵一阵的油烟味，还混合了烤串和臭豆腐的味道，各种方言的人们的吵嚷声汇成了一堵气墙。

谷雨浑然不觉，坐在小凳子上，她头顶是高高的木梁，风从堂后的窄门绕进来，带进一阵阴凉。她身体前倾，双手托腮看着老太太串珠。

"您会打如意结吗？"她问老太太。

"什么如意结？这里有各种结，你看看哪种好，我再给你打。"老太太将串好的链子递给谷雨，"20块。"

谷雨忽然说："我拜您为师，您教我打结和串珠吧。"

老太太笑哈哈的，说："这些还用学？这些简单的单线纽扣结，八字结什么的，你看看就会了。"

谷雨却真的坐下，认认真真地看了一下午。她不去打扰老太太做生意，只在心里默默地记下了那些手法。她将刚才做模特挣的200块都给了老太太，老太太喜不自胜，送了好几团线和针让她带回去练。老太太还介绍自己，姓盛，儿子女儿在这小地方待不住，都出去了，留下她也是无聊，就每天给游客串珠子，总也有点生意。难得遇到谷雨，愿意给她当徒弟，陪她解闷，还给她钱。盛老太太晚上一定要留谷雨吃饭，又请了两个街坊，都是摆摊开店的，有一个生意做得比较大，开了家玉石店。谷雨人灵活，嘴巴又甜，一顿饭下来，将要问的都问到了，自己的心里也已然有了计划。

天黑下来她才回到了自己的住处，她觉得极累，倒头便睡。半夜醒来却听到一阵轻微的鼾声，像哪里的电器没关好的电流声，她四处找了找，最后确定了，那是极均匀的鼾声。再找，竟是白天跟着她的那条小狗，不知从哪里溜进来，伏在桌下倒是睡得香。

谷雨被小狗给逗乐了，弄了点剩饭给狗，这回狗乖巧地吃了。她逗弄它玩了一会儿，看那脸的一半是金棕色，耷拉下来的耳朵颜色更深，橄榄核般的眼睛看人时是深沉的褐色。脖子上有个小牌子，刻着几个字母——"Armand"。

"阿尔芒？"她问狗，"你叫阿尔芒？"

英俊的小猎犬对她转过头，似乎在认可这个名字。

第二天她抱着阿尔芒问是谁家丢的，没人认，但它无疑不是流浪狗。有懂行的人告诉谷雨："你看它的毛色，这腿，这是猎狐犬呢！是名种狗，还这么干净。"

又有人认出来说："这好像是昨天来的表演团里的狗，明明看它上台叼飞盘的，什么时候走散了？没准人家找呢。"

谷雨问是什么表演团，有没有号码之类的，就没人知道了。有人说："急什么，反正那帮人四处转悠的，这两年来了好几回了，下回来，你不找他们，那主人也要来打听找你的！"

谷雨听了这话，索性去买了一套刷子给阿尔芒洗澡，又买了个蒙古包一样的狗窝，认认真真地养起来。阿尔芒在她脚边跟前跟后，也是随叫随到。竟像是她养了多年的一样，它踏踏实实地在这里安下了家。

谷雨从网上找了一套打绳结的手法教程，有一点闲就手指不停。

韩默愈几次来，她都埋头在一堆线里，手指挑来挑去，将那些简单入门的平结、纽扣结编了一排又一排。韩默愈怪有趣地看了半天，告诉谷雨，串珠子这事，也实在太小儿科了。现在是个人就会串珠，女孩子们都不玩十字绣了，谁手腕上都绕着五串六串珠子。韩默愈认为，要做这个，就不如专心的做一点，随便编编摆个摊子就太无聊了。

谷雨在心里说：我就是想做大。但她不把话说出口，只是在心里盘算。她去了几次景区，将盛老太太和新认识的人都拜访了一遍。几天后她告诉韩默愈，她想开个小店。

"做什么？"韩默愈问她。

"就做串珠，经营玉石。"

韩默愈想了想说："不是没发展，不过这事辛苦，要站店，还要自己去进货。而且，你不懂玉石行当，这行水分大，容易上当。"

谷雨说："我可以学。"她对韩默愈说想就在她住的地方，略加改建，让下面的茶吧变成店面。她联系了原店主，那店主小伙子心思早已不在这里，说只要谷雨愿意，随便怎样折腾都行。

谷雨便开始着手了。

韩默愈人地两熟，给她介绍了一个设计师，又将此地最靠谱的施工队找来，跟她一起定价格，算开销。在景区附近的工匠都是很有经验的，他们在尽量保持原貌的基础上动了几笔，仍是保持了鸟语花香的庭院式样，只有里面改成了店面。

谷雨又将里间辟出一面墙的博古架和书架，一色的藤茶几和小桌椅，里外都是木质结构，她在门口挂了块牌子，牌子上写着"如意"两个字。

"这是店的名字？"韩默愈说："倒是好听。"

"如意"的生意不算好，不在景区，想做镇卜本地人的生意也不现实。但谷雨也不着急，她店里仍是堆着以前的那些存货，有的用来装饰，有的仍在流通。

她正在学习阶段，每天手忙个不停，看出去的世界都是长长短短或者圆溜溜的。

她是真的找到了乐趣。有时候店里没人来，只有小狗阿尔芒在她的脚下打盹儿，等阿尔芒自己跑出去溜一圈又回来的时候，谷雨还坐在那里，拿着钩针，面前一大盘子的材料，她耐心耐气地操作，也能坐上一下午。有时候她一天只编一条，磨出满手的血疱；或者将编好的又拆了重编。她脾气好又耐心，慢慢地也有人专门来找她编了。

韩默愈觉得谷雨有些离奇，他原以为她只是一时兴趣，开个女孩子都喜欢的小店打发时间。没想到她十分认真，她除了往店里进了各色水晶、碧玺、蜜蜡、松石之类，又开始正经地研究玉石市场。她一开始是从别的老板那里拿一点，渐渐地胆子就大起来，跟着几个人跑了两趟苏州，回来已俨然一个老板样。

有一天两个学生模样的游客晃进她店里，看到她就说："哇，端午白娘子！"

她有些茫然，问学生们是什么意思，他们是在叫她吗？

学生们打开博客网站给她看，里面是她端午那天穿着汉服在景区被拍的照片。她一身白衣，衣袂飘飘，美目盼兮，在一堆虚化了的红绿热闹背景里，显出洛神般的飞仙之姿。学生说她可有名呢，这张照片传得很广，她现在是网络红人呢。

谷雨哈哈哈笑了一阵，然后说："我给你们编个结吧。"

她真的编了两个结，她新学会的四耳结，打出来像一枚漂亮的四叶草，一人送了一条，不要钱。学生们乐得又合影又发博客的，几天后又有人找了来，点名要找白桥"如意"里的谷雨。

现在她货源充足，人缘又好，还有传播出去的美名。人们来景区，也会专门冲着她多走几里，去一回白桥，找一回"如意"。

网络传言加上想象，谷雨成了一个远离世俗的隐居女子。他们慕名而来，看到的谷雨也从不让他们失望，就像传说中的一样，店里奇香阵阵，小锅里常年炖着中药粥。她跟网传的一样美，黑发如缎，十指灵动，谦虚而温柔。脚下伏着一条金色的小猎狗。

谷雨的名气渐渐大起来，还有杂志和电视台来做访问，谷雨想，凭一张照片也能带来生意，这果然是"看脸的时代"。

韩默愈问她："为什么推掉采访？这又不是坏事。"

"隐居隐出个红人，还叫什么隐居。"她说。

"没想到你还这么低调。"韩默愈觉得自己对谷雨一开始的理解有些失误，这姑娘总是出其不意，使他吃惊。看她平时笑语盈盈，很好接近，其实心里有很明确的谱。照她这个架势，是想把生意做成品牌啊！

他把这个感受告诉谷雨，谷雨笑而不答。

她正在串一副一百零八颗的菩提子，加了白水晶和红玛瑙一起细细地编。一根针退退缩缩，手腕翻几道，小指一挑一捻，出来一个漂亮的花结。却不知怎么又停了下来，像是在回忆。

"怎么了？"他问，"这不挺好吗？"

"如意结，我老是打不出来。盛老太太也不会打。"她惆怅地说。

"谁会？"

她像陷在一个梦里，脱口说："阿因。还有他姐姐。"

"阿因是谁？"

她不答话了，像突然醒了过来。她对韩默愈浅浅一笑，又继续做手里的活。关于她心里住着的那个少年，那个短暂的甜美的梦，她并不打算随便对人谈起。现在她想替他和她自己实践这个梦了。

快过年的时候，谷雨回了趟江洲。

江洲今年迟迟没有下雪，僵硬的街道愈发地冷，显得物是人非。

她由着步子走，将几条主干道看了看，又将小吃街商业街逛了逛，已是累得不行。彩虹姑娘的店已经改成了卖墙纸的，她也不想去找熟人了，见了面也不过是那几句话。

她还是不敢去冰冻街，其实已走到街口，这条路似乎永远都在拆，却永远都拆不完。时间在江洲是缓慢的。她慢慢地向长巷里去，远远看到老房子关着门，不像有住人的痕迹。

当然这也不一定。她走的时候来不及交代房东的事小七也许都交代好了，大概又租给了新主人也未可知。也不知道新主人有没有打扫天井，阿因的房间是不是换了样子。

总之还是不知道的好，这些眼不见为净。

不需要知道的事还包括霍思垣。明明她下午已经走到他的公司楼下，街对面新开了咖啡馆，她戴着墨镜坐了一下午，不知道想遇见谁，而遇见谁她都不会理会。

一直到离开江洲踏上回老家的路，她也说不清为什么要来这一趟。

她的箱子里面塞满年货和礼物。在水篮街父母家住了几天，除了陪小宝，基本不出门，也不再往山上去。母亲自然不停地问她的近况，问来问去也不过就是那几句，有没有新男朋友，有没有跟小宝的父亲联系……

谷雨一概说没有没有，她不想告诉父母的很多，还包括在水乡，那个叫韩默愈的男人对她已趋于明朗的追求。

韩默愈为人谨慎，有着四十岁男人的城府和稳重，却也不失幽默。他的幽默是一种不动声色的冷调子，平时不多话，开了口说一句是一句，句句在点上。

他对谷雨的观察由来已久，谷雨自然清楚，她想，她不爱韩默愈，这是肯定的。也许连喜欢都谈不上。但在一定时间里，她一直下意识地等着他开口，他开了口她才知道下一步要怎样走。但他始终扣住了最后的表白。

他对她是关心的，照顾和帮忙都很有分寸。就算他看出点什么她的心事来，他也不贸然探问。

韩默愈这样的男人，该到哪一步就是哪一步，他静静地等水注满，到了渠成的时候，把握也有十之七八，才会对她开口。

那时候刚刚入冬，落了第一场小雪。本来不多的游人更少了，韩默愈拉了几个人，叫上谷雨，几个人一起在鸟吧里涮小火锅，喝自己泡的橘皮酒。同时欣赏着外面的细雪有些无声地落入水面，有些融在石桥上。

韩默愈这几个朋友都是从外地来此小住散心的，说都是在搞艺术。一个画画的，一个写字的，一个写歌的。都说来安静的地方寻找灵感，结果来了之后，见天地吃喝睡。加上韩默愈，正好凑成一桌麻将。

酒过三巡，话题便往下三路走。画画的盯着谷雨，夸谷雨长得三庭五眼黄金分割，请谷雨去做他的模特。

写字的就问他："你的模特穿不穿衣服？"

画画的说看情况，谷雨这样的人才穿衣服就太可惜了。画画的剃个光头，络腮胡从下巴连到耳朵，眼红红地看着谷雨。

谷雨心里骂他下流，脸上却笑嘻嘻的，问："你老是画裸体女人，你老婆不介意？"

画画的说爱情是爱情，艺术是艺术。写歌的说艺术跟爱情怎么分得开？画画的说："要是谷雨这样的，自然就分不开咯！谷雨要是答应我，我一定会创作出一幅让她知名的作品！"

韩默愈起身给火锅里添了点汤，坐下后椅子向谷雨倾斜了一下，胳膊自然地搭住了谷雨的椅子靠背，说："谷雨早就红了，谷歌百度里都有她的搜索量。"

"那你放心？"唱歌的见了他这姿势便问他。

"放不放心的，要谷雨自己说了算。"韩默愈说。他的态度自然大方，也像是给谷雨解围，她便心领神会地也将肩膀靠过去，说："你们听见没有？"

这样两个人的姿势就显得很心照不宣了，大家哄笑了一回就换了话题。韩默愈却没有把手放下要调整坐姿的意思。谷雨心里暗暗地想：看你撑到几时。

她拿出女主人的姿态去招呼众人，吃完饭还跟韩默愈一起送朋友们出了门。

韩默愈返身回来，谷雨正帮他收拾桌子，阿尔芒在桌下挑挑拣拣啃着骨头。韩默愈在她背后看了一会儿，她穿着高领紧身毛衣，还系了个围裙在腰上，麻利地将一堆碗叠在一起。韩默愈说："谷雨，你比来的时候变了不少。"

"变老了？"她头也不回，手也不停。

"变贤惠了。"他说。

"所以呢？"她问。

"所以我认为该考虑一下我们的事了。"

她失笑，这个人连浪漫话也不会讲。"我贤惠了，就能纳进你的考虑范围？"她问。将尾音拖得长长的，有心要给他个难堪。

他却没有笑，将她拉过来，坐在自己对面。他喝过酒的脸是有点红的，眼神却很清醒，这样认真地看她，就显得很郑重。谷雨的心倒跳了一下。

"你知道，我对你的观察已够久了。"他说。

"观察我，还是考验我？"

"无疑你有很多故事，"韩默愈说，"但我不是一定要了解。我喜欢的是现在的你。"

谷雨在心里默默地咀嚼了一下这句话,过了一会儿她说:"你爱我?"

韩默愈笑得像看一个执拗的孩子。他说:"你还没有意识到吗?你需要我这样的人,我们是合适的一对。我不太感兴趣你的过去,我们的方向步调一致,我这么明确地认准你,可以称为你说的爱吧。"

她说:"一年前你就对我有兴趣,怎么现在才开口?"

"谷雨,你是个迷人的女人,对男人来说是很性感的。一个正常的男人想跟你好上,也是非常正常。住得近,又都是成年人。但是好上是好上,婚姻是婚姻。"

"你是说,你那时候想跟我好上,不想对我负责?"

"我会照顾你,但我不想照顾一个没有自顾能力的女人,你懂吗?以前你打把伞都能被风刮跑,现在你实际多了,更像个成年人了。对一个像我这样的男人来说,虽然还有点不切实际的梦想,但显得很可爱。"

"我不但成年,还有个儿子呢。"她恶意地说,看着他的反应。

"不错啊,我有个女儿,正好凑个'好'字。"韩默愈说。

后来他们沿着小街慢慢地走,酒意挥发了一点。薄薄的一层雪随下随化了,路面现在只是一层湿漉漉。阿尔芒颠颠地小跑在前面,又绕回来在他们脚下打着圈儿嗅。他们开始徐徐谈起各自的过往,也是自然而然的。

韩默愈说,年轻时少不更事,也很浪了一阵子,结婚早,离婚也早。此后便很怕被束缚,换了几个工作,也都不能长久。也到过不少地方,这里也只打算待个几年就走,没想到遇到了谷雨。

他不是个急切的人,这几年隐居般的生活让心静了不少。他可以一直看着她,等她发现他的好处。韩默愈又让她放心,他和前妻的孩子跟着前妻,他的经济也还负担得来。

谷雨默不作声地听他讲,她心里有些好笑,有些感动,加在一起就成了感慨。这本是她的邻居,也算是她在此地为数不多的朋友,忽然间对她这样把家底一倒,就成了摆上天秤一端的砝码,等着她拿相同的分量来压。她不曾想这相亲般的场面竟也有天会发生在她的身上。

他说完了,接下来似乎轮到她了。

　　她仍没开口，他也不多问，将她的手握住，放进自己口袋里。这个动作温存稳定，他温凉的掌心也给予她一阵舒适。

　　她便慢慢地讲起来，但她不知从哪里讲起。她的人生盘根错节，自觉混乱不堪。如果按照时间顺序，该从陆明开始。但她总觉得在陆明之前还有很多事要讲，还有很多很多他不知道的事。她深渊倒影般的童年，她挥之不去的噩梦，那些女巫与公主……

　　他不知道，就无法懂得她。

　　但她又想，何必要他懂得呢？

　　她开始讲起自己的初恋——陆明。却是姐姐的爱慕者。她等了很多年，终于有机会和陆明在一起，她拥有了他，却不爱他了。

　　她不知不觉地越讲越多，原来她堵塞了这么一肚子的话。从前没有人听她讲，小七即使看出来也不要听她讲。而她在日复一日的淤积里几乎成了一条生锈的水管道。她忽然怀疑，自己需要韩默愈这样一个男人，也许只是需要一个剖白内心的机会。

　　这样想着她愈发急切了，但却越来越难理出头绪。她为什么不愿意跟陆明在一起，为什么有了孩子还要离开他，为什么她那么强烈地想要去爱霍思垣……她不说出理由，韩默愈便永远想不明白。

　　也许他会觉得思垣够优秀，够年轻，够帅气，还富有、正直，具备一切满足女人喜爱的优点。可是阿因呢，阿因又怎样提起？

　　她越讲越乱，已经无法自圆其说。韩默愈仍是一言不发地听她讲，他始终平静，也没有松开谷雨的手。

　　韩默愈的表情表示出虽然谷雨语无伦次，讲的故事时间混淆，甚至失去了逻辑，但他是听得懂的，不但听懂，而且理解。

　　"可是我不能跟阿因在一起，你知道为什么吗？"她絮絮叨叨地说着，不知道她已经重复过几遍这个问题了，"为什么呢，因为他是小七的弟弟。小七就只爱这个弟弟，她生怕我带坏了他。而我真的带坏了他。我不需要思垣了，小七却把我推给他，或者把我推给陆明，无论是谁都行，就是不能跟她弟弟在一起。她不知道，我那时候已经跟阿因在一起了。"

　　韩默愈忍不住微微一笑，同时把她的手捏紧了些。"谷雨，你知不知道你活了这么大，已经当妈了，你心里的那个小女孩还在。"

"什么小女孩？"

"这个，"他把她拉到胸前，捏捏她的下巴，"一个脆弱的，随时需要人关心疼爱的小女孩。看来你小时候很缺爱。"

离得那么近，她以为他要吻她，可他只是看着她，两人之间的气流温暖起来。

"我是个小女孩。"她模模糊糊地说。她呼出口白气，又看着它慢慢地消散。"小七说我们都是沉睡的人，等着人把我们唤醒。她需要很多很多的血，而我需要的只是一个吻————一个爱人。"

"这样？那么我来了。"韩默愈说。

"你是那个人吗？"她问。

"我相信我是。"他说，"还有个原因，我不知道是否重要。"他斟酌着说。

"你说。"

"我不认识你的那个小七。我不否认我对她也有点兴趣，但她丝毫影响不到我对你的态度。"

"这是什么理由？这跟小七有什么关系？"

"你没发现她一直都在你的生活里吗？她无疑对你的影响巨大。现在你放心，我跟她一点关系也没有。所以跟你那一团糟的前半生也一点关系都没有。你跟我在一起，会有一个崭新的后半生。"

他不该这样评价小七，她模模糊糊地想。但她也没办法对他解释小七。这里面难以形容的似亲似仇的关系，那像层层波涛错综难理的，无法说清的感受。

最后她安静下来，他也安静下来。他们像中学生那样牵着手，看最后的一点雪末在黄黄的路灯下像一团蚊蝇般飞舞。

几天后他们第一次做爱，程序有条不紊，但并不成功。

韩默愈传统但不算保守，也许是刻意地想讨她欢喜。餐前有红酒，瓶子里插了一束百合，他将红酒徐徐倒进她的杯子，说："祝你愉快。"

她也配合，举杯说："前程似锦。"

两个人说着都笑了，觉得像大人在玩小孩子的游戏。他把她拉过来，嘴唇印上她的前额。看到她扑闪着的睫毛，他不由心旌摇曳，往下吻了下去。

她半迎合，没有很热情，也没有推诿。他吸一口气便开始吻她的脖子和肩膀，她的身体有一点配合，又有一点躲闪，这种欲拒还迎无疑是诱人的，但他觉得她绷得很紧。他想对她说放松点，但这话绝对会使人发窘，他便忍住了。

他将她的衣服松开后，她温暖的皮肤使他舒适而兴奋，他将手按上她后腰那一处曼妙的凹陷，便将身子贴了上去，紧接着却一阵凉——她伸胳膊推开了他。

他光裸着上身，一时反应不过来，问："怎么了？"

她一手扶着桌面，另一手掩住自己，将光洁的腰和饱满的胸都遮住了。她的脸色也变了，不知想起了什么，嘴唇开合几次也无语。她是在挣扎，有苦难言般地眉头深锁，下巴紧缩，喉头颤动，弯下腰，像强迫自己咽下去一大块冷面包。

这种神经质的自我抗争延续了几个回合，终于她拿起衣服又穿上。

一时间韩默愈觉得谷雨变成了陌生人，他问："你还没有准备好？"同时他觉得自己可笑，问出这句话的自己太可笑。

她背对着他，迅速扣上衣扣。这个背影明确对他说出一句：对不起。

韩默愈拍拍她的肩，感觉她的肩在他触到她的一刹那又绷紧了。他便不再碰她，起身拿起外套走了出去，将门轻轻带上。

谷雨还痴痴呆呆地站着，过了一会儿觉得实在无力，才坐下来。

她将杯子里剩的酒喝了，胃里有一点暖了。她想韩默愈有他的道理，她的前半生是迷茫、颠沛、混乱、不知所措的。她该有个能看得到未来的后半生，纵然无趣，纵然无味，纵然不能用"未来"来形容。如果要选择，韩默愈是个各方面都很靠谱的男人——他实在。

她说服自己去尝试，但她还记得那些身体的感受。极乐的感受，完全打开，忘乎所以，披肝沥胆的感受。有那一次，她就知道极乐不是来自身体，融合的不仅仅是肉身。交上的是自己，和对于对方的无要求。融合的是未来和彼此的信托，那么动人。

她想，身体远比头脑和语言更诚实。人会蒙蔽自己的心，身体却会毫不留情地揭穿你。

只要她还记得阿因，记得那些感受，那些感受纷纷揉碎了，落下了，只剩最后一点还留在她身体里，不露声色地陪她活着，像缚住她心脏的一条细细的线，并且，只在关键时刻会忽然地一抽，便让她魂不守舍或痛不欲生。她恨着这条桎梏住自己的线，但她无法剪掉它。她已经体验过那样的动人，只要她还记得那种动人，她就没有办法再打开迎进一个靠谱而陌生的韩默愈。

这次之后，韩默愈没有再勉强她。她话已经说出口，态度已经明朗，他反而不急着追究下文。

他们还是平日里各做各事，他经常来看她，一起吃个晚饭。关于以后，谷雨不提，韩默愈也不提。他似乎沉住了气，反正日子过下去，慢慢也就到了以后。

一转眼开了春，谷雨屋檐下的燕子已经筑起新巢。几天后是清明，地方上又作起老戏新唱的新风俗。景区一批一批的人来踏青，又搞起文艺节，各种戏团来表演，小孩子都跑去看热闹，也问她去不去。

她心想阿尔芒的旧主人没准就在那表演的人群里，现在她可是舍不得把狗交出来了。傍晚韩默愈来她这里吃饭，两个人刚端起碗，附近的小孩领着一个人一直走到她的门前来，叫着："白娘娘，白娘娘！有人找！"

这里的几个小孩都叫她白娘娘，她以一张端午白衣的汉服照闻名，又站在桥上，就得了这个外号。

她心里一跳，阿尔芒已经在门前叫起来。韩默愈看了她一眼，说："捡人家一条狗，是有多心虚！你看你的脸色都变了。"

她拿自己的筷子在韩默愈的筷子上使劲地敲了一下，把韩默愈的筷子打在桌上，才起身应着走出去。

门前站着个年轻男人，正蹲着逗阿尔芒，他看起来风尘仆仆，肩上一只很旧的旅行袋，看到她，他站了起来。

谷雨惊得一声叫没忍住，韩默愈在屋里听见，也走了出来。只见谷雨跟那陌生男人面对面地站着。这是个很俊朗的男人，宽肩长腿，厚实的头发下一张略长的脸，轮廓清晰，五官夺目。

而谷雨，却是脸色发白。韩默愈立刻意识到什么，他收住脚步，又退回了屋内。

后来谷雨对韩默愈说起陆明来过的事，由衷地对韩默愈表示了感谢。无疑，韩默愈成熟、冷静，有自控力。最重要的，他能先一步为对方设想。

陆明这又一次莽莽撞撞地闯进她的生活，却让韩默愈在无意中赢了漂亮的一仗。

谷雨告诉韩默愈："对，那就是小宝的父亲。他在网上看到我的照片，一路找了来。"

"你爱他？"韩默愈学着谷雨的语气问。

"当年很爱。"

"现在呢？"

"你说的，我现在长大了，他还没有。"谷雨告诉他，陆明只是来看看她，看到了，也就行了。

韩默愈看着她忙活，她嘴上说着事，手上却不停，在给他编一个包挂。韩默愈已经说过她几次："编了一面墙，可从没送过我一个。"

她就真的给他编了。陆明来过之后，她和韩默愈的关系反而增进了一步，他的忍耐和含蓄又赢得了她的一些好感。

他却挑剔起来，嫌这颗青金石色不好，又嫌她才学的八股转运结不好看。她问："男人撒娇，是不是表示他真的对那个女人上了心？"

"只怕上了心，反而丢了心。"他说。

她却没有听进去，一根绳结卡在那里，她绕了几次绕不过去，她停下手出了会儿神。

"在想什么？"他一只手盖上她的手背问。

这个时候不该扯到其他人，可她不想瞒他，"想阿因。"她说。随即看看他，问："生气了？"

韩默愈偏过头，点了根烟。他的姿势告诉她，他没有生气，但并非全不介意。

"攻你的心就像攻城，千军万马打下来，发现是座空城。"他说。

谷雨忍不住一笑，韩默愈真的讲起浪漫话来还是有一套的。

见她笑得妩媚，他多了点把握，往前凑近一点，"你给我编个如意结。"

"不会。"她说。

韩默愈没有气馁，他沉吟着，说："让我想想有什么办法一劳永逸。"他将她的手拿起来，一根指头一根指头的搓弄，最后，停在无名指上，拿起一根红绳围上去比画了一下。

"做什么？"她问。

"想知道你手指的尺寸。"

她笑一下表示心领，任他搬弄手指，将那条红线系在她无名指头上。她心里却不轻松，她知道以陆明激烈危险的性格，这事不会轻易了结。

几天后有个客人拿着一串断了的珠子来请她重编，那珠串的绳子旧了，从中间断开，头上的结却是好好的。她翻了一下，不由怔住了。她拧开台子上的小射灯，仔仔细细地看那串珠结，然后问客人："这是谁给你编的？"

客人说是买的。

"在哪里买的？"

"前面的镇上啊。"客人指一指景区方向。

谷雨费了一番口舌，请客人将那串珠串留给她借用一下，作为交换，她送了一块琥珀给那客人。第二天她去镇上找到当初教她串珠的盛老太太，请老太太欣赏那上面的如意结。

"那时候我问您会不会打如意结，您说不会，可是您看您卖给人家的手链，这分明是如意结。"

盛老太太戴上老花镜看了半天，"这是我卖的，但这个结好像不是我打的。"

"谁打的？"

"我哪记得哟。"

谷雨不死心，央她再想想，再想想。盛老太太想了半晌，说去年来过一个过路的姑娘，在她店里歇了一会儿喝了口水，看她打结，就顺手帮了点忙，帮她打了几个。大概这就是其中的一个。

"哪个姑娘？哪里来的？"

"我真不晓得了，你饶了我吧。"盛老太太说。

一直趴在旁边看热闹的一小男孩忽然说："我知道，是那个表演团里的姑娘喏，我看到她进店来的。"

"哪个表演团？"谷雨盯着他问。

"端午跟清明都来过的呀，我特别记得她咕！她好厉害！"小家伙眼发光地说。

"怎么个厉害法？"谷雨差不多身子也贴到小孩身上去。

"她功夫好酷啊，她会抓麻雀，抓鸽子，一手一个，好厉害呢！"

"表演团在哪儿？"

"那不知道了。"小男孩说着跟盛老太太挤眼睛，请盛老太太一起看谷雨失魂落魄的表情。

谷雨走回家的一路上都懵懵懂懂，这闪电一样的消息劈在她心上，她的整个身体里都像有回声。

阿尔芒远远地奔过来，两条前腿扒着她，她俯身抱它起来。这狗又重了，项圈都紧了，得换一个。她伸手取下那项圈，忽然又不动了。她抚摸着项圈，再一次去看那几个字母，那拼成的名字。

韩默愈来的时候，谷雨正在电脑上飞快浏览一本书。她神态急切，近乎于贪婪般，将浏览条上上下下滚动。韩默愈看一看屏幕说："你还看安妮赖斯呢。"

"你看过？"她终于抬头看了他一眼。

他说以前看过，是讲几个吸血鬼的故事。

"叫什么？"

他想了想，报出几个名字——路易、莱斯达、阿尔芒。他笑起来，"跟你这狗一个名字。"

她的心思早已不在电脑上了。

谷雨去镇上找了群艺馆，问他们每回艺术节，有哪些固定的团队会来表演。群艺馆的人说都是邀请的，也有固定合作的几家，有时候也有外来的，流动性大，就不好讲了。

她问有没有一个表演抓麻雀的女孩，负责人皱起眉头想了半天说这个不记得了。他们跟汉服社有合作，还有一家学校的话剧团，他们马上要弄一个大型的话剧节……谷雨不等他讲完就打断，负责人说："你说的这个我们真的不了解。"

旁边一直低头玩手机的一个大姐说："是不是来过两次的'边走边唱'啊？"

"什么边走边唱？"谷雨马上把 200 瓦电力的眼睛对准这大姐。

大姐说"边走边唱"是一个民间表演团的名字，现在有这种民间自己组的团，都是自愿攒在一起的一帮人。是自主经营的，基本上哪里都能去。他们自己有车有伙食的，很方便。现在这种表演团是最受欢迎的。她说谷雨讲的人大概就是这里面的。

"有没有号码？"

大姐在手机里翻了翻，还真找到一个号码报给她，说那是领队。

谷雨按着号码打过去，对方却不认识谷雨要找的人，又给了她几个号码，牵牵绊绊都是干这行的。

谷雨一个号码一个号码地打，但每个人都给了她另一串号码。她沉住了气，顺藤摸瓜，四面八方地打过去，终于有个人说："抓麻雀的那个小七？"

谷雨心里大跳了一下，她咧开嘴想笑，却又几乎要哭出来。"对对对，"她说，"就是那个小七，她在哪儿？"

对方说那个姑娘不是他们团的，就是来客串了几次。她是自由人，一向是这个团窜到那个团的。"她不就住你们那里吗？你怎么到我这儿找她？"

谷雨以为自己听错了，"她住哪儿？"她屏住气问。

对方说："她住白桥啊。没有错，我们就是去那里找的她。"

谷雨走过那座桥，走过很长的棚廊，沿着长长屋檐投下的阴影走在青草凄凄的石板路上。她怀里抱着阿尔芒，抱得累了，就放它下地自己跑。阿尔芒出来放风，乐得一颠一颠。

她走过那棵大榕树，榕树生在四方形的广场上，四周很空，几条小路四通八达，指向不同的地点。白桥不算大，但往里走也深得很。初见面时，韩默愈就这样对她介绍过。

她这么可笑，住了两年，一回也没去过那深处。

越往里走越是荒芜，基本上有人到了这里就会觉得没路而掉了头。她停下来四面看看。阿尔芒这时却兴奋起来，一路地嗅，并往左边的小道上走去，她毫不迟疑地跟进去。

这里一半的房子空着，等着拆或者等有人买下改作酒吧客栈。这地方是半开发的，过几年再来看，也许会变一个样子。

她继续往里去，眼前开朗了一点，有一片小菜田，还是有疏疏的几户人家在这里住。再走几步，她闻到了一股熟悉的气味，混合着熟悉的药香与花香，与她自己身上的味道如出一辙——从一扇整旧的门里传出来。

阿尔芒向那扇门直扑过去，前爪搭上房门。

谷雨过去，敲了敲门。门应声开了，却没有人，只有一只黑猫懒洋洋地躺在地上晒太阳。她的呼吸窒了一下，嘴巴里"呼哨"一声。黑猫嗖地抬起脸，冲着谷雨看了一会儿，一个激灵爬起来，接着尾巴翘起，"呜"的一声，没有一点犹豫，一道箭般地奔出门，钻进她怀里。

旁边的一扇门也开了，一个头皮青溜溜的半大男孩看着谷雨问："你找谁？"

谷雨一时说不出话，对着他将怀中的黑猫亮了亮。黑猫此时已一跃下地，与阿尔芒互相凶了一阵，一前一后追逐起来。

那虎头虎脑的男孩说："哦，你找她啊，她们今天有演出。"他报了个地址给她。

傍晚的时候，谷雨出现在离此地 20 里地的剪彩仪式上。

当地一座大楼要起地基，按风俗，要好好热闹两天。谷雨赶来的时候，表演已过大半。此前她紧赶慢赶，搭了几辆顺风车，才在落日之前赶到。

谷雨远远地看到高高的台子上有一群穿短裙的姑娘正跳健美操，她们齐刷刷地亮出大腿。旁边几个小伙子打鼓，不伦不类的一个组合，台下也是一个个仰面兴奋地围看，阵阵叫好。

谷雨挤在人堆里，她踮着脚看了看，又挤出人群，绕了一圈，再次奋力地挤进人堆。她的目光一点一点地梭巡，一个一个地注视，终于，停在台边的一个女孩身上。

那女孩穿着一套合身的连体衣，没有像那群跳"大腿舞"的姑娘一样只裹住三点，不同的是她戴了一顶银色假发。她上台的时候，音响里放出一支 *Sealed With A Kiss*。悠扬的调子让人群静了一静，她的背后随即飞起一群彩色鸟雀，不知是什么品种。人群呼叫起来。

女孩伸出胳膊，游弋自如地让那些鸟儿停在她肩上、胳膊上、手上，嘴里呼哨出声，鸟儿围着她飞舞起来。后面忽然有鼓点急促地响起，压住了乐声，女孩随着那鼓点节奏，闪电般伸手捉住了一只鸟，接着又是一只……台下轰然喝彩起来。

主持人拿着电流丝丝的话筒在台边说，这个节目叫"百鸟朝凤"。

女孩鞠了一躬，她的脸上画了油彩，看不出表情，那低垂的眼睛和松弛的嘴巴，显得仍是心不在焉。下台的同时将假发脱了下来，露出穗子般的发梢。

谷雨感到一股热慢慢地从胸中升起，快速地蔓延到了眼睛里，视线模糊了。她想，两年的时间，这人竟成了个表演者，用油彩画出面具，因此可以不用对人笑，也不怕被人认出。原来这人竟一直在她身边，在距她咫尺之地生活了两年。

表演完毕的女孩此刻蹲在一个角落里不知在整理着什么。她似乎负担着音响和监场的任务，时不时地站起来冲后台喊一声，又站在调音台旁指点一番。她站起来的时候可看到背影瘦削，蹲下便旁若无人，似乎锣鼓喧天都不干她的事。

谷雨的视线随着她上上下下。

人终于散了，满地爆竹红屑和花花绿绿的彩纸，夹杂着一些宣传单。女孩没有马上离开，她弯腰一样一样收拾满地的衣服、道具和杂碎，又将几只乱跳出笼的雀儿捉进笼子里。音箱里悠悠地正唱着几句"Yes it's gonna be a cold lonely summer，But I'll fill the emptiness，I'll send you all my love everyday，in a letter sealed with a kiss"。

女孩的身体随着有一些自在地晃动，显得很悠闲。在肩膀的一些左右摇晃里，她依然有了一个下意识的反应，像是一个无声的提醒，她回过头，便看到了站在她身后的谷雨。

谷雨抱着一条金色小猎犬站着，脸因背光而显得暗沉沉，背后是倾泻一般的漫天晚霞。霞光的边缘被点燃一样冲出金光，但即刻就要被吞噬，沉入紫红与苍蓝不停变幻的云层底处。

女孩将手上的最后一只雀儿扔进笼子里，慢慢地站直了身子，又将脚边一团海报幕布踢开。脸上竟是丝毫意外也没有，似乎等着谷雨说话。

但谷雨一声不出，喉头痛得厉害，要开口除非把那硬块先抠出来。

她俩面对面站着，风似乎静了片刻，夕阳悄悄地移动，将一个人的影子投到另一个人的脚下。阿尔芒喉咙里发出低吼，"呜汪"一声挣脱了谷雨的怀抱，直向着对面的女孩扑去。

　　终于女孩涂满油彩的眼睛一眯缝，一丝笑从昔日的表情里透了出来，她开了口，还是慢悠悠，不紧不慢的。

　　她说："哟，还哭哪。"

Chapter 9 / 世界不完美
生活也就难免有缺憾

小七站在院门口，仰脸看着那牌子，念：如意。

谷雨站在她后面的一步之遥。新月刚刚升起来，在楼层的后面露出一点钩影，树的影子黑黢黢的，又沾染了一点黯淡的红灯笼，有一点超现实的画一样的意境。

谷雨觉得今晚的"如意"有点不同于以往，她在这里住了两年，认识这里的每一个清晨和日落，熟悉每一个夜晚，今天却有了一点变化。她越过小七的肩膀看去，觉得自己是在用小七的眼光去审视，于是一切有了新的含义。她看到的是小七眼中的"如意"。

阿尔芒还沉浸在亢奋中。从见到小七起它便一直蹿来跳去，从身体深处透过长长脖颈发出压低的咆哮，又摇头晃脑，接着抱住小七的腿再不放了。

小七轻轻地踢了它一脚，终于还是抱起它来，忍耐着阿尔芒的热气和唑唑的舌头，说："这狗倒有良心。喂了它几天，这么久了还记得我。那个王八蛋莱斯达就隔三岔五跑出去招惹母猫。"

"莱斯达比你义气，莱斯达还知道来认我，不会躲着我。"谷雨一面说着，一面拉桌子放茶具。

她的动作有一点重，有点摔摔打打，像是代替了嘴巴在发作。小七看着她布置，她像当地人一样穿件花布罩衫，头发挽在头顶，灯下双眉修长，转来转去地将各处拾掇。腰身和手臂都舒展得像舞蹈动作一样。

小七说："我可没躲着你。"

谷雨一脚将地上的开关踢开，一手"哗"地又把水拧开，说："来洗脸！"

小七不跟她计较，还是去把脸洗了，洗掉那些油彩。

谷雨看着她洗干净后的脸，眉毛很淡，皮肤有点粗糙，眼里还是什么也装不下似的，看着仿古的青砖和洗手池，墙壁上挂的水彩画，眼光各处掠了一遍，就算是全看过了。

她还是拉着小七楼下楼上地参观，看她的店，看她的摆设，还卖弄她的手艺。

一丛兰草从屋顶垂下，被顶上的一盏宫灯映出红色。四壁满满垂着她串的珠子，打的结子，地上一码码堆着材料和香料，一些设计图纸靠墙码好，是一个整齐规制，心里有谱的人对未来的设想。

小七默默看过一遍，推开雕花窗格，那延伸出去的宽宽窗台上的一排多肉植物，装在丁零当啷的小罐子里。

"是个老板娘了。"小七说。

"不是老板娘，"她纠正小七，"是老板。"

"没错，很赞。"

"你怎么样？身体怎么样？"她又问小七。

小七将嘴一抿，对着她挑了挑眉，意思是：你不是都看到了吗？

"你为什么不来找我？"她终于还是问，"你早就知道我在这里了是不是？"

小七答非所问，说："你要结婚了吧？"

谷雨顺着她的目光看到自己手指上的红线，这是韩默愈那天拿根红线拴住了她的手指，那是他难得浪漫的时候。他对她说，在戒指套上她的手指前，先让这红线占住位置。

谷雨也答非所问："你再不出现，我娃都抱上了呢。"

小七点点头，下楼去了。谷雨随着出去。

夜色已经四面笼罩，这里跟景区不同，虽然也挂灯笼，但是是稀疏的，光彩也黯淡很多，流动的水面显出静谧来。点点的微光映在地面，远处的草丛里有流萤舞动。

小七的手指微微一动，谷雨已给她把茶倒上，小七冲她笑了笑。两人的默契度依然，都想起了在冰冻街的那一年。隔着这许多里路，许多山许多河，彼此换了模样，却还是这一弦月。

小七说："这里不错，能长久住下来挺好的。"

"你什么时候知道我在这里的？"谷雨不追问出答案就不甘心。

小七知道她在这里远远早过于她发现小七。关于这一点她深信不疑，小七休想否认。

小七又笑一笑，这是拗不过她的意思。小七说："一年前我就看到了你。去年的端午，你风头出尽呢，万人迷小姐。"

那个炎热的端午，彩旗招摇，人头攒动，五色令人目盲。她一身汉服，身边旋风一样裹挟着人，她如众星拱月。在她周围，好几个舞台扎在不同的地点，乱七八糟的民俗和各种歌舞表演。其中某处台上，隔着一段距离，小七正远远看过来，看着她。

"你怎么不来找我？"她还是这一句话。

小七说："我不想来找你。"

"那你为什么住在白桥？"

"我既然死不了，也总得有一个地方过日子的。"

"那你……"她一时间有无数问题要出口，又忍回去了。何必呢？这就是小七，习惯于把人推开，但也不会离得很远。何必多问，小七做事从来也不用给出理由。

"反正你不来，你的狗也会来找我。"谷雨说，还带一点气鼓鼓和揶揄，"阿尔芒跟我可好呢。"

"我知道阿尔芒在你这里，我的狗不见了，我可是找过的。"小七说。看着她又要发作，小七抢先一步说："这不是挺好嘛！"

谷雨忽然也觉得好了，既然小七觉得好，她也觉得这就是最好的。她胸口长期积压的苦闷，如被神奇的手指一点，一触即化了。那像小山，像沼泽一样厚重的淤滞的烦闷，那无可名状、无从表达的不如意，忽然间化开了。溶解了般的轻快之感，一层层地涌动荡漾起来。

她不由感叹，命运多么奇妙。

如果小七不是和她同样保留着那些煮药材的习惯，还有那些香，阿尔芒怎么会找到她门上。

如果小七没有在盛老太太那里露那一手如意结，她怎么知道她就在附近！

如果她没有决定开这个店，没有去学打结，又怎么能跟小七再遇上！

小七似乎也是很感慨的样子，但小七习惯于沉默，小七沉默就表示她默认，至少是认可了这妙不能言的命运。

　　夜湿的气流带着暖意，似乎有了一点响动，似乎是阿尔芒睡梦中的鼾声，也或者是白桥下悄悄的水流，一点点潺潺地淌过去。谷雨觉得，这种沉静的、缓缓的促膝长谈是像梦一般的。

　　她还有很多事想问，她看出小七也没有那么若无其事。小七的胸口也思绪起伏，小七的心里也有离愁，有欣喜。

　　"我不用找你，我知道你过得很好。"小七说。

　　"我过得好吗？"谷雨问她。

　　"比我认为的要好。"小七说，"谷雨，你好像真的长大了，你挺了不起的。"

　　谷雨脸上竟一热，接着眼睛也热了。她控制着自己，今天见到小七后她已经哭了好几次了。这是小七第一次不掩饰地肯定她、赞赏她。

　　小七话说很慢，像玩笑又像郑重，但谷雨听懂了她没有说出的话——你把自己照顾得很好，你经历了一系列男人，却不靠任何男人，自己强大了起来。

　　她一向是依靠赞赏过日子的，而这赞赏来自小七，就更加可贵了，具有不同寻常的含义。

　　小七对于她一向具有一种说不清的魔力。韩默愈这样说过。韩默愈没有见过小七，但他是对的。

　　从小时候起，她就那样地想跟随小七。小七身上的邪恶、暴力，还有不可捉摸，对她都有着很大的吸引力。

　　成年后小七欺负她，嘲笑她，与她处处为敌，但她仍旧需要和信任这个魔女般的女孩子。

　　谷雨说："其实我离开江洲的时候，是想跟你打招呼的。"

　　小七轻轻一笑，"撒谎，你多高尚。"

　　她想，她走得那么轻手轻脚，不知道小七知不知道。她尽量把有分量的东西都丢下，将小七的药分作一堆。她想着自己离开，小七再拒绝思垣就没有那么容易。

　　"我没有想到你随后也走了。"她说，"我怎么知道你居然也回老家去。"

　　小七说："我是去找你的。"

　　谷雨惊得张开了嘴巴。

　　小七告诉她，发现她不告而别后自己也就随着动身了。为什么，不用多问。大家的理由都差不多。她也不想把思垣放在这个位置上。小七在电脑的记录上发现了谷雨查询过的火车时刻表，估摸着她回了水篮街，小七便选择了相同的路线。

　　"那你到了老家怎么不来找我？"她问，"你知不知道我后来也去了杨庄。"

　　她告诉小七杨庄的人们谈论着篾匠罗宇良的最后一晚，人们说看到老罗家的女儿曾出现，又神秘地消失了。

　　小七听着她描述，然后说："我早想过这一天，我本来要去看外婆，没想到先给我老子送了终。"

　　"他们说，你爸爸是……给雷……"

　　小七说："那些事不用提了，他看到我，就知道大限到了。"

　　那个晚上，罗良宇气息奄奄地躺在自家的床上，他以为自己出了幻觉，多年不见的女儿像幽灵一样出现在门边。

　　她冷冷环视着四周，看着那破败的木板壁，稀稀朗朗地挂着几幅照片，她父亲用惯的一套瓷酒具，还有一架老式闹钟，装在一个木头匣子里。最后，她的目光移到床上，她父亲躺在陈旧的蚊帐里，散发出一股身体破败的老年人的那一股腐朽的老油味。

　　罗宇良重重地咳嗽，一边去摸枕边的手电筒，屋子里不够亮，他需要多一点的光。

　　小七说："别看了，就是我。"她只见她老子一瞬间的慌乱，接着便是一股震怒。他的脾气不亚于当年，只是失去了分量，他的咆哮变成了一阵粗重的喘咳。

　　"我儿子呢？"罗宇良缓过一点劲儿之后，便问她。

　　"你没有儿子。"

　　罗宇良四处梭巡，想找个什么东西砸过去。他哆嗦着手，终于在枕头边摸到个竹耙，是挠痒用的，被摩挲了几十年，发出油黄的光泽。他第一次揍女儿用的就是这东西。他的手抖个不住，小七走过去，拾起那根竹耙塞在他手里。

　　"用这个，拿好。"小七说，"你快死了，想打就打吧。"

罗宇良瞪着这个妖魔一样的女儿，说："你克死你弟弟，克死你妈，现在要来克我了。"

"对，就是我害得你家破人亡，克得你一辈子不顺。打吧，打完你就踏实了。"

罗良宇嘴里发出最后的咒骂，说出的字模糊不清。但小七发现自己还是每个字都听得懂。他在骂她妖精转世，后悔没有在她出生时就掐死她。

"你老婆呢？怎么不管你？"她问。

"我没有老婆，死婆娘不管我，不给我买药。"他又咕噜了一句，这回是在骂老婆。

"没关系，这都是报应，她也会有报应。你还有什么话？"

"我想看看我儿子。"他说。

小七看着他血红的眼睛里一片混浊，生命已经逐步抽离这副肉体，用不了多久那皮下最后的肉体也会萎缩。

他出的气比进的气要多，一口痰在喉头上上下下地咕噜着，他没有力气咳出来。

"爸，阿因不在了。"她吐出这句话，心里一片麻木。看着她父亲最后变了的脸色，也木木地没有感觉。知觉和情绪还没有追上来，她也不知怎么叫出这声"爸"来。

罗宇良喘了一阵，"我没有气了，"他说，"快给我一点气。"他伸开五指向空中虚抓。

小七接住他抖个不停的手，放平。这只手阔大深长，骨节凸出，虎口如铁，是她童年最深刻的印象。五指有力而灵活，又那么稳定，会编出最灵巧的竹器，同样的，揍起人来也毫不含糊。

这只手曾经抽出绳子，吊起她，毫不费力地把一团小鸡似的她一丢丢到柴堆里去，竹篾划伤她的脸和腿。他又一把拖出她来，五指岔开，一把揪住她的头发，那么有力，直把她提得身子悬空，两脚离地。她挣扎着，一口口地咬在这只手上，骨骼硬得她咬不动，等到她能把这手咬出血来，她已经被揍得不怕痛了。

她出了门，站在空空的晒谷场上。天边的乌云已压到头顶，闷雷在看不见的地方急速滚动，像一群狂野的黑马即刻就要奔到眼前。

她大大地呼了口气，将那阵迫人的土腥气吸进肺里。她不知道在她背后的小屋里，罗宇良又睁开了眼，用尽最后的力气悄悄地爬到门前，爬到院子里。

他还有句要紧的话没说，他不想这样断气，他一生要强，他还需要一点活的气，有一点气他就能站起来。

他最后向小七伸出那只青筋暴突落了老人斑的手，"丫头，我枕头芯里，给我儿子留了钱。他要是用不着，就……给你吧。"

小七回头看着那双因为垂死而燃亮的眼睛，她觉得嘴巴发苦。她无数次地想象过怎样站在这肉体旁边，高高在上地俯视他最后的苟延残喘，而现在她却腿脚发软。对着这一副将死的躯体，她解释不出自己这突然而来的想跪下去的冲动。

就是那个晚上，人们忙着关窗关门，用胶带封住玻璃窗，头顶的雨棚被掀翻。那时候谷雨跟小宝正互相搂抱得紧紧的，在被子里咻咻地笑，在危险里的这一方妥帖中享受着安全和温暖。

而小七仰望着无所不容的天空，身后是濒死的父亲。闪电劈开云层露出剑刃一样的亮，像苍茫的命运露出下一步的端倪，那一刻她看到自己的下一步，漂泊成了她的宿命。

韩默愈看到小七的时候，明显愣了一愣。他有点来不及做出反应，只说："你好。"

小七也说："你好。"

两人有点局促地握了握手。谷雨不知怎么心里有一点惴惴，怕韩默愈不喜欢小七，也怕小七不喜欢韩默愈。小七自生病后，就不太喜欢跟陌生人打交道。

韩默愈要请她们去此地最好的酒楼吃饭，小七说不愿意出门，于是她们便叫了外卖在院子里吃。

谷雨心里忙着计划，想收拾出一间房让小七住过来，小七却是一口拒绝，说她现在的地方就很好，不愿意搬。

"你还要表演吗？"谷雨问。她实在觉得这件事很不适合小七，"你来来去去地在我周围登台，也不知会我一声。"

小七对谷雨还耿耿于怀的表情，只是付之一笑。"能养活自己的事干吗不做？反正也不累。"

"那还不累？你什么时候喜欢抛头露面了。"谷雨说，"你来跟我一起开店不是很好嘛，我正准备扩张，你正好能帮我规划一下……"

谷雨开始起劲地说起她的计划，如何把楼下的房打通，再加盖一间，可以做成一间书店，这样前后融合，就做成了一间书吧。

前面的景区眼看快饱和了，白桥这边大有发展，而且现在的房价跟两年前完全不能比了。

小七等她说完，才说："我没有兴趣当老板，你倒真把这里当家了。"

"也不是……"她否认，但她随后想想可不就是嘛，她真把异乡当成了故乡。而小七呢，她到哪里都是异乡。

晚上韩默愈对谷雨说，小七是不能勉强的人，随她的心意去吧。

谷雨就三天两头去看小七，将熬的粥带给她。还有各种衣服和常用物品也是带不够，她还给黑猫莱斯达带鱼干。阿尔芒每次都跟着她来，她帮小七打扫屋子，看一猫一狗在院子里玩得欢。

"它俩倒好，"小七说，"刚养阿尔芒的时候，莱斯达欺负它，狗又小，又不会上树，被整得很惨。"

"你训练阿尔芒表演？"

"不然呢，这死猫又不听我的。"

"那你还带它出来？"

小七说她走的时候，这猫一程一程地跟着，没办法，就一起带走了。

"你对动物感情倒深。"谷雨愤愤地说。

小七不理会谷雨的暗示，笑了一阵，拉拉她的胳膊说："明天有表演，要不要去看？"

谷雨去了。小七在台上并不活泼，但也像她说的，轻松、有钱赚，也帮得上忙，很抵得上用。小七是在哪里都能活得下去的人，她身上像有用不完的精力和满脑子的点子。

他们那个团里还养了狗、麻雀、鸽子，都是小七在养。谷雨看着她蹲在那里，花很长的时间给动物们洗澡、喂食、训练……谷雨总是劝说她退团合住开店，但每次开口就会被小七拒绝，被嘲笑。

"你还不明白吗？我靠近你对你没好处。你想想，你哪段好日子不被我弄砸？"

谷雨愣了，没想到小七会有这句话等着她。

她不由细细地想了她和小七从小到大这十多个年头，也许小七的破坏力真的和影响力一样深远，但她没办法看着小七像个江湖艺人一样过日子。

这也许就是命，但她认这命。

她又开始鼓捣另一件事，把认识的年龄合适的年轻男人统统都过了一遍，理出来，觉得合适的就打一个钩。

最后发现没有一个钩能打得下去，从头到尾全是叉叉。她又要韩默愈来一起想，沙里淘金也要给小七找一个男朋友。

韩默愈看着她发疯，说："你白花功夫，她见都不会去见。"

谷雨却异常认真，如果小七没有一个可靠的归宿，她就不能安然地过下去。

小七果然一次也不去赴约。"我不是你，男人都会喜欢你这样的女人，但我不想被惦记。这么重的感情压在身上，我受不起。"

谷雨只好作罢了。但这一天小七却出了事，她表演的时候从台子上失去平衡摔了下来。谷雨赶到医院时，小七正包扎好胳膊，又用头发遮住眼角的一道伤。

谷雨逼着她去检查，小镇上的医院却查不出什么。这下她说什么也要让小七住在她这里了，这回小七没有拒绝。

谷雨把该吃的药全部逼她一一服用，然后又旧话重提："你就一点不想安定？"她不知道小七为什么这么执拗，"你以前也交往过男人，思垣之前你就有一个……"谷雨顿住了嘴，觉得自己说多了。小七却不在意似的，笑了一笑。

"所以我知道男人是怎么样的，我不需要他们。"

"他是个怎么样的人？"谷雨忍不住问。她实在抑制不住对战烈的好奇。

"是个很不一样的男人。"小七说，"是一大片阴天，我看不透他。"

"他教了你很多东西？"

"你看我这么会摆弄动物，手这么快，是怎么来的？就是从他那里来的。"

小七说，"我是替他养鹰的。"

谷雨停下了手中的活，她第一次听小七谈起战烈。

小七说，她第一次遇到战烈，她还小，带着阿因，在茫茫的海市讨生活。她们跟一群不知从哪里来的流浪者挤在一起住，每天都有偷窃和流浪事件，每天最重要的事，除了想法子填饱肚子，就是尽力保全自己。

在最窘迫最绝望的时候，她看着海黑沉沉地掀起波浪，脑子一分两半，一半想着怎么找碗饭，另一半想着带着阿因从哪块礁石上跳下去最省事，一了百了。

最凶险的一次，大家都认为她完蛋了。她把一个来讨债，趁机把手伸进她衣服里的男人开了瓢。当时她一面向后退，等那人完全抱住她的腰，忽然手从背后伸出，将半块砖头拍到那人的头上去。

大家都说这下可完了，这姑娘不得生了，她怎么能去动他？他是替战烈做事的。

她喘着气问战烈是谁。

当她弄懂那些七嘴八舌后，还是不太清楚战烈是谁。但她明白了自己的处境——得罪了战烈，在这里就比死还难受。

战烈生平最厉害的一点就是不欠债。他欠别人的一定会还，别人欠他的逃到地底下去也会被他翻出来。

小七换了一身干净衣服，把头发梳好，去了一个她从没去过的地方。

这座城市有光鲜明丽处，自然就有它的背面。她去的就是那个背面。她知道她要见到那个传说中的战烈不容易，但现在她打伤战烈下属的消息已经传出去，在更大的灾难找上她之前，她自己得先迎上去。

她穿过那个人气蒸腾，空气污糟，四面仿佛都在嗡嗡作响又被反弹回来的地下搏斗场。

一时间想到小时候在镇上，总是穿过那个最大的澡堂去看护客人们的衣服赚点零用钱。池子里充塞着笑声和粗话，被水汽放大到处回响，她一脊背的汗，凭直觉穿过那一个个赤裸的身体。

现在她仿佛又来到那个半真半幻的场地，那些她小时候见过的，电影里见过的，想象里的各种交易都在这里充斥，也都能得到解答。

人最多的场中央有一个平台，一阵一阵轰然的吆喝声和叫好声。上面有两只长长的竿子拖下，每根竿子上悬着一只大鸟，乍看上去像是巨型的鸽子，正凶猛地互相搏击。

小七被眼前的景象迷住了，她从没看过这样的拼斗，她想，那些鸟一定就是鹰。瞧那些铁一样的翅膀，烈火一样的眼睛。

鹰的脖子上套着锁链，两只爪子间也连着一只，它们只能在铁链允许的范围内活动。

被捆缚的耻辱使它们的愤怒化作了斗志向着同类施展，它们的翅膀带起一阵阵旋风，如疾风般扑向对方，以利斧一样的喙互相攻击。

每当两团黑旋风斗在一起，人群便轰然大叫，甚至还有两只鼓在击打。时不时就会有一根长长的灰色羽毛飘落，台子上像落了一层淡墨般的雨云。

小七看着人们脸上的疯狂，她不可置信居然还有这种地方。

距离搏斗台最近的地方坐着几个男人，其中一个忽然大声地狂笑起来，他的鹰赢了。他举起两只肌肉凸出的膀子，上面一边文一条龙。小七看了他一会儿。

旁边的人点出一叠叠票子，装在一个大箩里推给他。小七想，每一张票子都够她跟阿因吃半个月。

旁边有个铁笼子里不知里面装了什么，发出剧烈的震荡。有人伸手拉下了笼子上围的布，里面是一只形状俊美的幼鹰，有一道修长的白眉。

"这家伙虽然小，以后肯定是最猛的。才来两天，撞坏两个笼子了。谁能制服它？"

一个细细的声音在后面响起："我来。"

大家一起回头，见说话的是个女孩。女孩看上去只有十几岁，穿着不合体的T恤，胸口肋骨一根一根，眼神倒是亮得很。

"你找谁？"那肌肉凸起的男人问她，"你从哪里来的？"

"我找你。"小七说，"你是战烈。"

肌肉男和那一堆人一起轰然笑了。

旁边一个始终安静地坐着的男人说："我是战烈。"

说话的男人很和气，他有着清爽的平头。他没有笑，在一堆人里显得相当斯文和冷静。他问："你找我？"

小七开口说话，却发现她的声音被人潮吸了去，在这样的情景下，无论说什么，对方都听不进去。她索性住了口，指一指旁边的笼子。

"你要帮我弄鹰？"

她点点头。

众人又一起笑了。叫战烈的男人有趣地看着她，问："姑娘，你吃过饭没有？"

她摇摇头。

"那就是了，饿肚子的人更有力气。"战烈说，"巧得很，它也饿着。小心些，它是吃生肉的。"

半岁大的幼鹰猛烈地拿翅膀撞击着门，眼神显出对一无所知的世界的仇恨。小七感到心里有什么动了一下，她慢慢地拉开笼门。

几个男人一起停下，看着这小姑娘怎么弄这鹰。

他们只见这瘦伶伶的小姑娘一把抓住鹰的脖子，幼鹰发出一声锐叫，铁一样的翅膀刷在她手腕上，一下、两下……血流下来了，但她就是不放手，拳头越握越紧，鹰的叫声渐渐转为低嚎。

旁边那个张大嘴的肌肉男说："你小心些，你知道这玩意儿多少钱吗？"

战烈说："随她去，我赔得起。"他看着小七，一个笑在嘴边逐渐加深，最后说，"够了。"

小七的手松了一点，她喘了口气，看着自己血淋淋的手腕，她又吸口气，把手腕伸向那兀自叫着的幼鹰嘴边去。

那幼鹰倒吓了一跳，红色的眼睛盯着她，似要看透她的用意。

小七一只手腕横在鹰的嘴边，鹰犹豫着，嘴边蹭上了一点她的血。小七又一把握住它的脖子，它吃痛地又叫起来，五根指爪张开又缩起，小七不知从哪里拔出来一把小刀，对着它的背上扎下去。

所有的人都叫了一声。但小七只是浅浅划了一道，一些深色的血流了出来，浓得像漆一般。

"你看着我！看着！"她对鹰说。她将鹰的血涂了一点到自己的嘴巴上。

"现在你是我的了，你跟着我！"她的黑眼睛狠狠地盯着鹰的红眼睛。鹰叫了一声。

她抬起头，血淋淋的手举着同样滴血的幼鹰，直送到战烈眼前去。幼鹰金红色圆环虹膜后是她深黑的瞳仁。

战烈有数秒钟的停顿，他接着抬起手，缓慢地鼓了两次掌，其余人便一起鼓起掌来。

"漂亮。你叫什么？"战烈问。

"小七。"

"好，它是你的了。但你是我的，明白吗？"

"明白。"

后来战烈跟人说，他第一次见小七就知道这女孩不是凡角，她每个动作每个表情都在说，要活下去。但又不是那么简单地活下去。

战烈玩鹰，养了三只，这些鹰会参加一些黑市里的竞赛，给他赢不少钱。她每天的事并不多，除了养鹰，她还负责饲养两只狗。战烈开始带她四处去，比如码头、公司，还有大街小巷里的酒店和夜总会。

她发现战烈做很多事，有一半的事都神神秘秘。但她什么也不问。战烈又教给她很多东西，防身的、防人的……那些被大家称为"邪魔外道"的本事，她果然学得比谁都快。

她认真地学习，同时小心地跟战烈保持距离。但她也知道，躲不过那一天。已经有人在传说，战烈看上了她。以战烈的性格，这种话若不是经他默许，没有人敢瞎传。

小七后来想，如果不是阿因，也许她会就此认了命。

战烈给了她更多想要的，但阿因越来越疏远于这人世。

直到那个叫小冷的男孩子忽然出现，用最污糟的话骂了她，阿因忽然地出击，她便一把将小冷从楼梯上推下去。看着小冷翻滚下去的样子，她明白她的末日要来了。

那晚战烈刚好不在，他陪几个客户出了海。小七连夜带着阿因逃走，像电影里那样，开始了不知哪里是尽头的隐蔽和逃亡。

"他会不会再来找你？"谷雨问。谷雨被这个故事吸引进去，她已经知道，小七的一身邪气是怎么来的，她实在怕往事重演。

小七转过了头，她这个动作就表示不愿被人看出她的心思。

一点幽幽的绿光不知何时飞到她脚下，像顺着一根看不见的线，又一直攀了上去，闪闪烁烁停在她们眼前。小七伸出手掌，那点微茫的绿莹莹就落在她手上了。她松开手，看着那小萤火虫又慢慢飞走了。

"总会再来的，我没有那么急。"小七慢慢地说，"恨比爱更持久，更有瘾，更能支撑着人。他会来的。"

谷雨新看中的店面在白桥镇中段，是两家人家拼在一起的两层楼，有一长条的屋檐，门前立着灯柱。

房子荒了很久，后院还有很大的一块，连草棚也是两层，看起来很像武侠剧里出现的那类客栈。

谷雨对小七说，这是喂马的马棚，侠客都住在这里。

"敢问女侠有多少银子？不如把这地方全包了。"小七挖苦她。

"区区纹银三十万。"谷雨说。

房主开价三十万，不算便宜。当然，等到这片地方火了，涨起来就远远不止了，她们都有数。但三十万仍是拿不出来的。"如意"那边还交着租，谷雨也不想让韩默愈掏钱。

"不靠他。"她对小七说，"八字没一撇的，以后还不晓得怎样。"

她不要韩默愈加进来，小七也不劝她。这时候令她皱眉的人却又来了。

陆明这回比上次又显得意气风发了些，叉着腿，插着兜站在房中央，举目四顾，俨然一个替天行道的侠客。

他对谷雨说："你要钱怎么不跟我讲？"他将一个包一下甩到她面前，"砰"的一声显然分量不轻。

他拉开拉链，一兜的红票子。她吓得赶紧又拉上，问他哪来那么多钱。

"为你挣的。够不够？不够我还有。"

她满心只怕他再去犯事，说她不要钱，不要他的钱。陆明两道漂亮的眉毛皱起来，说："不要我的钱，要谁的钱？"

她只想把这祖宗快打发走。她说谁的钱也不要，她可以不做这生意。

陆明让她放心，说自己这回遇到个很厉害的大主户，钱是赚不完的，谷雨可以放心地跟着他。

谷雨一冲动就想告诉他她要和韩默愈订婚了，但她又怕适得其反。陆明自从放出来以后，说话行事都多了三分邪气。

陆明也看到了小七。小七跟陆明站在"如意"门前，两人老友重逢似的搭了几句闲话。只有一个时候小七差点漏了陷。陆明问她："你儿子好吗？"小七说："什么儿子？"

陆明眉头一拧，小七立刻会意过来，说很好，只是没带来这里。

陆明对她的态度也不怎么在意，他的心思都在谷雨身上。这时候偏偏韩默愈走了来，将一切看在眼里。

小七对谷雨说，得早做决断，陆明看起来不省事，韩默愈也不好将就。谷雨正给小七煎药，拿个小扇子伺候着炉子，几句话带听带不听的，随便点着头。小七也像有点心事，不跟她多说就要睡了，天刚擦黑，小七就进了自己的房间。

小七这阵子的作息异常规律，老年人似的日出而起日落而眠。但谷雨还是觉得她有点异样。她白天帮谷雨看看店，又看看猫狗打架，没事不出门。本来还帮谷雨串串珠，也教谷雨打如意结，现在却手脚越发地懒，连那些针线也不碰了。

睡到夜里，谷雨听到小七房里"砰"一声像打翻了东西，她敲一敲板壁，小七在那边说没事，打翻了杯子。

第二天谷雨去她房里，见东西放得很整齐，地面上半干，明明是拖过的样子，却又没有拖尽，留了长长的一条水渍。谷雨在心里嘀咕，也不露声色。

到了晚上，小七又是很早要去睡。谷雨留神地听着，果然小七那边又是"啪啦"一声，有什么被她给踢倒了。

谷雨高声问她怎么了，小七过了一会儿才说："没事，忘了白天在地上放了个盆，没留神踢到了。"

谷雨心里一沉，那个盆是她去小七房间偷偷放下的。

白天她要小七过来帮忙，说自己才打的如意结，一个线头总是穿不好，对不上。小七拿手指按住其中一个绳头，叫她拉紧，然后自己轻轻一拨，对上了。

谷雨说："我怎么觉得对得不整齐。"

小七将绳头拿到自己眼前看了看，说："还好啊，是整齐的。"

谷雨看着她的侧面，她眼观鼻鼻观心的，一点异常也不露。谷雨请她帮忙去拿水，看着她慢腾腾的节奏，像数着步子一样地走路，谷雨忽然说："你眼睛看不见有多久了？"

小七正拿起水壶，身子顿了一下。她慢慢将水壶从炉子上提起来，说："你看出来了？"

"我问你有多久了？！"谷雨的嘴唇有点颤动，这是她最担心的事。从小七做完手术后，她就知道有后遗症。她一直悬着心，怕她头痛，怕她视力模糊，怕她身体失去反应……但这一天还是来了。

小七说没多久，没有谷雨想得那么严重。眼睛就是到了晚上有点模糊，生活方面并不碍事。又说："你急什么呢，该来的都会来。"

"你就是眼睛看不到，身体不平衡，才会从台上摔下来，要不你还不愿意过来住！我要是不看出来，你还打算瞒我多久呢？"谷雨简直心如刀绞。小七的旧病在悄悄地复发，她自己很清楚却不想去管。她这么若无其事，到底是什么意思？

两天后，谷雨给小七和韩默愈分别留了言，说是去苏州进货，结果她是一个人去了江洲。她这两天前思后想，能想到的最好的办法就是这个。

在经过电话预约，和久久的等待之后，谷雨终于又见到了霍思垣。

思垣还是那样整洁，只是脸上多了副眼镜。戴上眼镜的思垣斯文从容，谷雨仿佛能看到他的父亲和祖父的样子，都是那样的雍容知礼，斯文而含蓄，待人接物周到而不露声色。就像现在这样，她从等待的椅子上抬起头，看到思垣已站在走廊的另一端对她望着。

他显然站在那里有一会儿了，却不招呼她。阳光有一点照到他身上，他半边的身子藏在阴影里，显得陌生；而清晰的那半边身子，也并不让谷雨觉得熟悉。思垣是一个陌生人了吗？

一直到霍思垣坐在谷雨面前，礼貌地请她喝茶，她还在想她对思垣做了什么。思垣还是清清爽爽，礼貌谦和，却有一种水泼不进的态度。她和小七，她俩一定是一起对他做了什么，才让思垣成了这样一个思垣。

"谷雨，你这么久才来看我，真不把我当老朋友了。"思垣说。

他的客气里隔着这么长久的隔阂，隔着种种委屈与伤心，和被辜负的失落。隔着他好不容易的自愈和自尊，隔着不解和不求解，以及一个成熟男人的自我保护。

或者，还隔着一个戒指。谷雨的目光落到他的手指上。谷雨突兀地说："小七情况不太好，她的眼睛快看不见了。"

思垣端起杯子喝了一口，又喝了一口，茶滚烫。谷雨紧紧地看着他，他却眉头都不皱一下。

"你希望我怎么做？"他问。语调还是平平的。

"她身边需要一个人。"

"她不需要我。"

"你需要她吗？"

思垣不答话，良久他站起来说："谷雨，我带你去四处看看。"

思垣的公司扩大了规模，有三层楼。正是午休时间，茶水间里人影绰绰，一排排格子间仍是有条不紊，一切都显出一个正上升的，井井有条的，有前途的前景。

"你跟闵安琪结婚了？"谷雨问。

"她帮我很多。"他说。

谷雨心里冷笑，几乎想脱口说出闵安琪在背后搞的勾当。随后又想到小七曾说：何必呢，得饶人处且饶人。她便把话咽了回去。

她想，一向视别人受难为乐事的小七，一向不放过任何一个刺激人、让对方受苦的机会的小七，居然说过这样的话。这还是那个小七吗？但小七又明明说过：恨比爱更长久。

思垣不知道她已经跳了心思，以为她这样沉默是对他的无声谴责。思垣问她要不要跟他去散散步。

他们走在江洲熟悉的街道上，谷雨感到思垣的肩膀偶尔擦过她的身体，他俩都小心地控制着尺度，也收敛起情绪。

谷雨想起自己跟思垣初遇的样子。他是那么温和又正义，他看着谷雨身上的创痕，眼中有掩饰不住的同情，和爱。

在小七濒临绝境的时候，他不顾自己的安危，一把握住谷雨：她只有你，我也只有你！

那时候她那么肝肠寸断，做了很久的美梦还是破碎，她在一个一个碎裂的肥皂泡里看到自己苍白的希望，苍白的梦。她只想寄生在某个男人的爱里。

她费尽心机用尽手腕也没能赢过小七，她当初那么巴心巴肝地希望小七死掉。现在区区两年的时间，她却来求霍思垣去找小七，只为了小七可以安稳地活着。

思垣说："谷雨，你的意思我明白。但我现在不能再丢下这一切去了。"

一直到出发前，她还抱着渺茫的希望，希望手机会响起，希望思垣会突然改变心意。但她的手机一直没有响，只有韩默愈发了个短信给她问她何时回去。

她找了个小饭馆坐下，心里乱成了一团。手里的包掉在地上也不知道，一个男人从她身边经过，顺手捡了起来递给她。

她道了声谢，看那男人找了个位置坐了。男人有张清癯深沉的脸，可以说，相当地令人过目难忘。她看了一眼，忍不住又看一眼，当她忽然想起那男人是在哪里见过的时候，她已经在回去的火车上了。

火车穿过黑暗的隧道，穿行于夜色中的峡谷，一边拉出长长轰鸣。谷雨的头枕在车壁上感受着那震动，一道强光刺过她的眼，同时她脑中一亮，她终于想起来。

是在小七的病房外。那男人曾在小七的病房外隔着门静静观望，病床上的小七宛如死人毫无生气。男人嘴角抿起又松弛，脸上掠过不易察觉的复杂表情。就是他，一定是他，最后替小七付清了各种费用。

谷雨一直不知道这个神秘人是谁，但这时，她忽然想了起来。

韩默愈这两天也有点古怪，每天要过问几遍谷雨开店的事。又说要回老家看看，要谷雨跟他回家去见见爸妈。这件事他曾说过一遍，谷雨本来不置可否，她还处在愿意给他机会又信不过自己的两难里。

本想着就去见见韩默愈父母也不是坏事，能给自己一个进一步的推动或进一步的拒绝，也都算是有了结果。

但她现在一心悬着小七的病，不想出远门了。她跟韩默愈说，可以先等等，等到年底，一起把两家老人都看了。

韩默愈把报纸翻得哗哗响，说："小七来了以后你心里有过谁！"

谷雨心里烦闷，便哗啦啦跟他吵起来。两个人这是第一次吵架，出口的话都互不相让，渐渐地也伤人起来。

小七从外面回来，正撞见鸡飞狗跳，韩默愈黑着脸，谷雨将一袋散珠子掼在桌上，弹得桌上地上滴滴答答都是珠子。小七也不说什么，带上门又出去了。

只有陆明的电话还在不断地打来，中学都没毕业的陆明像看多了爱情电影，要谷雨"给他一个承诺，他还她一个未来"。

谷雨啼笑皆非，又被韩默愈搅得心烦意乱，忽然间起了抽刀断水的念头。她想，她有过那么多男人，个个都说爱她，给过她短暂的好时光，却还是一个也靠不住。

眼下的头等大事是给小七找医院，她上网查了很多医院资料，又多方托人打听，终于择定两家医院。她对小七说："这也不是什么绝症，我们一家一家去看。该动刀就动刀，我们也不是没经历过，你别怕。"

小七安静地看她布置计划，像听着别人的事。看她忙得一头汗，话也说得又多又急，小七伸出一只手握住她的手。"你别怕。"小七说。

谷雨呼出一口大气。小七是真不怕，她却是每晚都睡不好。

另一件事谷雨也不知道怎么开口，关于她在江洲看到的那个神秘男人，匆匆一瞥间，印象再深刻，想象再大胆，她也不敢贸然向小七提起这件事。小七现在虽不再像以前那样动辄就满眼含恨，但焉知她得知情况后不会做出疯狂的事？

小七不知道谷雨脑子里乱轰轰的各种念头在吵嚷，小七说："我早说了吧，有我在，你没好日子过。"

"不过就不过。"谷雨说。

"我不用你开店的钱。陆明的钱更不能碰。"小七说。

这又是一句锥心的话，符合小七的一贯风格。谷雨把手头算的账停下来，她目前也只有这一笔。另外就是陆明留下的那一笔钱，她一直留着不敢动。

小七说陆明的钱来历不明，难保不出事，搁在这里多一天都烫手。现在谷雨却不知不觉地在动着那笔钱的点子。

小七再一次看穿了她，小七说："你别管我，不然我明天就走。"

谷雨忽然满心委屈，她把鼠标一扔，跑去露台上透气。

瓷青天空飘了几条云絮，一缕一缕地游动，慢慢地扯开来，那片天就淡成了透明。一群背着画板的学生一个接一个地走过一条窄长的吊木桥，拉拉搡搡，走一步笑一团。

过了一会儿，她听到小七走到了她后面，她仍不回头。小七在她旁边坐了下来，随她一起看着那群没什么原因就笑成一团的半大小孩，然后伸手摸了摸她的头。

"你看他们多快活，是不是？好像我们从没有过这种时候，你应该到他们中间去。"

"我想跟你一起去。"谷雨憋着气说，憋得胸口也痛起来，"要是有一个地方叫未来，我们就一起去。你为什么不相信我？"

"所有的人里我最相信你。但我从没想过能活过 30 岁，这是医生讲的。谷雨，你有父母，有老韩，还有小宝。你有家。你的未来里没有我，你就别多操心我了。"

"没有你我不会是这个样子。"谷雨忍了忍，终于说，"你是对我很重要的人。"

小七似乎震了震，一刹那目光也闪烁起来，有一星动人的光闪动在小七的眼里。

谷雨的心里便燃起了希望，她等着小七给她一个回应。但只是一个瞬间，小七便掉过了头，面向湖面，将肩膀深深地压下去。

有人在楼下敲门，看来韩默愈两天没上门，终于还是憋不住了。谷雨正有些丧气，便没好气地提高音量说："人都没死，你要来就来。"

脚步声轻轻进了屋，似乎犹豫地停住了步子，站住不动了。

谷雨又说："你装什么佯，不知道我们在哪儿吗？"

脚步声开始上楼了，一步两步。她俩都缓和了一下情绪。只见一个浓密的发顶出现在楼梯口，然后是脸，半个身子。

上来的人是霍思垣。

谷雨惊叫了一声，小七的身体瞬间僵了一下。她不像谷雨那样沉不住气，只是微微一颤，便放松了。

思垣穿着旧 T 恤和外套，牛仔裤上沾了不少沙土。这时镇上各处都在大兴土木，几家酒吧客栈一起装修，他是一家一家找过来的。他上了楼梯，看着两个人的惊讶，他把旅行袋放在脚下。

"藏得这么好。谷雨，你没告诉我这里这么难找。"

谷雨站起来，一时不知道说什么。她说："我给你拿点水。"便匆匆地下楼去了。思垣将身子让了让，转过头，跟小七的目光相遇了。

谷雨匆匆下楼，似乎听到小七说了句什么，思垣回答了句什么，两个人声音都有点模糊。谷雨一边倒水，蒸汽冲进她的眼睛，她伸手去擦，水分却越擦越多。

她索性坐下，将脸埋进围裙里去。她也不想去管思垣是怎样挣扎过，怎样说服自己来到了这里。重要的是，他到底是来了。

吃完饭，思垣说："小七，你带我去外面散散步。"

小七看他一眼，站了起来。

白桥的气候湿润多雨，出门常要把伞备好。周围有几座小山，环绕了一半，都是雾气中青葱蓊郁的山，小巧秀气。思垣远远地眺望了一会儿，问小七那些山可不可以去爬？小七说，路都没有开好，一般没人上去。

思垣说："以前看过个电影，有个人从高高的山上跳下来，如果心够诚，就不会摔死，反而会达成一个愿望。"

小七知道他在等着她问什么愿望。她本不想理，却还是问："什么愿望？"

思垣说："人在每个阶段的愿望都不一样，遇见你以后我的愿望简单了。现在，就更简单了。"

他握住小七的手，两年不见，他脸上的线条深重，轮廓清晰，那种孩子气的柔和不见了。他的手也是决断明快不容置疑，手心里的热量一直渗进皮肤，汤进了心。他不去说，他曾经怎样失望，怎样被侮辱因而怎样伤透了心，也不去解释他与闵安琪之间的事。

他沉默着，看着那片青山，说："我可以一直被你拒绝，条件是你要一辈子健健康康地推开我。"

思垣对谷雨说，要带小七出去散散心。他请谷雨放心，小七的身体由他来负责。谷雨不由得问，闵安琪呢？思垣顿一顿说，闵安琪的事，他来处理。

小七坐在廊上，看着阿尔芒绕着一丛月季花转圈，莱斯达提起爪子自己洗脸。像往常一样，看见她来了，莱斯达便支棱着耳朵听她和谷雨讲话。

"行李收拾好了？"谷雨问小七。

小七把脸转向她，眼睛里有一些波澜。她看出小七还在犹豫。

小七说："谷雨。"

她这样喊她一声，谷雨便觉得肺腑酸柔。她已经感到小七的心里像春水起了一层皱，那绝不仅仅是表面的涟漪。

"你知道我的心不习惯幸福。"小七说，"这些不该是我的。"

韩默愈对谷雨说："小七是个天生命运多舛的人，只要她出现，那里就会被搅得不安生，你看她来了几天，发生多少事。还好现在来了个思垣。"韩默愈又催着谷雨关了店，跟他回湖南。

谷雨心里却有另一个计较，她让韩默愈先跟她回老家，去水篮街看父母和小宝。他们便在思垣带小七离开后，订了票，关了店。将猫狗都托付给邻居，在白桥迷蒙的清晨离开了。

谷雨带着韩默愈在家住了几天，父母果然对韩默愈很满意。韩默愈的成熟稳重、大方得体都给他们留下了好印象。最主要的，是韩默愈对小宝疼爱有加，显出了慈爱的一面。

小宝正在学钢琴和毛笔字，幼儿园里带回折纸飞机的功课，韩默愈陪着他折了一下午的纸飞机，做出漂亮的模型。晚上看着他写字。

谷雨不知道原来他还有这一手，果然是做过爸爸的人，对孩子相当有耐心。

小宝本来就是一个很乖的孩子，他有点认生，但还是适应了这个"叔叔"。没多久就已经搂着韩默愈的脖子让他带着自己转圈圈了。

父母眉开眼笑，母亲已开始翻黄历找好日子。

晚上谷雨带着小宝睡，韩默愈开电脑做下一步的攻略。谷雨对韩默愈说，她得去江洲几天。她把话讲得若无其事，口气淡而又淡，是不想让韩默愈多问。

果然韩默愈没多问就说好。韩默愈说："你要是不用我陪，我就在'如意'等你。"

两人双手交握，无声地温存了一会儿。谷雨心里有点抱歉，也有点宽慰。

她当然不会告诉韩默愈，过几天是阿因的忌日，所以她一定会去江洲。韩默愈的态度让她舒服，她想，也许韩默愈就像那一棵踏踏实实的榕树，而阿因是树顶上偶然掠过的大雁，总会随着流云消逝。

Chapter 10 / 一辈子那么长
回忆里怎么能没有你

眼下正值江洲最美的时节，阳光像筛网一样把叶片滤得很细，银杏将道路铺出一地金黄。从一条黄金大道望过去，目光的尽头隐约现出一架高高的摩天轮。

谷雨将篮子里的酒放稳，小七在她的旁边，两个人都挎着篮子，穿着很轻便的球鞋。从这条路上车，坐到终点站就到了江边。

小宝在碎石江滩上一跳一跳地跑，"妈妈，太阳公公把蛋黄打到水里去了啊！"他指着水里碎碎的金边叫，也不知道是对哪个妈妈说。小七和谷雨一起瞧着他。

这一年里小宝的个子没有拔高多少，倒是健壮许多，结实的小腿儿将岸边的沙砾地踩出一片清脆的响声来。

小七在地上插了一根树枝，叫小宝看着这条界线，不能跑到树枝外面去。她自己和谷雨拣着步子往水边又下了几步。

今天浪头不小，一半的石阶伸入江里。她们绕过这一片，下一个坡，水面清澈起来。有一些鹅卵石铺陈在礁石的底下，清楚地看到一些小螃蟹爬过去。

"这里这么好，我却没来过。"小七说。

"我也只来过一次。"谷雨说。

"和阿因？"

谷雨点点头，将水中一壶酒轻轻地倒进江水。她的白衣服有一点浸到水里去，湿了一片。小七在后面看着她，这时上前一步，托住她的手，帮她把住平衡。

两人在短暂的分别后，居然又相聚在江洲，不约而同来做这同一件事。她们事先并没有商量，在江洲遇到，也没有感到一点意外。

"那时候总是不敢想，会有什么结果。阿因是……意料之外的人。"谷雨说。

"你会不会怪我？"小七问她，语气里出奇地有一点忐忑。

谷雨摇摇头，"你有没有怪我？其实你一直怪我。"

小七也摇摇头，两人都笑了笑。不知几时，阿因已不再是个禁忌的话题。

小七的气色带了点红润，笑起来眼里也多了一点柔和。谷雨想，这都是在一个爱着的男人怀抱里才会有的滋润。她问小七跟霍思垣相处如何？

"我很感谢他，但我不能拖累他。你知道的。"小七说。

小七和思垣是从外省的中草药种植园回来的，那里新垦了几十亩做紫云英种植园，依山的峡谷边还有大片白牡丹，也是用来做药的。

那地方雨水和阳光都充沛，种植园随着山势分成一浪一浪。思垣一一给小七介绍。比如说那些单瓣牡丹，虽然作药用，但是外观也很美，一样可以作为观赏植物。

牡丹花瓣有一些飞扬在空中，跟秋日的明媚一起交织成碎金一样的光点纷纷落下，混进了泥土里，随处踏脚都是一点一点粉白的碎花瓣。

思垣告诉小七，很多年前，他的祖父就是在这里遇到了祖母。祖母的身体一直不好，祖父陪着她，四处求医，一直到自己也变成一个称职的医生。最后，又在这里垦出了一块地。

"据说，祖父就是从那时候才开始变得成熟。他本来是个少爷，随心所欲，从他遇到祖母，他才明白了自己要什么。"

小七说："思垣，你的意思我知道。"

他不理会小七有意的阻止，继续说下去："我知道在你心里我不算个踏实的人，我自负，也幼稚，常犯错。你要是觉得我没资格爱你，我可以退一步看着你。但你要知道我也是从遇见你开始懂了一件事……"他停下来，笑了一笑，像看进自己心的深处，"小七，你是个总把自己弄得很累的人，我不确定我能不能做好，我很不自量力，但我就是想负担起你的全部。"

谷雨不出声地听着，眼里亮闪闪。"你不要再推开思垣了。"她说。

小七有半晌的失语。最后的余晖在江面游动，风有点大了，气温开始下降，暮色自远处升起，很快与山色融为一体，人的影像模糊起来。

小七想着思垣那一番表白以后，她也是这样地失语过。那时候两人似乎也没有别的话好说，便一起看着起伏的山势一道道绵延到远方去。

"闵安琪呢？怎么办？"小七终于问。

"你真的在考虑安琪？"谷雨问。小七是真真地变了。小七的眼里总有点哀伤，那些谈到某人倒霉就会眼睛发亮的过瘾劲儿是彻底消失了。

"我现在没有切齿痛恨的人了，只有不愿亲近的人。"小七说，"无切肤之关切者，便无切身之痛恨。"

谷雨想，小七现在对任何事任何人都没有十足的敏感与刻意，也许是对自己的保护。但她们不能摆脱与违背人世，只有在其中小心地挪移与试图改善。谷雨又想，小七明明是想爱的，她需要爱，就跟谷雨自己需要爱是一样的。

"你自己呢？"轮到小七问她，"你跟老韩的事定了？"

"我跟老韩没事。"谷雨不愿扯到自己身上。

"老韩够耐心的。"小七说，"谷雨，我以前没发现你是这么犟。"

"你知道就好，这次你别想逃。"谷雨用力地说，"是你的就是你的。你要么就乖乖跟霍思垣先结婚，要么就先去看病然后再结婚……这次无论如何我要把你拴在裤腰上，你别想在我眼皮底下逃走。"

小七耸耸眉笑起来，她很少笑得这样自由自在、心无牵绊。笑意从小七的眼里一直漫出来，让她的整张脸都闪闪发光。

她笑着扶住谷雨的肩膀，"谷雨，我怎么会认识你这么个死心眼……要是命该如此，我也只好认倒霉。"她顿了顿，说，"嗯……你也是我很重要的人。"

说完了这句，小七便弯腰牵紧了小宝的手，替他裹好外套。三个人顺着江滩一步步走回去。

霍思垣从下午起，一直在公司处理各项事宜，他心里的计划早已成型，只待一项一项去实施。最难的一项是——闵安琪。

但闵安琪自从他丢下一切出走，也一直对他不闻不问。直到他回来，她才若无其事跟他汇报一些近况。然后说，有个叫老金的，是谷雨以前的朋友，来找了他几次。

叫老金的人四十上下，穿着浮夸，脖子上挂着沉重的玉坠，夹着一个资料袋，进了门就要求清场，像在演电视剧一样。

思垣不记得谷雨有过这么个朋友，当然，谷雨一向交往很广，其中不乏各路鱼龙混杂的男人。他关上门，看着老金将袋子打开，从里头滑出一叠照片。一张张照片上都是小七。

"不陌生吧？是你的朋友，是吧？"他凑上来的口气使思垣厌恶地往后靠了一靠。思垣问他这是什么意思。

"你知道这些照片是谁让我拍的？"老金将声音压低，弄出一个告密者的统一表情，"谷雨。"

思垣垂下的眼不动，烟圈从鼻孔和嘴唇间打了个来回，"什么意思？"

老金将能翻的旧账都翻出来，谷雨是什么好女人？她恨小七入骨，小七出事她比谁都高兴。他说你知道那个罗三宝是怎么来的？老金深陷的眼睛里漫出一丝笑意，"就是谷雨找来的。"

思垣将照片一一列好，在桌上排成一排。照片上是思垣和小七耳鬓厮磨地走在一起，还有小七和阿因在阳光下对视而笑……这是流沙般的昔日，昔日如一套凝固的电影镜头，一首无字的歌，一帧帧，一声声。思垣将那叠照片小心地收起来，也不问老金为什么忽然来敲诈这一笔的理由，他只问老金还有多少？底片呢？

两人接洽得很快，一切条件思垣都爽快接受。说好了全部成交。

老金出了公司，沿着路目不斜视地往前走。路拐口停着一辆车，老金坐了上去，对后座上的男人说："咱们料得不错，霍思垣那小子，果然是对那两个女人上心得很，都不问第二句，就爽快地付钱。"他又说，"这少爷可是个大头，逮住了就好好诈他几笔，能发大财。"

后座上一直沉默的男人微微点头，见老金越发得意起来，才说："你以为霍思垣是初出窝的雏鸟？他喜欢了个女人，你就以为他是软蛋？他是心软没错，但你动那两个女人试试看。"

"这些不管，反正不能让他好过。狗日的霍思垣，还有那个祸害小七，一个不能放过。"老金说，眼里露出真正的仇恨。

男人笑了笑，"不用你再去了，要找他们的人多的是。"他一抬手，甩出一个包，"给你的。拿着走吧。"

老金一点不犹豫，立刻拿着包下了车，走出很远他才打开包看那早讲定的一叠叠钞票。他不用去点那数目，此次跟他合作的这人一望而知是个人物，绝不会言而无信，也绝不会被人欺瞒。

老金觉得面对他时自己的心总是提起来的。老金吸一口气，再次掂了掂那个钱包，说："谷雨，你可别怪我狠，人都是要吃饭的。小七的对头找来了，这回我也没有本事保你。"

小七觉得今天的思垣有点看不透，他靠着墙点根烟，看向小七的目光里带了点玩味。谷雨见他俩这样便抿嘴一笑，带着小宝去睡觉。

小七便往思垣的跟前一坐："看个够吧。"

思垣仍只是微微一笑，他现在有了他的城府，不愿意说的事别人也问不出来。他瞅着她不说话，眼睛还是带笑的，小七就有点绷不住了。

"没话说我走了。"

她作势起身，却被思垣一把拉回去，"你陪我坐坐就好。"

她陪他安静地坐着，这是江洲新开发的一个景区的度假屋，有独立的院落和两个卧室，一圈落地的长窗。在郊区，空气很好。思垣租下了一套，这时两人坐在门前的走廊上，一时都不说话。任凭暮色暗下来，也没有开灯。

他好像是问了她下一步有什么打算，小七心里转着谷雨下午的话，嘴上却说："四海为家，到处耍呗。"

她以为思垣必会开口挽留，思垣却不开口。他今天沉默得很古怪。小七想。她心里不由游进了一丝惆怅，这惆怅也像暮色一样，慢慢地扩大，透过那片奇怪的，离愁般的黑暗，她看着自己心里烛火般摇曳不定的期望。

同样在黑暗中的谷雨拍着小宝也在想，思垣今天有点不对劲。她自己也有点神思不宁。门边有一点异响，听了一听，是小七的房门开了。窗子似乎没关好，一阵冷风袭到了床边，她下床去关窗。

门被轻轻地叩响了两声，思垣抬起头，见小七闪了进来。

"别说话。"小七低声说。

他便不出声上前抱住她，将她抱了起来。

小七的眼前升起一片红海。她感到自己正在漂浮，但思垣强烈的心跳一声一声震荡着她，那强有力的支撑始终存在，她不由得抓住他的前襟。

　　她还没有理清自己为什么长夜无眠，为什么在无眠的夜里她会来找思垣，但她想也不用去理清了。他手的动作，身体的节奏，都是一个提醒，一个懂得。连他的抚摸，他的进攻，都成了一种承诺似的东西。

　　小七感到自己完全敞开了，她的毛孔仿佛都打开，汗液流出的时候，身体也随之打开了。最后敞亮的是心里的一点痛。她心底里积压的那些过往，都随着溶解流了出去，那些她自己也不愿回想，不愿触碰的角落，都被他的光照亮了。

　　这是前所未有的感觉，是她不敢去想，也不敢去要的感觉。她忍不住触碰他，立刻感受到他强有力的回应，是那么有力，那么坚决。她也让他触碰自己，同时她也自己触碰着自己，她觉得自己的身体变得很新鲜，碰一碰都是痛，像新长出了皮肉。

　　在最后的一刻，她躺着，听着他的喘息。她寂寞已久的身体找回了舒畅，四肢虽懒洋洋却有种温煦的力量，仿佛换了新血。看着他又把头扎进她的胸前，她摸着他汗涔涔的头发，感受到他也像新生般纯洁。他与自己的身体纠缠在一起，卷曲和舒展都那么严丝合缝，宛若天成一般舒服。她想，他以前可没给过她这种感受。

　　思垣像听到了她的心声，问她："谁给过你这种感觉？"

　　她说没有，谁也没有。

　　她说话之前已主动地吻了过去，她的话都淹没在他的吻里。她说以前的人都只想占有她，或者跟她厮杀。这是头一次，她感到自己在获得。

　　她不确定他是不是听到了，但他俯身托住她的后脑，看不尽似的眼对眼看着她雾蒙蒙的眼睛。水雾散去，便清亮得像一颗星。

　　天明的时候，他俩抱在一起睡着了。再醒来时，两人相视一笑。他们彼此都知道，一个新的美好的生活就要开始了。

　　小七想，她一定要告诉谷雨，关于这一夜。

　　但小七没有找到谷雨。谷雨的床上被弄得很皱，白天换下的衣服还丢在地上，谷雨和小宝都不见了。很显然谷雨没有来得及换上衣服，就这么穿着睡衣不见了。

思垣说这很奇怪，这个套间虽大但也只有一个大门，可并没有见谷雨出去。小七咬住嘴唇站着紧张地想了一下，去窗口看了看，脸越来越白，她丢下衣服去换鞋。

"你去哪儿？"思垣立刻拉住她。

她说："谷雨被绑架了。"

思垣吓了一跳，说她悬疑剧看多了。

小七问他白天有没有见过奇怪的人。听思垣讲完了老金的事，她的眉毛抖动起来，"他们找的是我。"

思垣说："我们先报警……"

"不能报警！"她一下子把他的电话夺过来，"是他来了……"

"谁？"

"战烈。"

听到这个名字，思垣像被火烫一样浑身一抽紧，他不说什么又去拿手机，小七再次打掉它。

"我说了不能报警！"

"能对付他的只有警察！"

"谷雨不能有一点事！"她对着他吼，"还有小宝！"

谷雨睁开眼时，她不能确定自己是不是在梦中。房间是陌生的，很大很空，四周都是灰扑扑冷飕飕的混凝土的味道。

这是个仓库。如果是梦，也太逼真了。她才发现房间里有个人。那人上前来，俯身冲她笑了笑。

她魂不附体，"陆明，你怎么会在这儿？"

"谷雨，我们的新生活开始了。"

她跳起来，而他已经压在她身上。她随着他的动作，只将头和大半个肩膀转来转去，不停地叫着小宝。陆明一手捂住她的嘴，告诉她小宝很好；另一手继续动作。

她停止了叫唤，等着陆明做下一步动作时，她狠狠地一口咬了下去。

陆明抬起流血的嘴，想也没想就给了她重重的一记巴掌。她被打蒙了，一头栽到地上去。再睁开眼，仍是被陆明抱着。他似乎是不想再动她了，只是紧紧地看着她，神气是情急紧张的。

陆明见她醒了，他将头埋进她的怀里。她看着他的头顶不知什么时候长出了白发，她想，这可怎么好。

她慢慢地理顺了气，请他将她放平，不要动蛮。他听她的，将她靠墙放好。她又请他听她说，她不是不喜欢他，只是她一直在向前走，以前的事都过去了，如果他放了她，她会一直感激他。

他似听非听，好像神思飞走了。漂亮的脸上出现了一种她从没见过的阴沉，这样的陆明完全是个陌生人了。

半晌，他走了出去。谷雨轻轻地站起来，贴住墙壁。有人在轻笑，那个人轻声细语，语音很柔和，腔调却是说一不二的。

谷雨贴住看过去。她看到一张不陌生的侧脸，是那个神秘男人。男人一边说话，一边手臂伸直，在逗弄着什么。谷雨顺着男人的视线看过去，是一只神气的大鸟，那应该就是鹰。

男人忽然向谷雨转过身来，"小姐，你听了很久了。"

现在他的脸更清楚了。一张清癯深邃，使人过目不忘的脸。谷雨说："你是战烈？"

"我们见过，是不是？你是个令人印象深刻的人，难怪陆明对你念念不忘。"战烈说。

"你们怎么会认识？"谷雨看着陆明的表情，心里渐渐醒过来，"你说的那个大人物就是他？那个了不起的人就是他？"

"我蹲牢的时候认识了他的兄弟，对我很照顾。我出来后还能再出头，有事做，还敢再去找你，为什么？就因为他。"

战烈说："你不用怕。你照顾小七，又是陆明喜欢的人，我会报答你。"

"你别去招惹小七，你要别的什么都可以。"她簌簌抖着说。

战烈无声地笑了一阵，肩膀随着笑声抖动。"我真是欣赏这样的女人，你们有刚性。可惜，有刚性的女人都自以为是。"

"你们要做什么？"谷雨问陆明。她几乎要歇斯底里了，"你能不能跟我讲一次实话？"

陆明看看战烈，战烈做了个随意的手势，陆明终于说："要找霍思垣。"

一张桌子的两头分别坐着思垣和战烈。战烈用他惯有的似笑非笑的表情看着思垣，思垣以手扣桌，也看着他。

"小朋友，这两年你稳重了不少啊。"战烈说。

"你也老了不少。"思垣说。

战烈的嘴角一紧，随即又笑了，"看样子谷雨对你不太重要……儿子要不要？"

思垣盯住他，"大人孩子我都要。"

"行，是个男人。"战烈说，"你看，我现在是正经的生意人，我们只谈生意。"

"你要什么？"思垣问。

"合作。"战烈说他有一块地，本来政府是要收回的，现在他想弄一个项目，让思垣来做中药材，到时候一起分。

"就这么简单？"思垣问。

"我是个实在人。"

思垣看了他一会儿，开始打电话。很快地，闵安琪来了。

闵安琪有着职业秘书的素养和谨慎，她进门目不斜视，面无表情地将文件分别放在思垣和战烈的面前，甚至还倒了两杯茶，分别放在两个男人手边。

两个男人专注于他们的谈话，也都不看她。安琪瞥了一眼桌面，走了出去。

她出门后，吁了口气。却忽然惊跳起来——小七正悄无声息地站在她面前那一道窄窄的光线里。

"做什么？你在偷看，还是偷听？"闵安琪问。

"我在看你，我们好久不见。"小七说，还是盯着她的脸看。

安琪被她看得手脚没处放，她想这个小七阴魂不散，一次一次来破坏她的幸福，她要是手里有枪就一枪结果了这个丧门星。

小七似乎看出了闵安琪的心思，她钳住闵安琪的手腕，声音压得很低，手上却是不容情的，"跟我来。"

闵安琪无奈，跟她走出了一段距离。小七说："你认识战烈。"

"哪个战烈？"闵安琪吓了一跳。

"少跟我装，你跟他勾搭有一阵了吧？"

"我听不懂你的话！"

"你认识他。你带的文件可真是精简，你知道他想要什么。你把茶杯放在他左手边，你知道他是左撇子。"

"无聊。"闵安琪转身想走。而小七却抬手就是一个耳刮子。闵安琪被打得头晕眼花，她尖叫一声站起，小七一把又把她搡回来。

"我不是什么好人。你知道，我手段多得很。现在你乖乖地告诉我，我替你瞒住思垣，以后你想去哪儿都行。我保证思垣不会知道你背叛了他，也不会知道你瞒骗了他多少事！"

闵安琪的眼泪涌出来，不知是怒是怕还是委屈。

"你想怎么样？你不要忘了霍思垣现在是我的男人，你跟我男人搅在一起，你还来跟我耍威风？"

"你男人不止思垣一个，但现在你找的这个是最不可靠的一个。关于这个我可以帮你，算我欠你的补偿。现在你说，谷雨在哪儿？"

"谷雨是什么好东西！"安琪恶狠狠地说，"你以为谷雨对你有多好？谷雨早就找过我，你知不知道那个找你的罗三宝哪儿来的？从天而降的吗？！没有谷雨在背后捣鼓这一切，你会被战烈找到？你弟弟会死？你整天要报仇，谷雨的报应来了，你还要拼命地去救她？"

小七静静地听她讲。闵安琪讲不动了，气喘吁吁，一脸的汗和眼泪。

"你还知道什么？"小七问她。

闵安琪把以前的事一股脑儿全讲出来。也不知道什么是重复的，什么是没讲过的。讲到谷雨的暗示，找人拍的照，还有谷雨丢了风声给她，让思垣怀疑小七的私生活，一次又一次想要设计害小七。闵安琪一边讲一边留意着小七的表情，而小七却是毫无表情。

"一件新鲜事也没有。"小七像是失望般地说，"你听好，这些事烂在你肚子里。现在告诉我谷雨和小宝在哪儿，你的钱你带走，你不能再见霍思垣。"她顿了顿，又说，"你跟着战烈，更加不会有好下场。你好自为之。"

战烈悠闲地将烟头弹进烟缸。思垣从文件上抬起头，说："我现在不能答应你，我要先看到谷雨和小宝。"

战烈赞许地笑了笑，"果然成熟了。"他说，"谷雨很好，我保证，只是我欠我朋友一个人情，我可以先把你儿子给你。"

思垣抿紧嘴唇，他不想解释这个误会。

"等我们合作了，我们就是一家人了，皆大欢喜。"战烈又说，"小七呢？怎么不见小七来对我问个好。"

思垣一愣，接着心里一沉，果然这半天他也没见到小七。

　

闵安琪看着小七走远。几点疏星点在天幕，四周只有一点黯淡的光。闵安琪觉得小七的步子有点奇怪，不是以前那样像风一般轻快的步子。越来越黑的路上，小七走得有点慢，一步一步地点着地面。

闵安琪思忖着，一丝阴狠的笑带起她的嘴角。她慢慢地拿起电话，拨下了110。

　

江风从半开的玻璃窗里不停地灌进来，窗户栓有毛病始终插不上，谷雨将小宝抱在怀里。小宝开始有点发热，渐渐地身子烫起来。谷雨将门擂得咚咚响。

"小宝要立刻去医院！"她对陆明说，"你要还剩点良心就让我带他去看病！"

陆明看看小宝，眉头蹙起来。"这么急，不能等等？"

谷雨把一句骂生生地咽回去，"把孩子送去医院，我跟你走。"

"别人的孩子，你倒这么宝贝。"陆明说，"那个小七是什么样的人你不知道吗？她是出了名的心狠手辣，她没有感情的，她只会利用你。"

谷雨根本不想去听他说这些。她在心里飞快地转着念头，陆明还不知道小宝是他的孩子，这个时候到底要不要说出小宝的身世？哪一种更妥当？陆明若知道小宝是他的儿子，自然会立刻带小宝就医；但他从此不会放过小宝，一定会把她和小宝一起掳走。

她一刹那心思如电，下了决定。陆明看着她的脸色变了又变，一滴泪在眼眶里摇摇欲坠。

"陆明，我告诉你一句话。"

江边并不像想象的那样黑暗，相反，空中悬浮着一盏一盏的灯笼。这种点燃一根蜡烛，借着热气流不断上升的简易灯笼叫作孔明灯，总被人拿来许愿。

此时一盏盏灯笼亮晃晃地排列成行，向江的对面漂去。岸边一群业余来卖孔明灯的学生正仰头观望。这里距离情侣喜欢去的九曲桥尚远，但吹风看景却是好地方。旁边是一片矮丛林，尽头是一处有年头的仓库。

他们中有一两个眼神好的，会看到有一条黑影正悄悄地接近那仓库。那黑影的步子很轻，却绝不是寻常去玩耍或者去约会的样子。眼神好的学生屏住了气，感觉正不为人知地看着一幕活电影在上演。

小七悄悄潜进仓库，她眼前忽明忽暗，看得不甚清楚，同时耳力却异常地灵敏，心里默默地数着，一共是三个人。谷雨应该就在那二层楼上。她忽然听到一阵轻微的细碎声，像波涛拍案，又像猫爪踏过，但比这一切更清晰、细密，且不耐烦。是什么在掀动翅膀，以及嘴爪啄地。

她心里一亮，认出了那是什么。

"唰啦"一声，有人开了门，似乎有一条人影急速地蹿出去。她努力地睁大眼睛去看，微淡的月光照在那人的背上，是陆明。他手中横抱着一团东西，是小宝。

小七的心一下子抽紧了，她正要闪身跟上去，又急速地缩回来。陆明的前面挡了一条人影，那人冷冷地笑了一声。

"这么晚，哪儿去？"战烈问。

"这孩子病了，要送医院。"陆明说。他下意识把小宝又抱紧了一点。

"医院？他们报了警了，不能去医院。给我看看，扛一抗就好了。"

战烈伸出手，陆明却立刻缩回手臂。战烈奇怪地看着他。陆明的表情很怪异，眼睛红肿，带着强烈的不安。

"怎么了？"

"他刚睡着，我抱着就好。"

战烈呵呵笑了两声，"看不出，你还这么疼孩子。等你跟谷雨生了自己的儿子，有的是疼的日子。你去叫你的谷雨吧，这里交给我。"

陆明转过身，背上忽然受了重重的一击，他倒了下去。他听到小宝模糊地叫了一声，他努力睁大眼，小宝的黑眼睛正看着他，那眼睛里映出他的脸。

陆明在最后的意识里，听到由远及近的警车鸣笛声。

谷雨昏昏沉沉地靠在几个麻袋上，她脑中沉重，却不知自己是睡是醒，陆明痛悔的泪还在她衣襟上。

她想小宝暂时不会有危险了。谷雨也慢慢闭上眼睛，一些笑声，一些细碎的悄声细语从梦境里升了上来，

谷雨睁开眼，她又看到了樱桃。久违的樱桃还是那么美，樱桃慢慢转着圈，转着转着，樱桃的白裙子变成了红色，樱桃说："谷雨，快醒醒，最后的时刻来了。"

谷雨拼命地睁大眼睛，只见浓烟正从门缝里大量涌进，她叫了一声，去拉门，而门却在外面被锁住了。

她惶然回身，这是多少年来噩梦中的景象，她就要回到那个地方去了吗？她呛咳起来，有人拼命在外面拍着门，一个声音在叫她："谷雨！"

她也撞着，打着，应着……外面的人听到了，更加激烈地不知拿什么砸起来。门"哗"地破开了，她看到小七站在那烟里。小七朝她伸出手，一把将她拉了出去。

"为什么？为什么有火？"她问。

"战烈放了火，一定是他发现有人报了警！"小七大声说，"你别问了！快走！"

"你呢？"

"我马上就来。"

"小宝还在陆明那里！"

"我去找！"小七说。

谷雨忽然发现小七的肩上停着一只奇怪的大鸟，即透过烟也能看到那电一样的眼珠子，正不安分地转着头颈。

"这是我养大的，是它带我找到你。"小七拍拍那只鹰的头，"思垣一定来了，你去找他！"

"那你呢？"谷雨大喊。

"我去找小宝！"

江边林外梭巡着人影。思垣转了两个圈却发现不妙，仅有的入口被堵住，一些烟从窗口冒了出来，思垣吓得脸色苍白，大声问身边穿制服的人："里面的人呢？你看到没有？！"

带队的警员将他拦住，吼他不要添乱，好好在旁边等着，把自己照顾好。

警车之外，救火车呼啸而来，外圈已有一群人挤着，有人在大声地疏散人群。一些自家的水龙头枉然地浇在火苗上，房子的一半已经被火势控制。

烟势已渐渐扩散，小七回身进了另一间屋子，她一步一步，知道那里面有什么。那里有个人在冷冷地笑。

"教会徒弟，饿死师傅。小七，我真没想到你还有这一手。"

"当初你就该知道，这么多年你也没有放过我，在医院为什么帮我？"小七以同样冷的声调说。

"你是我的人，我不能让你死在别人手上。我要把你救回来，看着你健健朗朗地死在我面前。"

战烈的身影一点点地显现，一点点地明朗起来。他唇边的笑还是冷冷的，眼里却也出现了狂热。"你的一切都是我教的，不管你怎么反叛我，你最终还是会一步一步走到我面前来。"

小七往他面前走近了几步，她忽然一声呼哨，鹰从她背后"唰"地飞过来，朝战烈扑过去。瞬间翅膀长出，同时尖利的长嘴叼出去。

小七看着战烈在一声尖锐的痛叫中倒下去。小七说："我什么都是你教的，除了这一点——你忘了鹰一生只认一个主人。"

战烈捂住脸在地上翻滚，一些血顺着掌缝流出。

小七顾不上他，急忙转身找小宝。这时烟更大了，她一阵眼花，眼镜也模糊起来，滚滚浓烟已向她推来。

江边仓库前围了一圈人，江面上几条船也将灯往这边照着。看热闹的人远远近近地站着，看救火的水枪一条一条地往那冲天火焰的房子上射水。

　　越来越深的人群被火光照亮了脸，有人说老房子着了火灭不掉，就这么烧着吧。人不都跑出来了吗？人是出来了，可不知是死是活。

　　就他们目睹的就有两个担架，两个担架上都是男人，一个年轻人头被打破了，也不知道可还有气。还有个中年人更惨，眼睛瞎了一只，也不知道是被什么打的。

　　这中年男人也是侥幸逃过一命，他被鹰伤了眼睛，倒在火场里，本来是必死，火烧过来之前就会被烟熏死，但他万幸倒在门口，警察一来，首先救下的就是他。

　　围观人群里说得最起劲的是一群学生。他们说最后出来的是个年轻女人，头发披散，脸被烟熏黑了，女人仿佛神经失常，出来后又死活要冲进去，说里面还有人。

　　"那到底还有没有人？"人们围着那个最早看到的学生问。

　　"说是还有个孩子，还有孩子他妈，娘儿俩陷在里面。"

　　人们问他怎么知道那是娘儿俩？

　　"不是自己的孩子能那样去救？奋不顾身不要命的。"

　　放孔明灯的学生对警察说，他看得很真切，火起来以后，他们看见二楼的阳台有一扇窗子被破开了，一只大鸟飞了出来，盘旋了几圈，又飞回窗口。

　　"鹰！"学生们仰头望着欢叫。

　　一个年轻女人随着出现在窗口，女人上半身几乎没什么衣服了，衣服在她手上，裹着个布包，包上拦腰扎着一条带子，她将布包上的带子衔在鹰嘴里，鹰缓缓地飞下去。

　　女人松手捻着带子，将布包从上空坠下去，一路放送，在离地面一米的地方带子到了尽头。女人手一松，学生们纷纷跑过去够那个布包，拾起来才发现是个孩子。

　　是个男孩，他刚刚醒，完全不知道发生了什么事，叫着妈妈便哭起来。学生们又叫着要窗子里的女人小心，赶紧下来。她似乎听到了，笑了笑，一转身便消失了。

　　"然后呢？"警察问。

　　"然后就一直没有出来。"学生说。这学生口齿伶俐，将一幕活话剧形容得一波三折，万分惊险。他的同学们七嘴八舌地附和。

警察将这些记录翻来覆去地看，现场的两个伤者还在医院暂时不能问询，依他们说的，房子里还有一个女人，确实不见踪影。火已经扑灭，废墟残骸里也并没有发现尸体，但那时周围都有人，她能插翅飞上天去？

"简直是武侠电影！就算她是个大侠，那个雕，还是鹰，不就在这儿吗？她可骑不上去。"

"还有个可能，"一个老警察停下手说，"仓库三面是人，一面朝着树林，一面临江。她是跳江走了。"

大家一起分析这可能的存在率。

"就算是跳了江，但是为什么？理由呢？她未婚夫不还在外面吗？她为什么要走？"

大家开始调查失踪的女孩，一查便查出来这叫小七的女孩身世来历复杂，跟还躺在医院里的战烈也大有瓜葛——犯罪记录倒是没有——但擦边球也踢了不少。事情可大可小，也难构成她非逃不可的理由。

"她那个好朋友说她身体不好，眼睛不好，她游不过江，只怕还是在火场里。"大家又说。

来来去去好几遍，警方说，找不到人，只能按死亡处理。但难的是，对家属无法交代。警察好生犯难，现在那几个家属每天守在这里不走，其中那个叫谷雨的孩子妈，从火场里出来后，就一直寻死觅活般揪着他们警察不放，找他们要人。

"人家救了她儿子，她当然要找到救命恩人。"一个把火场放鹰救人的神奇故事听了无数遍的年轻女警眼泪汪汪地说。

最后，两个年轻的能说会道的女警肩负了任务去看望失踪者家属。她们如实地说，小七没有下落，火场里没有找到小七，没有残骸。现场的情况，各条路被堵了，她只有从窗口纵身跳落这一条路，但没有迹象表明她这么做。

"那她在哪儿？"霍思垣问，几日不眠使他看上去很吓人，"消失是什么意思？没有人，没有退路，也没有下落？她能在哪儿？活要见人死要见尸，她就是烧死了也总有一块骨头留下！"

警察看出霍思垣是不会接受小七已葬身火场的那一种可能，他们知道这种时候，宁可相信一个奇迹，拖过一些日子也好。

更加困难的是向谷雨解释，但女警们很快发现谷雨不那么难以说通，谷雨比思垣乐观得多，谷雨只是坚持说，小七不可能死。

"她是属猫的，她有九条命，你看，她生下来没被淹死，也没被掐死，她爸爸不停打她，也没死，在老家的火里没死，又从战烈手里活了下来，手术也成功了，后来发病没死，从台上摔下来没死……还有一次，她还有一条命。"谷雨像祥林嫂一样跟人们一笔一笔算这笔生死薄上的账。

她身边有个才赶来的中年男人，说是她的未婚夫，姓韩。他握着她的手，谷雨说一句他便赶紧点一下头。

警察们互相对视，心想，情况最严重的倒是这个谷雨。

谷雨问起其他几个人的情况，警察告诉她，闵安琪报了案，跟着也失踪了，带走了不少款子。战烈因为离火源远，暂时是保住命了，只是瞎了只眼。

谷雨眼神一闪，接着把头埋到膝盖上去，哭了。年轻善感的女警察被她哭得鼻子发酸，却又觉得，这回她的哭泣不像是痛哭，那几乎是个恍然大悟，悲喜交集的抽泣。

谷雨告诉思垣，她知道小七没有死，小七必定是逃了。为什么？战烈为什么会倒在靠近出口处？小七恨他入骨，他恨小七也入骨，这么两个鱼死网破的人，小七既然得了手，怎么会任由战烈被救？战烈活下来，还是不会放过她，他恢复了，自由了，第一个要找的就是她。

思垣看着谷雨眼里那点狂热的光，他不知道他自己眼里也是一片同样的狂热。谷雨越说越有道理，已经完全肯定了自己的分析。

"小七救了战烈，"谷雨继续说，现在她的眼里是一片闪亮的喜悦，"你不知道现在的小七，她心里没有仇恨，她甚至连战烈也放过了，不但放过，她还救了他。她把他拖到出口处不被火烧死。但战烈不死，她就会死。她只有逃。战烈一天活着，她就一天要逃亡。"

"也许，她要躲开的是我。"思垣又走上了另一条思路。

思垣告诉谷雨，本来他已经决定跟着小七一起走，他决定死缠烂打也要磨住她，不放过她。小七也许看出了这一点，所以一点线索，一点踪迹也不留。

最后的那一夜，他们在一起，是那么地融洽，小七几乎已答应了他。但也许她心里仍有不安，也许她只有远走，只有走才能令她相信还有以后。她自己也跟谷雨说过："我的心不习惯幸福。"

韩默愈没法再听下去，这两人的眼中一片白热，一片神秘，是一对疯子，越说越投机，只为逃避现实。照这样说下去，下一步他们就要去谋杀掉战烈。

战烈还在医院里，陆明已经脱离危险。陆明脱离危险后对警察交代出不少事。陆明唯一的要求是，他想再看看小宝，再看看谷雨。

谷雨去了，那已经是一个月之后。她的精神好了很多，她走在湿漉漉的江洲街上，她已不那么迷离茫然，也不像幽灵一样苍白了。

她小心地走着，像满怀心思。韩默愈陪着她。韩默愈绝不相信谷雨和思垣的推测，那些关于辗转逃生的遐想，跟猫有九条命一样鬼扯。

他只耐心地等着谷雨恢复，恢复成那个他熟悉的谷雨。但他心里又有一点失落和怀疑，觉得眼前这个谷雨也许才是真实的谷雨。

陆明的头发又推得很短，他即将再次坐上带着铁栏杆的车。他看上去很平静，只说："等着我，谷雨。我想要小宝叫我一声。"

谷雨伸出手，轻轻地抚摸了一下他的额头。

这几天她的神智清醒多了，只有一些事还理不清，她执拗着信着自己的分析，但脑中不停地闪回的都是小七最后出现的一幕。火光中她的脸半明半暗，高高托起棉被包裹的小宝……

那些描述者越说越离奇，小七成了个神话人物，最后的那一笑，也是告别式的，带着永决的平静。

谷雨在心里一遍遍地放着那个镜头，直到筋疲力尽。小七冲进火海的刹那，也许是本能使她必须如此。但她最后的笑容，那是独留给人世的，还是对自己的自视？这一场大火是让她丧生，还是她的重生？她终于以此脱胎换骨了吗？她们俩都等待着的唤醒与救赎，难道小七终于借此而达到了？

小宝在长长的榕树交织的树影下单腿跳着房子，玩着小七教他的游戏，一边跳一边拿石块在地上画出新的圆圈，这样就有了一连串的圈圈和方块。

谷雨在这头，看着小宝一路向前。

她掏出手机，思垣给她发的短信已被她看了无数次，此刻又被她按亮了。

思垣以此地为圆心，沿着圆径向四方辐射寻找，这时仍在路上。他已经冷静许多，却保持着乐观。他最后说，走了的人总会回来，她猫一样的人，必会以一个神奇的方式再次重生。

谷雨收起手机，风里似乎有游丝般的歌声，也许什么都没有，但她配合着心里的调子，悠悠地哼出来："Though we gonna say good-bye，For the summer，Baby I promise you this……"

韩默愈远远地看着她，看着她脸上浮动的那一点几乎是满足的神情，摇了摇头。

"我在这里！妈妈，看我！我在这里！"小宝在前方大声叫。

谷雨抬起头，一片叶子无风自落，轻轻地坠在她脚下。